삶의 진실과 소설의 방법

삶의 진실과 소설의 방법

황국명 평론집

문학동네

책머리에

지난 몇 년간의 평문을 모아보니 대부분 소설읽기에 집중되어 있다. 그 동안 평단에서 근대적 의미의 소설개념, 동아시아적 이야기 전통으로의 회귀, 리얼리즘 소설의 갱신 등의 쟁점을 두고 갑론과 을박이 오고갔다. 이들 논박에 대해 무심했던 것은 아니며, 또 소설은 여전히 문화생산의 중요한 형식인가에 대해 세간의 의문이 없진 않지만, 나의 주된 관심은 우리 소설이 드러낸 일상의 풍경과 실존의 초상을 구체화하고 이를 당대 현실과의 내적 연관 속에 두는 일이었다. 나의 독법이 작가의 깊은 숨결을 헤아리고 표상된 것의 이면을 엿보면서 텍스트의 내적 논리를 세밀하게 따져읽는 데 있었던 것도 이런 사정에서 말미암을 것이다.

우리 시대의 소설을 읽다보면 지나온 삶에 문득 눈길이 가 닿는다. 그러할 때, 먹고사는 일의 슬픔과 생의 남루에 누군들 탄식하지 않으랴 싶다. 삶의 도정(道程)에서 우리는 자신의 정체를 탐구하고, 무엇이 될 수 있는가를 묻는다. 그러나 자신의 본질을 입증하기 위해 길을 떠난 소설 주인공이 그러하듯, 우리 또한 이 탐색에서 만족할 만한 답을 구하지 못한다. 묻는 과정이 바로 살아가는 일이라면, 물음 자체로 삶의 비루함을 다소 모면할 수도 있겠다. 그러나 가족의 가치를 박차고 나온 젊은 남녀조차 다시 가정을 꾸미고 부모나 가장이 되듯이, 자신에 관한 물음의 끝에 소설 주인공은 속물이 되고 말지 않겠는가. 일찍이 헤겔이 감각적 구체성을 이유로 삼아 예술을 종교보다 하질의 것으로 간주하였거니와, 잡스러운 일상에 근거를 두는 소설을 그가 냉소적으로 평가한 것은 당연한 노릇이라 할 것이다.

헤겔에 따르면, 소설적 갈등의 귀결은 소설 주인공의 속물화에 있다. 소설형식에 관한 헤겔의 인색한 평가는 국가지상주의나 독일적 교양소설이라는 문화적 편향에 기인할 수 있다. 그러나 우리가 드러낸 자아와 숨겨진 자아로 분열되어 겉과 속이 다른 삶을 산다는 것, 구밀복검(口蜜腹劍)은 근대를 살아가는 속물들의 삶의 방식이라는 것도 자명하지 않겠는가.

속물들의 이중생활은 신에게 이르는 통로가 사라지고 어떤 가치도 시간의 풍화작용을 견딜 수 없는 탓이다. 신성 앞에서 우리의 속됨은 당연한 노릇이다. 신성이 살아 있는 시대엔 우리의 잡스러움조차 욕되지 않는다. 신의 부름을 받아 불멸을 이룰 수도 있기 때문이다. 그러나 우리 앞에는 신성이 아니라 서로 경쟁하고 딴지를 거는 다른 속물이 있을 뿐이다. 더불어 살 수밖에 없는 다른 타자 때문에 선량한 개인조차 괴물이 될 수밖에 없다. 또 시간의 교활한 힘은 일상의 풍경 사이로 짙은 그늘을 만들고, 실존의 내면에 기어코 상처를 새기고야 만다. 돌이킬 수 없는 상처와 골 깊은 그늘은 치유하기 힘든 생의 얼룩이다. 그러나 그 얼룩이야말로 살아낸 삶의 증거이다. 일상의 외피를 뚫고 느닷없이 들이닥친 타자가 우리의 열망을 좌절로 몰아넣지만, 그 좌절이야말로 우리가 모험의 길에 있었음을 증명한다. 그러므로 삶이란 열망과 좌절의 뒤섞임이라 하지 않겠는가. 다른 삶을 열망하는 모험의 과정에서, 우리는 어찌해볼 도리가 없는 어긋남의 운명과 조우한다. 그러므로 또한 삶은 모험과 운명의 겹침이다. 이러한 겹침과 뒤섞임, 필연의 날줄과 자유의 씨줄로 빚어낸 무늬가 삶의 진실일 것이다.

삶의 진실 앞에서 소설은 이상과 현실의 괴리, 기대한 것과 이룬 것의 낙차라는 반어적 구조로 대응한다. 소설은 기대와 결과의 반어적 어긋남을 가차없이 보여줄 수밖에 없다. 그 어긋남은 비평가가 작가에게 강요하는 사항이 아니며, 또 작가의 개인적 선의와도 무관한 결과, 근대적 삶의 논리적 결과이다. 터무니없이 미끄러짐이 바로 역사이며 리얼리티가 아니겠는가. 내가 우리 시대 소설의 표정을 살피면서 유독 아이러니를 삶의 진실이며 소설의 방법이라 여긴 이유가 여기에 있다.

그렇다면, 궁극적으로 실패에 이를 뿐인 소설로서 도대체 할 수 있는 것이 무엇이냐, 좌절하는 속물로서의 소설 주인공이란 현상 추수가 아니냐, 그것은 평자 자신에 대한 부당한 연민에 불과하지 않느냐는 당연한 의문이 생긴다. 이런 문제로 인한 고뇌를 이미 우리 비평사가 기록하고 있으므로, 심지어 나의 고민은 낡은 것이기도 하다. 임화가 꿈꾼 이상과 현실의 조화는 창작방법의 갱신이나 소설 개조가 아니라 세계의 새로움에서 비롯될 것이었다.

새로운 세계는 어떻게 도래할 수 있는가에 대해 나는 속수무책이다. 시간의 불가역성 앞에서 내가 할 수 있는 것은 아무것도 없고, 새로운 세계가 도래한다면 나는 이미 아닌 세계의 잔영에 불과할 터이니, 나는 지금 작품의 결함을 꼬집는 형태로 열망을 기록할 뿐이다. 작품의 흠결은 세계의 결함과 무관하지 않을 것이다. 그 흠결을 채워넣고 보다 완미한 지경에 이르기를 열망하는 데서, 소설가와 비평가의 표적이 다를 수 없다고 믿는다.

비평이라 하더라도 평자 개인의 열망, 영혼의 움직임, 심적 상태를 전적으로 외면할 수 없을 것이다. 나의 졸문에 동반관계에 있는 동시대인의 흔적을 담을 수만 있다면, 자원 낭비가 조금은 용서받을 것 같다. 앞으로 많은 시간을 함께 걸어갈 선후배 동료와 이 책이 나오도록 도와주신 문학동네 식구들께 고맙다는 말씀을 올린다.

2001년 12월
황국명

차례

내성적 신변소설 비판

1. 서사형식과 서사 미달

공유하고 있는 현실의 본질을 형상화하고 경험적 사건을 재현함으로써 서사형식은 우발적이고 비완결적인 삶에 질서와 의미를 부여한다. 무질서한 삶을 이해하고 그것에 가치와 형태를 부여하려는 이런 서사 충동은 인간의 근본적인 유한성, 존재의 죽어야 할 운명을 극복하거나 위로하려는 실존적 욕구에서 비롯된다. 동시에 이야기하려는 충동은 개아의 완고성에서 벗어나 경험과 역사를 교환하고 이로써 삶의 의미를 생산, 분배, 공유하려는 사회적 욕망이기도 하다. 서사가 독백보다 대화적 소통을 지향하는 이유도 여기에 있을 터이다.

실존적 욕구뿐 아니라 사회적 욕망의 양면에 닿는다는 의미에서, 서사형식은 인간이 자신과 세계를 무엇으로 인식하며 자신과 다른 존재와의 관계를 어떻게 규정할 것인가의 문제에 대한 응답형식이라고 할 수 있다. 그 인식과 규정이 고정된 것일 수 없다면, 변화하는 사회적 조건과 역사적 맥락에 따라 서사적 응답형식 또한 모양새를 바꾼다고 할 것이다. 예를 들어, 신화나 전설이 특정한 작품을 가리키는 말이 아닌 것처럼, 소설형식은 신화와 전설이 갖지 못한 사회역사적 경험과 관련된다. 따라서 인간이 자기 자신, 타자와 세계를 향해 제기한 문제에 구체적으로 응답하지 못할 때, 우리는 이를 서사에서의 역사성의 결핍이라고 할 수 있을 것이다.

역사성을 몰각한 서사형식이란 시대착오거나 형식 미달이라고 말할 수밖에 없다. 소설이 위기에 놓였다면, 그것은 다른 매체의 상대적 우위에도 이유가 있지만 이런 시대착오와 서사 미달 현상과도 무관하지 않을 것이다. 나는 90년대의 상당수 소설이 이런 혐의에서 자유롭지 않다고 생각한다. 90년대 초부터 범람하기 시작한 사이비 역사소설이나 위인소설, 값싼 민족주의로 포장된 소설이나 보수 회귀적인 통속 대중소설은 말할 것도 없고, 현실의 구체성을 박탈하고 비일상적 세계를 대상으로 삼은 환상소설, 위선적 권위를 전복한다고 강변하면서 성기적 쾌락을 추구한 성애소설, 기존의 소설 관념에 도전한다면서 소설다운 육체성을 결여한 이른바 엽편소설 등이 그런 예에 속할 수 있다. 물론 이들 작품의 일부는 우리가 지닌 인식상의 무지를 폭로하면서 도구적 이성을 반성하게 만들고, 억압되었던 무의식의 세계를 복귀시켜 다채롭고 풍부한 인간의 초상을 그려내며, 비가시적 세계나 다른 존재영역과의 만남을 통해 존재론적 다원성을 상기시키기도 한다. 그러나 상당수 작품이 소설형식의 역사성을 간과하거나 지금 여기의 현실을 다른 현실로 대체하고 있는 것도 사실이다. 구체적 상황에 기초하지 않은 대체 현실이란 소설형식에 대한 일종의 기만이다. 왜냐하면 그런 현실은 작가가 창조신처럼 전능을 행사하는 세계이기 때문이다.

환상소설, 성애소설, 엽편소설과 함께, 소설의 위기를 부추긴 것은 작가가 자신의 삶이나 글쓰기와 관련된 신변사, 일상사를 고백적으로 진술하고 있는 일련의 작품이다. 90년대 들어 최인훈의 『화두』 이후 박완서 송기원에 이어 신경숙 김형경 양귀자 구효서 하창수 주인석 박상우 조성기 박범신 이순원 최윤 등 상당수 작가들이 이런 작품을 내놓았다. 이들 작품은 대체로 다음 세 가지를 특징으로 하고 있다. 첫째, '나는 소설가요'라는 투의 얼굴 내밀기. 이들 소설에서 작가는 자신의 맨얼굴을 내밀고 글쓰기 이면의 혹은 소설쓰기 이전의 자기 의식을 글쓰기의 대상으로 삼는다. 행동이나 이성이 미치지 않는 내면풍경을 담고 있다는 뜻에서 심리소설에 접근하지만, 궁극적으로 작가 자신의 정체성을 사유와 글쓰기의 주요 범주로 삼는다.

둘째, '소설이 씌어지지 않는다'는 자기 고백 혹은 투정. 소설쓰기가 어렵다고 토로하면서 작가들은 허구의 세계 대신 자신이 겪은 삶의 사실을 보여준다. 허구의 세계가 아니라 작가 자신이 처한 사실의 세계에 침입한다는 의미에서 이들 소설은 논픽션에 가깝다. 그러면서 '이런 것도 소설이라 할 수 있을까'라며 독자의 눈치를 보고 있어 소설의 탈을 쓴 신변잡기라고도 할 수 있다.

셋째, '소설이란 무엇인가'에 대한 탐구. 이들 소설은 소설이 무엇이며, 적어도 글쓰기가 자신에게 무엇인가를 자문하며, 이런 물음을 통해 기존의 소설형식을 비판한다. 이런 의미에서, 이들은 소설에 대한 소설, 메타소설의 성격을 지니지만, 그것이 하나의 유형이나 하위 갈래로까지 추구되기보다는 작품의 한 요소로 등장할 뿐이다.

본고는 이런 소설을 잠정적으로 내성적 신변소설이라 부르고 몇 작품을 비판적으로 검토하고자 한다. 어떤 면에서 이들 작품은 소설의 위기를 반영한 것이라 할 수 있다. 동시에 서사 미달이라는 위기를 부추기며, 그 부추김 또한 삶에 관한 경쟁적 응답일 수 있다는 데 내성적 신변소설의 내면을 따져 읽을 이유가 있을 것이다.

2. 소설형식, 글쓰기의 어려움

90년대의 많은 작가들은 소설쓰기의 어려움이나 불가능을 토로할 뿐만 아니라 소설을 쓰지 않겠다는 '임종사'를 발표하고 소설가라는 호칭을 반납하거나 소설가가 아니라고 선언하기도 한다. 이러한 토로와 선언에는 문학에 관한 근본적인 회의와 환멸이 작용하고 있지만, 이들은 이런 환멸을 통해 소설형식이나 소설쓰기라는 실천의 개인적 사회적 의미를 탐구하게 된다. 「수선화를 꺾다」(『문예중앙』 1993년 봄호)에서 하창수는 소설의 당위적인 가치와 현실의 인과적 사실이 어떻게 어긋나는가를 보여준다.

자넨 나르시스의 신화를 알고 있나? 소설가니까 그쯤은 알고 있을 테지. 물 속에 비친 제 모습에 반해 뛰어들었다가 익사해버린 불우한 운명의 소유자, 나르시스. 익사한 그 연못가에 피어난 꽃을 그렇게 부른다더군. 우린 그걸 수선화라고 하지. 난 말야, 소설가들이 그런 존재같이 느껴져. 제 모습에 취해 삶을 내던지고, 아니 삶을 송두리째 그르치는 불우한 운명의 소유자…… 어때 그럴듯하지 않나?

작가를 취조하던 형사는 "세상은 나르시스를 경멸"한다고 말한다. 형사의 자리는 논리 실증적인 세계, 투명한 기호의 세계, 사실의 인과관계로 구축된 합리적 세계이다. 살인사건에 대한 알리바이, 현장부재증명을 논리적으로 설명할 수 없는 작가에게 합리적 세계는 '악몽'을 체험하는 일과 다르지 않다.

그런데 이 작품에서 '알리바이'는 기묘한 의미를 지닌다. 알리바이, 즉 현장부재증명을 요구한 점에서 형사는 허구적 상상력이 인과적 사실의 세계와 무관함을 강조한 셈이나. 형사에게 허구는 허구일 뿐이나. 그러나 자신이 현장에 부재했음을 증명할 수 없다는 점에서 작가는 문학적 가치가 현실과 분리될 수 없음을 드러낸다고 할 수 있다. 논리적으로 설명되지 않는 일이 현실에서도 얼마든지 일어날 수 있다는 작가의 입장은 어떻게 보면 허구의 상상력을 현실과 연관시키고 있는 셈이다. 결국 합리적 세계의 입장에서 형사는 인간적 연민과 같은 가치를 나르시스 개인의 상상력, 즉 주관성 속으로 추방하고 있고, 당위적 세계의 입장에서 작가의 주장은 주관적 가치를 현실에서 구현하려는 시도라고 하겠다.

그렇다면, 형사의 인과적 사실세계와 작가의 당위적 가치세계는 갈등할 수밖에 없다. 그런데 소설을 근대 시민사회의 서사형식으로 이해할 때, 이 상반된 세계의 요구, 삶과 예술의 갈등은 모든 소설쓰기에 함축되어 있다. 근대사회의 기반이 자본주의의 경제적 합리성에 있다면, 이런 세계에서 가치의 옛 모델은 더이상 행동과 사유의 유효한 지표가 될 수 없다. 물론 옛 규범이 사라졌다는 것이 그 자체로 절망적인 것은 아니다. 오히려 과거의 지표가 사라짐으로써 인간의 정신은 창조적인 생산성을 지닐 수도 있다. 그러나 생산적 의식이 사물의 의미를 새롭게 해석하고 새로운 가치를 추구하게 되더라도, 그것들이 객관적 보편성을 확보하지 못하고 개인의 주관 속에 추상적 관념적인 형태로 존재한다는 데 문제가 있다. 따라서 경제적 합리성의 인과적 사실과 주관의 당위적 가치는 괴리될 수밖에 없다는 것, 이것이 소설형식의 사회역사적 성격이다. 달리 말하면, 소설쓰기란 사실과 가치, 인과와 당위, 객관과 주관 사이의 긴장을 유지하고 견디는 것이며, 이것이 근대적인 의미의 소설의 운명인 것이다.

따라서 하창수는 쓰기 이전인, 소설형식의 근본 전제를 확인하고 있을 뿐이다. 이런 확인이 소중한 것이기는 하지만, 하나의 실천으로서 소설이 갖는 사회적 의의는 소설의 운명을 견디는 데 있지 소설쓰기가 어렵다고 소설을 쓰는 데 있지는 않을 것이다. 「숨은 꽃」(『문학사상』 1992년 6월호)에서 "시작부터 미로인 글쓰기는 난생 처음 경험하는 일"이라고 말하는 양귀자 또한 하창수와 크게 다르지 않다.

지금 내 앞에 주어진 미로는 너무 교활하다. 지식과 열정을 지탱해주던 하나의 대안(代案)이 무너지는 것을 신호로 나의 출구도 봉쇄되었다. 나는 길 찾기를 멈추었다. 길 찾기를 멈추었으므로, 나는 내 소설의 새로운 주인공을 찾을 수 없게 되고 말았다.

작은 꿈, 작은 눈물, 그런 것들로 무찌르기에 이 세계는 너무나 거대하고 음흉하다. 문학은 곧 폐기 처분될 위기에 몰린 듯하다는 글쟁이들의 엄살은 결코 엄살이 아닌 현실이 되어버리고 진실이나 희망이란 말은 흙더미에 깔려 안장되었다.

물론 "미로는 사실 처음부터 미로"였지만, 길을 찾는 그이에게 사회주의라는 하나의 대안이 지도처럼 '구명줄' '안락의자'의 구실을 했다는 것, 그러나 소련과 동구권의 대변혁과 더불어 대안이 무너지면서 "운 좋게 부산물을 획득하던 시대는 이제 끝났다"는 것이다.

그러나 작은 눈물 혹은 진실과 거대한 세계 사이의 길항이란 소설형식이 피할 수 없는 운명이다. 음흉한 현실과 대결함에 있어 그런 진실을 대안으로 삼을 수 있으나, 그것은 '하나'의 대안일 뿐이다. 밤하늘의 별처럼, 그 대안이 길을 찾는 서사시적 영웅의 지도 역할을 할 수는 없다. 그런 지도가 될 수 있다고 믿었다면, 그것은 시대착오일 것이다. 주어진 대안으로 소설이 재현 대상에 질서와 의미를 부여할 수 있고, 그럼으로써 그 대안은 산문적인 경험세계를 뛰어넘는 가치 혹은 형식으로 작용할 수도 있다. 그러나 서사형식인 한, 소설은 대안과 어긋난 경험세계를 재현할 수밖에 없고, 객관 현실에 일방적으로 굴복할 때 미적 형식(대안, 가치, 진실)을 지닌 예술품이 될 수 없다.

이런 의미에서, 소설은 현실 재현과 미적 형식 사이의 화해할 수 없는 긴장 속에 놓인다. 따라서 소설가는 이중적인 사기을 감행해야 한다. 즉 거대하고 교활한 현실을 하나의 진실로 형태화하지 않으면 무의미한 현실 속에 동화되고 만다는 것, 동시에 그런 형태화가 현실과 동떨어진 속임수가 될 수 있다는 것이다. 이런 곤경을 드러내는 것이 소설쓰기의 원칙이라는 점에서, 작가가 얼굴을 내밀고 소설쓰기가 어렵다거나 소설이 씌어지지 않는다고 불평하는 것은 소설형식의 문제에 대한 미숙한 인식의 결과일 것이다. 특히 양귀자의 경우 그 불평은 다른 서사형식으로 옮겨가기 위한 복선이 아니겠는가.

3. 이야기꾼의 회귀와 타자 부정

내성적 신변소설에는 전통적인 의미의 작중인물이 없다. 혹은 작가 자신이 인물의 역할을 한다고도 할 수 있다. 작중인물의 자리에 스스로를 대체하는 이런 현상을 소설가 혹은 이야기꾼(소설 갈래의 사회역사성을 고려한다면, 이는 엄밀한 용어가 못 된다)의 회귀라고 하겠다. 대체로 근대소설은 이야기에서 이야기꾼의 흔적을 제거하고자 한다. 가능한 한 작가의 흔적을 없애려는 몰개성적인 서술 혹은 보여주기의 기법은 첫째, 창조된 인물이나 재현된 현실의 리얼리티를 고양하기 위한 것이다. 말하자면, 가상의 세계임에도 불구하고 마치 실제 삶과 같은 환영을 주기 위함이다. 둘째, 현실을 재현하는 미적 형식으로써 형식의 추상성을 모면하기 위함이다.

이 두번째 이유에 대해 좀더 상론할 필요가 있다. 무질서하고 복잡다양하며 우발적인 현실을 어떤 형식에 담아 질서를 부여하고자 할 때, 작가는 그런 형식과 질서를 거부하는 현실의 저항에 직면할 수밖에 없다. 쉽게 예를 들자. 살아 생동하는 인간을 재현하고자 할 때, 작가는 어떻게 그의 행동과 사유, 삶과 죽음, 시간과 공간을 제약할 수 있는가? 살아 있는 인간을 재현해놓으면, 그는 아마 작품 밖으로 걸어나갈 것이고, 따라서 소설이라는 예술이 성립할 수 없다. 반대로 인물의 삶을 작가의 자의로 제한한다면, 소설형식은 현실과 동떨어진 추상적 권력형식이 된다. 추상성을 면할 수 있는 형식은 현실에서 발견되는 형식이어야 한다. 그것이 바로 모든 개인의 불가피한 존재법칙, 삶으로부터 죽음에 이르는 일대기, 즉 전기(傳記)이다. 그래서 루카치는 전기를 소설의 외적 형식이라 하고, 자기 인식을 추구하는 여행을 내적 형식이라 한 것이다.

그런데 소설에서 이야기되는 것이 자기 인식을 추구하는 개인의 삶이라면, 그것을 이야기하는 작가 또한 개인으로서 이야기되는 것을 반복한다고 하겠다. 이런 의미에서, 전기는 암묵적으로 작가 자신의 이야기인 자서전이 될 수 있다. 바로 이런 이유로, 소설가는 전기형식에 대해서도 현실 형상화의 특권을 부여할 수 없고, 그는 언제나 재현되는 이야기와 작중인물에 대해 반성적일 수밖에 없다. 이처럼 인물에 대해 작가가 비판적 거리를 두는 것은 관습적인 사물의 세계에서 비록 가치를 추구하더라도 현실에 구속되는 경험적 주체로서의 한계를 어떤 개인도 피할 수 없기 때문이다. 그래서 소설의 작중인물은 언제나 자신이 기대한 것과는 다른 결과에 이른다. 이런 의미에서, 작중인물은 작가의 타자이며, 작가는 언제나 작중인물과 암묵적으로 갈등관계에 놓인다고 할 수 있다. 작중인물의 전기는 잠재적으로 작가의 자전이지만 언제나 그것을 배반하는 것이 소설이다.

「옛날이야기를 좋아하면 가난하게 산단다」(『문학과사회』 1991년 여름호)에서 주인석은 이와 유사한 인식에 도달하고 있지 않은가.

이야기는 과거다. 소설도 과거다. 그러나 소설가는 그냥 이야기하지 않고 이야기하게 한다. 이야기는 항상 옛날이야기이고 소설가는 옛날이야기를 이야기하게 하는 것이다. 그러고 보니 구보씨도 옛날이야기꾼이 아닌가. 옛날이야기를 하게 하여 옛날이야기를 해주는 옛날이야기꾼.

소설가는 이야기하는 존재가 아니라 이야기를 하게 하는 존재다. 말을 바꾸면, 소설가는 자신의 주관적 가치를 강요하거나 자서전을 쓰는 것이 아니라 사람들이 숨겨놓은 과거를 폭로하고 반성시키는 자이다. 그 반성에서 작가 자신도 예외가 될 수 없으므로 소설가는 '반성을 반성' 하는 반성가다. 그렇다면, 소설에서는 주인공의 주관성과 작가의 주관성 사이의 긴장을 피할 수 없다. 그러나 주인석의 다른 소설에서 확인되듯이, 그의 반성은 주인공의 압도적인 사명감조차 현실에 구속될 수밖에 없다는 비극적 경험에서 결과하지 않는다. 그의 소설에서는 세계를 향한 행동 가능성이 근본에서 회의되어 있고, 소설가 또한 반성에 대한 반성이라는 끊임없는 동요의 순환고리를 벗어나지 못하기 때문이다.

구체적인 삶과 단절된 반성의 순환고리는 박상우의 「호텔 캘리포니아」(『문예중앙』 1993년 봄호)에서도 확인된다.

소설 속에 내재된 "나"와 현실 속의 '나'는 도대체 얼마만큼 다를 수 있는 것일까. 소설의 공간 속에 내재되어 있는 동안 나는 그 공간 속의 "나"에 대해 이를데없는 안온함과 정신적인 자유를 느끼지만, 그러나 그 공간을 벗어났을 때의 '나'는 오로지 구속되고 억압받는 존재에 다른 아무것도 아닌 것 같았다. 그 "나"와 '나' 사이의 괴리감. 쓰고 못 쓰고의 문제가 아니라, 바로 그것 자체가 나에게는 심각한 문제로 작용하고 있었던 것이다. 그 "나"와 '나' 사이에서 나는 길을 잃고 끝없이 헤매고 있는 것이었다. 진정으로 쓰는 것만이 행복일 수 있다면 나는 결단코 "나"를 택하겠지만, 그럴 때 밀어닥칠 '나'의 정신적 부재감은 도대체 무슨 수로 메워나갈 수 있을 것인가.

허구 속의 자아와 현실 속의 자아가 하나로 동화된다는 것은 서정시에서나 기대되고, 이야기하는 자신을 의식할 필요가 없는 서사시에서나 가능한 일이다. 두 자아 사이의 괴리는 현대소설가의 불가피한 운명이며, 소설형식을 위해 소설가가 갖추어야 할 필수적인 덕목일 수 있다. 소설

안팎에서 대립하는 주체의 이중화는 극복해야 할 과제겠지만, 그것의 극복은 더이상 소설이라고 부를 수 없는 새로운 서사형식을 상정해야 한다. 이 새로운 형식은 전적으로 새로운 세계로부터 결과할 것이다. 그러나 주인석 박상우는 세계의 변혁 가능성을 어디에서도 발견할 수 없다. 자신의 자아를 작품 전면에 부각함으로써 세계를 자아의 변덕에 굴종시키기 때문이다. 미래의 신성에 대한 기다림 없이 자아의 이중화를 고민하는 것은 정신적 자학이 아니겠는가.

인물에 대한 작가의 반성적 거리라는 측면에서 보면, 인물의 실패는 곧 소설의 성공이라고 할 수 있다. 인물의 실패는 기대한 것과 성취한 것 사이의 현격한 낙차와 다르지 않다. 그 낙차를 아이러니라고도 하거니와, 이런 아이러니는 소설형식의 객관성을 보증한다. 이야기꾼의 회귀는 소설의 객관성을 견지할 수 없는 작가의 무능과 다르지 않다. 이야기꾼의 회귀가 성공적이면 성공적일수록 소설로는 실패할 수밖에 없다. 그들은 이제 스스로 소설 속에 복귀하여 자신을 구성의 근본법칙으로 삼는다. 그렇기 때문에, 이들 작가는 새로운 기술이나 기술 습득에 골몰하거나 세계를 설명하고 현실을 재현하는 언어의 능력과 권위를 회의하고 조롱할 뿐이다.

어떤 측면에서 이야기꾼의 회귀는 작가가 자신을 천명하는 방법이라고 할 수 있다. 이들 소설에서 자기 천명은 궁극적으로 '누가 쓰느냐' 혹은 '나는 누구냐'에 대한 관심에 닿아 있다. 자기 분열 속에서 진짜 '나'를 상실했다거나 그것이 "나 자신도 확신할 수 없는 나의 실체"라 할 때, 역설적이지만 박상우는 자신의 실체에 편집증적으로 집착하고 있는 셈이다. 그래서 「산타 페」에서 그는 정치적인 것으로 의식이 경직됨으로써 내면에 억제된 것, "숨겨져 있는, 아직 드러나지 않은, 꽃피지 않은" "진짜 소설가적 실체"를 발견하고자 한다. 친구나 어머니와 '다른 사람'이 되고 다른 세계에 살고 있다는 느낌에 당혹해하는 신경숙 또한 그 관심은 '나는 누구인가'에 둔다고 할 수 있다.

자신의 실체에 대한 이런 관심을 박범신의 최근 소설에서도 발견할 수 있다. 절필 선언을 했던 박범신은 약 3년 만에 「흰 소가 끄는 수레」(『문학동네』 1996년 가을호)와 「제비나비의 꿈」(『창작과비평』 1996년 겨울호)을 연이어 발표했다. 다시 작가임을 표명하는 글에서, 그는 이들 작품에 '우매한 나'와 '되고 싶은 나'가 함께 있으며, 이를 통해 자신과 우리 모두의 문제인 '존재'에 대해 말하고 싶다고 했다. 「제비나비의 꿈」 일부를 보자.

그러나 큰애야. 더 큰 절망이 있단다. 사람들이 안다고 느끼는 작가 아무개와 실제 아무개 사이보다 더욱 멀고 깊은 단절은 말, 언어, 그것과 작가인 나의 거리야. 열화와 같이 쓸 때, 나의 언어들이 내 진실과 내 속임수까지 알뜰히 반영한다고 난 느꼈다. 그건 행복한 교감이었어. (……) 그런데 어느 날, 밤새워 쓰고 난 어느 새벽녘, 일체감으로 내가 썼다고 믿었던 말, 문장 들이…… 갑자기 뚱, 낯선 얼굴을 하고 있는 걸 보았어. (……) 나는 마침내 내가 여태껏 쓴 글들이 본래의 나와 멀리 동떨어져 놓여 있다는 걸 자각하게 됐어. 그땐 정말 참을 수 없더구나. 죽을 것 같았어, 가만히 앉아 있어도. 사람들이 알고 있는 소문으로서의 작가 아무개도 내가 아니고, 내가 쓴 문장들도 내가 아니라면, 도대체 나는 어디에 있는가.

50세를 바라보는 나이의 작가가 어느 날 자신의 존재와 본질에 대해 의문을 갖게 되었다. 소설의 언어와 자신 사이의 절망적인 거리 때문에, 그는 소설을 쓰지 않겠다는 작가로서의 임종사를 발표하고 세상으로부터 스스로를 유배시킨다.

그러나 "나는 어디에 있는가"라는 정체성에 대한 의문이 새롭거나 특별한 것은 아닐 터이다. 더구나 소설가에게 "내 진실과 내 속임수"까지 반영한 언어와의 '행복한 교감'이란 착시가 아니겠는가. 소설의 언어는 소설가를 반영하는 것이 아닌 까닭이다. 소설가에게 언어는 자신의 자유를 입증해야 할 모험의 대상이자 동시에 불가피한 운명이다. 그렇기 때문에, 소설의 언어는 소설가라는 주체의 내적 진정성만을 반영할 수 없다. 그것은 동시에 타자의 다양한 담론으로 이루어진다. 말을 바꾸면, 작가는 타자들의 담론을 빌려쓰고, 자신에게 속하지 않은 낯선 것을 끊임없이 의식해야 하며, 심지어 작가 자신의 세계관에 대립되는 목소리도 용납해야 한다. 이를 바흐친은 한 주체 내의 진정성을 온전히 드러내는 시적 파토스와 구분하여, 소설적 파토스라 하였다. 따라서 박범신이 이전에 언어와 자신 사이의 행복한 교감을 느꼈다면, 그것은 소설적 기만이거나 소설에 미달하는 것임을 의미한다. 그 일체감이 사라지고 거리를 느낀다면, 그것은 이제 그가 소설을 쓸 수 있는 단계에 있다는 뜻이지 작가로서의 죽음을 선언해야 함을 의미하지는 않는다.

　작가의 죽음은 절필만이 아니다. 이야기되는 세계를 결락하는 일, 자신의 세계관과 반립할 수도 있는 타자의 목소리를 억압하는 일, 인물의 역할을 박탈하고 인물의 현실을 무화시키는 일도 소설가의 죽음과 다르지 않다. 그것은 소설이 아니기 때문이다. 물론 자신에 대한 관심을 통해 스스로를 성찰함으로써 소설가는 자기 반성과 자신의 본질에 대한 인식이라는 보상을 얻을 수 있을 것이다. 그러나 이야기되는 세계와 작중인물을 작가 자신으로 대체하는 것은 타자를 부정하고 그 자리에 자신을 두는, 기이한 자기애적 경향이라고 할 것이다. 타자의 부정은 근본적으로 세계의 부정, 역사의 상실에 이른다. 작가가 자신이 누구냐에 관심을 지니면 지닐수록 그는 '우리'를 말할 수 있는 능력을 상실한다. 그 우리를 단지 '무리'라고 배척한다면, 이는 작가가 자신만큼 흥미로운 인물이나 이야기도 없다고 강변하는 유아론이 아닐 것인가.

4. 기이한 세계 이해

성마른 자기 중심주의는 경험의 주관성 혹은 주관적 경험을 비상하게 강조한다. 앞서 지적한 것처럼, 근대의 합리적 사실의 세계에서 개인의 가치나 진실은 주관성 속으로 추방된다. 우발적인 현실을 미적 형식에 담아 질서와 의미를 부여하려는 소설은 이런 주관성을 긍정한다. 그런 가치와 진실이 없다면 소설은 예술형식으로 존재할 수 없기 때문이다. 그러나 동시에 소설은 그런 주관성을 거부한다. 왜냐하면 소설은 무가치한 객관세계에 밀착하여 그것을 재현해야 할 서사형식이기 때문이다. 근대소설은 가치 주관성에 대한 이런 이율배반적인 긴장을 통해 특수한 것과 일반적인 것을 매개하고자 한다. 즉 소설은 그런 긴장을 통해서만 정서적 가치의 공동체성, 인식된 진실의 전형성을 확보할 수 있다. 그러나 내성적 신변소설은 주관적인 가치나 진실의 시금석이요 시련의 장이라고 할 객관적 적대물, 외적 현실의 저항에 직면하지 않는다. 회고나 후일담뿐 아니라 자전이라 하더라도 그것은 다만 '나'의 삶을 서술하고 있을 뿐이다.

물론 자전은 무엇보다 자신에 대해 쓰는 글이다. 그러나 전통적으로 자전(전기를 포함해서)은 개인의 삶과 무관하지 않은, 그러면서도 개인을 뛰어넘는 어떤 진실이나 가치, 모럴을 추구해왔다. 어떤 연구자의 지적처럼, 이런 측면에서 자전은 우화의 속성, 곧 익명성과 보편성을 지닌다고 할 수 있다. 우화의 속성을 지님으로써 자전이 보편적 공준으로까지 끌어올려질 수 있다면, 한 개인의 개별적 경험이라는 점에서 자전은 우화적 진실을 개개의 구체적 경험에 연결시킨다고 하겠다. 그러나 몇몇 작품을 제외하고 최근의 자전적 소설 대부분은 작가의 개별자적 삶에만 치중함으로써 보편성을 봉쇄하고 있다. 「호텔 캘리포니아」에서 박상우가 삶의 선악, 미추, 시비, 희비를 가르는 객관적 기준은 없고 "사람들에게는 저마다 다른 마음의 눈이 있"다고 했을 때, 이는 더욱 분명해진다.

물론 마음의 눈이 비판과 회의를 용납하지 않는 단일한 시각의 억압성을 비판할 수는 있다. 그러나 마음의 눈이 극단화되어 모든 경험의 주관성을 강변하게 되면, 그것은 세계에 대한 자신의 기이한 인식과 의미부여에 몰두하는 과대망상과 다르지 않다.

그 대표적인 것이 누가 뭐래도 '나는 그렇게 믿는다' 는 투의 발언이다. 「숨은 꽃」에서 세상의 위선과 타협할 수 없는 국외자라는 김종구와의 만남을 말하면서 양귀자는 "중요한 것은 그런 일이 있을 수 있는지 없는지를 말하는 것이 아니라, 그렇게 말해버릴 수 있느냐 없느냐의 태도"라고 지적한다. 냄새로 진짜 인간과 가짜 인간을 구분할 수 있다는 김종구의 말을 경청하면서 양귀자는 심지어 김종구가 풀이나 꽃이 하는 말도 알아들을 수 있다고 믿는다. 양귀자에게 중요한 것은 "무자비하고 냉정한" 과학적 진실이 아니라 "나는 그렇게 믿는다"는 데 있다. 이런 믿음에 따라 양귀자는 김종구의 주장대로 먹물 든 머리로는 "세상 사는 이치를 터득할 수" 없다고 믿고, 김종구처럼 넓은 세상에 뛰어들어 북대기치며 사는 것이 '진짜' 삶이라고 믿는다.

나는 이제까지 나와 연루된 모든 것들, 한마디로 뭉뚱그려 높은 도덕과 긴 역사의 문화라고 하는 것들이 이들 앞에서 얼마나 하찮게 무너지는가를 절감했다. 내가 영향받고 그에 의해 단련되던 것들이 사실은 아주 작은 세계에 불과하다는 것, 나는 평생 이 작은 세계 밖으로 한 발짝도 벗어날 수 없을 것이라는 예감은 절망이었다.

그러나 양귀자의 이런 절망은 근거가 있는가? 언어에 절망하는 뜸부기 시인이나 고문의 후유증에 시달리는 지브란, 마을보다 산에 미친 의사 소설가처럼, 세상의 잣대를 거부하는 김종구 또한 주변부적 인물이다. 이들의 사회적 주변성에서 작가는 소설쓰기의 새로운 희망을 발견했을 수도 있다. 그러나 김종구는 뜨내기 노동자로 사회의 주변부를 떠돌

앉을 뿐이다. 즉 그는 "와해된 세계의 폐허 어딘가에 숨어" "세상에 출몰하지는 않는" 존재인 것이다. 따라서 시인, 지브란, 의사처럼 김종구는 사람이 살고 있는 마을의 경험적 현실과 구체적인 연관을 지닌다고 할 수 없다. 김종구는 현재 자신이 누구인지는 모르지만 현실과의 객관적인 만남을 통해 스스로를 발견하거나 되어가는 인물일 수 없다. 그는 삶의 비밀을 엿본 자라기보다 삶의 엄정성을 수직적으로 초월하려는 오만한 풍자가일 뿐이다.

이런 김종구에게 객관적 거리를 유지할 수 없는 작가 또한 세계 이해에서 김종구와 같은 오만함으로부터 자유롭지 않다. 「금지된 말」(『현대문학』 1996년 8월호)에서 양귀자는 "타인의 눈으로 자신을 들여다보면 지난 생애 전부가 한순간의 짧은 꿈"인 양 여겨진다 하고, 지난 시절 목숨을 걸고 지키려던 명분보다 조각달의 슬픈 그림자와 큰 잎사귀를 뒤집는 떡갈나무가 '바로 진실'이라고 말한다. 그리하여 나는 누구인가라는 인간 탐구조차 '금지된 말'로 여긴다. 이런 자기 버림은 시간의 무자비한 침식작용에 대한 저항이기도 하다. 그러나 지난 삶을 짧은 꿈으로 여기고 자기 탐구조차 거부하는 것은 시간을 전적으로 부정으로만 경험한, 시간과의 희망 없는 싸움일 것이다.

우리의 삶이 꿈이요, 현실이라 여긴 것도 허상에 불과할 수 있다. 그러나 무엇이 현실적인 것인가를 말하지 못한다면, 현실이 꿈과 같다는 주장은 소설이 할 수 있는 몫일 수 없다. 소설에서 중요한 것은 현실을 구성하는 것에 대한 과학적 인식이지 황금시대에 대한 비전이 아니다. 과학적 진실이 "무자비하고 냉정한 것"이라고만 여길 때, 작가는 터무니없는 환생담으로 빠질 수밖에 없을 것이다.

세계에 대한 기이한 이해를 드러내는 것은 박범신의 경우도 예외가 아니다. 아들 학교의 젊은 강사가 유명 작가인 아버지를 비판했고, 아들은 이에 상처를 입는다. 문학의 해석은 해석자의 주체에 따라 주관적일 수밖에 없음을 지적한 아버지는 자신의 지난 삶을 돌이키며 강의실에서

"은밀하고도 암묵적"인 '무리'의 웃음에 아들이 겪었을 외로움과 두려움을 위로하고자 한다. 그는 무리에 맞선 '반동'이 자신의 본질이며 자신을 견디는 내부의 힘이라 하고, "무리와 일체감이 없이도 존재증명이 가능한" '작가'가 되었다고 말한다.

독자가 많든 적든 작가는 결코 무리 속으로 완전히 편입될 수는 없어. 작가는 예컨대 창 이편에 앉아 있다. 어떤 무리와 지향점을 모아 동행하고자 해도, 또 동행한다고 스스로 느끼고 있더라도, 어쨌든 그의 서재는 무리에서 떨어진 곳에 위치하게 마련이야. 무리에서 떨어지지 않으면 무리를 볼 수 없거든.(「제비나비의 꿈」)

개체의 독자성을 부정할 때 집단 자체가 위협받는 것처럼, 공동체와 거리를 둔 작가의 오만한 개별성이 공동체의 존속과 갱신에 기여할 수 있음을 부정할 이치가 없다. 이런 점에서 개체는 언제나 공동체로 통합된다. 그렇다면 박범신에게 '무리'는 누구인가? 자기 밖의 모든 것, 세상의 마을과 사람들 전부다. 자신의 작품을 칭찬하는 자도 비난하는 자도, 대중도 소수의 엘리트도 다만 무리일 뿐이다. 시비, 진위, 등급을 가리지 않고 그들이 다만 무리이기 때문에 작가는 그들에게 반동한다. 박범신에게 무엇인가를 가르는 자는 무리를 짓는 자일 뿐이다. 그렇다면, 비평의 객관적 공준이란 것도 있을 수 없으며, 있다면 이합집산하는 무리의 주관적 이해관계에 불과할 터이다. 따라서 작가 스스로 자신의 작품을 "부끄럽기 짝없는 것들"이라 평가할 수 있지만, 다른 누구도 그런 말을 할 수 없다. 그는 작가 밖의 믿을 수 없는 무리에 속하기 때문이다. 모든 무리와 불화한다는 의식, 세상 사람들이 모두 하나의 무리로 뭉쳐 자기를 박해한다는 이 불행한 정신은 자신의 존재를 증명하지 못할 것이다. 그가 어떤 존재인지 밀할 모든 타자는 무리인 까닭이다. 타자와의 관계없이 스스로 자신의 존재를 증명할 수 있다면, 그것은 타자로의 길을 발견하지 못한 자기애가 아니겠는가.

5. 소설가를 대망함

지금까지 내성적 신변소설이라는 범주로 몇 작품을 비판적으로 살펴보았다. 물론 한 작가의 전 생애로 보면, 이런 신변소설은 우발적인 산물에 불과할 수 있다. 그러나 90년대에 들어 환상소설, 성애소설, 후일담소설 등과 함께 내성적 신변소설이 두드러진 현상을 이룬 것도 사실이다. 많은 작가들이 앞서거니 뒤서거니 자기 이야기를 하고 있음이 이를 입증한다. 나는 이들 소설 유형이 집단적 이념에의 편향을 교정할 수도 있다는 점을 인정하지만, 그렇다고 작가들이 너나없이 카우보이처럼 몰려들 신개척지라고는 생각하지 않는다. 이들 소설이 메타소설인 척하면서도 소설과 문학의 운명을 심도 있게 고민하지 않기 때문에 더욱 그렇다.

이런 비판적 맥락에서, 나는 소설쓰기에 대한 작가들의 환멸 체험을 살펴보고 싶다. 내성적 신변소설에서 대부분의 작가들은 소설쓰기, 문학에 대한 회의와 환멸을 경험한다. 그런 환멸의 원인은 다양하지만, 진지한 가치를 추구하는 소설쓰기와 교환가치가 지배하는 일상 현실과의 괴리가 가장 중요한 요인이라 할 것이다. 이런 요인을 염두에 둘 때, 작가들의 환멸은 두 측면에서 이해될 수 있다. 하나는 진정한 가치를 추구하는 것임에도 불구하고 소설은 돈으로 거래되는 상품화를 면할 수 없다는 점이다. 모든 가치를 대등한 가치로 만드는 돈이 지배하는 세계에서, 특히 소설은 상품으로서의 운명을 피할 수 없다. 인쇄자본과 인쇄문화에 토대를 둔다는 의미에서, 구비문화권에서 멀어진 소설은 상품으로서의 지위를 운명적으로 부여받는다고 할 수 있다. 그러니까 소설에는 진지한 미적 가치와 상품가치가 상호침투해 있는 셈이다. 따라서 진지한 것과 상품의 등가라는 허위에 동의하지 않는다면, 소설쓰기는 성립되지 않는다. 이는 사용가치를 추구하는 소설가에게 구역질나는 일이지만, 자본주의의 경제적 합리성 속에서 소설은 타락한 방식으로 존재할 수밖에 없다.

다른 하나는 진정한 가치를 추구하는 좋은 소설이 도대체 상품이 되지 않는다는 것이다. 구효서식으로 말하면, "좋은 소설을 써야 한다는 당위적 욕구"와 좋은 소설은 "돈이 되지 않는 결과 사이의 이율배반"이다. 이런 소비구조 속에서 작가는 딸려 있는 가족의 호구를 위해 잘 팔릴 소설을 '토악질'을 해가며 쓸 수밖에 없다. 박범신 또한 "식솔의 먹이를 문학에 걸었다는 그 이유 하나만으로도 오욕(汚辱)의 짐을 져야" 했다. 하창수는 소설을 쓰기 위해 "다른 무엇보다 경제적인 것을 먼저 생각해야 한다"는 데 자기 연민을 보인다. 「우리 시대의 소설가」에서 조성기는 십 년 전의 원고료를 그대로 받고 있는 소설가가 최저 임금 근로자와 다를 바 없는데도, 글 쓰는 이를 덮어놓고 존경하는 "사농공상의 문화적 질서"를 바꾸어야 한다며 환불을 요구하는 독자와 만나기도 한다.

소설쓰기에 대한 환멸은 대부분 후자에서 결과하는 것으로 보인다. 돈이 되는 작품을 생산하기 위해서는 영혼을 팔아야 하고 독자와 출판사에게 아첨하는 오욕을 견뎌야 한다. 이런 오욕을 의식하면 할수록 작가들은 지금까지 문학, 소설에 자신의 전 존재를 걸었다는 것을 비장한 목소리로 말한다. 전 생애를 소설에 투자했다는 양귀자의 발언, 문학과 소설쓰기가 목매달고 죽어도 좋을 유일한 사랑이라는 박범신의 주장, 토씨 하나, 형용사 하나에도 목숨을 건다는 조성기의 자존심이 그러하다. 평생 단 한 편의 소설을 완성하기 위해 소설을 쓴다는 박상우의 말, 실패할 운명이지만 타락한 세계와의 동업을 지옥의 복수심으로 거부하는 주인석의 '허영심' 또한 비장하다.

물론 작가가 자존심과 영혼을 팔아 호구지책을 마련하는 것은 참담한 일이다. 이런 현실을 추문으로 여기지 않는다면, 우리는 천박한 이기주의자에 불과할 것이다. 그러나 소설가의 궁핍이 서사 미달이나 소설가의 죽음을 정당화하지는 않는다. 소설은 소설가가 먹고사는 일에 무관심하다. 신경숙의 표현을 빌려 말하면, 소설가가 쓰지 않아도 "소설은 슬퍼하지 않을 것"이다. 소설은 작가의 의지나 태도의 산물이 아니라 사회역사적 산물인 까닭이다.

작가 개인으로 보면 내성적 신변소설은 자신을 반성적으로 되돌아보는 계기가 되고, 새로움을 기약하는 자기 갱신의 몸짓일 수도 있다. 그들의 자기 모멸과 세계를 향한 토악질을 보면서 나는 그들의 새로운 탄생에 희망을 건다. 그러므로, 역설적이지만 나는 이렇게 말하고 싶다. 소설가여, 돌아오라!

(『포에티카』 1997년 가을호)

90년대 소설의 환상성, 그 상상력의 모험

1. 환상, 타자의 복귀

　최근 환상, 환상적인 것에 대한 관심이 증대하고, 그것의 소설적 가능성이 조심스럽게 점쳐지고 있다.[1] 90년대 이후 소설이 내성화의 길을 걷고, 자서전의 탈을 쓴 신변잡기로 흐르거나 지난 시절에 대한 무기력한 후일담으로 전락하는 가운데, 환상성이야말로 경직된 리얼리즘 소설의 무능한 관습성을 돌파하고 소설을 위기에서 구해낼 새로운 대안이 아니겠느냐는 것이다. 물론 환상을 리얼리즘의 반대로 보거나 리얼리즘을 공

---

1) 『상상』 1996년 가을호 특집에 수록된 김욱동의 「환상적 상상력과 소설」, 김성곤의 「미국 포스트모던 소설과 환상문학」, 송병선의 「중남미문학의 환상과 마술」, 장석주의 「환상의 제국」, 『오늘의 문예비평』 1996년 겨울호의 특집을 이룬 이재실의 「환상문학이란 무엇인가」, 박종탁의 「중남미 현대소설과 환상적 리얼리즘」, 함순례의 「시이비 공간에서의 환상적 글쓰기」, 『세계의 문학』 1997년 여름호 기획물인 황병하의 「환상문학과 한국문학」 등은 여러모로 참고할 만한 문헌이다.

격하기 위한 수단으로 삼는 데는 적지 않은 문제가 있다. 또 환상에 관한 기왕의 논의가 구조원리로서의 환상, 요소 내지 모티프로서의 환상, 장르로서의 환상과 본질로서의 환상을 구분하지 못한 것도 문제라고 할 수 있다. 환상의 경계와 범주를 꼼꼼하게 따진 황병하의 규정에 따르면, 우리에겐 아직 환상소설이라 할 만한 것이 별로 없다. 환상의 경계와 범주 설정을 필자는 앞으로의 과제로 넘겨두고, 본고에서는 90년대 소설에 나타난 환상성을 상상력의 모험이라는 입장에서 검토하고자 한다.

환상에 관한 논의에서 핵심적인 것은 무엇이 환상인가, 말을 바꾸면 무엇이 현실을 구성하는가라는 문제이다. 김성곤 교수가 환상소설 대두의 요인으로 "가변적이고 불가시적인 리얼리티의 재현 불가능"을 들고 있거니와, 리얼리티에 관한 기존 인식틀의 동요가 환상성의 등장과 긴밀하게 연관됨은 주지하는 바와 같다. 한용환의 다음과 같은 규정도 마찬가지이다.

(환상문학은) 문화적 금제에 의한 억류된 욕망에 대한 보상으로서, 억압적인 사회에 대한 회의의 표현으로서 무수한 실례들을 남겨왔으며, 동시에 삶의 세계가 특정한 현실개념에 의해 고정화되는 것을 저지하는 항체 역할을 해왔다. 특히 현실이라는 것이 단순하게 '저기 바깥에' 있는 것, 자명하게 주어지는 것이 아니라는 사실이 분명해짐에 따라서 환상의 세계를 천착하는 일은 허구적 서사물이 떠맡아야 마땅한 과제로 인식되는 현상도 나타나고 있다.[2]

무엇이 현실적인 것인가는 오래 전부터 쟁점이 되어온 것이지만, 특히

---

2) 한용환, 『소설학사전』, 고려원, 1992, 477쪽. 억압된 욕망에 대한 보상, 소망 성취나 사회에 대한 전복성, 상투화된 현실 인식에 대한 충격이 하필 환상문학에만 국한되는 것은 아닐 것이다. 또 현실관념이 특정한 시각에 의해 고정될 수 없는 것이라면, 현실이 무엇인지를 말하기 위해 더욱 현실세계를 천착해야 한다고도 말할 수 있다.

90년대 이후 경험적 현실의 의심할 바 없는 견고성에 대한 회의가 폭넓게 확산된 것으로 보인다. 현실에 대한 메타 서사나 권위주의적 담론을 회의하고, 집단적인 신념을 거부하는 경향은 90년대의 두드러진 정신적 풍속도라고 할 수 있다. 이런 회의와 더불어 도구적 이성의 불모성, 진보 관념의 억압성을 비판하고 주체 혹은 이성의 탈중심화가 강조된 바 있다. 이제 세계를 상징하는 것은 질서나 유기적 통일이 아니라 엔트로피인 것이다. 더구나 첨단기술공학의 눈부신 성장과 함께 가상 현실이 두드러지고, 사회의 전 영역에 문화적인 것, 곧 이미지, 시뮬레이션이 내파되면서 리얼리티는 위기에 처해 있다는 것이다.

현실관념이 급전직하의 상황에 놓였다면, 현실을 설명 이해 반영할 언어의 능력과 권위 또한 의심스러운 범주가 될 수밖에 없다. 이런 상황이 소설적 상상력을 궁지로 몰아넣었으리라는 것은 미루어 짐작이 된다. 90년대에 수많은 작가들이 글쓰기의 어려움을 토로한 바 있거니와, 상상력의 위기는 고정된 가치, 상징적 질서, 견고한 신념이 사라진 피로와 퇴폐의 시대에 피할 수 없는 현상이다.[3]

90년대 소설의 환상성은 현실관념에 대한 근본적인 회의라는 시대적 배경 속에서 문학의 피로, 상상력의 고갈을 돌파하려는 노력의 산물이라고 이해된다. 현실관념의 위기라는 맥락에서, 환상은 논리적으로 양립 불가능한 것, 경험적으로 존재할 수 없거나 다른 것, 이성적으로 이해 설명할 수 없는 것, 심리적으로 낯설고 불안한 것, 도덕적으로 수용할 수 없는 것, 사회정치적으로 전복적인 것, 예술적으로 표현할 수 없는 것이라 할 수 있다. 말하자면, 환상은 지금 여기의 현실에서 불가능, 비현실, 초자연, 비정상, 비가시, 불가해하며 부재하는 무엇이다. 달리 말하면, 환상은 타자의 복귀이며, 양립할 수 없는 것들 간의 대화이다.

타자로서의 환상이 사회적 문화적으로 의미심장한 것은 그것이 인식

---

3) C. Brooke-Rose, *A Rhetoric of The Unreal*(Cambridge Univ. Press, 1983), pp. 3~9 참조.

과 존재의 문제와 관련되기 때문이다. 근대적 원근법이나 유클리드적 방법론의 단일한 인식체계를 의심한다는 점에서, 환상은 앎의 한계나 인식의 다양성 문제를 화두로 삼을 것을 요구한다. 또 소실점 너머의 다른 세계나 지대를 추구한다는 점에서, 환상은 존재영역의 다차원성을 생활연관 속에 환기한다. 이런 근거에서, 환상적인 소설은 인식의 다각화를 추구하면서 앎의 단순성, 권위주의적인 인식을 의심하며 이로써 현실에 대한 반성적 논평을 가한다고 할 수 있다. 또 가시적인 3차원적 세계를 존재의 가능 유일한 장소로 보지 않는다는 점에서, 소설의 환상성은 경험을 확장하고 기존의 현실에 다른 세계를 첨가하는, 현실의 풍요화라고 할 수 있다.[4]

경험적 현실의 인식론적 확실성과 존재론적 견고성을 회의하는 과정에서 환상은 다채로운 상상을 추동하는 힘이 된다. 그 상상력의 구체적인 실현은 1차 세계, 곧 지금 여기의 현실과 2차 세계, 즉 또다른 현실과의 관계를 어떻게 설정하느냐에 달려 있다. 이를 검토한다면, 90년대 소설이 펼치는 상상력의 모험이 드러날 것이다. 본고에서는 이를 1차 세계(현실)의 비현실화, 2차 세계(비현실)의 현실화, 1차 세계와 2차 세계, 곧 현실과 비현실의 병치라는 세 가지 측면에서 몇 작품을 검토하고자 한다.[5]

---

4) 토도로프가 독자, 인물, 서술자의 주저나 동요를 환상문학의 결정적 요소라고 한 것은 환상문학에서 인식의 문제가 핵심임을 지적한 것이라 할 수 있다. 잭슨은 현실과 동떨어진 초자연세계의 고안을 초월주의라 비판하고, 환상문학을 기존 문화에 의해 억압된 것, 즉 기존 문화의 결여, 상실, 부재를 추구하는 욕망의 문학이라 규정한다. 인식론적 불확실성을 통해 환상문학은 권위주의적 질서를 전복한다는 것이다. 다른 한편, 맥헤일은 환상이 지금 여기와는 다른 세계, 다른 존재와의 만남이라는 점에서 토도로프의 견해를 반박하고, 환상이 세계의 가변성, 존재의 다양성을 추구한다고 지적한 바 있다. 말하자면, 현실 너머에 있는 세계와의 만남을 통해, 지금 여기의 존재론적 확실성을 뒤엎는다는 것이다. R. Jackson, *Fantasy*(Methuen, 1981), pp. 2~9, 14~16, 29~36 참조. B. McHale, *Postmodernist Fiction*(Routledge, 1989), pp. 16~17, 74~75 참조.
5) 소설의 환상성을 이 세 측면에서 검토함에 있어, 경이(marvellous), 환상(fantasy), 불안한 기괴(uncanny)에 관한 토도로프, 잭슨 및 A. Swinfen, *In Defence of Fantasy*(Routledge & Kegan Paul, 1984)를 참고하였다.

2. 엔트로피적 상상력과 성기적 상상력

　90년대 소설에 나타난 환상의 특징으로 먼저 들 수 있는 것은 경험적 현실을 비현실화한다는 점이다. 예를 들어, 동식물이나 사물이 인간적인 특성을 지닌다거나 인간이 동물로 변신하는 것은 비현실적이다. 이 경우 비현실적인 세계는 1차 현실의 밖에 객관적으로 존재하는 것이 아니다. 우화가 대표적인 예에 속하거니와, 현실의 비현실화는 1차 세계에 대한 알레고리적 의미를 환기한다. 이런 전통적인 우화가 아니라도, 복거일과 구광본의 대체 역사소설, 심상대와 성석제의 일부 소설은 비현실적으로 뒤집어진 세계를 통해 경험세계에 대한 인식상의 회의와 비판을 꾀한다고 할 수 있다.

　인식상의 회의를 송경아는 마침내 삶의 불가해성, 앎의 불가능성이라는 극단까지 밀어붙이는데, 이를 엔트로피적 상상력이라 할 만하다. 송경아의 소설에서 인간은 사물이나 기호, 정보 단위로 드러난다. 단편 「책」(『책』, 민음사, 1996)을 보면, 교통사고로 죽은 어머니가 책이 되어 서가에 꽂혀 있다. 물론 화자인 딸은 죽은 자가 사물로 변신했다는 믿을 수 없는 일을 축자적으로 받아들일 것을 거듭 강조한다. 그러나 구효서의 「아이 엠 어 소피스트」처럼, 「책」은 경험적 현실의 인간이 기호화되고, 거대한 시스템 내의 정보 단위로 변해가는, 현실의 기호적 경향에 대한 알레고리로 읽힌다. 그런데 「책」 속의 화자는 타인에게 해독되지 않는 기호이기를 원하면서 그 방법이 글쓰기라고 말한다.

　책, 수많은 책들. 전부 내 삶에 관한 책들을 쓰는 거야. 위조본, 복사본, 파본, 앞의 반은 같고 뒤의 반이 틀린 두 개의 책, 같은 내용을 다루면서 문체가 다른 책들, 한 장이 틀린 책, 단어 하나가 틀린 책, 글자 하나가 틀린 책, 판본이 다른 책, 장정이 다른 책, 수많은 책을 쓸 거야. 그래서 어떤 게 진짜 나-책인지 어떤 게 가짜인지 구분하지 못하게 만들 거야.

진짜와 가짜를 구분할 수 없는 '나-책'은 다양한 의미를 내포하고 있다. 우선 의문을 허용하지 않는 정전(正典)의 권위를 부정한다고 볼 수 있다. 정전의 권위를 부정할 때, 이 세상에 원본이나 기원은 없고 다만 새롭게 씌어진 판본이 있을 뿐이다. 둘째, 죽음의 권위에 대한 도전이라고도 할 수 있다. 죽음은 혼란스럽고 복잡한 한 개인의 삶에 종결적인 고정성을 부여하는 권위를 지닌다. 그러나 송경아의 화자는 이같은 고정적 의미를 거부한다. 셋째, 사물을 재현하는 언어의 권위에 대한 비판이다. '나-책'이 타인에게 읽힐 수는 있으나, 그러나 단일하고 고정된 의미로 귀결될 수는 없다. 왜냐하면, 기호는 최종적인 의미, 시니피에를 지니지 않기 때문이다. 「우리나라는 어디 있니?」에서 말하고 있는 것처럼, "수많은 시간과 공간과 계급과 개성의 그물 안에서 하나로 정의되는 우리나라란 존재하지 않"는다. 기호가 의미와 단절된다면, 진짜와 가짜의 구별, 현실과 이미지의 구분도 가능하지 않을 것이다. 이 세상에 그런 구별이나 최종적 의미가 가능하다고 주장하는 자는 송경아로부터 '파시스트'의 혐의를 받는다.

현실과 이미지가 혼동되고 기호와 의미가 분열되어 있다는 것, 따라서 '하나로 정의되는 우리나라' 곧 절대적 시니피에는 있을 수 없다. 그렇다면, 기호로서의 인간, 책으로서의 삶은 근본적으로 이해될 수 없는 것이며, 도대체 안다는 것 자체가 가능하지 않다는 결론에 도달하게 된다. 이때 남는 것은 무의미한 시니피앙으로 변덕스러운 유희를 계속하는 일이다.

그리고 나…… 나는 글을 쓴다. 한 글자 한 글자, 어머니의 삶, 나의 삶을 변형한다. 영원의 기록에 대항해서 의미없는 기록을 만들고 변조한다. 모든 순간이 영원에 대한 권리가 있듯이 모든 삶은 사라질 권리가 있다. 삶의 일회성을 위해서 지금 현재 내가 할 수 있는 일, 그것은 책을 쓰는 일이다.

영원의 기록에 대한 저항, 무의미한 기록의 변조는 삶의 '일시성', 곧 삶의 변덕스러움을 추구하는 일이다. 송경아의 소설에서 삶의 일회성은 유일무이성이 아니라 반복과 변조가 가능한 일시성을 의미한다. 끊임없이 변조될 수 있는 기록처럼, 일회적 일시적 삶이란 반복적인 삶이다. 이같은 삶의 일시성은 피할 수 없는 죽음이라는 인간의 운명에 심각하고 의미심장한 아우라를 제거한다. 삶은 특별할 것도 심각한 것도 없이 언제든 다른 것으로 대체, 교환, 변조될 수 있다는 뜻이다. 죽음조차 엄숙할 수 없는 세계의 일시적 삶은 기계적 재생산으로 특징되는 현대사회의 중요한 특징이다. 한 번 쓰고 아낌없이 버리는 일회용품처럼, 우리의 삶도 일시적인 변덕을 미덕으로 삼아야 한다는 것이다.

바로 이런 점에서 송경아의 엔트로피적 상상력은 의미없는 기호의 특성을 인간 삶의 규범으로 삼고 있음이 드러난다. 그가 파악하는 범위에서, 삶은 기호처럼 일시적 우발적인 것이다. 그렇기 때문에, 「책」의 화자는 자신의 출생의 비밀에 대해서도 무관심하다. 의미없이 떠도는 기호가 그렇듯이, 그는 자기 동일적 주체일 수 없기 때문이다.

기호 혹은 삶의 무의미성, 불가해성은 장정일에게 포르노적 상상력을 자극한다. 송경아의 소설에서 현실이 기호의 현실로 뒤집어진다면, 장정일의 소설에서는 성기가 현실을 대체한다. 그의 소설에서 경험 현실은 신체의 일부로 축소되고, 동시에 성기적 현실로 극대화된다. 『너에게 나를 보낸다』(미학사, 1992)에서 거대하게 팽창하여 우주를 방황한다는 성기가 그런 예에 속한다.

사랑이나 출산과 무관한 성기적 현실의 확장은 현실의 포르노화, 즉 비현실회이다. 90년을 전후하면서 대담한 성적 표현을 보인 소설들은 대부분의 포르노그라피처럼 현실의 모든 것을 성애화한다. 과도하게 팽창

된 성기적 현실을 통해 장정일은 경험적인 1차 세계에 대해 무엇을 강조하고 있는가? 첫째, 현실의 포르노화는 자기 모멸과 세계 풍자의 방법이 된다. 『내게 거짓말을 해봐』에서 인물은 말하자면 자신에게 '똥칠'을 하는 방식으로 자기를 모멸한다. 이런 자기 모멸은 일종의 감시체계로 작용하는 아버지 혹은 상징적 질서에 대한 복수가 된다. 도덕적으로 수락하기 어려운 것을 과도하게 드러냄으로써, 장정일은 권위를 지닌 모든 사회적 공준을 조롱하는 것이다.

둘째, 성기적 과잉 현실은 더이상 낙원을 꿈꿀 수 없는 종말론적 세계 상황에 대한 암시가 될 수 있다. 성이 죽음의 카니발에 이르는 「제7일」(『아담이 눈뜰 때』, 김영사, 1990)이 그런 예에 속한다.

이쪽 세계가 멸망해가는 것을 빤히 목격하면서 나만 저쪽 세계로 빠져나가려는 생각이나, 나만이 저쪽 세계로 입장할 수 있는 자격을 부여받았다고 믿는 것은 얼마나 이기주의적인가? 여자는 남자의 눈물에서 남자의 이기적인 에고를 보았다. 또 눈물을 흘리는 남자의 나약한 추태는 그녀에게 혐오와 구토를 치밀게 했으므로 여자는 두 사람의 혀를 자르는 도마로 사용되었던 피 묻은 돌덩이를 캐내어 남자의 양 발등과 복숭아뼈를 사정없이 내리찍었고, 남자는 여자로부터 돌덩이를 넘겨받아 여자의 하얀 양 무릎을 깨부수고, 오랜 시간 동안 공을 들여 그녀의 무릎뼈 속에 든 설계골을 발라내었다. 우리는 이제 여기보다 더 나은 그 어느 곳으로도 달아나지 못하리라. 하늘에 떠 있던 마지막 행글라이더가 수평선 너머로 사라지고, 해가 졌다.

터무니없이 과장된 포르노적 현실을 두고 믿을 수 없다고 말하는 것은 무의미한 불평에 지나지 않는다. 어떤 연구자의 말처럼, 적어도 성애소설에서는 생물학적 사실, 사회윤리조차 인물의 생각과 행동을 강제하는 운명이 될 수 없기 때문이다. 장정일의 말로 하면, 과장된 성기적 현실은

"도색소설로서의 개연성"에서 벗어나지 않는다. 그럼에도 불구하고, 이 같은 성적 과잉 현실을 혐오스럽다거나 부도덕하다고 말한다면, 장정일은 그런 반응이야말로 자신이 노린 효과라고 할 것이다. 자신까지 혐오스런 제물로 삼아 사회적 통념을 위반하는 그에게 세계는 전면적인 타락, 위선, 억압, 죄악으로 특징지어진다. 타락과 위선에 빠지지 않고 행동할 가능성이 근본적으로 회의되는 세계에서, 그는 주저하고 망설이기보다 성기적 과잉 현실이라는 급진성을 선택하여 억압을 돌파하고자 한 것이다.

그러나 장정일의 소설을 죄악에 물든 억압적 사회에 대한 알레고리로만 여기기는 어렵다. 그는 아버지로 표상된 상징적 질서의 억압기제를 말하고 있으나, 그의 소설에서는 그런 유의 슈퍼에고가 존재하지 않는다. 물론 슈퍼에고를 갖지 않은 인간은 없을 것이다. 그러나 장정일의 소설에서 그것은 신격화된 아버지가 아니라 바로 포르노의 과잉 이미지로 나타난다. 포르노의 이미지가 이미 그의 의식을 지배하고 있기 때문에, 있을 수 없는 성의 카니발도 부자연스럽지 않은 것이다. 그에게 자연스러운 포르노의 현실화는 그러나 객관 현실을 참담한 모습으로 왜곡시킨다. 인간의 극단적인 격하가 그것이다. 인간의 인격적 가치와 존엄성은 그의 작품에서 유례가 없을 정도로 모멸을 겪는다. 소설이 그런 가치에 대한 인간학적 탐구라 할 수 있다면, 장정일은 아직 한 편의 소설도 쓰지 못한 셈이다.

3. 신비적 상상력과 만화적 상상력

경험 현실에서 존재할 수 없는 경이로움이나 기적을 보여주는 것도 90년대 소설에 나타난 환상성의 특징이라고 할 수 있다. 송경아나 상성일의 소설과 달리, 이런 비경험적 상황은 1차 세계에 대한 알레고리로 존재하는 것이 아니다. 지금 여기와 전혀 다른 초자연적 2차 세계가 소설의 현실이 된다. 이런 세계에서는 기적이나 신비조차 당연한 법칙처럼 여겨진다. 예를 들어, 인간과 짐승이라는 종의 경계를 뛰어넘는 생태학적 상상력에 힘입어 김원두는 『어느 개의 인간적인 추억』(솔, 1994)에서 개가 주인아저씨의 꿈속에 뛰어드는 기적을 보여준 바 있다. 물리적 규범이 전혀 다른 세계에서의 초자연적인 기적을 김원두는 색다르게 해석한다. 즉 기적이란 "자연에 반대되는 것이 아니라 다만 우리가 알고 있는 자연에 반대되는 것"일 뿐이다.[6] 따라서 우리가 현실 인식의 다각적인 체계를 승인한다면, 이런 초자연적 2차 세계가 1차 현실과 직접적인 연관을 갖지 않고 자율적으로 존재한다고 말할 수 있다.

양귀자의 『천년의 사랑』(살림, 1995)은 한편으로 전생 혹은 환생의 모티프와 신비주의적 명상에 의존하고, 다른 한편으로는 냉엄한 현실 속에서 간난신고를 겪는 여인의 삶을 이야기의 기둥으로 삼는다. 얼핏 보기에, 이 소설은 초월적인 2차 세계와 세속적인 현실세계의 만남을 그리는 것 같다. 이 작품에 관한 기왕의 논평들도 이 점을 지적하고 있다. 그 논평에 따르면, 이 소설에서 환상적인 요소는 설명적으로 진술되고 적합성이 부족하여 환상소설로 미흡하다는 것이다. 또 환상적 요소는 남녀간의 통속적인 사랑의 굴곡으로 독자를 자극하기 위한 부차적 기교에 불과하다고 비판된다.[7] 이런 비판에 긍정할 만한 부분이 적지 않다. 그러나 불행한 여인의 곡절 많은 삶은 초월적인 2차 세계에 대한 독자의 수상쩍은 눈길, 작가로서는 불편하기 짝이 없을 혐의를 모면하기 위한 수단일 수도 있다.

다소 엉뚱하게 여겨질 이런 해석에 대해 몇 가지 근거를 제시하고자 한다. 첫째, 「숨은 꽃」에서 양귀자는 리얼리즘 소설의 가능성이나 개연

6) 김원두의 작품에 대해서는 졸저 『떠도는 시대의 길찾기』(세계사, 1995), 67~69쪽 참조.
7) 고미숙, 「대중문학론의 위상과 '전통성'에 대한 비판적 검토」, 『문학동네』 1996년 여름호, 62쪽. 황병하, 같은 글, 155~156쪽. 장석주, 같은 글, 72쪽.

성, 과학적 진실보다 '나는 그렇게 믿는다'는 투의 개인적 믿음을 강조한 바 있다. 그래서 김종구 같은 주변부 인물이 식물의 말도 알아들을 수 있으리라는 것이다. 둘째, 비교적 최근작이라 할 「금지된 말」(『현대문학』 1996년 8월호)에서, 양귀자는 『천년의 사랑』과 유사한 인물과 짐승을 보여주고 있다. 그러니까 인간과 짐승, 주체와 대상을 분리하는 근대의 사물화된 인식체계를 의심할 수 있다면 모든 존재가 경계를 넘어 교감할 수 있다는 믿음이 양귀자 소설의 배후에 지속적으로 작용하고 있는 것이다. 이런 믿음을 신비적 상상력이라 할 수 있을 것이다. 셋째, 『천년의 사랑』은 모든 사건이 완결된 뒤, 성하상이라는 남성에 의해 보고되는 형식을 취하고 있다. 후술하겠지만, 그는 우주적 섭리의 존재를 믿고 그것과 교섭하는 인물이다. 따라서 그에 의해 보고되는 사건의 전말은 그의 신비한 초월적 통찰에 지배된다고 할 수 있다. 말을 바꾸면, 1차적 객관 현실이 비록 상당 부분을 차지한다 해도, 그것은 객관 현실로부터 초월해 있는 자율적 세계, 즉 2차 세계의 영향에서 자유로울 수 없다. 이상과 같은 이유에서, 『천년의 사랑』은 신비한 초자연세계가 객관 현실을 대체 혹은 지배하는 소설일 수밖에 없다.

　양귀자의 신비적 상상력은 주관의 자발적 믿음 위에서 작동한다. 천년 전에 죽은 남녀가 이 세상에 환생해서 사랑을 완성한다거나, 우주의 섭리를 수용하면 전생을 보거나 미래를 예언하는 초능력이 생긴다는 것도 전적으로 주관적인 확신 위에 있다. 그래서 사태의 전말을 기록하는 성하상은 "세상의 상식으로는 좀처럼 믿기 어려운 이야기들"이지만, "나는 진실로 일어난 그대로를 이야기할 뿐"이며, 누구나, "원하기만 한다면" "그럴 수 있다는 것을 스스로 믿기만 한다면" 어떤 불가사의한 일도 가능하다고 말한다. 불가사의하지만 실제로 일어난 일이란 이 세계의 존재 법칙과 상이한 질서를 지닌 세계가 경험 현실에 침투한 일이다. 그 2차 세계는 "우리가 방치해두었던 다른 세계", 곧 경험 현실에 피할 수 없는 질서를 부여하고 은총을 베푸는 우주적 섭리의 세계이다.

이제 와서 생각해보면 이해할 수 없었던 많은 일들이 그런 억지 분석에 의해 억지로 이해되었다고도 할 수 있으리라. 우리가 이해할 수 없는 일은 인간의 힘으로 이해될 수 없는 일이기 때문에 그런 것이다. 그것의 진실은 우주와 인간 사이에 묵계된 영원한 약속이 무엇인지 깨달았을 때에만 비로소 이해된다. 나는 이들을 통틀어서 섭리(攝理)라고 부른다. 섭리의 법칙을 아는 사람은 우연이란 것을 인정하지 않는다. 우주의 질서와 우주가 베푸는 큰 은혜 속에는 우연이란 실수는 없다.

토도로프가 지적하고 있거니와, 초자연적인 존재의 힘이 개입하는 환상세계에서 우연이나 운이란 있을 수 없다. 그 힘은 모든 사물과 현상들 사이에 필연성을 부여하기 때문이다. 양귀자의 소설에서 피할 수 없는 것은 물론 사랑이다. 그런데 천년 전 천민 아힘사와 권문귀족의 딸 수하치가 비극적인 최후를 맞는 것은 그들의 사랑이 사회적으로 용납될 수 없었기 때문이다. 엄연한 계급 차이라는 사회적 이유 때문에, 그들의 사랑은 비극적인 종말을 맛본 셈이다. 그들의 사랑이 적대적인 현실의 힘에 의해 참담한 패배를 경험하지만, 그 패배는 그들에게 사회적 존재로서의 운명을 부여한다. 그러나 이 소설의 초점인 오인희와 성하상의 관계를 유의하면, 오인희의 죽음에도 불구하고 죽음은 비극성을 담지하지 못한다. 그것은 이들의 사랑이 근원적으로 지녔던 사회적 문제를 영적 교류라는 방식으로 해결하기 때문이다.

천년 전에 당신은 수하치였지요. 그리고 나는 아힘사였답니다……
인희는 성하상의 말을 있는 그대로, 한 점 의혹도 없이 받아들였다. 처음엔 두려웠지만 이내 모든 것을 이해할 수 있었다. 성하상이란 남자를 믿기 시작했으므로 그가 하는 말 역시 의혹없이 받아들였다. 그것말고 무엇으로 두 사람의 존재를 설명할 수 있을까. 천년 전의 그 일이 아니고서야 어떻게 이런 사랑이 가능할 수 있을 것인가.

죽음에도 불구하고, 그들의 사랑은 영원한 것으로 완성된다. 영원한 사랑은 비극적인 문제의 비(非)비극적 해결이라 할 수 있다. 사랑의 영원성이나 환생은 개인의 실존에 대한 시간의 표시, 즉 죽음을 인식할 수 없게 만든다. 죽음에 대한 인식은 동물적인 운명을 지닌 인간을 자연의 일부로 만들고 육체로 하여금 죽음에 복종하게 만든다. 따라서 영원성이란 인간의 유한성, 시간, 곧 역사에 대한 억압이며 죽음에 대한 억압이다.[8] 영원한 묵계에 따라 다른 탄생을 약속하고 있는데, 지금 여기의 현실이나 죽음이 문제될 리 없다. 바꾸어 말하면, 두 남녀를 환생시킨 우주의 법칙이 그들의 사회적 운명을 박탈한 것이다. 우리는 우주의 섭리에 기생하는 존재일 뿐이며, 지금 여기에 존재하는 자신의 세계를 꿈꿀 수 없다.

인간과 다른 존재가 유적(類的) 경계를 넘어 교류한다는 것은 김탁환의 소설에서도 발견된다. 『열두 마리 고래의 사랑 이야기』(살림, 1996)의 머리글에서, 김탁환은 주체성의 환상에서 벗어나 '타자'의 자리에서 이 소설을 썼다는 것, 반구대 암각화에서 삶이란 현실과 몽상의 자유로운 뒤섞임 혹은 조화임을 배웠고, 자신의 소설이 『금오신화』와 같은 전통적 이야기의 창조적 계승이길 바란다고 말했다. 서정기 교수가 해설에서 지적하고 있는 것처럼, 이 작품은 동서양의 다양한 신화와 전설에서 소설의 모티프를 가져오고 있다. 작품의 서술자가 자신이 자궁에 있을 때의 일까지 서술한다든지, 쌍둥이 아우의 환생, 말하는 개, 죽은 아비의 복귀, 불새처럼 독수리가 되어 태양을 향해 날아간 소녀 등은 믿을 수도, 경험적으로 존재할 수도 없는 일이다.

김만복씨는 어머니의 이해를 돕기 위해서 '고래'를 타고 떠난다고 말했

---

8) J. M. Bernstein, *The Philosophy of The Novel*(Univ. of Minnesota Press, 1984), pp. 125~126 참조.

을 뿐이다. 정작 그가 삼척 앞바다에서 만난 놈은 '고래'가 아니었다. 그놈
은 김만복씨를 보더니,

 "반갑구먼. 어서 올라타라구!"

하고 농담을 건넸다. 조개껍질로 만든 목걸이를 목에 주렁주렁 매달고 있
는, 오직 몸통만 고래인 동물이었다. 언젠가 머리는 사람이고, 목은 기린이
며, 배는 고래고, 팔은 낙타고, 다리는 문어인 짐승을 김만복씨가 물었을
때, 나는 그것이 나를 골탕먹이기 위해 아무렇게나 상상 속에서 만들어낸
짐승이라고 생각했었다. 그러나 김만복씨는 그런 걸 상상해낼 만큼 거짓말
에 익숙한 사람이 아니었다. 조금 이상하긴 해도 그는 늘 자신이 직접 보고
들은 것만 말하는 정직한 사람이었다.

 "이 세상에는 믿을 수 없지만 실재하는 일"이 얼마든지 있다는 김만복
씨의 말에 따르면, 현실의 검증을 필요로 하지 않는 이 짐승은 '상상'의
산물이 아니라 현존하는 것이다. 이 믿을 수 없고 터무니없는 존재를 의
심한다면, 김탁환은 서슴없이 천박한 계몽주의자 내지 타자를 억압하는
주체중심주의자라는 낙인을 찍을 것이다. 현실제도를 통해 습득한 세속
의 지식을 벗어날 때, 노아의 홍수 같은 엄청난 재난 속에서도 도사 혹은
아버지 신에 의해 구원받는, 불가사의한 기적이 현실로 일어난다.

 이처럼 믿을 수 없는 신화적 기적이 김탁환이 복원하려는 '타자'라면,
그 몽상과 조화를 이루어야 할 '현실'은 어디에 있으며, 전통적 이야기
의 '창조적' 계승은 어떤 것인가? 반구대의 암각화에 대한 김탁환의 해
석이 특별한 것은 아니다. 유적 경계를 넘어 모든 존재의 동일성을 얻고
자 함은 인간의 가장 오래된 욕망의 하나일 것이다. 그 동일성은 인간이
이성에 의해 타락하기 이전의 낙원상태에 다름아니다. 이런 낙원상태에
대한 그리움이 김탁환의 소설에서 신화적 몽상으로 나타난 것이다. 그러
나 암각화에 새겨진 것처럼, 육체를 지닌 존재로서 먹고살아야 한다는
불가피한 현실은 그의 소설에 구체적으로 제시되지 않는다. 예를 들어

서, 이 소설의 인물들은 누구도 객관적 현실에 발을 딛고 사는 존재가 아니다. 아버지나 김만복, 최박두는 마치 실패자나 삶의 변두리를 부랑하는 낙오자처럼 보이지만, 이는 그들이 온갖 위험과 질병, 횡포한 권력에 직면하여 성공적으로 대처하지 못한 결과라고 할 수 없다. 어머니의 경우에도 마찬가지다. '용왕의 딸'이라는 어머니도 신화적인 힘의 자장 안에 있다. 심지어 가장 세속적인 인물이라 할 수 있는 환생한 아우나 부모로부터 버림받은 숙희도 예외가 아니다. 그들은 시련 끝에 국회의원이나 세계적인 작곡가로 성공한다. 그들을 포함하여, 소설의 어떤 인물도 현실이라는 객관적인 장애물과 대면하지 않으며, 따라서 엄연한 현실원리에 의해 슬픔을 맛보지 않는다. 그들은 고난 끝에 성공하고야 마는 영웅이거나 현실의 자력으로부터 자유로운 신화적인 인물이다.

김탁환이 말하는 '현실'은 그의 언어, 희극적 어조에 있다. 김탁환은 도처에서 우스꽝스러운 언어를 사용한다. 한 예를 보자.

애꾸눈 정치호씨와 함께 최박두씨는 맥주가 흘러나오는 기계를 만들기 시작했다. 멀쩡한 솥에 구멍을 뚫었고 전기선과 전화선을 연결시켰으며, 텔레비전 안테나를 낚싯줄로 감았다. 유리 테이프로 맥주병과 소주병과 박카스 병을 묶었고, 화장지를 둘둘 말아 식초에 담근 다음 고물 트럼펫의 입을 틀어막았다. 커피 받침대를 커피잔 위에 얹고 그 위에 다시 식탁보를 덮어씌웠으며, 고장난 세탁기에 날개가 두 개뿐인 선풍기 프로펠러를 부착하기도 했다. 샤워기를 구멍난 솥에 끼웠고 자명종 시계를 세탁기의 꽁무니에 매달았다.

바닷물을 맥주로 변화시키려는 시도는 실패한다. 어떤 의미에서, 최박두의 연금술적 몽상은 김탁환이 비판하고 있는 근대적인 '계몽'에 의해 쓰라린 패배를 맛본다고 할 수 있다. 그러나 이 작품의 남성들이 현실의 엄혹한 논리에 구속되지 않는 것처럼, 최박두의 실패는 근대 이성보다

46

화자의 희극적 어조의 지배를 받는다. 즉 희극적인 언어유희가 일종의 현실원리로 작용하면서 신화적 몽상에 대한 맹목적인 믿음에 충격을 가한다고 할 수 있다. 그러니까 이 작품에서 신화적 몽상은 희극적 언어라는 현실과 대면하고 있는 셈이다. 유희적인 언어에 힘입어 화자는 작중의 모든 것을 조롱하고 지배하며 자유롭게 부유하고 있다. 그렇기 때문에, 신화적 요소의 진지한 수용과 비판적 이용에 의한 탈신비화의 효과를 이 소설에서 기대하기는 어렵다.

김탁환의 소설에서 현실원리가 전적으로 언어유희라는 기법적인 차원에서 작용한다는 점에서, '몽상'과 '현실', 내용과 형식은 극단적인 부조화를 노정한다고 할 수 있다. 이런 부조화를 고민하지 않고 그것을 '자유'라고 말하는 데 김탁환 소설의 문제가 있다. 그 문제는 구체적인 현실의 엄혹함을 지나치게 얕잡아보는 정신적 미숙성이다. 화자가 일찍이 세상의 우스꽝스러움을 터득하고 계몽의 제도를 부정하는 것도 이런 미숙함과 다르지 않다. 경험 현실을 터무니없이 얕잡아본다는 뜻에서, 이 소설에서는 신화가 현실의 목을 조르고 있는 형국이다. 김탁환의 만화적 상상력 속에서 억압되는 타자가 있다면, 역설적으로 그것은 객관 현실이다.

타자를 용납하지 않는 것은 자기애의 한 특징이다. 자신에게 몰두하는 인물은 만화의 주인공이 될 수는 있으나 객관적인 현실과 만나 쓰라림 속에서 단련되는 소설 주인공의 운명을 지닐 수 없다. 자기 이외의 다른 인간에 대해 무관심한 것, 그것은 만화의 주인공이 신의 흉내를 내는 것과 다르지 않다. 그것도 세계를 지배하는 신, '나약함을 비웃'고 '더 큰 것'을 추구하는 남성신을 흉내낸다.

김탁환의 소설에서는 말솜씨와 박식함만이 현란한 빛을 뿜는다. 능숙한 이야기꾼답게 그는 구성과정에서 무엇이든 꾸며낼 수 있다. 그 과정에서 김탁환은 동서양의 다양한 신화에 대한 박식함을 과시하고 솜씨 있게 짜깁기하고 있는 것이다. 김탁환의 소설에서 그 신화소들은 우리 문화가 억압해온, 그러나 이면적으로 생활 현실과 생생한 연관을 지닌 타자로 기능하지 않는다. 그의 소설이 고갈된 상상력을 짜깁기로 버티고 있는 인공적 구성 이상이 될 수 있을까 의심스럽다.

4. 접경의 상상력들

환상기법이나 요소를 지닌 소설들은 앞의 두 경우를 합친 경우가 대부분이다. 즉 경험적인 1차 세계와 비현실적인 2차 세계를 병치시키면서, 현실적인 것의 비현실성과 비현실적인 것의 현실성이 긴밀하게 관련되어 있다. 그래서 '문' '틈' '사이' '구멍' 등이 이질적인 두 세계를 매개하는 메타포로 흔히 사용된다. 물리적 규범이 다른 초현실의 침입이나 다른 세계로부터 온 방문자와의 만남은 우리의 전통적인 이야기형식의 특징을 이루기도 한다. 그러나 이런 유사성이 동일한 현실 경험 위에서 형성된다고는 볼 수 없다. 전통적인 이야기에서 설명 불가능한 신비의 개입이 객관 현실을 긍정하고 보강한다면, 현대소설에서 환상은 흔히 객관세계의 현실성을 훼손하고 부정하고자 기도한다. 따라서 현대소설에서 광기를 1차 세계와 똑같이 대등한 현실로 인식한다거나 다른 존재 영역의 현실성을 강조한다면, 이는 시공간에 대한 경험의 급진적인 변화 및 불모스러운 계몽 이성의 확실성에 대한 근본적 회의에 근거함이 분명하다.

박상우의 소설은 상이한 두 세계 혹은 현실과 허구의 접경지대에서 동요하는 몽환적 상상력에 의해 추동된다. 대체로 그의 소설은 폭력적인 권력 혹은 타락한 정치라는 외부세계와 이들에 패배당하는 양심적 개인이라는 유형적 공식을 보여준다. 혹은 진실이라 위장된 거짓세계, 파시스트적인 자본에 의해 지배되는 세속도시, 변화의 가속도를 따르는 속물적인 삶과 이런 현실에 부응하지 못하고 세상을 지주히며 남루힌 인생을 살거나 양심이라는 덫에 치여 병든 영혼으로 주변부로 밀려나는 인물을 대비시킨다. 이런 공식을 통해 그는 삶의 전 영역으로 확산되는 정치적 비관과 그것으로 인한 의식의 냉동상태를 보여준다. 무의미한 현실과 타협하는 의식의 냉동상태를 용납할 수 없으나, 지상의 어떤 권력도 인간을 구제할 수 없을 때, 박상우의 소설은 현실과 신념의 경계지대라는 표현을 얻는다. 경계를 탐색하는 이런 긴장의 상상력이 『독산동 천사의 시(詩)』(세계사, 1995)에 수록된 작품을 떠받치는 힘이다.

지상에 존재하는 모든 것을 추악의 결체로 보는 만큼 적(敵)은 내부에 있기도 하다. 따라서 더이상 귀의하고 싶은 의식의 본향도 있을 수 없다. 이를 박상우는 정치적 좌절감이 빚어낸 폐허의식이라 말한다. 이런 정치적 허무에 사로잡힌 인물은 현실을 벗어나 다른 차원의 세계, 축제와 카니발의 세계로 실종되기를 꿈꾼다. 그 비현실의 현실은 백야, 사하라, 산타 페, 무영시 등이다. 이들은 '유령'처럼 "상식적으로는 도무지 납득할 수 없는 현실"이다. "상상을 초월한 공간에 숨어 있"고, "차원의 문을 벗어난 듯한 지점"에 있다.(「백야」) 그곳은 "시공을 넘어"선 "전혀 다른 차원의 세계"(「사하라」)이며, "사물의, 세계의, 인식의, 이성의, 감성의, 모든 중심축이 느닷없이 기울어질 때 느껴지는 현기(眩氣), 혹은 몽환경(夢幻境)"(「열대야」)이다.

그가 현실이라고 믿어온 모든 것들이 흔적도 없이 스러지기 시작한 것이다. (……) 들어가기 위해서가 아니라, 닫혀 있는 곳에서 나가기 위해 필요한 구멍! 현실과 비현실, 닫힌 것과 열린 것, 혹은 잠든 것과 깨어 있는 것 사이의 싸움. 그리고 그 모든 것을 감싸고 있는 거대한 구멍…… 산타 페!(「산타 페」)

현실과 반대되는 이 몽환의 지대를 박상우의 인물들은 유일무이한 정신적 출구로 생각한다. 그러나 그들의 현기증, 몽환적인 의식은 현실과 비현실의 '사이'에서 힘든 긴장을 유지할 수밖에 없다. 모든 것이 복원되어야 한다는 지향의식은 동시에 아무것도 복원되지 않으리라는 허무감에 시달리는 까닭이다. 그렇기 때문에, 인물들은 상상공간의 비현실성을 깨닫고 허구적인 것으로 여겼던 현실의 구체성으로 돌아올 수밖에 없다. 그리하여 현실과 허구의 접경지대에 스스로를 끌어다놓고 고뇌에 찬 배회를 거듭하는 것이다. 이러한 동요와 배회는 의식의 고정화, 말을 바꾸면, 현실에 대한 단일하고 경직된 인식뿐 아니라, 현실의 중력을 일거에 뛰어넘을 수 있다는 초월주의적 태도를 배격하는 태도라고 할 수 있다. 그러니까 박상우의 소설에서 다른 차원의 세계란 경험 현실로부터 독립된, 존재의 또다른 지대라기보다 편협한 인식의 한계를 반성하고 돈 키호테적인 주관적 미망을 경계하도록 기능한다고 하겠다. 여기에 박상우 소설의 건강성이 있다.

그러나 현실과 허구 사이의 긴장이라는 것이 대등한 힘으로 유지되고 있는가는 의문이다. 그의 인식론적 회의가 생산적이기 위해서는 인식의 대상인 경험적 현실을 구체적으로 살피지 않으면 안 된다. 그러나 박상우 소설에서 구체적 현실은 부재의 양태로 존재한다. 말하자면 소설가의 의식 속에 관념적 형태로 있을 뿐이다. 작중인물들이 구체적 현실에서 직업을 가지고 생산활동에 종사하지 못하거나, 그들의 행위공간이 협소한 공간(카페, 아틀리에)이나 상상적 공간이라는 것이 이를 증거한다. 그의 소설은 소설다운 육체성, 잡스런 일상성을 보여주지 못하는 것이다. 작중인물이 외로움과 소외를 말하고 있으나, 사회적 존재로서 그들이 고독하고 소외될 수밖에 없는 역사적 내용을 확인할 수 없는 것도 이런 사실과 무관하지 않다. 그렇기 때문에, 때때로 현실 각성은 기교적 수단에 의존하기도 한다. 예를 들어 "손님, 영업 끝났습니다"(「노란 잠수함」)라든지, "손님, 체크아웃 시간입니다"(「산타 페」)처럼, 결말에서 기교적 장치로 사실성을 환기하는 것이다. 이는 작중인물이 직면해야 할 구체적 현실의 환기라고 할 수 없다.

이질적인 두 세계의 병치를 통해 인식론적 반성뿐 아니라 상이한 존재영역을 추구하는 작가로 구효서, 윤대녕을 들 수 있다.[9] 풍부한 신화적 모티프를 지니고 있는 윤대녕의 소설은 공존하는 존재층위나 상이한 시간대를 설정함으로써 지금 여기 현실의 존재론적 취약성을 특별히 강조한다. 윤대녕은 인간관계의 단절과 불모성으로 특징되는 '이쪽' 현실세계와 '저쪽', 곧 원래 있던 자리라고 말하는 "그 먼 존재의 시원"을 존재론적으로 대결시킨다. 윤대녕에게 존재의 시원을 향한 초월의지는 자기 자신을 향한 결단이라 할 만하다. 말하자면 "나는 나에 대해서 한없이 투명한 그 무엇의 기호이고 싶다. 그래, 진정성을 가진 하나의 돌올한 존재이고 싶다"(「은어(銀魚)」, 『은어낚시통신』, 문학동네, 1994)는 것이다. 따라서 시원으로의 영원회귀는 실존적 주체의 진정성 회복으로 이해된다. 문제는 실제에 있는 것이 아니라 "실존에 있는 것"이다. 이런 의미에서, 윤대녕의 소설은 시원적 상상력에 의해 추동된다고 할 만하다.

「남쪽 계단을 보라」(『남쪽 계단을 보라』, 세계사, 1995)에서 인물들은 "'세계'와 '나' 사이의 시간차"를 경험하고, 이질적인 차원이 일상적 현실에 침투하는 기이한 일을 겪는다. 또 세계들 사이의 '문'을 통하여 비가시적인 세계로 진입하기도 한다.

이를테면 세계가 우리가 아는 것처럼 단면이나 평면으로 이루어지지 않았다는 거. 말하자면 양면이 아니라는 거. 쉽게 말하면 회전문처럼 빙글빙글 돌아가고 있는 어느 한쪽 면, 한쪽 칸에 속해 우리가 살아가고 있다는 거. 그러다가 어느 순간에는 투명한 저쪽 면을 볼 때가 있다는 거.

가령 지금 운행되고 있는 세계와 나 사이에 틈이 벌어져 있다는 거지. 누

---

9) 구효서의 『비밀의 문』(해냄, 1996)은 이성을 가장한 비이성을 폭로하면서 기존의 지식체계를 근원적으로 의심함으로써 인식론적 반성을 촉구하며, 다른 한편 지상세계와 달리 존재하는 지하세계를 통해 자아 안팎의 타자를 드러냄으로써 세계의 다원성을 보여준다. 이에 대해서는 졸고, 「인식과 존재의 틈바구니」(『문학동네』 1997년 여름호)를 참조.

가 내 발목을 잡고 있거나 혹은 뒤에서 등을 마구 떠밀고 있다는 거지. 이를테면 타자의 속도라는 게 내게 개입해 있어.

"전혀 다른 삶" "전혀 다른 세계"에 대한 경험을 작중인물은 "단면적 인식으로는 접할 수도 볼 수도 없는" 것이라고 말한다. 이런 점에서, 윤 대녕의 시원적 상상력은 무엇이 현실적인 것인가를 매우 유동적으로 사유한다고 할 수 있다. 그런데 '문'이나 '틈'을 통해 침입한 타자는 신기루가 아니라 "정말로 실재하는 세계"이기도 하다. 그것은 진부한 일상을 넘어 또다른 존재지대를 꿈꿀 때 존재하며, 이 세계에 '개입'한다. 이 환상성이 때때로 사실세계의 엄정함을 환기하는 장치로 작용하지만, 그것이 전부는 아니다. 반복적인 일상을 뛰어넘는 삶의 초합리적 측면이 경험적으로 복원된다는 뜻에서, 윤대녕 소설은 존재영역의 다원성을 드러낸다고 하겠다.

『옛날 영화를 보러 갔다』(중앙일보사, 1997)에서 유진은 '벌레 구멍'을 통해 영원회귀의 공간으로 사라진다. 영원회귀의 공간에서 과거와 미래, 처음과 끝이 한 점에 모이며, "죽은 자와 산 자의 모든 벽이 깨져버"린다. 과거의 시간에 놓인 인물을 현재의 시간대에서 만나는 것은 모든 인간 존재의 감추어진 결여, 즉 우리의 잠재적인 죽음과 조우하는 것이다. 이렇게 볼 때, 현재에 개입하는 타자의 시간, 다른 존재차원은 작중인물의 내면이라고 하겠고, 구체적으로는 죽음이라고 하겠다. 그러니까 영원회귀의 공간, 상이한 시간차원의 병치란 죽음의 다른 이름인 셈이다. 따라서 과거로 돌아가려는 나의 '무의식의 정체'는 결국 죽음을 향한 열망이라고 할 수 있다. 죽음은 순수 부재, 곧 타자이다. 죽음은 이성의 감시에 의해 억압된 정신심리적 영역, 자아 속의 타자라 할 무의식의 세계이다. 차별과 분리를 기동시키는 근대의 이성이 무의식 혹은 죽음을 존재하지 않는 비현실로 간주했다면, 윤대녕은 외부세계와 내면세계를 대등한 현실로 보면서 양자의 관계를 탐구한 것이다.

그러나 이질적인 두 세계의 존재론적 대결에도 불구하고, 윤대녕 소설의 인물들은 경험세계에서 완료되거나 확정된 것, 즉 현실의 합리적인 법칙이나 목적에 무관심하고 현실의 물리적 조건에 무지하다. 그들에게 이쪽에서의 삶이란 임시 번호판을 달고 다니는 것처럼, 다른 곳으로 가기 위한 한시적 거처일 뿐이며, 인간은 서로에게 타자처럼 스쳐 지나가는 존재에 불과하다. 그러므로 지금 여기의 구체성에 관심이 있을 수 없다. 그래서 이런 현실의 풍경은 구체성을 띠고 묘사되는 것이 아니라 황량하고 폐허로운 '사막'이라는 메타포로 표현될 뿐이다.(「사막의 거리, 바다의 거리」) 이 황량한 거리에서 영혼은 언제나 다른 길을 향해 있다. 이런 이유로 해서, "상처에 중독된 사람"이라는 진술에도 불구하고, 인물에게 상처를 가하는 경험세계의 정체를 알기 어렵다. 그래서 진정성 탐구가 죄의식에 근거한 증거도, 상황에 대한 참된 의식으로 책임을 수락한 증거도 되지 못한다. 이런 이유에서, 시원을 향한 초월 혹은 윤대녕이 회복하려는 진정성을 자신만의 척도와 존재방식, 자기만의 감정과 내적 깊이로 이해할 수 있다. 그것은 개인의 실존적 구원이 될 수도 있으나, 그때 그는 독백적으로 존재할 수밖에 없을 것이다.

　　김탁환이나 윤대녕 못지않게 신화적 모티프를 원용하고 있는 것이 송대방의 연금술적 상상력이다. 그의 첫 장편 『헤르메스의 기둥』(문학동네, 1996)은 고대신화나 전설, 중세문화와 연금술, 회화와 철학 등에 관한 풍부한 사례와 인용, 지식으로 꾸며져 있다. 이 소설은 크게 두 개의 이야기 기둥을 지니고 있다. 하나는 〈긴 목의 성모〉라는 그림에 관한 논문을 준비중인 유학생 승호가 화가 파르미지아니노에 관한 정보를 탐색하는 것이고, 다른 하나는 16세기 초 프랑스 왕 프랑수아 1세의 신하인 연금술사 미셸이 현자의 돌을 찾는 이야기이다.

　　회복되어야 할 정보나 획득되어야 할 증거를 추구한다는 의미에서, 이 소설은 앎, 곧 인식의 문제와 관련된다. 그런데 이 연금술적 상상력은 "하나이면서 동시에 전체인 것은 무엇이냐"를 화두로 삼고 있다. 소설 전체를 관통하는 이 질문은 〈긴 목의 성모〉라는 그림에 나타난 기둥, 즉 윗부분은 하나인데 아랫부분은 열주로 묘사된 기둥의 의미, 헤르메스 신화, 연금술의 이념을 하나로 묶는다. 이 화두는 사유하는 주체와 사유되는 대상의 단절로 특징되는 근대의 사물화된 인식체계를 의심하는 질문일 뿐만 아니라, 하나이면서 전체인 어떤 존재, 주체와 대상이 구분되지 않는 새로운 존재의 층위나 질서에 대한 탐구이기도 하다. 그래서 2부 12장에 집약적으로 나타난 것처럼, 수백 년 전에 죽은 인물이 경험세계의 승호와 대면할 때, 이 소설은 가시적인 3차원적 세계와 초현실의 존재론적 만남을 드러낸다.

미셸은 바지 호주머니에서 빨간 비단 주머니를 꺼내었다. 그곳에 남은 마지막 현자의 돌을 이들은 먹을 것이다. 미셸과 프랑수아 1세는 회랑 속으로 걸어들어갔다. 거대한 열주의 행렬이 이들을 반기고 있었다. 얼마쯤 갔을까, 둘은 승호와 하영의 눈에서 사라져버렸다. 승호와 하영은 자신의 눈을 의심하지 않을 수 없었다.

이같은 초현실과 현실의 만남은 유클리드적 인식체계 혹은 "금기와 관념의 벽"에 가로막힌 제한된 이성으로써는 이해될 수 없는 것이다. 동시에 그림의 알레고리적 의미, 혹은 연금술의 이념은 양립 불가능한 사물들의 존재질서나 층위를 변화시킨다.

연금술은 어떻게 보면 이런 불합리하고 불가능한 이론의 실제화라고 할 수 있어. 인간이 자신이 생각해낸 고도의 이론을 실제의 세계에 적용시키려 했다는 거야. 태양과 달, 남성과 여성, 위와 아래, 죽음과 부활, 유황과 수은, 차가움과 뜨거움, 물과 불, 공기와 흙, 딱딱한 것과 부드러운 것, 고체와 액체 등 이렇게 서로 일치할 수 없는 모순의 성질들을 일치시키려 한 게 바로 연금술이야.

근대의 과학적 방법론이 출현함에 따라 연금술적 상상은 경멸당하거나 억압받아 지하로 스며들고, 이제 우리의 천박한 건망증 속에 묻혀버린 지혜가 되었음은 널리 알려진 바와 같다. 그렇다면, 송대방의 소설이 지금 연금술의 이념을 회복하고자 함은 어떤 정당성을 지니는가? 그것은 연금술이 잃어버린 '지혜'이기 때문인가? 그럴 수도 있겠다. 지혜야말로 지식과 달리 대립물을 조화시키는 정신의 넉넉함인 까닭이다. 그렇다면, 이 연금술의 상상은 구체적인 현실의 무지와 무능을 탐색해야 한다. 이 현실은 두 가지로 이해될 수 있다. 하나는 이성의 감시에 의해 억압된 정신심리적 영역, 자아 속의 타자라 할 무의식의 세계이다. 칼 융이 연금술의 유용성을 재발견한 것도 그것이 인간 존재의 비가시적인 영역, 곧 무의식을 탐구할 수 있는 가능성을 제공한 까닭이었다.[10] 차별과 분리를 기동시키는 근대의 이성이 무의식을 존재하지 않는 비현실로 간주했다면, 융은 외부세계와 내면세계를 대등한 현실로 보면서 양자의 관계를 탐구한 것이다. 또하나의 현실은 사나운 욕망으로 분화되어 치명적인 갈등을 겪고 있는 1차적 객관세계이다. 연금술은 이런 분화, 차별, 갈등을 뛰어넘으려는 일원론적 사고와 다르지 않다. 그러나 『헤르메스의 기둥』은 어느 쪽의 현실도 심도 있게 천착하지 못하고 있다. 그의 소설에 나타난 환상적 현상이 독자의 호사가적 취미를 위한 소모품으로 전락할 위험도 여기에 있다.

실물은 아니지만, 실물보다 선행하여 우리의 의식을 지배하는 것이 있다면, 그것을 모상(模像)이라 할 수 있다. 예를 들어, 영토를 표시한 지도가 그런 것이다. 지도는 결코 경험적 현실이 아니지만, 실제 영토를 앞질러 땅에 대한 우리의 의식을 결정한다. 우리가 어떤 장소의 존재를 인식하는 것은 그것을 직접적인 현실로 체험하기 때문이 아니라 지도에 지명

---

10) E. D. Morse, C. Bertha(eds.), *More Real Than Reality*, Greenwood Press, 1991, p. 14.

이 표시된 때문이다. 따라서 지도에 나타나지 않거나 지명이 바뀔 경우, 그 공간은 존재하지 않는다. 소설에서 이같은 모상이 현실보다 앞서 있는 것을 모상적 상상력이라 할 수 있을 것이다.

김경욱의 『바그다드 카페에는 커피가 없다』(고려원, 1996) 대부분은 이런 상상력의 산물이다. 그의 소설에는 다양한 매체 이미지, 문화소비 체험이 현저하게 드러나는데, 특히 영화의 이미지가 편재해 있다. 작중 인물들은 다른 인물이나 상황에 직면할 때, 습관적으로 영화 속의 인물이나 장면을 연상한다.

나는 녀석의 이야기를 들으며 엉뚱하게도 존 웨인, 테렌스 힐, 클린트 이스트우드가 한 패거리가 되어 성냥개비를 입에 문 주윤발과 선글라스를 낀 유덕화 등과 한판 붙는 장면을 연상하고 있었다.(「아웃사이더」)

그러니까 이들에게 영상 이미지는 현실을 인식하고 이해하는 규범으로 작용하는 셈이다. 바꾸어 말하면, 이들의 의식에 영상 이미지, 가상 현실이 선험적으로 존재하면서 이들의 1차적 현실보다 앞질러 의식에 침투하고 감정과 언어를 지배한다. 구병천의 『포유강 사람속』(열음사, 1992)이 그러하듯, 김경욱에게 선행하는 모상이 없다면, 극단적으로 말해 단 한 줄의 소설언어도 생산하지 못할 것이다.

「9층과 10층 사이에는 뭉크가 있다」에서도 작중인물은 선행하는 모상의 돌연한 침입을 경험한다. 그는 같은 공간이 돌연히 변화하는 "공간의 뒤틀림"을 겪거나, 친숙한 공간에 "다른 차원의 공간"이 끼어드는 공간 충돌을 경험한다. 정전으로 엘리베이터가 가동되지 않아 계단을 오르던 작중인물은 9층과 10층 '사이'에서 다음과 같은 낯선 공간을 만나게 된다.

도대체 이것은……, 어떻게 뭉크의 그림들이 이곳에……

나는 눈앞에 펼쳐지고 있는 일들을 이성적으로 설명하려는 노력을 이미 포기한 상태였다. 그렇지만 도저히 믿을 수 없는 일들이 눈앞에서 벌어지고 있었다. 지구 저편, 스칸디나비아 반도의 도시 오슬로에 있어야 할 그림들이 어떻게 이곳에 있을 수 있단 말인가? 더군다나 이 빌딩에 갤러리가 있다는 소리는 3년 동안 한 번도 들어본 적이 없지 않은가?

이 돌연한 공간에 대해 "과연 그곳은 실제로 존재하는 곳인가"를 의심하면서도, 작중인물은 그 공간에 접근할 때 '낯설었지만 낯설지 않'다는 기이한 느낌을 갖는다. 낯섦과 낯익음의 이런 역설적인 결합은 인물의 의식에 친숙한 이미지가 선행하고 있기 때문이다. 즉 이미 죽은 한 여인과 관련된 뭉크의 그림이 인물의 의식을 장악하고 있었던 것이다.

차원을 달리하는 이 모상적 공간의 존재를 인물은 "의식의 어두운 심연"에서 떠오른 것이라고도 한다. 이는 이성에 의해 억압되었던, 자아 속의 낯선 타자의 회귀를 의미할 수 있다. 동시에 그것은, 장정일의 포르노적 과잉 현실처럼, 마침내 모상이 무의식의 세계에까지 침투해 있음을 입증하기도 한다. 말하자면, 무의식조차 가상 현실로부터 자유롭지 않은 것이다. 그렇기 때문에, 가상공간에서 현실세계로 돌아오더라도 그 세계는 인물들의 행동의 구체적인 기반이 되지 못한다. 국내에서도 상영된 영화와 같은 제목을 한 「택시 드라이버」가 좋은 예가 된다. 시위대와 진압대를 향해 택시를 몰며 돌진하는 이 작품에서는 동명의 영화가, 즉 모상이 현실에서의 행동을 유도하는 모델이 되는 것이다. 따라서 김경욱의 작중인물들이 현실 속에서 방향을 상실하는 것은 필연이다. 그들의 가상 현실에 비하면, 현실이란 너절한 누더기에 불과한 까닭이다. 객관적인 1차 세계, 그것은 김경욱의 인물들이 잃어버린 세계이다.

5. 문학적 환상의 문제

90년대 소설에 현저하게 나타난 환상성은 현실범주에 관한 기왕의 인식틀이 동요한 결과라고 할 수 있다. 불가능하고 설명할 수 없으며, 낯설고 비현실적인 환상은 역설적으로 무엇이 현실인가에 대한 회의를 불러오고, 그럼으로써 근대적인 계몽 이성의 한계나 인식의 제한성을 드러낸다고 할 수 있다. 인식상의 회의는 존재질서에 대한 의심과 무관하지 않다. 지금 여기 가시적 3차원적 세계와 그 질서나 법칙을 달리하는 지대를 떠올릴 때, 그것은 이 세계의 존재 지위에 대한 의혹이라고 할 수 있고, 이 의혹은 아직 지도에 표시되지 않은 새로운 존재영역으로 우리를 이끌 수 있다. '앎'과 '있음'에 관한 일련의 회의와 의심이 궁극적으로 도달하는 인식의 가변성과 존재 층위의 다원성, 그 낯선 의식과 세계를, 본고는 원칙적으로 타자를 발견 복원하려는 상상력의 모험이라 이해한다. 그 모험은 무기력에 빠진 90년대 소설에 대한 예술적인 혁신이 될 수 있고, 기왕의 서술체계로써는 획득할 수 없는, 존재에 관한 새로운 통찰을 제공할 수도 있을 것이다.

그러나 환상성을 드러낸 90년대 소설이 우리의 삶에 대해 창조적으로 질문하고 현실을 풍요롭게 만들었는가에 대해, 나는 그렇다고 말하기를 주저한다. 그것은 첫째, 이들 소설이 현실의 물질적 조건을 지나칠 정도로 간과하기 때문이다. 구체적인 현실상황에 근거를 두지 않을수록 환상은 다만 문학적 관습으로 길들여질 뿐이다. 반대로 현실을 깊이 탐구할수록 환상은 경험 현실에서 측량되지 않는 사물의 중요성, 삶의 아우라를 드러낼 것이다. 상당수 소설이 신화나 전설의 모티프를 과도하게 인용하거나 음악, 영화에 관한 백과전서식 박식함을 과시하고, 기적과 신비를 지루하게 설명하는 것도 현실이 소설의 육체를 이루지 못함을 미봉하는 것에 불과하다. 환상소설에 미달하거나 환상성의 직접성이 부족하다면, 그것은 황당무계한 초자연 현상을 충분히 보여주지 못한 탓이라기

58

보다 그런 것에 대한 생생한 믿음을 불러올 만큼 객관 현실을 탐구하지 못한 결과일 것이다.

둘째, 김탁환과 양귀자의 작품 해설에서 해설자들이 지적하고 있고, 또 일부 환상문학론자들이 강조하는 것과 달리, 환상적인 소설이 근대 서구소설의 경직된 관습성을 극복하고 우리 이야기문학의 전통을 계승할 수 있을 것인지는 의심스럽다. 장르론에 입각하여 고대신화나 전설, 민담 등 이야기문학의 풍부한 전통에서 환상성의 근거를 찾으면서, 이를 '동양' '동아시아'적 소설 전통의 계승이라고 말하는 것도 기이하지만, 그 사회적 공인이 의심스러운 옛 서사형식에 의존하는 것은 장르의 사회역사성을 몰각할 위험, 소설을 말할 수 없는 파탄에 이르게 할 위험에 노출되기 쉽다.

셋째, 바로 이런 맥락에서, 이들 소설의 환상성이 경험세계와 맺는 정당성이 의심된다. 예를 들어, 환상문학 옹호자들은 자기 주장의 논거로 중남미의 환상소설을 끌어오고 있는데, 중남미 현실에서 환상은 인위적으로 꾸며낸 것이 아니라 일상의 보편적 현상이라는 점을 이들 논자는 너무 쉽게 잊어버린다. 마르케스도 '환상적' '마술적'이라는 용어를 거부하고 자신을 리얼리즘 작가로 규정한다고 하지 않는가.

> 가르시아 마르케스에게 있어서 '현실'이란 매일 일어나는 일상사와 경제적인 고통만이 아니라, 민중 신화, 신앙과 민간요법까지도 포함한다. 즉 '사실'만이 아니라 그런 사실에 대해 일반적인 사람들이 말하거나 믿는 것을 의미한다. 특히 콜롬비아의 대서양 해안의 삶은 민간 전설과 미신으로 점철된 곳이다. (……) 이렇듯 가르시아 마르케스 작품 속에서의 '환상성'은 바로 대부분 중남미인들의 산 경험인 '현실'에서 유래되는 것이다.[11]

필자는 중남미 작가의 작품이나 현실에 대해 아는 바 없으나, 환상 자체가 현실이라는 것은 환상을 터무니없는 비현실이 아니라 엄연한 현실로 믿으며, 그런 믿음은 공동체적인 것이라고 이해된다. 말을 바꾸면, 중남미인들은 무엇이 현실적인가에 대해 매우 폭넓은 이해를 지닌다는 뜻이다. 과연 우리의 현실이 이런 신화 전설 미신으로 점철되고, 이들에 대한 공동체적인 믿음이 우리에게도 존재하는가? 마법에서 풀린 이익사회의 과실을 따먹으면서 우리는 이미 오래 전에 그런 것들을 용도 폐기하지 않았던가. '이어도'가 물 밑에 잠겨 있는 거대한 바윗덩이임을 밝힘으로써 기어코 우리는 탈신비화의 길로 질주하지 않았던가. 우리에게 '미신'이 남아 있다면, 그것은 과학기술과 이성에 대한 맹신일 것이다.

넷째, 지금 여기와 연결고리를 갖지 못한 다원적 현실이란 객관적인 사회 현실을 변화시키고자 하는 모든 노력을 조소하는 것과 다르지 않다. 왜냐하면 현실적 연관을 상실하거나 모상에 선행하는 현실을 인식할 수 없는 환상소설은 무엇을 변화시켜야 할 것인가를 말할 수 없는 까닭이다.

이상과 같은 이유에서, 나는 90년대 소설의 환상성이 발작적인 문화적 소모품으로 전락할 위험을 우려한다. 한때 전국을 달구었던 환생증후군도 그 예가 될 것이다. 우리는 이익사회의 단물을 실컷 마시고 신이 선택한 인물을 통해 공동사회로 무임승차하려는, 천박한 이기주의자가 아닌가. 물론 환상소설이 다매체 환경, 새로운 기술과 비문자 매체의 가능성을 수용함으로써 서술전략을 혁신하고 작가의 상상력에 보다 자유로운 형식을 부여할 수는 있을 것이다. 그러나 매체나 장르의 경계가 해체됨으로써 문학의 키치화 혹은 문화소비의 키치적 상황을 초래할 수도 있다. 그래서 재미있는 읽을거리라고 주장되는 작품, 천박한 상호 복제품, 문학사를 경멸하는 질 낮은 제품을 두고 새로운 감수성을 대표한다는 등으로 격찬하는 일은 변화에 둔감한 극단적 문학주의 못지않게 문제가 된

---

11) 송병선, 같은 글, 55쪽.

다. 우리의 근대화가 그러했던 것처럼, 포스트모던한 제1세계의 주변부 시장의 제조업자로서 이들 역시 피할 수 없는 조악한 상품을 제조하고 있지 않겠는가. 소설이 예술이면서 상품이라는 운명을 피할 수 없지만, 함량 미달의 조잡한 제품은 상품으로서도 성공하기 어려울 것이다.

(『외국문학』 1997년 가을호)

아버지 이야기의 역설

1. 가부장의 귀환

근년 들어 직장을 잃고 부랑하는 아버지, 고개 숙인 남성이 사회문제가 되고, 이에 따라 가족의 해체를 우려하는 소리가 높다. 이러한 우려는 무기력한 가장, 가족의 해체가 우리 사회 전반에 걸쳐 진행되거나 진행될 위기의 징후라는 인식과 무관하지 않다. 물론 상호연관된 것이기는 하나 가족의 위기와 사회의 위기를 두고 어느 편이 더 결정적인 원인인가를 말하기는 쉽지 않다.[1] 그럼에도 불구하고, 최근의 각종 캠페인이나

---

1) 그러나 이남호 교수가 「최근 한국소설에 나타난 가족의 해체」(『한국문학평론』 1997년 가을호)에서 가장 근원적인 것이라는 성적 금기와 역할 분담 그리고 가족제도, 사회질서가 선조적인 연관관계가 있는 것처럼 주장한 데 전적으로 동의할 수 없는 부분도 있다. 호르크하이머나 에리히 프롬이 지적한 것처럼, 경제적 위기가 닥쳐오면 가부장의 권위는 몰락하고, 가족 구성원은 더 직접적으로 사회적 권위에 노출된다. 또 성적으로 보다 개방적인 서구사회에서 부권의 몰락과 이로 인한 사회적 혼란을 우리처럼 심각하게 여기는지 모르겠

매스컴의 광고는 가부장의 복권에 문제해결의 열쇠가 있다고 우리를 설득하려는 것처럼 보인다. 예를 들어 '우리를 지켜주는 것은 가정뿐'이라는 공익광고, '아빠 힘내세요'라고 편지를 써보라는 광고는 아버지에게 어떤 장애물도 돌파하는 영웅, 용맹스런 람보가 될 것을 요구한다. 영웅일 수 없어, 혹은 더 힘센 람보에게 밀려서 몰락하는 아버지와 남편에게 그 역할을 계속하라고 요구하고 있으니 조금은 희극적인 상황이기도 하다. 이런 광고의 이면을 읽을 수 있다면, 거기엔 국가 구성원의 행복과 자유를 지켜야 할 국가의 책무가 방기되어 있을 것이다. 그것은 모든 불행과 고통의 책임을 가정, 특히 가장에게 떠넘기는 국가권력의 불순한 의도, 음험한 책략이 아닐 것인가.

라캉의 지적처럼, 아버지는 억압과 금지를 함축한다. 아버지의 법칙은 곧 자식에게 체념을 요구하는 금지의 명령이다. 아버지의 이름에 접근한다는 것은 자아가 지닌 성적 욕망, 권력 욕망의 포기를 뜻한다. 이처럼 아버지의 이름 혹은 아버지의 법칙을 수용하는 것을 오이디푸스적 동일시라고 하고, 자식의 욕망 포기는 흔히 성숙(문화, 이성)의 지표로 간주된다.

그러나 가부장의 권위는 구성원에게 역설적으로 작용한다. 억압적인 권위가 있기 때문에 저항이 존재한다는 논리가 성립될 수 있는 까닭이다. 이런 의미에서, 부자간의 대물림, 계보는 동일과 차이의 변증법적 관계에 있다고 할 수 있다. 동일성이 순환과 연속을 의미한다면, 차이는 자식에게 아비의 시대와 다른, 자기 시대의 자기 운명과 자기 몫의 삶을 부여한다.

차이가 강조될 때, 자식은 아비와 오이디푸스적 갈등관계에 빠지게 된다. 사실 얼마 전까지의 우리 소설은 이런 갈등을 전면에 내세운 '자식의

다. 아마 보다 완벽한 사회보장제도가 확립된다면, 성 가족 사회질서의 관계는 다르게 이해될 수 있을 것이다.

이야기' 혹은 남편의 권위에 맞선 '아내의 이야기'라 해도 과언이 아니다. 그 자식의 혹은 아내의 이야기에서 가부장은 가족 성원이 겪는 모든 고통의 원인으로 간주되었다. 이런 아비에 저항하는 자식은 생물학적 아비를 부정하고 이데올로기라는 의붓아비를 섬기면서 가정에서 공장으로, 혹은 감옥으로 걸어들어갔다. 특히 90년대에 들면서, 아버지로 표상되는 모든 가치를 부정하는 정신적 무방향성 속에서 자식들은 스스로 '아스팔트 킨트'가 된다. 이데올로기를 섬긴 이전의 자식들과 달리, 그들은 집에서 거리로, 거리에서 오피스텔로 존재의 거처를 이동한다. 다른 한편, 여성 혹은 아내의 운명을 거부하는 여주인공들은 가족 내의 식물적 행복보다 자유를 추구하고 자기 몸의 주인이 되고자 한다. 아버지와 남편을 비판하는 이들 자식과 아내 들은 가부장과 다르게 살고 싶다고 항변한다. 다르게 살고 싶다는 것은 다르게 보이고 싶다는 욕망, 개별성에의 욕망, 타자와의 차이를 표나게 강조하는 나르시스적인 욕망이다.

그런데 최근 소설에서 이렇게 비난받고 배척되던 가부장의 삶이 복권되고 있음은 의미심장한 현상이다. 자식과 아내의 이야기가 '억압된 것의 회귀'였다면, 복원된 아버지의 이야기는 '기원의 회귀'라고 할 만하다. 이렇게 복권된 가부장의 이야기는 그가 살아낸 삶과 그 해석이다. 이 글은 그 해석을 비판적으로 따져보려는 것이다.[2]

---

2) 90년대 들어 점진적으로 강화된 경제적 위기도 무시할 수 없는 요인이지만, 아버지의 삶을 소설로 복원시키는 작업에 김정현의 『아버지』(문이당, 1996)가 중요한 계기가 된 듯하다. 이보다 앞서 한승원은 『아버지를 위하여』(문이당, 1995)에서 아버지의 존재론적 위상을 탐색한 바 있다. 그 밖에 강인수의 『아버지 어렸을 적에』(집사재, 1997), 이규정의 『아버지의 적삼』(해성, 1997), 아버지가 서사의 중심에 놓인 김소진의 소설, 김주영의 『홍어』(문이당, 1998), 또 "왜곡된 오늘의 아버지상"을 바로잡겠다는 의도로 엮인 『아버지의 빈자리』(신원문화사, 1997)도 주목할 만하다.

2. 불쌍한 가부장의 평범한 꿈

복권된 가부장, 곧 아버지나 남편에 관한 해석에서 먼저 주목되는 것은 가부장의 권위가 '구성원에 대한 권력'에서 '구성원을 위한 책임과 배려'로 바뀐 점이다. 즉 가장의 삶은 가족 구성원을 위한 개인 욕망의 희생, 자기 멸각적인 헌신이라는 것이다. 성석제의 「새가 되었네」(『새가 되었네』, 강, 1996), 이동하의 「누가 그를 기억하랴」(『현대문학』 1998년 5월호) 두 단편은 가족을 위해 자신의 전 생애를 바쳐온 가장의 깨어진 꿈과 비참한 최후를 보여준다. 이동하의 소설에서 50대 가장은 10년 넘게 지방의 직장에서 외롭게 생활하며 자식 교육과 집 장만에 몰두하지만, 어이없게도 아파트 붕괴로 불귀의 객이 되고 만다.

당신은 그래도 불평하시지 않았습니다. 애들 생각하면 천릿길 오가는 거야 무슨 대수냐고 했습니다. 특히 큰녀석 성적이 서울애들을 따라잡기 시작하자 그렇게 마음 뿌듯해하셨지요. 배운 게 없어 늘 남의 밑에서 거친 일을 하면서 살아가고 있다는 자격지심이 골수에 박혀 있는 당신이었으니까요. 전들 왜 그 한을 모르겠습니까. (……) 어떤 일이 있더라도 기필코 아이들 가르치는 일만은 끝까지 해내고 말 것이라고! 이런 말도 했었지요. 자식새끼 공부도 제대로 못 시키는 부모가 어찌 제대로 된 부모냐? 나는 절대로 그런 못난 애비 노릇은 안 할 것이다!

가진 것 없고 배운 것 없어 거친 밑바닥 생활을 한 부모 세대가 자식을 통해 자신의 한풀이를 하고자 함은 이해할 만한 사정이다. 아이러니컬하게 이 가장은 자신의 '못난 애비'를 추궁함으로써 '훌륭한 아버지'가 되고자 한다. 이렇게 가족을 위한 아비의 헌신이 두드러지게 강조될 때, 아비는 자식의 개별성을 약화시키면서 강력한 슈퍼에고로 작용할 것이다. 자신의 희생을 감내하면서 가족의 생계를 보장하려는 이 식량 공급자는 심리적으로 자식의 초자아, 우상이 될 수밖에 없기 때문이다. 다른 한편, '골수'에 박힌 '한' 풀이가 '남'을 지향할 때, 이 아버지의 희생은 가족 중심의 윤리로 고착되기 쉽다. 즉 잘사는 것이 이 세상에 대한 복수라는 것이다. 이처럼 고착된 가족주의는 가정을 이상화하게 된다. "이 가없는 하늘 아래" "오직 하나뿐인 가정"은 "천국 같은 공간" "안식의 공간"이라는 것이다. 이같은 가정이 구성원 내부의 갈등이나 분열을 용납하지 않을 것임은 자명하다 하겠다.

이동하는 이런 가장이 우리 주변에서 흔히 볼 수 있는 평범한 사람이라고 지적한다. 이 평범한 사람의 꿈은 어떨까? 「새가 되었네」에서 회사 부도로 자살하게 되는 가장은 "저 푸른 초원 위에 그림 같은 집을 짓고 마누라와 아이들과 띵까띵까 사는 것만을 목표로 해왔던 평범한 꿈"이라고 말한다. 이런 꿈은 안정과 평화, 곧 행복에 대해 우리 시대 대부분의 사람이 지닌 평범한 소망이라 할 수 있을 것이다. 그런데 문제는 그 '평범'의 의미가 무엇이냐에 있다.

이들 가장이 추구해온 평범은 정상적이라는 의미로 이해될 수 있다. 그들이 정상적인 삶에 집착해왔다면, 평범이란 구성원의 개별적인 특성을 부정하고 내적 긴장을 은폐하는 것과 다르지 않다. 평범을 중립적 중성적인 것으로 본다면, 이들 가장은 어떤 입장을 취하거나 가치를 지지하지 않는, 자의식의 결여를 모색했다고 할 수 있다. 또 평범을 주목할 가치가 없이 진부하고 비속하다는 뜻으로도 새겨볼 수 있다. 이상과 같이 이들 가장이 꿈꾸는 삶은 정상적인 삶, 중성적인 삶, 속물적인 삶 등의 의미로 해석될 수 있다.[3]

성석제와 이동하의 소설에서는 가장의 삶에 이런 의미들이 잘 드러나지 않는데, 특히 속물성이 가장 은폐된 부분이다.[4] 그들 역시 자본주의

---

3) 평범의 다양한 의미에 대해서는 F. Moretti, *The Way of the World*(Verso, 1987), pp. 81~83 참조.
4) 전경린의 「밤의 나선형 계단」에서 아내는 해고된 남편에게 헤어질 것을 요구한다. 고무

의 상품형식, 속물의 세계에 노출되어 있으며, 교환경제에서 자유롭지 않다. 이들이 알뜰하게 절약하고 저축한 돈은 그 자체 가치가 아니라 가치상징이다. 가치상징으로서의 돈이 제 기능을 하기 위해 사회관계는 보다 엄밀하고 합리화되지 않을 수 없다. 그래서 돈은 결국 인간을 소외시키고 친족관계를 파탄에 이르게 한다. 성석제의 소설에 보인 것처럼, 부도에 몰린 가장의 경제력 상실은 그를 모든 사람에게 부담스러운 존재로 만든다. 그는 가족에게마저 증오와 환멸을 맛보지 않을 수 없는 것이다.

교환경제에 예속되는 한, 가장은 무한경쟁의 메커니즘을 벗어날 수 없다. 성석제 소설의 가장은 '실패한 인생'이라 생각하고 죽음을 떠올린다. '늙은 개'처럼 헐떡이며 안식을 찾는 이동하 소설의 아버지는 '사냥개'에게 뒤쫓기는 악몽을 꾼다. 생존경쟁에 가위눌린 삶, 속물적 교환경제 속에서 이들의 좌절과 실패는 불가피하다. 그들이 아파트에서 투신하거나 20층 아파트가 어이없이 붕괴된 사고로 죽음에 이르는 것은 대부분의 사람들이 실패할 수밖에 없는 근대의 비정한 경쟁원리, 모더니티의 허구성을 보인다고 할 수 있다.

그러나 문제는 이들이 자신의 실패에 대한 자의식, 상실에 대한 인식을 갖지 못한다는 점이다. 이동하의 소설 인물은 이렇게도 말한다.

불운한 자신을 상대로 더이상 투덜대기가 싫었다. 그게 어디 오늘만의 일인가. 생각해보면, 언제나 그런 식이지 않던가 말이다. 지나온 삶의 어느 대목을 짚어보더라도 인생사가 물 흐르듯 순탄하게 흘러온 적은 단 한 번도 없었던 것이다. 밝은 대낮에도 어두운 수렁이 길을 가로막고 있었는가 하면 또 혹간에는, 그믐 같은 밤길에서도 아늑한 자리가 없지 않던 것이다.

장갑을 끼고 쓰레기나 분류하면서 질기게 살아가야 하는 삶이란 '모욕'이며 "그렇게 질기게 살 바에야, 차라리 죽는 게 낫다"는 것이다. "난 다르게 살고 싶"다고 말할 때, 그녀는 안락한 가정의 행복을 속물적인 삶으로 파악하며, 그런 삶과는 다른 변별적 가치를 추구한다고 할 수 있다.

어쨌거나 오늘, 여기까지 잘도 버티어온 내가 아니냐. 그는 묵묵히 하나하
나 계단을 밟아올랐다.

우리네 삶이 순탄치 않은 것은 피할 수 없다. 원하는 것과 이룬 것 사
이에 낙차를 가져오는 이 반어적 현실을 살면서, 위의 가부장은 자신의
불운을 견디거나 극복해야 할 것으로 파악할 뿐, 그것을 자신의 일부로
통합하지 못한다. 말하자면, 그에게 불운과 실패는 자신의 의지와는 상
관없이 외부로부터 들이닥친 횡액인 것이다. 성석제 소설의 가장이 자신
의 무죄를 항변하는 것도 이런 맥락에서이다.

그로부터 십 년, 매일 풀무처럼 일했다. 하루 다섯 시간 이상을 자본 적
이 없었다. 제기랄, 제기랄, 제기랄. 젠장맞을! 집 한 칸 장만 못 하고 잠 한
번 원없이 자지도 못하고 속시원하게 울어본 적 없고 대놓고 남을 욕해본
적도 없다. 매일 매순간 사방에서 크기가 다른 쇠망치가 떨어져왔다. 자금
은 늘 불안했고 무능하면서 바라는 건 많은 종업원 달래는 데 이골이 나야
했고 영악한 사채업자에 당하고 은행에 절망했다. 그래, 내가 무슨 맞아죽
을 짓을 했다고 이토록 벌을 받느냐. 그는 소리없이 절규했다.

말하자면 그들은 부당한 외부의 횡포에 희생되어왔다는 것이다. 그들
은 정직하고 순진하며 어리숙한 사람, "법 없이도 살 사람"이다. 이동하
의 인물 역시 "불쌍하고 가엾은 양반" "사흘에 풀떼죽 한 그릇도 못 얻어
먹은 사람처럼 비쩍 마르고 졸아붙어서 곤비하기 짝이 없는 몰골"에,
"남 해코지 같은 것은 요만치도 않고 살았을" "착한 사람"이다.

그러나 그들이 더없이 순진하고 착한 사람이라 해도, 그들 역시 교환
가치가 지배하는 비정한 경기장의 선수임에는 의문의 여지가 없다. 예를
들어, 성석제의 소설 주인공의 경우 ᄀ의 아버지는 "앞마당 사천 평 뒷마
당 이천 평의 전설적인 종갓집"의 종손이었다. 그러나 빚보증을 잘못 서

68

집이 경매에 넘어가고, 그는 살길을 찾아 도시로 나올 수밖에 없었다. 그렇다면 도시적 삶은 어떠한가? 도시는 다양한 가치관을 지닌 익명의 사람들이 만들어내는 가변성을 특징으로 한다. 근대화의 산물인 도시화는 견고한 가족관계, 친족의 특수주의적 결속을 훼손시킨다. 도시에서의 삶은 농경사회에서 가능한 계보의 순수성을 지킬 수 없다. 비유적으로 말하자면, 근대 도시는 잡종의 세계이며 서자들의 세상이다. 농경사회의 적장자가 땅을 상속받고 땅과 연관된 정신적 태도, 말하자면 변화보다 안정을 추구한다면, 정신적 물질적으로 상속받을 유산이 없는 근대 도시의 서자들은 자유와 변동을 추구한다. 근대사회의 활기는 이들 서자들이 길어올리는 끝없는 욕망에서 비롯된다. 이런 사회에서 계보의 순수성을 고집하는 적자(嫡子)는 적자(適者)일 수 없다. 결국 도시로 밀려난 이들 가부장은 살아남은 적자가 되기 위해 같은 먹이, 같은 위험에 노출된 다른 경쟁자와 투쟁하지 않을 수 없는 것이다. 그것이 엄연한 현실이다.

그럼에도 불구하고, 이들 가장을 더없이 착하고 어리숙한 인물로 드러내는 것은 그들이 마치 전혀 다른 부류의 적대자에 직면한 것처럼 보이도록 만든다. 말하자면 선인과 악마와 같은 동화적 양극화를 만들어낸다는 뜻이다. 물론 성석제의 소설에 등장하는 선배처럼, 경쟁사회에는 야비한 배신자가 있을 수 있다. 그러나 착한 사람과 더러운 배신자라는 양극화를 유일하게 의미 있는 판단이라고 믿는다면 그것은 유치한 것이다. 이동하의 소설이 복수시점을 취하고 있지만, 불쌍한 가장이라는 해석에 한 치의 오차도 없다는 점에서, 그 복수시점은 동시에 작용하는 불연속적 경쟁적인 시점일 수 없다. 현실에 최종 해석이 있을 수 없다는 사실이 스며들 여지가 없는 복수시점은 그 이름에 값하기 어려울 터이다.

작중인물에게 실패와 상실이 있을 뿐, 내면적 반성이 없는 것도 이런 사정과 무관하지 않을 것이다. 그 결과, 이들 소설은 법 없이도 살 착한 가장의 터무니없는 횡액에 대한 연민을 강조할 뿐이다. 사실 이들 소설은 그렇게 가엾은 가장의 죽음을 가정하고 있기 때문에, '누가 그를 기억하랴' 싶은 한 인간의 소멸 앞에 있기 때문에, 어떤 비판도 불가능하게 되어 있다. 이들 가장이 억압적인 초자아가 될 또다른 근거도 여기에 있다. 그는 온갖 간난을 헤치며 가족을 지켜온 남성신이 아닌가. 가부장에 대한 이런 해석에 일종의 가족 로망스가 은밀하게 잠재되어 있다. 말하자면 엄연한 약육강식의 생존경쟁에서도, 혹종의 가치나 진실을 배반할 수밖에 없는 현실에서도, 우리 아버지는 그렇게 야비한 사람이 아니라는 동화적 환상이 그것이다.

3. 위선의 관용

가족 로망스는 실제의 아버지는 지금 함께 살고 있는 아버지보다 훨씬 고귀하다는 환상이다. 대체로 이런 환상을 미성숙한 어린아이의 전유물로 여기지만, 반드시 그렇다고는 말할 수 없다. 나는 이를 좀 우회해서 강조하고 싶다.

김형경의 「민둥산에서의 하룻밤」(『동인문학상 수상작품집』, 1997)과 이혜경의 「젖은 골짜기」(『세계의 문학』 1997년 가을호)의 가장 역시 남들처럼 부대끼면서 가족을 부양하고자 애쓴다. 그런데 이들에게 양육자 혹은 식량 공급자로서의 역할은 희망도 한풀이도 아니다. 김형경 소설의 남편이 말하는 것처럼, "가장으로서의 의무, 그것이 짐"이었고, 그들에겐 "무거운 일상과 누적된 피로"가 있을 뿐이다. 이혜경 소설의 인물은 가난한 집안의 장남 역할을 '원죄'로 여기고 부양해야 할 가족을 '혹'에 비유한다.

나는 아버지에게 혹이구나, 아버지는 나를 혹으로 여기고 있구나.

집사람이나 아이들이 들으면 서운하겠지만, 집에서 나만 기다리며 목매다는 식구들이 있다는 거, 어떤 때 생각하면 등골이 서늘해집니다.

그러나 가족 부양이라는 의무는 하고 싶지 않아도 피할 수 없는 것이라고 이들은 생각한다. 따라서 이들에게 노동은 굴레이며, 김형경 소설의 남편 말처럼 돈을 버는 일은 굴욕과 수모를 견디는 일, "나를 죽여야 나를 먹여살릴 수 있는" 일이다. 나를 죽여야만 나를 살릴 수 있는 삶에서 순간적인 감정이나 기분에 좌우되는 것이나 불합리한 감성은 최대의 적으로 간주된다. 그래서 성석제의 인물처럼 부도가 났다고 자살하는 짓은 나약하고 경솔한 행동으로 판정된다.

그럼에도 불구하고, 남편은 의식의 배면에 '다른 의식' '다른 욕망'이 숨어 있었다고 고백한다. 그것은 "그렇게 모든 것을 때려치우고 싶다는 욕망"이다. 의식의 배면에 숨겨진 이 욕망은 이혜경 소설의 인물이 갖는 "잠적하고 싶"은 욕망과 다르지 않다. 한순간의 방심도 허용하지 않는 경쟁사회에 살면서 이들은 가족을 위한 사회적 삶과 그 의무로부터 잠적하고 싶다는 내면적 욕망 간의 괴리를 경험한다. 이 내적 욕망을 다른 삶에의 욕망이라 할 수 있다. 다른 삶에 대한 꿈은 현재에 대한 불만에서 길러진다. 그것은 '현재의 나는 내가 아니라는 것' 혹은 '현재의 내가 아닌 것이 바로 나라는 것'이다. 가족제도가 보장하는 평화로운 행복보다 개체의 자유를 추구한다는 의미에서, 프랑코 모레티가 지적하듯 현재의 나는 내가 아니라는 자기 분열은 사실 모더니티의 핵심이기도 하다.

그런데 현재의 나는 내가 아니라는 이 숨겨진 욕망은 가족 로망스의 한 측면을 드러낸다. 김형경의 소설에서 남편은 "물려받은 유산도 없고, 개인사업을 할 만한 자본도 없고, 그저 월급쟁이로 살아가는 자신에 대한 지겨움"을 토로한다. 이혜경의 인물 역시 "아무것도 없는 집에서 아무 재주도 없이 태어난 사람"이라 하고 부모 유산을 탕진한 동창에게 다음과 같은 냉소적인 태도를 보인다.

부모 유산 받아서 건물 짓고 놀고먹더니, 사업한다고 미국에 가서 말아

먹고 들어왔던가봐요. 며칠 전에 그 친구가 찾아왔기에 같이 저녁을 먹었는데, 그날 낮에 전화가 왔더라구요. 강남의 사우나인데 손님 접대하다보니 돈이 모자란다고, 오십만원만 해다 달라더래요. 아뇨, 거절했대요. 잘했다고 그랬어요. 그냥, 말이 그렇게 나와지더군요.

물론 이 화자는 평생 아등바등 살아온 자신의 전 재산이 허망하고, 가진 것 없이 떠도는 삶이 때로는 부럽고 거룩하게도 느껴진다고 말한다. 그럼에도 불구하고, 그의 의식에는 부모의 재산을 상속받은 적자에 대한 서자의 부러움이 숨어 있다. 자신도 그런 아버지가 있고 그렇게 상속받을 유산이 있었다면 얼마나 좋을까 하는 선망이 그것이다. 여기에 가족 로망스의 동화적인 욕망이 있다. 가족 로망스의 주인공은 지금 살고 있는 아버지와 다른 환상의 아비를 만들어내고, 자신만이 그 아버지의 유일한 적자라는 견지에서 자신의 형제자매를 서출로 만들어버린다. 이 가족 로망스가 추구하는 동화적 정의, 즉 실제 아버지를 만나거나 그 아버지에게서 유래되는 유산을 상속함으로써 빼앗겼던 권리를 회복한다는 것, 이는 불만스러운 근대를 살아가는 서자들이 자기 위안을 위해 만들어낸 허구일 것이다. 김형경과 이혜경 소설의 가부장에게서 적자를 꿈꾸는 서자의 동화적 몽상을 읽어내는 것은 불가능하지 않다.

선조에게 물려받은 것이라는 뜻에서, 유산 상속은 순환의 이미지를 갖는다. 그런 상속 재산을 갖지 못한 근대의 서자들은 적자의 꿈을 의식의 심연에 묻어둔 채 세상의 거센 파도를 직선적으로 헤쳐나갈 수밖에 없다. '장애물 경주' 같은 삶에서 "서두르며 맹목적으로 앞으로 나아가기만" 하는 '총알'이 되어야 한다. 서자들의 이런 선조적인 삶을 이들 가장은 삶의 활기라거나 진보라고 여기지 않는다. 왜냐하면 이혜경 소설의 인물이 말하듯, 그들은 살아남기 위해 목숨 걸고 싸우는 "밀림, 의 법칙"에서 자유롭지 않기 때문이다. 이런 엄연한 현실의 법칙 속에서 인간관계는 비정해질 수밖에 없다. 상속받은 어떤 가치도 지니고 있지 않기 때문에, 그들은 이미 고인이 된 '못난 애비'도 두들겨팰 수 있는 망나니가 된다. 그럴 수밖에 없다. 가진 것 없는 그들이 직면하는 세계에서 수많은 자리가 그들을 기다리는 것이 아니라 한 자리에 수많은 경쟁자가 몰려들기 때문이다. 그런 사회에서는 어떤 가치를 배신할 때만 성공한다.

이혜경과 김형경의 소설이 이동하, 성석제의 소설과 다른 점은 그들이 이런 사실을 완곡하게 시인하는 데 있다.

조직에 몸담고 있다보면 본의 아니게 사람이 질겨지지요. 내키지 않는 일도 하게 되고. 능률을 앞세우느라 남의 가슴에 못 박는 일도 더러 있었겠지요. 중간관리자라는 게, 그렇지요, 오너 쪽에선 제대로 밀고 나가지 못한다고 욕먹고, 부하 직원들에겐 잘해봐야 본전치기가 십상이고. 심지어 어용이라는 소리나 듣게 되고.(「젖은 골짜기」)

직장이라는 사회가 요구하는 인간? 글쎄, 간단하게 말할 수는 없지만, 아마도 조직에 잘 적응하는 타입의 인간, 윗사람의 명령에 절대 복종하고 아랫사람들 위에 적당히 군림할 줄 아는 사람, 목표가 정해지면 갈등없이 밀어붙이는 사람, 어떤 경우에도 못 하겠다는 말을 하지 않는 사람…… 뭐, 그렇겠지.(「민둥산에서의 하룻밤」)

이혜경 소설의 주인공은 자신의 그런 행위가 '어용'이 아니라 소속된 조직에 대한 "최소한의 성실성"이라고 말한다. 그러나 그가 "남들 사는 것처럼" "똑같은 모양새"로 살았다면, 그만 유달리 성실했던 것은 아닐 것이다. 그가 성실한 머슴이었다면, 다른 사람들도 마찬가지로 충복이었을 것이다. 그렇다면, 내키지 않으면서도 할 수밖에 없었다는 것은 생존 투쟁을 위해 피할 수 없는 위선, 곧 드러난 자신과 숨겨진 자신의 괴리를 의미한다. 이런 위선적인 이중생활이야말로 속물적인 서자가 이 세계를 살아가는 방식이다. 그가 살아남았다면 어떤 가치를 기회주의적으로 배신한 덕분이 아니겠는가. 그래서 김형경의 소설에서 남편은 자신의 삶이 "당당하지 못할 뿐 아니라 졸렬하고 천한 일이라는 자각"을 갖게 된다. 비속하고 떳떳하지 못한 삶의 방식, 이것이 근대적 생존방식이다. 밀림의 법칙이 지배하는 세계에서 적자생존이란 푸코의 냉소적인 표현을 빌리면 속물의 생존이다. 그런 세계에서는 적자(適者)가 살아남는 것이 아니라 살아남은 자가 적자이다. 그는 어떤 가치를 배반할 수밖에 없다는 뜻에서 서자이기도 하다. 근대의 적자(適者)는 적자(嫡子)가 아니라 속물이며 서자이다.

김형경, 이혜경 소설의 강점은 부분적일망정 상실과 실패에 대한 반성적 이해를 보여준다는 데 있다. 김형경 소설의 남편이 "인생이란 무수히 많은 실패의 연속"이라고 말할 때, 이혜경 소설의 작중인물은 "지난날들을 용서하며 살아내야 하는 거, 그게 사는 거"라고 말한다. 그럼으로써 이들은 상실과 실패를 자신과 삶의 일부로 수락하며, 자신에 대한 반성적 성찰에 이르게 된다. 그 내면적 성찰은 속물들의 생존경쟁을 초연하게 뛰어넘는 것이 아니라 그것을 삶의 사실로 수용한다. 말을 바꾸면, 살아남기 위해 살아가는 수많은 사람들의 복잡다양한 이해관계를 관용하게 된다는 것이다.

그럼에도 불구하고, 그들의 반성적 성찰이 부분적이라고 한 것은 이런 관용의 근거가 충분하지 않기 때문이다. 두 작품의 작중인물들은 죽음이 머지않은 나이로 고향의 아버지 산소를 찾아가는 길이거나, 암을 선고받은 아내와 개심사로 여행하는 중이다. '개심'이 마음을 여는 것이든 마음을 바꾸는 것이든, 개심사를 향한 이들 부부의 여행에서는 갈등이 생겨날 수 없다. 그들은 죽음이라는 거역할 수 없는 신 앞에 있기 때문이다. 그 죽음의 신 앞에서 인간사의 다툼과 이해관계란 얼마나 보잘것없는 것인가. 그래서 이들 부부는 이전에 서로 알지 못했던 것을 이제는 '이해'하게 된다. 속물적인 삶, 위선적인 이중생활, 혼외정사도 이해할 수 있다는 것이다. 죽음의 공포가 갈등을 회피하게 만들고 우둔함을 낳았다고 할 수 있다. 그들의 상호이해가 어떤 입장도 지니지 않는 것이라면, 그들의 대화는 진부한 말의 교환에 불과할 것이다.

4. 미적 유기체로서의 아버지

신경숙의 소설은 아버지에 대한 전통적인 존경심, 가족 구성원 간의 애정 어린 보살핌을 보여준다. 「감자 먹는 사람들」(『오래 전 집을 떠날 때』, 창작과비평사, 1996)에서 일찍 양친을 잃고 배운 것, 가진 것 없던 아버지는 이 무서운 세상을 사는 무기로 침묵을 선택한다.

> 한때 집을 버리고 다르케 살고 싶은 적도 있었다. 근디 양친 잃고서 그 토록이나 무섭든 내 맴이 나를 붙들더라. 내가 다르케 살자고 너그덜을 무섭게 할 수가 없드라. 나는 가진 것은 없으니께 어떡해든 핵교에나 보내서 배울 만큼은 배우게 혀서 지 걸음들을 걷게 해주야지…… 그 생각이 마음조차 다물게 허더라.

집을 버리고 소리꾼으로서 다르게 살고 싶었던 아버지는 자식을 위해 자신의 욕망을 희생한다. 덕분에 자식들은 도시로, "문자의 세계"로 진입하게 된다. 신경숙의 소설에서 이들 자식은 자신의 성장이 아버지의 희생 위에 있다는 죄의식, 혹은 아버지의 고향을 떠남으로써 어떤 가치를 배반했다는 자의식에서 벗어나지 못한다. 예를 들어, 「오래 전 집을 떠날 때」에서 고향을 떠나 낯선 도시로 갔던 화자는 자신이 떠날 수밖에 없었던 사연을 이렇게 말한다.

> 이 집에 더이상 머물 수가 없단다. 이미 가질 수 없는 것에 눈이 쏠려버려서 여기를 떠나야만 나는 살 수 있어. 그러니 눈물을 그치렴. 세월이 얼

마나 걸릴지는 모르겠으나 한쪽으로 쏠린 내 눈이 제자리로 돌아오면 그땐 어디에 있다가라도 꼭 돌아올게. 그녀는 아직까지 돌아가지 못했다.

　"가질 수 없는 것"이 구체적으로 무엇인가는 중요하지 않다. 그것은 세련된 도시생활이나 자유로운 개별자의 삶일 수 있고, 문자의 세계일 수도 있다. 이를 뭉뚱그려 개아적 욕망이라 할 수 있다. 이런 욕망의 추구가 자신이 살던 세계를 의도적으로 부정하거나 모독하는 것은 아닐 것이다. 태생지를 부정했을 경우라면, 그는 고향에서 추방된다고 말해야 옳다. 따라서 개인의 욕망에 눈이 쏠려버린 인물에게 고향을 떠나는 일은 유배가 아니라 축복이고 행운이며 기회라고 할 수 있다. 그럼에도 불구하고, 자식들은 자신의 떠남을 마치 자신의 의지가 아닌 것처럼, 자신의 본뜻이 아닌 것처럼 행동한다. 예를 들어, 도시에서 고향집으로 매일 전화를 걸고, 태생지의 사람들에게 편지를 쓴다. 이런 행위는 한편으로 아버지에 대한 부채의식에서 결과한다. 바로 여기에서 희생하는 아버지가 은밀하게 자식의 욕망을 감시하는, 다른 우상의 경배를 금지하는 우상일 수 있음이 드러난다.[5] 다른 한편, 자식들의 행위는 그들의 거주지인 도시에서의 비본질적인 삶에 대한 불만과 불안을 드러낸다. 서자들의 치열한 생존경쟁이 펼쳐지는 도시에서 그들은 삶의 허기를 채우고자 설원을 방황하는 "승냥이"에 불과하다는 것이다.

---

5) 이와 달리, 김주영의 『홍어』는 색다르게 이해될 수도 있다. 얼핏 보면, 이 소설은 성장기에 놓인 아들의 이야기거나 인고와 기다림을 내세운 어머니의 이야기처럼 보인다. 그럼에도 불구하고, 이 소설의 의연한 중심은 아버지이다. 아버지는 "그럴듯한 가문의 후손"이지만 실제로는 "건달"이고 "바람둥이"이다. 그가 고향을 떠난 이유는 남의 여자와 놀아났기 때문이다. 즉 그는 공동체의 규칙을 위반했기 때문에 도시로 추방된 것이다. 이런 의미에서, 고향이 엄격한 법칙이 지배하는 현실원리라면, 도시를 방랑하는 아버지는 오히려 한계를 돌파하려는 쾌락원리를 체현한다고 할 수 있다. 그렇다면, 가장이 없는 집에서 어머니와 아들은 공동체의 지배를 받으면서 아버지, 곧 쾌락의 충족을 참는다고 할 수 있다. 어머니의 기다림은 자신의 욕망 충족을 지연시키는 행동이라고 할 수 있다. 말하자면, 더 큰 쾌락을 위해 일시적으로 욕망을 억압하는 것이다. 따라서 가장이 귀가했을 때, 어머니가 도

자식을 도시로 보낸 아버지였지만, 자신은 시골을 떠날 생각이 없다. 농사꾼 같지 않지만, 그럼에도 불구하고 그는 선산과 문중전답을 지켜야 하는 농경문화의 적자인 까닭이다. 조상의 유지를 지켜가는 적자의 세계는 안정의 세계이다. 수백년에 걸쳐 조상에게서 내림하는 체질과 식습관처럼(「깊은 숨을 쉴 때마다」), 그곳은 쉽게 변화되지 않는 세계이다. 시골의 고향집에 아버지는 '상징'처럼 "언제나 그곳에 계시는 분"이다. 그러니 병원에서 "내가 왜 여기 있느냐"고 말할 수밖에 없다. 근대와 더불어, 우리가 삶과 죽음을 거듭하던 집을 떠나 병원에서 태어나고 병원에서 죽게 되는 사정을 헤아리면, 신경숙 소설의 아버지는 근대 이전의 세계에 있다고 하겠다.

그래서 신경숙의 소설에서 시골과 도시, 자연과 문명, 감자와 문자 사이를 기차의 강철바퀴 소리가 가로질러간다. 기차로 표상되는 근대가 이들 사이에 정신적 심리적 거리를 만들어낸다는 뜻이다. 도시의 서자 자식이 시골의 적자 아버지에게 보내는 애틋한 신호는 이 거리를 무화하려는 시도일 것이다. 신경숙의 소설에서 자식들은 언제나 시골집과 연결되어 있고, 고향으로 되돌아가려는 강박증을 드러낸다. 시골집은 여행중에 일시 거쳐가는 곳이 아니라 그들이 귀속할 공간, 돌아가야 할 존재의 본원인 것이다.

신경숙의 소설에서 시골집은 자식들에게 육체적인 것으로 경험된다. 고향집은 언제나 음식 이미지와 연관된다. 감자를 캐거나 나누어 먹는 일도 그러한 사례의 하나이다.

시로 떠나버리는 것은 필연적이다. 왜냐하면, 공동체의 용서를 받고 귀가한 아버지는 공동체의 현실원리에 닿아 있기 때문이다. 이런 의미에서, 현실원리는 쾌락원리와 적대적인 관계라기보다 쾌락원리를 강화시켜주는 것이라고 할 수 있다. 가출한 아버지의 별명이 홍어라는 것, 홍어의 성기가 둘인 것처럼 그것은 질서와 규칙에 벗어난다는 것, 홍어와 비슷한 가오리연을 새처럼 날려보낸 것 등이 이런 역설을 입증한다.

하루분의 노동을 마치고 저녁식사를 하는 것일까? 저녁식사가 저 몇 알의 감자일까? 그래도 그들의 표정은 무척 풍부했습니다. 태양 아래의 감자밭이 그들 얼굴 위로 펼쳐져 있는 것 같았습니다. 비참에 억눌릴 만도 한데, 오히려 그들의 표정은 인간에 대한 깊은 공감을 드러내고 있었습니다. 눈빛과 손짓과 낡은 의복으로요. 어쩌면 나는 그들이 먹는 것이 알감자라는 것에 혹했는지도 모르지요.

이는 고흐의 〈감자 먹는 사람들〉에 대한, 동시에 아버지의 삶에 관한 화자의 해석이다. 인용문은 농부들의 현실적인 비참보다 그들의 불만 없는 삶의 태도, 인간에 대한 공감을 강조하고 있다. 바로 이런 맥락에 놓인 것이 아버지의 삶과 육체이다. 아버지는 다르게 살고 싶다는 영혼의 소리를 억압하고 "이 누추한 삶에 주저앉을 수밖에 없었"다고 지적된다. 이는 소리꾼의 예술세계와 비교해 일상적 삶이 얼마나 비속한가를 강조한 것일 수도 있고, 가족을 부양하는 가장의 삶이 얼마나 수고로운 것인가를 의미할 수도 있다.

흥미로운 것은 아버지가 겪어내야 했던 삶의 '누추'가 구체적으로 드러나지 않는다는 점이다. 신경숙의 소설에서 아버지는 이동하 소설의 가장처럼 동정받아 마땅한 초라한 존재로 보이지 않는다. 다른 작품에서 살핀 것처럼, 가부장은 운명처럼 짐이 지워진 가난에 힘겨워하고, 의무와 책임의 중압 아래에서 허물어져간다. 가치를 배신함으로써 비열하게 승리하거나, 김소진의 소설에 드러나듯 험악한 세상의 생존싸움에서 무기력하게 몰락하는 아버지는 자식의 내면에 깊은 상처를 남길 수 있다. 또 자식은 노쇠한 아버지에게 한때의 증오를 거두고 연민을 보낼 수도 있을 것이다. 그러나 신경숙 소설의 자식에게 아버지는 어느 쪽도 아니다. 그는 자식과 성적 경쟁자도 아니며, 부정의 단계를 거쳐 긍정에 이르게 되는 모델도 아니다.

그렇다면 그는 무엇인가? 처음부터 아버지는 자식들을 정신적 육체적으로 군집하게 만드는 신성한 상징이다. 말하자면 아버지의 육체는 신성한 육체다. 이런 신성한 육체를 두고 지난 세월 동안 견뎌왔을 '누추'를 일일이 보여줄 수는 없는 노릇이다. 그래서 아버지의 병든 육체에서도 자식은 "은은히 배어나"오는 체취를 맡는다. 그것은 "아주 낯익은 체취. 적막한 산 속 공동묘지 안에서도 썩지 않을 냄새, 가족의 냄새"(「오래 전 집을 떠날 때」)이기도 하다. 이는 아버지의 미화, 아버지 육체의 신성화라고 할 수 있다. 이야말로 아버지의 희생을 통해 문자의 세계로 진입한 자식이 아버지에게 바친 최대의 헌사일 것이다. 그 문자의 세계를 통해 신경숙은 사실의 세계가 아니라 사실을 넘어 또다른 현실을 생산한 셈이다.

신경숙의 소설에서 아버지는 남루하고 소외된 노동자라기보다 미적 대상을 창조하는 자에 가깝다. 예를 들어, 더이상 희망이 아닌 농사를 고집하고, 쌀을 대신한 대체작물의 재배를 거부한다. 조상에게서 유전된 식습관을 고수하듯이, 그는 어떤 이익을 위해 다른 모든 것을 희생할 수 있다는 비정하고 몰인격적인 경제논리를 추종하지 않는다. 아버지에게 농사를 짓고 감자를 캐는 일은 상품의 생산이 아니다. 그것은 생산물이 생산자에게 되먹임되는 미적 창조에 가깝다.

　찬비가 그친 후 밭에 가서 감자나 고구마 순을 잡아당기면 뿌리에 감자나 고구마가 주렁주렁 달려나왔지요. 감자 뿌리에 딸려나오는 감자 캐는 일은 얼마나 풍요롭고 재미있던지 누가 시키지 않아도 맨발이 되어 감자밭을 휘젓고 다니곤 했습니다. (……) 아버지의 귀가 어머니께 말씀하시는 군요. 나는 오늘같이 가을볕이 좋은 날, 밭에서 고구마를 캐다가 그렇게 갈라네. 늦봄 볕이 따사로운 날 감자를 캐다가 가만히.

아버지와 자식들에게 감자를 캐는 일, 감자를 나누어 먹는 일은 그 자체로 풍요롭고 행복한 삶이 된다. 아버지의 노동은 소유나 생존을 위한 것이 아니라 전근대적 농경문화의 적장자라는 존재의 확인으로 보인다. 그의 노동은 결코 고통스럽지 않으며, 인간과 자연, 생산자와 생산물, 부모와 자식을 하나로 통일시켜주는 심미적 노동에 가깝다. 프랑코 모레티가 이를 갈등과 차이가 소멸되는 미적 유토피아라고 지적한 바 있거니와, 미화된 아버지는 자식들이 수렴되는 미적 유기체라 할 것이다. 구성원 각자는 아버지라는 하나의 육체에 빈틈없이 스며들어 갈등 없는 공동체를 이루기 때문이다. 병약한 근친의 죽음을 예감하고 자식들이 눈물을 흘릴 때, 이는 아버지라는 '절대의 상실'에 직면하여 실체를 공유하는 몸이 일으키는 반응이라 해도 좋을 것이다.

물론 자식은 때때로 "갑옷 같은 과거에 저항"을 느끼기도 한다. 즉 자식들로 하여금 고향을 떠나게 만들었던 내밀한 욕망이 전적으로 무효화되지는 않는다. 그래서 '가까운 부친'을 두고 '먼 페루'를 선택한다.(「오래 전 집을 떠날 때」) 그러나 자식은 조바심을 내며 서둘러 집으로 돌아오고 만다. 언제나 고향에 있는 아버지라는 존귀한 상징이 그녀의 자유의지를 장악하고 있다고도 하겠다.

이런 뜻에서, 신경숙 소설에서 아버지는 자식이 세상의 일을 해석하는 일종의 신성한 텍스트라 할 수 있다. 신성한 텍스트라는 제한된 참조틀은 아버지에 관한 다양한 세대의 상이한 관점과 해석을 방해하며, 궁극적으로 아버지와 다를 수도 있을 자식 몫의 운명, 그의 운명을 시험할 사회에 대한 이해를 제약한다. 신성한 참조틀로서의 아버지는 가족을 이상화한다는 혐의를 받을 수 있을 뿐만 아니라, 서사의 선조적 전개를 통제하고, 세계의 복잡다양성을 격언이나 잠언의 세계로 환원시킨다. "못 해준 것만 생각나는 것이 사랑"이라거나 "마음이 슬픈 자는 행복하다"와 같은 잠언이 그것이다. 신경숙의 소설이 다양하고 가변적인 세계를 삶의 기반으로 삼아 아버지를 제시할 수 없는 것도 이와 무관하지 않다. 그는 밀림의 세계에 살지 않는다.

앞서 살핀 소설과 달리, 신경숙의 소설은 죽음을 앞둔 아버지를 통해

"모든 인간이 지니고 있는 지나간 과거에 쓰라림을 갖게" 된다는 데 특별함이 있다. 불가항력적으로 사라져가는 것들, 존재의 근원적인 덧없음, 상실을 예리하게 부각시킴으로써, 신경숙의 소설은 자기 몰두의 나르시시즘에서 벗어나고, 상처입은 모든 존재를 향한 공감을 이끌어낸다. 신경숙의 소설이 때로는 서한형식을 빌리고 있다거나 정서적 반응을 환기하는 섬세한 문체를 지닌 것도 이런 공감과 무관하지 않을 것이다. 물론 상실에의 몰두를 근대적 이성은 감상, 곧 감정의 낭비라고 폄하할 수도 있다. 그러나 감상은 타자와의 공감, 타자에게로의 주체 소멸적 감정이입을 가능하게 만든다. 따라서 타인의 슬픔에 동참하는 감상은 신체경험일 뿐만 아니라 자기 희생과 타자와의 동일시라는 의식의 태도이기도 하다. 그러나 이런 의식이 신경숙의 소설에서 더 큰 삶의 흐름, 역사의 맥락에 닿을 수 있을 것인가는 자신할 수 없다.[6]

5. 자학과 가학의 역설적 얽힘

아버지의 이야기는 삶의 사실이라기보다 삶에 관한 해석이다. 나는 몇몇 작품의 이면을 통해 이를 보여주고자 했다. 이러한 독법으로 보면, '아버지는 없다'. 아버지와 그의 삶은 발굴되었거나 발견되어야 할 사실이 아니다. 아버지는 해석되고 새롭게 구성되는 존재이다. 사실을 복사하는 것이 아니라 새로운 현실을 만들어내는 그런 해석이 창조적일 수도 있다. 그 창조성이란 우리가 나르시시즘의 조롱(鳥籠)을 벗어나 타자와의 공감으로 이행하는 데 있다. 혹은 친족과의 결속을 강조함으로써 이

---

6) 감상을 무조건 폄하하는 것도 일종의 억압일 것이다. 때때로 감상성(sentimentality)은 상실을 공통적으로 인식하는 사회집단의 존재를 전제한다고 이해된다. 그래서 감상은 사회화된 공동체적 정서로 파악되기도 한다. 감상의 타자 지향성에 대해서는 M. Redfield, *Phantom Formations*(Cornell Univ. Press, 1996) pp. 136~143을 참조.

변덕스러운 세계에서 지속적인 가치를 추구할 수 있다는 점도 유의할 사항일 것이다.

그러나 조금씩의 편차가 있지만, 앞에서 검토한 작품들에서 가부장의 삶에 관한 이해가 매우 제한적이라는 것이 문제다. 착한 사람이건, 살아남기 위해 몸부림친 속물이건, 밀림에서 벗어난 미적 유기체건, 아버지는 가족을 위해 자신을 희생한, 불쌍하고 가엾은 존재라는 것이다. 아버지에 관한 이같은 의미부여는 더 힘센 남성에게 패배한 가장을 심적으로 위로하고 보상할 수 있을지도 모른다. 동시에 그같은 해석은 억압의 형식으로 가족 구성원 각자의 독자적인 운명을 부정하는 기제가 될 수도 있다. 이는 신성한 텍스트의 권위가 진실에 있다기보다 진실에 대한 의혹을 봉쇄하는 데 있는 것과 같은 이치다.

이런 의혹에 대한 억압의 증거는 명백하다. 이 글에서 검토한 대부분의 작품이 죽음을 예견 혹은 전제하고 있다는 사실이 그 증거다.[7] 이 증거 앞에서 나는 당혹스럽다. 왜냐하면, 가족을 위해 희생하는 자로서 가장을 이야기하기 위해서는 그의 죽음이 전제되어야 하는 것처럼 보이기 때문이다. 불쌍한 가장의 삶에 대한 공감은 구성원이 자아를 버려야 한다는 점에서 피학적이며, 가장의 죽음을 전제해야 한다는 점에서 가학적이다. 이들 소설이 가장의 귀환을 말하면서도, 다른 한편으로 가장을 퇴출시키는 이 역설이 어디에서 비롯되는 것인지 궁금하다. 상징적이건 물

---

7) 이런 점에서 이들 소설은 김정현의 『아버지』에서 그렇게 멀리 나아가지 못했다. 『아버지』에서 가족들이 가장의 파행에 대해 어떤 비판도 할 수 없고 심지어 이전의 비판조차 부정하는 것은 그가 죽음을 앞두고 있기 때문이다. 이 소설에서 독자들이 주저없이 눈물을 흘릴 수 있다면, 그것은 이런 사실에 직접적으로 빚진 것이다. 그러나 "내 아무리 초라하고 무능했어도 최소한 당신의 남편이었고 자식들의 아버지"였다는 투정은 가장의 나르시시즘이 아니겠는가. 물론 아비가 살인자요 무기수라 할지라도, 자식은 아비의 행위를 추궁하지 않을 수 있다. 혈연이란 논리적 이성적으로 정식화될 수 없는 것이기 때문이다. 이런 비합리성에 대한 강조는 지도자의 결단주의에 대한 열광과 먼 거리에 있지 않다. 말을 바꾸면, 실업 명퇴 등의 사회적 위기에 편승하여 보다 강력한 지도자(아비)에 대한 맹목적인 추종을 불러올 수 있다는 뜻이다.

리적이건 가장의 죽음을 상정한 점에서, 이들 소설은 가부장의 횡포에 저항한 이전의 소설과 다르지 않다. 좀더 과격하게 말하면, 죽은 아비를 두들겨패는 망나니 자식의 무분별한 충동과 가족을 지키는 헌신적 남성 신에 대한 경배는 같은 세계에 있지 않은가.

(『문학동네』 1998년 가을호)

불혹, 세대론적 사유와 표정
—시간 · 고통 · 일상성 · 인식

1. 세대라는 것

세대란 원칙적으로 종의 재생산, 즉 생물학적 연속성과 관련되는 용어이다. 그러나 문화영역에서 세대를 이야기할 때, 세대는 사회역사적 개념이거나 정신문화사의 내적 연관 속에 놓이게 되고 따라서 해당 세대의 생물학적 귀속성은 무의미해지고 만다. 윌리엄 레이먼드의 지적에 의하면, 현저한 사회역사적 변화가 있을 경우 세대문제가 제기된다고 한다. 전후세대, 4 · 19세대, 유신세대, 광주세대 등을 그러한 예로 삼을 수 있을 것이다. 그러니까 세대는 특정한 시대의 물적 기반과 정신적 풍토에 속하면서 자기 세대의 특수한 역사적 내용이나 운명의 독자성을 표나게 드러내는 사회문화적 요소라고 할 것이다. 세대를 지칭하는 각별한 용어들이 암시하듯, 세대의 독자적인 정체성은 사회역사적 정황을 배경으로 하여 다른 세대와의 변별성을 확인시키는 것이라고 할 수 있다. 세대 정체성을 구성하는 변별적 요소는 다양할 수밖에 없겠지만, 문학사적 세대로 제한시켜 말하면 역사에 대한 새로운 의식, 다른 세대와 구분되는 문화적 경험, 문학이나 삶을 향한 태도의 차이 등을 지적할 수 있을 것이다.

지난 90년대를 전후하여 등장한 '신세대'라는 명칭을 두고 그 세대 정체성에 관한 논의가 적지 않았다. 사실 90년대의 신세대는 착잡한 개념이다. 공지영이 자기 세대를 영원히 이해받지 못할 '외로운 세대'라고 토로할 때, 장정일은 정보가 문제되는 '렌트' 세대라고 스스로를 규정한다. 좀더 젊은 작가들 예를 들어 김경욱은 자신이 '영웅본색' 세대라 하고, 백민석은 '나의 유일한 현실은 비현실'이라고 말한다. 물론 이런 말들이 세대 정체성을 확연히 드러내는 것은 아니지만, 대체로 실물보다 의식을 선행하여 지배하는 모상, 이미지, 정보가 중시되는 사회문화적 조건을 암시한다. 즉 소통을 구현하는 기술적 형식의 중요성이 세대 변별성을 구성하는 하나의 요인임을 알겠다.

90년대 들어 이들 신세대의 활동이 각별함은 부정할 수 없는 사실이지만, 어느 세대치고 신세대가 아닌 경우가 있었으랴 싶다. 이미 기성세대가 되어버린 사십대 작가들도 예외가 아닐 것이다. 문제는 각 세대가 독자적인 세대 정체성을 확보할 수 있느냐 혹은 역사적 맥락에서 그 존재 의의를 획득할 수 있느냐에 있을 터이다. 문화 담당자로서의 주체적인 역할을 염두에 둘 때, 불혹에 이른 작가들의 활동이 저조하다고 말할 수는 없다. 이제 갓 마흔 살의 나이에 진입한 박덕규, 이남희, 정태규, 박상우, 최수철뿐 아니라 김남일, 구효서, 이순원, 하재봉의 성과가 있고, 고원정, 김영현, 하일지, 양선규, 양귀자, 임철우, 최인석, 김종성, 최윤, 이인성, 정찬, 최시한, 윤영수, 김향숙, 조성기, 유시춘, 조갑상 등 수많은 사십대 작가들이 활발하게 작품을 발표하고 있다. 이들이 이삼십대 작가에 비해 도드라져 보이지 않는다면, 그 중요한 이유의 하나가 비평적 무관심이라고 생각된다. 이들의 작품을 성실하게 읽고 엄정하게 평가하지 않는 한, 우리 문단에 이삼십대 작가밖에 없느냐는 물음은 그들의 대중적

인기에 대한 천박한 질투로 비쳐질 수도 있다. 나는 비평가로서 이만한 일을 할 수 있을지 자신할 수 없다. 다만 몇몇 사십대 작가의 작품을 통해 그들 세대가 견디는 운명의 표정이나 삶의 징후를 들여다보고자 한다.

2. 시간의 풍화작용

사십대는 더이상 빛나는 나이가 아니다. 어떤 세대도 시간의 힘을 이겨낼 수 없는 것이지만, 사십대는 자신과 세상을 향한 어떤 꿈이나 사랑 심지어 미움조차도 시들해지는 세대이다. 꿈을 말하기에는 짊어져야 할 일상의 책임이 무겁고, 미움을 드러내기에는 현실의 완고한 벽이 두텁기만 하다. 희망과 절망, 사랑과 미움, 이 모든 것을 망각의 저층에 매장하고 피곤한 꿈속으로 퇴색시키는 것이 시간이다. 이런 퇴영과 망각을 두고 사십대의 입구에서 이남희는 '시간의 풍화작용'이라 말한 바 있다.

김영현의 작중인물들도 시간의 이런 힘으로부터 자유롭지 않다. 물론 『풋사랑』(실천문학사, 1993)의 결말에서 지적된 것처럼, '불의 터널'과 같은 시대를 아직 지나지 못한 푸른 청춘에게 추억의 빛 속으로 빠져들 지난 삶이란 먼 훗날의 몫이거나 시간의 수수께끼에 맡겨둘 일인지도 모른다. 그러나 세월이 흘러 이들이 '새끼 중산층의 중년'이 되어가면서, 이들의 '신화처럼 빛났던' 사랑도 그 색깔을 잃고 만다. 「등꽃」(『창작과 비평』 1993년 가을호)에서 보여주는 박진태의 이혼이 그 예가 된다. 운동권인 진태와 아버지가 공무원이었던 유선의 사랑은 독재의 어두운 터널 속에서 일궈낸 희귀한 것, 신화처럼 눈부신 것이었다. 그럼에도 불구하고 이제 중년에 이른 진태는 이혼을 결심한다. 그 이유는 그리워할 것이 아무것도 없다는 데 있다.

그리움이 없다는 말은 곧, 사랑할 것이 아무것도 없다는 말과 같다는 것을…… 일상의 쾌락과 안락함이 결코 그것을 대신할 수 없다는 것을……
냉장고도, 텔레비전도, 스물아홉 평 아파트도, 심지어는 가족들까지도, 그
저 편안함과, 국외자가 되기 싫은 안전장치의 한 부분일 뿐 결코 그리움의
대상은 아니라는 사실도…… 그리고, 어느새 우리는 모두 그리움이 없는
시대를 살아가고 있다는 사실도……

급진적인 혁명을 도모하면서 그 과정에 있을 비인간적 현상을 고민하
지 않는 사람에게 이 추억의 아름다운 상징은 '낭만주의적 공상'에 불과
할지도 모른다. 또 일상에 매몰된 사람에게 진태의 동요는 철없는 미혹
으로 여겨질 수도 있다. 그러나 아름다운 청춘 시절을 향한 그리움은 일
상의 안락함이 부추기는 의식의 평탄화나 기억 상실을 추문으로 만든다.
이런 의미에서, 지난 역사와 지난 삶을 아름다운 것으로 반추하는 일은
작가 김영현에게 억압적인 현실 속에서 희망을 확인하는 일과 같다. 천
박한 후일담과 달리, 그리움이 현실로 되먹임될 수 있는 가능성이 여기
에 있다.
  이룰 수 없는 꿈은 슬프지만, 그렇기 때문에 꿈은 우리를 살게 만든다.
궁핍과 불의에 고통받는 인간을 위한 분노, 인간의 본질에 대한 고뇌도
그 꿈을 자궁으로 삼아 생겨난다. '빛나는' 젊은 시절, 역사 현실과 관련
하여 자신의 주인공을 선택했고, 그 선택이 비록 젊음의 성급함에서 비
롯된 것이라 하더라도 그 결과를 자기 몫으로 할 수밖에 없으며, 이러할
때 시간의 거대한 힘에 맞서 자기 세대의 독자적 운명을 확인할 수 있다
는 것, 여기에 시간의 풍화작용에 맞선 김영현의 엄정한 표정이 놓인다.
  시간의 풍화작용에 노출된 자기 세대의 운명을 기꺼이 수락한다는 점
에서는 윤영수도 예외가 아니다. 「밍크코트가 된 고래」(『창작과비평』
1995년 겨울호)에서 백두산 천지 관광에 나선 세 부부는 '운동'으로 몸과
마음을 단련하며 70년대를 관통하였으나, 이제 중년에 접어든 그들은 성
장을 멈춘 어미나무가 된 자신들을 발견한다. 이제 누구도 그들에게 삶

의 방향을 가르쳐주지 않는 나이일 뿐만 아니라, 일상의 질서를 따르는 그들의 삶이 젊은 사람으로부터 의혹을 받을 수도 있는 처지에 놓인 것이다. 이런 곤혹스런 처지에 그들은 조바심과 불안을 경험하지만, 더이상 변할 수 없는 자기 자신들을 향해 화해를 시도한다.

땅 위에서 살던 큰 동물의 염원. 하늘을 날고 싶은 마음이 용을 만들어냈듯이, 바다에서 마음껏 활개치며 헤엄을 치고 싶던 마음이 고래로 화했을까. 결국 고래들은 바다에 안주했다. 진화인지 퇴화인지 모를 상태로. 그들 자신은 더이상 변할 수 없다. 그들이 기대하는 것은 조그만 새끼 고래, 이세, 삼세, 천천히 점진적으로 진화되어갈, 내가 아니지만 나라고 할 수 있는 먼 훗날의 분신. 우리의 삶이, 지난 세월에 대한 모호한 기억의 연속이라는 말을 누가 했더라, 최는 어둠이 깃들이는 산그늘로 고개를 돌렸다.

자학하는 대신 먼 훗날의 세대에게 기대를 거는 이 화해의 표정이 현실과의 안이한 타협이라고 단숨에 말하기는 어렵다. 그 이유는 첫째, 젊은이의 행동이 시대를 이끌고 사회를 변화시키는 원동력임을 인정하고 있으며, 젊은이에게 특권적으로 주어진 무거운 책임의 시절이 그리울 것임을 분명히 하고 있기 때문이다. 둘째, 삶이라는 것이 머나먼 대해를 헤엄쳐나가는 '과정'이기 때문이다. 과정에 놓인 인간이기에 "어제의 나와 오늘의 내가 같을 수 없"고, 따라서 "받아들이려면 있는 것을 버려야 한다"는 것이다. 어제의 나를 버린다는 것이 행동하던 시절을 부정하거나 미망으로 여기는 것이라 할 수 없고, 오늘의 나를 수락하는 것이 중산층의 천박한 속물 취향을 용납하는 것이라 비난할 수 없다. 그것은 더이상 변하거나 성장할 수 없는 '어미나무'지만, 어미나무로서 자기에게 주어진 일에 전념함으로써 먼 훗날의 분신, 곧 삶과 역사의 연속성을 보장할 수 있기 때문이다.

거역할 수 없는 시간의 풍화작용 앞에서, 양귀자가 짓는 표정은 김영현이나 윤영수와 사뭇 다르다. 90년대 들어 「숨은 꽃」에서 양귀자는 자신의 얼굴을 내밀고 "지식과 열정을 지탱해주던 하나의 대안"이 무너짐과 동시에 소설의 새로운 주인공을 찾을 수 없다는, 글쓰기의 어려움을 호소한 바 있다. 그 사라진 좌표 앞에서 양귀자는 모호한 표정을 지을 수밖에 없었다. 왜냐하면 '시간의 물리작용'이 한때 선명했던 이유조차 이제는 알 수 없는 것으로 만들어버렸기 때문이다. 이런 시간의 그늘은 「금지된 말」(『현대문학』 1996년 8월호)에서도 확인된다. 중년에 이른 화자는 북한산을 지킨다는 낯선 사람으로부터 의문의 편지를 받는다. 편지에 의하면, 시간의 힘 앞에서는 어떤 것도 굳게 지킬 수 없다. 상위 성적을 지키기 위해 분투했던 십대, 정의를 지키기 위해 헌신한 이십대, 자신을 지켜내고자 했던 삼십대를 거쳐 이제 사십대에 이르니, 그 모든 것이 짧은 꿈과도 같다는 것이다. 양귀자 자신이라고 믿어도 좋을 이 화자는 그 편지에서 어두운 시대를 견디어온 같은 사십대라는 데에 동질감과 연대감을 느낀다. 그러나 이들이 거스를 수 없는 시간의 물리작용에 대해 그다지 비관적이거나 고통스러운 것 같지 않다.

그러면 문득 가슴이 복받쳐오르기도 합니다. 지난 시절 나를 사로잡았던 그 모든 것들이 그렇게도 중요했던 것일까요. 목숨 걸고 지키려 했던 그모든 명분들이 저에게 과연 무엇이었을까요. 고요를 가르치는 깊은 밤의 이 한순간, 어두운 하늘에 드리워진 조각달의 슬픈 그림자, 밤에도 큰 잎사귀 가만가만 뒤집는 저 떡갈나무, 그런 것들의 다른 이름이 바로 진실이었는지도 모른다는 생각에 제 가슴은 사무칩니다.

조각달의 그림자나 떡갈나무가 바로 진실일 수 있다는 생각에 가슴이 사무친다 함은 지난 시절 목숨을 걸고 지키려 했던 온갖 명분이나 가치가 헛되다는 것, 그 동안 자신이 헛것에 들려 엉뚱한 곳에서 진실을 찾으려고 했다는 뜻으로 이해된다. 전 생애가 한순간의 짧은 꿈과 다를 바 없다면, 돌이킬 수 없음으로 해서 안타까울 것도, 모든 것을 걸고 지켜야 할 중요한 명분도 있을 수 없다.

그렇다면 남은 생애 동안 지켜야 할 것은 무엇인가? 북한산의 품에 안겨 살아가는 의문의 남자처럼, 그것은 '금지된 말', 곧 나는 누구인가를 묻지 않는 일이다. 자신에게 스스로의 본질과 정체를 묻지 않을 때, 그는 세상의 온갖 집착에서 벗어날 수 있을 것이다. 집착에서 벗어난 그에게 무엇인가를 지키기 위해 싸웠던 지난 세월은 얼마나 헛된 미망처럼 보일 것인가. 양귀자는 이미 『천년의 사랑』에서도 이를 확인한 바 있다. 순결한 한 여성에게 바쳐진 한 남성의 지고지순한 사랑이라는, 다분히 통속적인 이 소설에서 중요한 것은 수하치(오인희)와 아힘사(성하상)의 사랑이 우연이 아니라 피할 수 없는 운명, 과학적 사고로 합리적인 설명을 부여할 수 없는 질서라는 데 있다. 이 질서에 따르면, 성하상의 말처럼, 우리가 습득하고 있는 지식이란 '허망한 그림자'의 '굴레'에 불과하다. 그 굴레를 돌파할 때, '현실의 반대편'에 "우리가 진정으로 추구해야 할 가치"가 있을지도 모른다. 그렇다면, 「금지된 말」에서 떡갈나무와 달 그림자의 진실은 바로 현실의 반대편에 있는 가치일 것이며, 이전에 추구해온 명분이란 왜곡과 오류를 불러일으키는 '반쪽의 진실'에 해당될 것이다.

진실의 다면성, 진실이라는 이름의 굴레를 드러낸 점에서 양귀자의 소설은 발견적이다. 그러나 현실 반대편의 진실, 자신의 본질과 정체를 묻지 않는 진실은 역사적인 운명을 지닐 수 없다. 이러한 이유로, 김영현이나 윤영수와 달리, 양귀자는 지금 여기의 현실에서 자신의 주인공을 선택하기 어려울 것이다.

3. 고통의 의미와 가치

어떤 세대든 자기 세대의 삶이 특별히 의미롭다고 믿는다. 고통조차 다른 세대의 고통과 다를 뿐만 아니라 자기 세대의 상처가 훨씬 통렬한 것이라고 생각한다. 이런 점에서, 고통의 강도나 지속으로 다른 세대를 설득하기란 쉽지 않을 것이다. 사십대 작가의 작품에서 고통의 발원지는 분단과 이데올로기의 갈등, 70년대 유신시대의 정치적 폭압, 80년대 광주사태의 잔혹한 살육 등이다. 사십대 작가들에게 이들 고통은 끈질긴 망령처럼 의식을 떠나지 않는 원체험이다.

이런 고통의 원체험으로 돌아가 역사의 거인적인 힘이나 집단논리가 개인에게 어떤 운명적인 굴레를 강요했던가를 확인하고, 그 강요된 고통을 현재화하는 뛰어난 작가가 최윤이다. 최윤의 소설은 폭압적인 사회정치적 현실과 상처입은 개인의 복잡한 내면풍경을 섬세하게 결합한다. 개인은 통렬한 상처로 고통을 겪지만, 권력은 언제나 그 고통의 주체에게 침묵을 강요해왔다는 것이 우리 현대사의 추문일 것이다. 최윤은 이처럼 침묵을 강요받거나 감추어진 상처를 드러내고 그 고통의 근원을 추적한다.

「회색 눈사람」(『문학과사회』 1992년 여름호)에서 강하원은 어느덧 사십대의 중년에 접어들었으나 과거의 암울한 상처에서 벗어나지 못한다. "아, 그때…… 하고 가볍게 일축해버릴 수 없는" "일생을 두고 영향을 미치는 그러한 시기"가 있다는 것이다. 20년 전 우연히 만나 함께 위험한 일을 도모한 사람이 있었고, 세월이 흘러 안이라는 인물은 '유명한' 민중예술가요 민중운동가가 되었지만, 김희진은 낯선 땅에서 굶어 죽는다. 김희진의 죽음을 접한 강하원은 더께가 내려앉은 상처를 들춰내고 아직도 생생한 고통의 속살을 확인한다. 그 끝머리의 일부를 보자.

아픔은 늙을 줄을 모른다. 아픔을 치유해줄 무언가에 대한 기구가 그만큼 생생하고 질기기 때문일까. (……) 그러나 사람이 죽은 다음에 별이 되지 않는다는 것은 누구보다도 그 아이들이 더 잘 알고 있지 않은가. 아프게 사라진 모든 사람은 그를 알던 이들의 마음에 상처와도 같은 작은 빛을 남긴다.

강하원의 관점에서 보면 삶에는 완성이 있을 수 없다. 그래서 그는 일상에 뿌리박지 못하고 끊임없이 떠돈다. 삶에 완성이 있을 수 없는 것은 때때로 이해할 수 없는 운명과 같이, 삶은 언제나 우리의 전 생애를 뒤흔드는 상처를 던지기 때문이다. 삶에 완성이 있을 수 없으므로, 이 상처에 일상의 협잡물이 내려앉을망정, 그 고통은 결코 지워지지 않는다. 우리는 고통의 의미 그리고 그 결과와 더불어 살 수밖에 없다. 말을 바꾸면, 고통이 완결될 수 없기 때문에 우리의 삶도 완성될 수 없는 것이다.

그러나 때로는 고통스런 상처가 빛 혹은 희망이 될 수 있다. 고통에 둔감해진다 함은 일상에 파묻혀 더이상 꿈을 지니지 않는다는 것과 같기 때문이다. 따라서 상처에 사로잡힘은 삶으로부터의 단절이 아니라 삶에 대해 포기하지 않은 희망이 된다. 그러므로 고통스러워하는 자는 삶의 완성을 꿈꾸는 자이다. 고통이야말로 우리의 내면으로부터 빛을 발하는 별의 존재를 증거한다. 사는 것이 상처고 이 상처가 곧 삶의 희망이라는 이 놀라운 역설에 고통을 해석하고, 고통에 의미를 부여하는 최윤의 탁월함이 있지 않을 것인가.

고통에 가장 민감하고 정직한 것은 몸일 것이다. 자전적인 소설 「집·방·문·벽·들·장·몸·길·물」(『문학동네』 1994년 겨울 창간호)에서 최윤은 어머니를 '원초적 셋집의 주인'이라 하고, 방을 '간이역'이라 말한다. 집이나 모성공간은 여러 각도에서 형상을 얻을 수 있는데, 원초적 셋집이나 간이역이라 함은 그것을 영원회귀할 공간이 아니라 일시적인 거주지로 만든다. 즉 최윤에게 집은 떠도는 자가 끊임없이 돌아가기를 염원하는 존재의 고향이 아니라 다른 세계로 가려는 자가 거쳐 지나가는 장소인 셈이다. 따라서 최윤에게 집은 외부세계로부터 존재를 보호하는 안식처가 아니다. 집은 외부와 단절된 내부가 아니라 외부와 내부의 접경에 놓인다. 그렇기 때문에, 최윤은 강요된 소속에 불편함을 느끼며, 광기와 정상, 숭고와 타락, 일상과 일탈을 구분하고 이성과 감정을 차별하여 몸을 지배하려는 모든 이성주의자들을 반대한다.

근엄하지 않은 사람, 권력의 욕구가 없는 사람만이 진정한 의미에서의 몸을 이해한다. 몸의 변덕스럽고 순간적인 법칙, 몸의 고독과 몸의 위로의 격렬한 존재론적 대립을. 몸을 위한 모든 감동적인 싸움도. (……) 너는 육체를 무시하면서, 육체를 지배하려는 모든 사람과, 이념에 반대한다. 자신의 육체, 타인의 육체를 무시할 때, 배덕과 범죄가 생겨난다고 너는 믿고 있다.

최윤은 근엄한 이성에 의한 몸의 지배를 반대하며 육체와 정신의 결합을 강조한다. 이런 시각에서 최윤은 몸의 고통과 정신의 고통을 분리하지 않는다.

따지고 보면, 몸은 집처럼 감정과 이성이 무차별적으로 결합된 신비이다. 몸이 신비하고 변덕스러운 것이라면, 그 몸에 새겨지는 고통도 완전한 해결에 이를 수 없는 신비한 것이 되고 만다. 고통은 일상적 삶의 더께 아래에 숨어 있는 삶의 비밀인 셈이다. 말하자면, 고통은 외과적 수술로 치유될 수 없는 비일상적 경험이다. 따라서 고통의 은밀한 의미는 과학적 인과성으로 설명될 수 없다. 육신을 지닌 우리의 삶이란 이런 고통과 더불어 사는 일이며, 이를 수락할 때, 우리는 모든 경계가 무너지는 기이하고 낯선 신비에 도달할 수도 있다. 최윤의 소설이 서술전략을 끊임없이 갱신하고 이로써 규범적인 세계 인식을 전복하는 의식의 모험을 보이는 것도 이처럼 고통에 대한 그의 남다른 해석에 기인한다고 할 것이다.

고통에 관한 또 한 사람의 뛰어난 해석자는 정찬이다. 폭력, 권력에 대해 오랫동안 관심을 지녔던 정찬은 가해자와 피해자, 지배자와 피지배자, 주체와 타자를 단순한 이원대립으로 그려내지 않는다. 그는 우리에게 내면화된 폭력, 우리 시대의 삶 전체에 침투해 있는 권력 욕망을 해부한다. 그의 「얼음의 집」(『완전한 영혼』, 문학과지성사, 1992)은 권력의 정체에 대한 뛰어난 성과물의 하나임이 분명하다. '얼음'처럼 차갑게 인간적인 감정에 동요하지 않는 고문자의 사상을 그린 이 소설에서 정찬은 피해자가 아니라 가해자의 시각에서 권력과 폭력의 관계를 탐구한다. 그럼으로써 그는 피해자를 윤리적으로 옹호하기보다 가해자에 버금가는, 피해자의 권력을 향한 열망을 드러내고 권력 욕망의 허망한 결과를 적출해낸다.

이런 의미에서, 정찬은 우리 시대의 황폐한 기계적 사고, 모든 사상의 즉물적인 '권력 욕망과 싸운다고 할 수 있다. 「완전한 영혼」에서 드러난 것처럼, 반성과 겸손을 결여한 예언자나 변혁사상가는 절대화된 사상(이념)을 지닌다. 선악, 진위, 시비, 미추의 대립을 전제한 그 사상은 그 선명한 대결구도를 유지하기 위해 살아가는 방식의 다채로움과 가치의 다양성을 억압할 수밖에 없다. 절대적 이념이 표방하는 인간애는 언제나 위험하거나 인간 증오로 전화되기 쉽다는 뜻이다.

이런 맥락에서 정찬은 사상 혹은 관념을 절대화하지 않고 그것을 어떻게 인간의 모습으로 만들 것인가를 고민한다. 그는 이를 관념과 현실 사이의 다리놓기라 하고, 소설이야말로 그 소임에 적합한 것이라 말한다. 그러나 「길 속의 길」에서 그는 자신의 의도에도 불구하고, 앙상한 관념의 뼈만 도드라진 자신의 소설을 비판한다. 말하자면, 육체의 삶을 짊어진 정신의 뼈를 보여주지 못했다는 것이다. 정체된 정신이나 관념이 빚어낸 인공의 풍경이었을 뿐, 자신의 소설은 구체적인 삶의 다채로운 양상을 그리지 못했다는 뜻이다. 그가 「산다화」(『문학사상』 1994년 8월호)에서 탐욕스런 기업가의 무책임 속에서 참담하게 죽어가는 산재 환자의 고통을 그린 것도 이런 반성과 무관하지 않다. 거기서 정찬은 "죽음이라는 것이 생명 이후의 모습이 아니라 생명 이전의 모습"이라고 말한다. 죽음이 생명이 이전이라면, 죽음은 삶이 끝, 더이상 돌이킬 수 없는 종말이 아니라 새로운 삶의 씨앗이요 출발일 수 있다. 이는 죽음이 갖는 정신적 가치를 확인한 것이라 할 수 있다. 즉 대지의 품으로 돌아가 새로운 삶을 잉태할 수도 있는 것이 죽음이다.

죽음의 가치를 확인하는 일은 죽으면 그뿐이라는 천박한 현세주의나 죽음을 은폐하는 가상 현실 체험과 다르다. 이런 입장에서 정찬은 고통의 정신적 가치도 인정한다. 인간이 인간에게 가할 수 있는 온갖 종류의 폭력과 고통을 구체적으로 그려내면서, 정찬은 고통을 우리가 벗어나기 위해 싸워야 할 악으로 간주한다. 그러나 동시에 그는 그 고통을 통해 획득할 수 있는 정신적 윤리적 의의를 강조한다. 고통받는 타자는 우리에게 상처가 되지만, 그 상처의 고통을 수락함으로써 우리가 윤리적 주체로 이행하게 됨을 레비나스가 지적한 바 있거니와, 정찬의 소설에서 고통은 사랑에 바탕을 둔 인간관계를 형성하고 생명의 경이로움과 접촉하는 수단이 된다. 「새」(『창작과비평』 1993년 겨울호)가 그런 예에 속한다. 이 작품에서 광주에 투입되었던 김장수는 많은 세월이 흐른 후 자신이 죽였던 박영일이 엄연히 생존해 있음을 발견하고 혼란을 겪는다. 5·16 직후의 모든 시간과 기억을 상실하는 정신의 무의식적 도피에 빠져 있던 박영일은 점차 기억을 회복하지만, 이것이 그에게 말할 수 없는 고통을 준다. 어머니의 죽음을 계기로 박영일은 망상에서 벗어나고, 수많은 사람들이 온몸으로 겪은 고통이 새로운 생명을 낳기 위한 것임을 이해하면서 자신의 상처를 치유받게 된다.

제 고향 사람들의 그 처참한 몸은 바로 사랑의 모습이었습니다. 그들은 사람의 죽음을 분노하고, 역사의 죽음을 분노했습니다. 이 분노는 바로 사랑이었습니다. 사람과 역사를 향한 사랑이었습니다. 그것이 사랑이 아니라면, 그들의 몸이 차마 눈뜨고 볼 수 없을 정도로, 그렇게 처참해지도록 싸웠을까요? 그들의 사랑은 새로운 생명을 탄생시켰습니다. 수많은 사람들의 넋 속에서, 그 흥건한 핏물 속에서 어린 생명은 태어났습니다.

이러한 박영일과 달리, 김장수에게 기억은 고통이며, 그 고통은 증오의 되먹임으로 나타난다. 가난이 가져다준 상처가 그를 천박하고 잔인하게 만들었으며, 광주의 기억이 내면의 악마, 짐승의 충동과 같은 격렬한 증오심을 불러낸다. 끝내 그는 박영일을 다시 한번 죽임으로써 이명과 악몽에 시달리는 '짐승'의 시간을 살게 되며 가증스러운 고통의 악순환에서 벗어나지 못한다.

그러나 신의 저주를 본 자가 상처로부터 희망과 생명의 경이로움을 발견하는 일이 가능한 일인가? 고통을 겪되 그것으로부터 삶의 신비나 정신적 가치를 발견하지 못하는 박상우에게 이 세계는 디스토피아로 보인다. 박상우 소설의 특징은 이 세계에 대한 전면적인 부정에 있다. 세계의 모든 것에 대한 절대적인 절망과 비관을 드러내는 그의 소설에서는 사랑조차 이 타락한 세상을 이기지 못한다. 그의 소설에서 사랑은, 사랑을 믿지만 이루지 못하는 남녀의 쓸쓸한 거리와 파탄으로 드러나거나 소멸된 기억 속에 있을 뿐이다. 가상공간이나 현실로부터 격리된 폐쇄공간이 아니라면, 그들 남녀는 온갖 협잡물을 떨쳐낸 알몸으로 현실에서 서로를 관통할 수 없는 것이다. 역사 현실 속에 놓인 우리들의 관계는 마치 천사와 인간의 그것처럼, "사랑하면 죽는다!"(「독산동 천사의 시(詩)」) 결국 이 세계는 절대 무희망의 세계라는 것이다.

「어느 지하생활자의 수기」(『문예중앙』 1997년 봄호) 또한 이런 절망적인 고통의 연장선에 놓인다. 지상세계는 사멸의 운명에 직면해 있고, 화자는 이런 지상세계를 관찰하고 기록하는 지하족이다. 지상의 색 정 욕 취 미로부터 벗어나 무색 무정 무욕 무취 무미의 삶을 살면서 지하족은 고뇌로부터 구원되기를 갈망하며, 그것을 가능케 할 '해탈의 눈'을 지닌 팔부 능선의 마녀를 만나고자 한다. 그녀를 만나기 위해서는 기록의 진실에 모든 것을 걸어야 한다. 이렇게 만난 마녀는 기록의 진실과 사랑의 진실은 동일하다는 것, 양자는 서로에게 구원이 될 수 있다고 말한다. 실망한 지하족은 마녀조차도 사람들이 만들어낸 일종의 환상에 불과함을 깨닫지만, 그럼에도 불구하고 환상의 가치를 전면적으로 부정하지는 않는다.

　아픈 시간이 되겠지만, 당신은 진짜 팔부 능선의 마녀가 될 필요가 있어요. 구원에 대한 확신으로 다른 세계에서의 삶을 꿈꾸는 것보다, 팔부 능선의 마녀로 뿌리를 내리는 게 훨씬 구원에 가까울 수 있다는 거예요. 어차피 세상을 구원하는 게 불가능하다면, 마지막 보루처럼 신비의 공간이라도 남아 있어야 한다고 나는 믿고 싶어요. 모든 구원의 가능성이 소멸됐다는 절망감보다, 그래도 이 세상 어느 곳엔가 '해탈의 눈'이 존재한다는 믿음이 인간들에겐 훨씬 소중한 거예요.

여기서 마녀가 거처하는 신비의 공간은 지하세계와 지상세계, 즉 허구와 현실의 접경지대라고 볼 수 있다. 그런데 이런 신비의 공간을 가시적인 3차원적 세계의 밖에 있는, 존재의 새로운 지대로 보기는 어렵다. 왜냐하면, 그는 '다른 세계를 꿈꾸는 것보다' 신비의 공간에 대한 믿음이 구원에 더 가까울 수 있다고 말하기 때문이다.
　그러나 박상우 소설에서 고통을 강제하는 현실은 구체적으로 제시되지 않는다. 그 현실은 소설가의 의식 속에 관념적 형태로 존재할 뿐이므로 그의 소설은 육화된 일상의 진면목을 보여주지 못한다. 그의 소설이 사회를 단순한 하나의 국면, 절대 무희망의 말기적 상황으로 축소시키는 것은 이런 사정에서 말미암는다. 고통을 겪는 인물에게서 우리가 그 고통의 사회역사적 내용을 확인할 수 없는 것도 이런 사실과 무관하지 않을 것이다.

4. 삶의 권태와 의식의 사각지대

사십대 작가의 작품에는 의식의 평면화를 부추기는 일상적 삶이 중요한 서사적 배경을 이루는 경우가 많다. 신기할 것도, 특별할 것도 없는 일상에 매몰된 작중인물들은 중년이 되도록 이룬 것이 없다는 불안, 혹은 지금까지 이룬 것이 헛되다는 허무의식에 지배된다. 때로는 의사소통이 단절된 상태에서 사물화되어가는 인간을 냉정하게 관찰하거나, 견딜 수 없는 삶의 권태와 단조로움으로부터 벗어나기 위해 일상의 내밀한 금기, 의식의 사각지대에 밀착하려는 시도를 드러낸다.

소시민의 일상적 삶과 그 삶에 짙게 드리워진 허무의식 혹은 존재론적 고독을 집요하게 추적한 작가가 조갑상이다. 이제 오십대를 목전에 두고 있는 조갑상 또한 시간의 풍화작용에 둔감하지 않다. 「질투」에서 드러나거니와, 그는 좋은 작품을 쓰는 다른 작가에 대해 젊은 시절에 지녔던 부러움이나 질투심조차 잃어버렸다는 것, 자신은 무미건조한 일상에 매몰되어가고 있음에 예리한 동통을 느낀다. 그리하여 신기할 것도, 특별할 것도 없는 일상 속에서 작중인물들은 중년에 이르도록 이룬 것이 없다는 불안, 혹은 지금까지 이룬 것이 헛되다는 허무의식에 지배되거나, 타자와의 의사소통이 단절된 상태에서 자기만의 밀실에 유폐된다. 일상의 삶에 내려앉은 세월의 무게는 부부 사이라고 해서 피해갈 수 있는 것이 아니다. 「'그린 파파야 향기'를 보는 부부」(『소설마당』 8집, 1994)에서 중년의 부부는 공유할 수 있는 기억을 지니지 못한 채 피곤하고 단조로운 일상을 타성적으로 이어갈 뿐이다.

남편이 무슨 생각을 하는지, 아내가 무슨 상념에 잡혀 있는지 마주 보고 있는 부부도 서로 모른다. 알 수 있는 사람이 있겠는가. 남편은 남편대로, 아내는 아내대로 자신이 생각하는 바를 알 뿐이다.

이들 부부는 이제 사무치게 그리운 것도 간절한 것도 없는 자신의 황량한 내면을 들여다볼 뿐이다. 이들에게 명확한 사실이 있다면, 그것은 단절과 소통 불능에도 불구하고 "살아가는 데 크게 불편하지는 않을 거라는 점"이다.

삶의 불모스러움과 권태에 지배됨으로써 조갑상 소설의 서술자는 서술 내용에 관한 판단 중지를 보일 수밖에 없다. 이런 판단 중지 혹은 판단 유보라는 중성적 입장에 설 때, 서술자는 일상의 사소한 것들을 권태롭게 관찰하거나 자신의 내밀한 목소리만을 들려주게 된다. 「불안한 조깅」(『작가세계』 1997년 봄호)이 그런 예에 속한다. 타인과 대화할 수 없는, 정확하게는 타인과 대화하기를 겁내는 작중인물은 익명상태로 세상의 한구석에 숨어살고 싶다고 말한다. 조깅하는 길에서 만나는 타인을 그는 '바지' '운동화' '청색 모자' '르까프' 등으로 지칭한다. 이러한 명명은 인간관계의 사막화 혹은 사물화와 다르지 않다. 그래서 반복되는 그의 조깅에서 그는 누구와도 대화하지 않는다. 작품의 말미에 단 한 번 대화가 등장하는데, 그 대화는 오히려 인간 사이의 사물화된 관계를 역설적으로 드러낸다. 왜냐하면, 아내와 사별한 인물이 화대를 치르고 여자를 불렀는데, 불려나온 여자는 다름아니라 조깅을 하면서 그가 동반자로 삼아 말을 나누고 싶었던 '그 여자'였기 때문이다. 그러므로 호텔 방에서 나눈 그들의 토막난 대화에도 불구하고, 인물은 혼란과 내부의 고통을 겪지 않을 수 없다.

투명한 수직의 빛살이 내리꽂히는 일상에서 인간관계의 진정성이 확보되지 않기 때문에, 조갑상은 때때로 일상의 무의식, 어두컴컴한 기억의 밀실을 더듬는다. 그 기억의 밀실에는 인물의 비밀스러운 과거, 출생의 트라우마가 있다. 「보스니아에 대한 꿈」(『오늘의 문예비평』 1995년 봄호)의 경우, 아버지가 친구의 아내를 거두어들였다는 것, 그녀가 나의 친모였고, 빨치산 시동생에게 죽임을 당했다는 것이다. 자신의 출생을 둘러싼 이같은 '비밀', 공공연하게 언표화할 수 없는 가족사 내의 경험이 작중인물에게 정신적 외상으로 작용하면서 그의 행위와 의식을 장악한다. 대표적으로 출생의 비밀을 알고 있는 타자의 부재에 대한 욕망을 들수 있다. 사촌형이 죽고 아버지가 감기에 들자 화자는 오래 전에 헤어진친구 문우용을 상기한다. 그것은 사촌형의 죽음에서 유도된 암시, 즉 문우용의 '부재'를 상정하는 일종의 '배신'과 다르지 않았다. 왜냐하면, 화자는 자신의 출생과 관련된 비밀, 정통성의 결여를 그 두 사람이 알고있다는 것, 따라서 그들이 존재하지 않기를 바라는, 끈질긴 기억의 '망령'에 사로잡혀 있었기 때문이다. 그러나 기억의 밀실을 봉쇄하는 것은자신의 정체성을 부정하고, 자신의 친모를 부정하는 결과를 낳는다.

그렇다면, 일찍 친모를 잃고 서자처럼 자라면서 키워온 무의식의 굴레를 어떻게 벗어날 것인가? 그것은 출생과 관련된 상처나 결핍을 주체의핵심으로 동화하는 데 있다. 이러할 때, 삶의 상처는 어떤 논리나 합리적사고로도 설명할 수 없는 불가사의로 이해된다.

나는 스스로에게조차 내 과거와 관련된 부분들을 얼마나 지연(遲延)시켜왔는가.

나는 또다시 보스니아에 대한 꿈을 꿀 수는 있을 것이다. 사라예보의 공동묘지에서나 어느 이름 없는 구릉의 묘지를 헤매면서 어머니를 찾을지도모른다. 인생은 너무나 불가사의하고 거기에 시달린 마음을 실어나르는 꿈은 더욱 비의(秘意)로운 것이니까.

삶의 불가사의를 수락하는 것은 평탄한 일상의 이면에 존재하는 삶의비의에 접근하는 것이다. 삶의 비의는 일상의 단조로움을 전복하며, 일상이 그어놓은 금제의 선을 넘어선다. 그리하여 친구의 아내를 거두어들였던 아버지처럼, 화자는 '금기'인 친구의 미망인에 대해 '만나고 싶다는 주체 못 할 격랑'을 경험한다. 그 경험은 바로 자신이 부정해왔던 어머니에 대한 강렬한 그리움과 다르지 않을 것이다.

금기를 돌파함으로써 일상의 단조로움을 넘어서려는 시도는 이순원의 소설에서도 확인된다. 기왕의 소설을 통해 타락한 자본주의의 부패한 문화와 뒤틀린 성적 욕망, 파시즘적인 가부장을 비판하였던 이순원은 이제 사십대에 접어들면서 오랫동안 떠나 있던 집으로 돌아온다. 자전적인 성격을 품은 연작소설『수색 그 물빛 무늬』(민음사, 1996)가 그것이다. 그러나 일상의 삶은 단조로운 반복과 건조무미함으로 특징된다. 이런 건조한 일상 속에서 그는 '수호 엄마'로 지칭된 마음속의 수색, '아련한 물빛 무늬'를 찾는다. 수호 엄마에 대한 그리움은 친모에 대한 죄의식을 가져온다. 말하자면, 이순원은 친모에 대한 죄의식과 수호 엄마에 대한 그리움의 경계에 있으며, 이것이 그가 말하는 '서자의식'일 것이다.

어머니가 건조무미한 일상의 견고한 질서를 의미한다면, 수호 엄마와 수색은 비일상적인 다른 세계로 보아도 큰 무리는 없을 것이다. 간절한 그리움의 대상인 수호 엄마와 그녀가 살고 있다는 수색은 그러나 마음속에 존재할 뿐이다. 그러므로 작중인물은 다시 일상으로 돌아올 수밖에 없다.

이순원의 다른 세계에 대한 그리움은 중편 「은비령」(『세계의 문학』 1996년 겨울호)에서 서정적인 아름다움으로 형상화된다. "삶을 이해하는 방식의 차이"를 지닌 아내와 나는 별거중이며, 우연한 계기로 친구의 아내를 만난다. 친구는 이미 몇 년 전에 죽었다는 것을 알게 되고, 그 이후 나는 친구의 미망인과 만나면서 사랑을 느낀다. 그들의 이런 관계는 "그 어딘가를 찾아" 끝없는 여행을 하는 것으로 비유된다. 즉 죽은 친구가 이들에게 드리우고 있는 "모든 기억과 의식의 그물로부터 벗어날 수 있는 곳"이다. "신비롭게 깊이 감추어진 땅" '은비령'이 그런 의식의 사각지대일지도 모른다. 은비령에서 만난 친구의 아내와 나는 광대한 우주의 별을 보면서 자잘한 일상의 삶이 얼마나 보잘것없는 것인가를 깨닫는다. 그리하여 별자리를 관찰하는 사람으로부터 2천5백만 년을 주기로 우리가 이 세계에서 똑같은 삶을 되풀이한다는 이야기를 듣고 다음 생애에서의 만남을 약속한다.

그날 밤, 은비령엔 아직 녹다 남은 눈이 날리고 나는 2천5백만 년 전의 생애에도 그랬고 이 생애에도 다시 비껴 지나갈 별을 내 가슴에 묻었다. 서로의 가슴에 별이 되어 묻고 묻히는 동안 은비령의 칼바람처럼 거친 숨결 속에서도 우리는 이 생애가 길지 않듯 이제 우리가 앞으로 기다려야 할 다음 생애까지의 시간도 길지 않을 것이라고 생각했다.

그러나 서로의 가슴에 별을 묻고 이들은 다시 일상으로 돌아갈 수밖에 없다. 이룰 수 없거나 돌이킬 수 없는 일에 대해 그들은 연륜이 시키는 대로 자신의 내면으로 침잠한다고도 볼 수 있다. 이순원의 다음 이야기는 가슴에 별을 묻고 돌아선 이들을 일상 속에 굳건하게 세우는 데 있을 것이다. 그렇지 못하다면, 다음 생애를 기다리는 그들에게 삶의 슬픔이나 불안이 그렇게 통렬하지 않겠지만, 동시에 이 땅에서 살 만한 이유나 가치가 또 어디에 있을 것인가.

5. 인식 좌표의 유효성

90년대에 많은 작가들은 인식의 준거, 실천의 좌표가 동요함을 나타내거나 인식과 실천의 다원적 가능성을 암시하고 있다. 이런 가운데 인식의 한계나 불완전성을 특별히 강조하고 있는 작가가 구효서이다. 기록된 모든 것의 진실성을 회의하는 구효서는 끊임없이 기법의 혁신을 시도한다. 최윤에게서도 발견되는 이런 갱신은 세계 인식의 개방성 혹은 인식의 한계를 암시한다.

구효서의 장편 『비밀의 문』(해냄, 1996)에서 주인공 최윤석은 언어를 통해 자신을 변화시키고 세계를 구원할 수 있다고 믿는다. 그러나 그는 동일한 사건에 대한 상반된 관점이라는 인식상의 불확실성에 직면한다. 전륜성왕이라는 아육왕에 대한 기존의 평가와 정반대로, 그가 패륜적 야수적인 폭군임을 폭로한 '아육왕상전'이 그 예가 된다. '아육왕상전'의 상반된 기록을 통해 최윤석은 역사적 진실에 대한 회의, 억압과 지배의 도구이며 권력의 태반이 되는 언어에 대한 회의, 신성한 말씀이나 사회 혁명의 거대 서사에 대한 회의를 경험하게 된다. 인간이 남긴 모든 기록을 불신하던 그는 묵음, 환각물질에 의한 통음난교를 통해 "이성의 작용을 제로"로 만들고, 지상세계의 가치와 사고체계를 일거에 파괴함으로써 인간과 세계를 혁신하려는 지하집단 속으로 들어간다. 그러나 최윤석은 이들의 지도부가 말과 글을 사용한다는 것, 천지인의 수직적인 구원체계를 지니고 있어 세속종교와 동일한 신학적 형이상학을 차용하고 있음을 깨닫는다. 그래서 그는 다시 지상으로 귀환하고 언어를 되찾아 소설을 쓴다.

최윤석의 행적을 정리하자면, 언어와 이성에 대한 믿음에서 시작하여, 그것에 대한 회의와 불신, 이에 따른 묵언과 광란의 세계를 거쳐 다시 언어를 되찾는 과정이라고 할 수 있다. 그는 지하세계에서 글과 자신을 버리는 일종의 죽음을 경험하고, 그것을 통해 지상세계에서 글을 되찾고 자기를 재건하는 것이다. 『비밀의 문』이 최윤석과 그의 행적을 탐문하는 류인범의 성장에 관한 기록이라 한다면, 그 성장은 현저하게 인식 혹은 정신적 성숙에 비중을 둔다고 할 수 있다. 눈물을 참는 최윤석이나 해주와의 결별을 다짐하는 류인범은 감상을 극복하고 근친상간을 피하려는 이성의 옹호자인 것이다. 류인범에게 지하의 낯선 세계가 "나의 내면, 혹은 무의식, 존재의 이면"으로 여겨지듯이, 최윤석이 통과한 환각과 통음난교의 지하세계는 "본능의 영역"이며, 이성의 낯선 타자일 것이다. 지상으로 복귀한 것은 이런 자기 내면의 비이성적 타자를 억압하고 희생함으로써 주체를 정립하는 것이며, 따라서 작중인물의 성장은 이성적 주체라는 근대성의 핵심을 그대로 간직한다고 할 수 있다. 그래서 지하세계, 곧 "이 땅 위에 실제적이고 구체적으로 엄존하는" '다른 세상' '낯선 세계'는 '비밀의 문'이 된다. 그러나 구효서가 근대 계몽 이성의 도구성을 전면적으로 승인하는 것은 아니다. 그의 관심은 오만한 이성, 독선적인 언어를 반성하는 데 있지 주체의 폐기나 인간의 죽음을 선언하는 데 있지 않다. 이런 점에서 구효서는 의식적인 주체를 미망으로 여기는 반휴머니즘과 일정한 거리를 둔다고 할 수 있다. 『비밀의 문』에서 확인되듯, 이성적인 주체의 죽음은 생활세계를 파시스트적으로 지배할 뿐이다.

지난 시대의 실천과 사상을 일방적으로 매도하거나 자학하는 것은 고민을 가장한, 천박한 기회주의와 다르지 않다는 점에 대체적인 동의가 이루어졌을 뿐, 인식론적 동요는 진보적인 작가들의 중요한 소설적 화두가 된다. 김남일은 「길」(『세상의 어떤 아침』, 강, 1997)에서 지식인의 계급적 한계를 솔직하게 성찰한 자기 반성을 보인 바 있다. 이념의 유효성에 대한 회의와 절망이 내부의 적일 수 있음을 인정하면서, 그러나 "달라진 현실을 인정"하지 않을 수 없다는 것이다. 그러나 '변화된 현실'이라는 말은 그 변화의 과학적 인식과 주체적 대응보다 현실과의 타협을 정당화한다는 것, 그 타협은 또 "운동이란 생활 속에서 늘 새롭게 시작"해야 된다는 담론을 만들어낸다는 것, 따라서 달라진 것은 우리 자신이라는 것이다.

김남일의 작중인물들은 이념의 일관성에 대해 희망과 불안을 동시에 가지고 있다. 「존재했던 것에 대하여」(『작가』 1996년 11·12월호)에서 한 잡지사 기자는 시간이 역사의 의미를 만들어내는 그물이면서 동시에 망각의 터널이 된다고 말한다. 실종된 한 서지학자의 행적을 추적하는 과정에서, 그는 지배집단의 이익과 충돌할 경우 여전히 진실이 존재하기 불편한 현실을 목격하게 된다. 악취 나는 사회에서 권력에 길들여진 노예로 살기를 원하지는 않지만, 기자는 역사의 진실을 밝혀줄 단서를 지녔다고 추정되는 서지학자를 더이상 찾지 않는다. 이익을 위해 진실을 억압하는 통치기구에 대한 '불온한 가설'이 있으나 서지학자의 실종으로 그 가설을 증명할 수 없다는 것이 그 이유이다. 서지학자는 불온한 가설처럼 권력에 의해 희생되었을 수도 있고, 역사의 진실을 왜곡하는 추악한 세상으로부터 숨어 은둔자가 되었을 수도 있다. 어떤 경우든, 그의 탐문을 포기하는 기자의 이유는 그다지 설득적인 것으로 보이지 않는다. "그렇다면 도대체 무엇이 존재했던 것일까"를 자문하지만 어디에서도 답을 얻지 못하는 것도 당연할 것이다. 그 기자는 금기에 도전하기보다 망각의 터널에 갇히고 싶은 것이 아닌가.

최인석의 소설은 결딴나버린 세계에서도 유토피아를 향한 인간의 꿈을 포기하지 않는다. 그에게 이 세상은 여전히 '지옥'이다. 「세상의 다리 밑」(『문학사상』 1993년 9월호)에서 수혈을 거부함으로써 아들을 죽게 하는 여호와의 증인을 통해 "세상만이 지옥이 아니라 저 확신에 찬 신앙도 지옥"이라고 말한다. 구효서의 소설 못지않게 편협하고 경직된 인식틀을 공격하는 최인석은 동시에 가치무정부에 대해서는 일정한 경계를 보인다. 「노래에 관하여」(『실천문학』 1995년 여름호)에서 그는 삼청교육대에서의 비정한 폭력을 보여주면서, 폭력의 고통에 굴복하지 않는 인간의 도덕적 승리를 드러낸다. 노래를 부르라는 모욕적인 명령이었지만, 그 노래를 통해서 폭력에 노출되었던 사람들은 자신이 벌레가 아니라 인간이라는 것을 자각하고 그 자각으로부터 위안과 용기를 얻고 삶의 의지를 느낀다. 지옥에 사는 인간은, 그가 인간이고 또 지옥에 있기 때문에 천국을 꿈꾼다. 탈주를 감행하다가 죽는 순식의 행위는 바로 그런 인간적 용기를 드러내며, 미쳐버린 짐승이 횡행하는 이 세계의 지옥을 강조한다.

바로 이런 이유에서, 최인석은 세상이 변했다고 강변하거나 과거의 운동을 회오의 눈길로 추상하는 청산주의자를 용납하지 않는다. 「숨은 길」(『창작과비평』 1996년 여름호)에서 화자는 그들 형제가 새로운 세상을 꿈꾼 것은 이념이나 혁명이 아니라 생존 때문이라는 것, 따라서 학생운동권 출신의 위장 취업자들이 현장을 '싸움터'로 여겼다면, 자신들에게는 '삶의 자리'였음을 강조한다. 현장을 싸움터로 여긴 위장 취업자들의 투쟁은 먹물들 사이의 권력 투쟁이었을 뿐이라는 이 과격한 발언은 이유가 있다. 그것은 그와 동생으로 하여금 새로운 세계를 꿈꾸게 했던 김정자가 소설가 이수정으로 변신하여 그 치열했던 시기를 '그리운 미망'이라 회고하고 천박하게 미화했기 때문이다. 미망이 있었다면 "그녀 부류들이 혁명을 이루어낼 수 있으리라 믿은 것"이 미망이었다고 말하고, 작중인물은 김정자를 강간하려고 한다.

나는 이제 세상에 존재하는 유일한 혁명은 오늘날의 나 같은 자들, 범죄자들, 일탈자들, 건달들, 깡패들, 그러니까 맑스가 혁명에 유해한 존재라고 규정한 룸펜 프롤레타리아들에 의해서만 이루어질 수 있다고 확신한다. (……) 그들이야말로 영원한 파괴자들, 가장 위대한 혁명가들이다.

이는 물론 천박한 기회주의자들, 얼치기 청산주의자들에 대한 반어적인 공격일 것이다. 작중인물에게 현실은 달라지기는커녕 여전히 짐승의 시간이다. 이런 사회에서 겪는 인간의 고통을 생생하게 반영한 것은 최인석 소설의 이념적 건강성을 입증한다. 그러나 기회주의자들로부터 받은 배신감이 위와 같은 심리적 반작용으로 드러날 때, 여기에서 현실 극복을 위한 어떤 주체적인 각성이나 방법론적 반성도 발견할 수 없을 것이다. 이런 반작용은 그가 겪은 상처와 분노의 진폭을 여실히 드러내는 것이겠지만, 그런 분노의 표정이 곧장 우리 시대의 그리고 소설의 희망이 되는 것은 아닐 터이다.

6. 맺음말

세대론적 사유는 세대 내부의 대립과 차이를 무시할 뿐 아니라 언제나 엘리트주의로 귀착될 소지를 안고 있다. 특별한 몇몇 개인의 행위로 한 세대의 시대정신을 포괄하거나 지배적인 특성을 규정하기 때문이다. 이와 같은 사정은 사십대 작가의 내면 표정을 읽고자 한 이 글에서도 확인될 것이다.

지금의 사십대 작가는 칠팔십년대를 힘겹게 건너온 세대라고 할 수 있다. 무자비한 물리적 폭력, 국가기구의 음험한 억압, 자본가의 잔인한 탐욕에 몸의 고통과 마음의 억눌림을 겪은 세대가 그들이다.

사십대 작가, 그들은 착잡한 세대이다. 앞으로 살 날을 따져보기엔 젊고, 지난날의 빛나던 젊음은 무거운 일상의 수면 아래 가라앉아 보이지 않는다. 단순한 후일담에 만족하기에는 가야 할 길이 남았고, 길을 찾는 그들에겐 한때 젊음을 뜨겁게 불태웠던 방향등이 더이상 주어지지 않는다. 생산과 소비의 가속화로 특징되는 90년대의 상황에서, 변덕스러운 취향에 잠기기에는 그들의 몸이 너무 무겁고, 정신분열적 감각에 몸을 싣기에는 돌이킬 수 없는 정신적 외상이 너무 깊다.

이런 착잡함 때문에 사십대 작가의 작품에서 싸움의 역동적인 현장을 발견하기란 쉽지 않다. 그들에게 지금 여기의 현실은 이제 막 먼 거리 속으로 사라지려는 것들의 배경이 되기도 하지만, 그러나 그 현실은 아직 아닌 것, 새것에 대한 기대로 채워지지 않는다. 그렇기 때문에, 이들은 현장과 거리를 두고 일상적 삶의 세부를 주목한다. 일상의 자잘한 세목에서 격렬하게 분노할 대상도, 사회 변화를 향한 뜨거운 희망도 볼 수 없다. 이들의 소설세계가 평면화될 위험이 여기에 있다. 사십대 작가들이 맨얼굴을 들이밀고 글쓰기가 어렵다고 토로하거나, 자신을 주인공으로 삼아 신변 취재를 일삼는 일부 현상도 이런 사정과 무관한 것 같지는 않다. 그런 대상과 희망을 지니기엔 이들이 너무 늙은 것인가.

그러나 지금까지 간단히 살핀 것처럼, 사십대 작가들의 작품세계는 다채롭고 이야기의 자원도 풍부하다. 젊은 작가들 중 일부가 엽기적인 줄거리나 선정적인 감각으로 승부를 걸고자 하는 것도 이야기의 자원이 빈약한 탓이다. 거기다 상상력의 빈곤까지 겹쳐 젊은 작가들이 동종의 작품을 경쟁적으로 모방하는 경우도 적지 않다. 이런 이유로, 사십대 작가

에게서 우리 소설의 희망과 예술적인 건강함을 기대하는 것이 결코 무리
가 아니라고 생각한다.

(『문학정신』1997년 여름호)

반어적 진실과 삶의 방법

1. 삶, 에둘러가는 여행

　회고하기엔 때 이른 노릇이지만, 돌이켜보면 20세기의 마지막 10년은 환멸과 환호가 뒤섞인 시대가 아니었나 싶다. 환호란 전 지구를 하나의 네트워크로 연결하는 정보혁명이나 혁신적인 첨단기술이 만들어낸 환각 체험이고, 환멸은 디지털 시대에 문학이 존폐 기로에 있다거나 도무지 소설을 쓸 수 없다는 좌절의 체험에 닿아 있다.

　동시다발적인 소통과 대면적 영상회의가 가능하고 보면, 기술 혁신에 의한 정보화사회로의 진입은 가히 혁명적이라 할 만하다. 그러나 놀라운 가상 현실 기술이 20세기의 폭력적 파시즘이 남긴 상처를 치유할 수 없고, 신자유주의라는 새로운 세계체제가 새로운 야만과 광기를 부추기고 있는 것이 작금의 현실이다. 신자유주의나 가상 현실이란 존재의 불가피한 소멸, 좌절의 고통, 어긋남의 슬픔을 속이려는, 구체적 일상에 찾아든

암전에 불과하다. 그러고 보면, '혁명'이란 말이 지난 10년처럼 강력하면서도 공허하게, 매혹적이면서도 천박하게 사용된 적도 없는 듯하다. 첨단과학이나 기술에 붙어다닌 '혁명'이란 말은 인간다운 삶을 향한 미완의 기획이 아니라 끝나지 않은 폭력과 억압을 은폐하는 정치적 메타포가 아니었던가.

공학기술과 세계체제의 새로움이 야만과 광기의 위장에 불과하다면, 문학의 위기나 소설쓰기의 어려움을 토로하는 환멸도 엄살일 수 있다. 왜냐하면 야만적인 폭력과 억압이 상존하는 세계야말로 영혼의 진정한 거처일 수 없음을 의미하고, 이런 불충분한 세계, 곧 존재의 내적 진정성에 대립하는 객관세계는 예술의 존재와 의식적인 글쓰기를 위한 전제조건인 까닭이다. 따라서 소설쓰기의 의식화는 소설 이전의 문제이지 작가가 독자에게 자신의 주관을 노출시키거나 강요하는 것일 수 없다. 구체적인 삶의 표정과 풍경이, 작가의 모험이 전개되고 소설의 육체를 이룰 영토인 이유도 여기에 있다.

과장된 환멸과 위장된 환호 사이에 구체적 현실은 여전히 오연하고 엄정한 자세를 견지하고 있다. 한시적 일탈이 불가능한 것은 아니지만, 오랫동안 현실의 눈을 속일 수는 없다. 오히려 우리의 키보다 크게 자라는 현실의 간교함으로 인해, 우리는 문득 자신이 엉뚱하고 낯선 곳에 와 있다고 느끼거나 원한 것과 뒤틀린 결과라는 당혹스런 사태에 직면한다. 이런 낯섦, 당혹감은 현대적 삶의 일반적 진실을 암시한다. 내면과 외부의 분열, 본질과 삶의 반어적 거리가 바로 그 진실이다.

평속한 일상에 직심적으로 사로잡힐 때, 삶의 반어 혹은 반어로서의 생이라는 진실은 의식의 표면에 떠오르지 않은 미래적 심상이 된다. 미네르바의 부엉이는 황혼이 되어서야 날아오르듯, 한 뛰어난 비평가가 길이 열리자 여행이 끝난다고 요약한 것처럼, 이 반어적 진실의 의식화는 언제나 사후적인 것이다. 그렇기 때문에, 삶의 진실을 목도한 소설 주인공은, 비록 그것이 섬광 같은 일순간에 일어난 일이라 해도, 낯설고 이질적인 외부세계와 대립하는 내면적 존재가 될 수밖에 없다. 그는 현실과 화해할 수 없는 것이다. 그러므로 삶의 진실에 대한 그의 때늦은 각성은 세계의 새로움으로 이끌린다. 따라서 현재의 우리에게 삶의 진실은 이미 아니거나 아직 아닌 신성이 아닐 수 없다.

알 수 없는 생의 진로, 알았을 땐 너무 늦어버린 삶의 지형은 시간의 힘이 거인처럼 드리우는 그늘이라 할 수 있다. 시간의 풍화작용을 이겨 낼 수 없기 때문에, 우리의 열망은 언제나 생의 그늘과 좌절을 자신의 쌍생아로 삼을 수밖에 없다. 이남희의 「남자와 여자에 관한 유쾌한 진실」 (『작가』 1999년 겨울호)에서 작중인물 이은명은 자신의 내면에 시간의 그늘이 만들어내는 삶의 진실을 다음과 같이 기록한다.

왜 마흔 살이 가까워지면 사람들은, 여태껏 자신이 살아온 삶이 원래 자기가 원하던 것이 아니었다는 느낌을 갖게 되는 것일까?

광고사에 근무하며 마흔을 바라보게 된 노처녀 이은명은 자신의 지난 삶을 돌이켜보면서 그것이 자신이 원했던 것과 다르다는 느낌에 사로잡힌다. 원하는 것과 이룬 것 사이의 반어적 낙차가 불러내는 이 느낌이란 지금 여기 있는 나는 내가 아니다. 혹은 지금 내가 아닌 것이 바로 나라는 분열 체험과 다르지 않다. 바로 이런 체험은 격렬한 모험에의 욕망을 환기하기도 한다. 흔히들 미혹됨이 없다고 말하는 마흔 살은 또 얼마나 커다란 심정의 동요를 불러일으키는 나이인가. 따라서 "또다른 나를 발견하고 싶다"는 광고 카피처럼, 분열 체험은 은명의 내면에 존재하는 혼란, 낡고 진부한 일상에서 벗어나 다르게 살고 싶다는 욕망을 암시한다.

다르게 살고 싶다는 열망, 변화와 새로움을 향한 욕망이란 근대적 삶의 일상적 진실이지만, 그것은 동시에 자신의 혼을 찾아 떠나고자 하는 미성숙의 표지이기도 하다. 그러나 자신이 푸르게 빛나는 나이가 아님을 절실하게 의식하면서 은명은 격렬한 모험의 여정에 들기를 주저한다. 현실적으로 그녀를 괴롭히는 것은 아직 아닌 것에 대한 기다림이 아니라 이미 아닌 것에 대한 그리움인 까닭이다. 그래서 그녀는 모험의 결여를 안타까워하기보다 분화되는 욕망의 정체를 분석하고자 한다.

이즈음은 그랬다. 가끔 어떤 살갗이 마음에 들어 쓰다듬고 싶어져도 그것은 삼십대 초반까지 그녀를 지배했던 그 살갗 안으로 들어가고 싶다는 열렬한 욕망은 없는 채로 그럴 뿐이었다. 이제 그녀는 타인과의 허물없음을, 또다시 한 사람의 신뢰와 그 시야에 자신을 내맡기고 모든 것을 드러내 보일 욕망을 느끼지 못했다. 그저 표피적인 부드러움만을 원하는지도 몰랐다. 평온과 자유 그것이 그녀에게는 소중하였다.

그러니까 남녀관계에서도 시간의 힘은 상대방에 대한 따뜻한 우애의 감정과 격렬한 성적 욕망을, 다정함과 육욕을 선명하게 분리시킨다는 것이다. "전에는 당연히 이어져 있던 욕망들이 각각 명확하게 분리되고 나뉘"는 경험으로 은명은 '혼란' 을 겪는다.

이 혼란에 대해 조금 덧붙여 말할 필요가 있겠다. 젊은 시절 그녀는 타인의 시선 앞에 자신의 모든 것을 드러내 보이고 싶었다고 말한다. 타인의 시선에 내밀한 육체적 변화를 포함하여 자신의 모든 것을 보이고 싶어함은 그들의 관계가 허물없음과 신뢰에 기초해 있는 덕분이다. 이 경우, 양자는 보는 주체와 보여지는 대상으로 분리되지 않는다. 타인의 바라봄에 자발적으로 스스로를 노출시키고자 한 점에서, 그녀는 타인의 시선을 수락하는 행위주체다. 즉 그녀는 관찰되는 대상이 아니라 보여지는 주체이다. 이런 논리를 서로에게 적용하면, 이들은 서로에게 보여지는 주체이면서 동시에 보는 주체인 셈이다.

그러나 세월의 풍화작용은 오히려 주체를 폐쇄적인 자아, 고립된 단자로 만들고 자기 밖의 존재와 심정적 거리를 조장해낸다. 40세가 흔들림이 없는 나이라고 하는 것은 바로 이런 의미가 아니겠는가. 타인과의 거리는 평탄한 일상에 자유와 평온을 허용할 수 있다. 그러나 그것은 "표피적인 부드러움"에 불과하다. 그렇기 때문에, 분화되는 욕망은 은명에게 혼란으로 이해되며, 이 혼란은 주체의 소외나 외로움과 다르지 않다. 모래바람이 그칠 새 없는 황량한 사막의 한가운데 있다는 은명의 느낌도 이런 맥락에서 이해된다.

불가역적인 시간이 만들어내는 욕망의 분화는 고통스럽기만 한 것인가? 피디 김규한의 내면풍경이 이 물음에 대한 해답의 일부를 제공한다. 편안하고 따뜻한 우정과 성적 욕망이 분열됨으로써 초래되는 은명의 당혹감에 대해 김규한은 다음과 같이 말한다.

하지만 난 그것을 혼란으로 생각하지 않아요. 오히려 그걸 다른 욕망과 혼동하지 않을 수 있게 되어서 반갑게 생각해요. 인생의 짐 하나를 던 기분이랄까. 어렸을 때엔 무척이나 혼란스러워서 무턱대고 남에게 상처를 입고 입히고 그랬죠…… 이젠 나이먹는 게 퍽 좋은 일이구나 하고 감탄하곤 하죠……

어떤 의미에서, 욕망은 삶을 활기차게 만드는 주요한 힘이다. 욕망이란 결여된 것에 대한 갈망, 결핍에 대한 부정인 까닭이다. 굶주린 자의 음식에 대한 관심처럼, 결여된 것이 단일할수록 욕망은 더욱 강렬하고 구체적인 것이 된다. 그러나 이와 같은 욕망은 대상을 향해 돌진하는 선조성을 특징으로 한다. 살갗을 쓰다듬고 싶다는 욕망이 살갗 안으로 파고들고 싶은 욕망과 '이어져 있'을 때, 이 선조적인 욕망은 전진하는 군대의 행군처럼 폭력성을 동반하게 된다. 단일한 대상을 향한 일방향적 직선적인 욕망은 마치 지상에 한 채의 견고한 집을 지으려는 욕망처럼 소유 욕망으로 전화되기 쉽고, 이는 서로간에 '상처'를 주고받게 만들기 때문이다. 이런 의미에서, 목표를 향한 욕망의 선조성은 자기 동일적 주체에의 욕망처럼 삶의 진로에 있어 이탈, 우회, 에둘러가기를 금지한다고 말할 수 있다.

그렇다면 시간이 만들어내는, 소망과 결과의 반어나 욕망의 분열이 고통스러운 것만은 아닐 터이다. 오히려 그 반어적 진실은 불충분한 세계를 견디게 하는 지혜가 될 수 있다. 나이를 먹음으로써 오히려 인생의 짐 하나를 덜었다는 김규한의 넉넉함이 바로 그것이다. 그의 넉넉한 태도가 세월의 풍화작용을 관용할 수 있게 만든다. 욕망의 분화로 겪는 혼란이야말로 시간의 힘에 '항복' 하는 것과 다르지 않다. 김규한의 이러한 태도는 생을 완료되거나 확정될 수 없는 일종의 과정으로 파악하는 것이 아니겠는가. 말하자면 "인생은 아주 길"고, 삶이란 단일한 목표를 향해 일직선적으로 육박하는 것이 아니라 에둘러가는 여행이라는 것이다.

2. 존재의 유한성과 죽음의 아우라

에둘러가는 과정으로서의 삶이라는 명제는 존재의 운명을 참되게 성찰하는 것이 아니라 그 운명을 왜곡시킬 가능성도 적지 않다. 그럴 경우, 과정으로서의 삶이라는 명제는 오히려 삶을 헛것이라 왜곡하는 형이상학이 된다. 형이상학의 휘장이 드리워질 때, 지금 여기의 구체적 현실은 스쳐 지나가는 일시적 거처로 비하되고, 또다른 지대가 궁극적으로 도달해야 할 존재영역으로 신비화된다. 이런 영역이 일상을 장악할 때, 생존을 위한 몸부림조차 비천한 욕망으로 간주되기 쉽다. 삶이라는 것이 한갓 욕망에 불과하다면, 존재의 소멸도 그 비장감을 잃고 천박해질 수밖에 없을 것이다. 따라서 과정으로서의 삶이 그 진의에 도달하기 위해서는 우리의 실존에 대한 시간의 엄정한 표시, 즉 죽음의 진정성을 확보하지 않을 수 없다.

죽음은 육체를 지닌 인간의 궁극 한계이다. 죽음에 대한 진지한 인식은 동물적인 운명을 지닌 인간을 자연의 일부로 만들고, 시간과정에 놓인 육체로 하여금 필연에 복종하게 만든다. 따라서 죽음의 아우라를 박탈하는 각종 이데올로기는 인간의 유한성, 곧 죽음을 억압하는 데 기여한다. 존재의 한계를 넘기 위한 시도는 한 번도 멈춘 적이 없지만, 그 모든 꿈과 시도가 의미 있는 것이 되기 위해 지금 여기서 존재하는 우리 자신의 유한성을 배경으로 해야 한다는 것은 자명한 이치라 할 것이다.

최윤의 「굿바이」(『21세기문학』 1999년 겨울호)에서 작중인물은 이같은 존재의 유한성에서 "말로 포착할 수 없는 어떤 근본적인 외로움"을 파악해낸다. 여자는 '아름다운 사람' 이라 지칭된 어머니의 죽음을, 남자는 신혼여행지에서 신부를 잃은 아픔을 지니고 있다. 인간은 죽음의 신에게 거역할 수 없는 육체의 소유자이다. 어떤 가치나 아름다움도 시간이 거느린 죽음의 명령을 거역할 수 없다. 아름다운 존재를 빼앗긴 이들의 입장에서 보면, 삶을 계속한다는 것은 뻔뻔스런 일이며, 꽃이 피어나는 것도 부당하고, 심지어 날씨가 맑은 것도 잔인하게 여겨진다. 말하자면 존재의 소멸 혹은 죽음 앞에서 정당할 수 있는 것은 아무것도 없다는 것이다.

죽음 앞에서 어떤 삶도 정당할 수 없다면, 작중인물들은 불멸과 무한을 꿈꾸는가? 사이비 세계종말론처럼, 영생불사란 모든 존재의 엄연한 현실에 대한 일종의 눈속임에 불과하다. 그런 속임수는 기실 현실에 대한 자신의 맹목을 증거하는 것으로, 과정적 존재라는 진실에 도달할 수 없다.

그렇다면 아름다운 존재의 소멸이라는 터무니없음에 대해 우리가 할 수 있는 것은 무엇인가? 그것은 "자신이 꼭 있어야 하는 곳이 아닌, 모든 '다른 곳' 에 놓아두는 일"이다. 이는 현실에서의 사실상의 실종을 의도함으로써 죽음의 고통에 대응하는 자세라고 할 수 있다. 그래서 평범함을 가장하고 있을 뿐 작중인물들의 동공은 텅 비어 있고, 타인을 배려하되 거기에는 내용이 없다.

그녀에게는 잘 가꾸어온 구체적인 현실, 언젠가 닥칠지 모르는 파괴의 위험에서 보호해야 할 구체적인 현실이 아직은 없으며 여행에서 돌아와 더욱 진하게 그 진가를 확인하게 되는, 그 정도로 안정된, 신임할 만한 현실이 그녀 것인 적이 없다. 여행은 아직까지 그녀의 것이 아니다, 라고 그녀는 생각을 고쳐먹는다.

현실의 구체성을 실감케 할 여행을 '아직' 아니라고 말하고 있으나, 그녀에게 여행은 이미 아닐 수도 있다. 그녀에게 여행은 더이상 기분전환이나 한시적 일탈로 기능할 수 없다. 왜냐하면 구체적 현실에서 아름다운 것의 소멸은 피할 수 없고, 그 불가피성이 존재의 "근본적인 외로움"을 낳는 것이라면 "신임할 만한 현실"이란 있을 수 없기 때문이다.

이와 같은 현실 속의 자기 실종은 두 가지로 이해된다. 한편 그것은 구체적인 현실의 한갓됨을 환기하는 아름다운 것의 소멸, 즉 존재의 부재를 잊어버리는 일이며, 다른 한편 그것은 존재의 소멸에 대한 동정과 위로, 즉 죽음에 대한 인습적 현실의 관성적인 눈물을 부정하는 것이다. 그래서 '다른 곳'에 자신을 두는 자기 실종은 소멸에 대해 망각의 방식으로, 인습에 대해 지움의 방식으로 대응하는 것이라고 말할 수 있다.

"최고의 속도"로 질주함으로써 시간의 불가역성에 저항하고 일상의 질서를 해체하려는 시도 역시 현실 속의 자기를 실종시키는 부재의 방식이라 할 것이다. 그 질주 끝에 도달하는 남자의 아파트는 "지움과 망각의 질서" 속에 있다. 그러나 번번이 고속도로를 달려 집으로 되돌아온 것처럼, 우리가 구체적 현실 속에서 죽음과 소멸을 뛰어넘을 수는 없는 노릇이다. 우리의 잠재적인 죽음은 삶 속에 자리를 지닐 수 없는 순수 부재이면서 동시에 우리의 내면에 감추어진 결여태인 까닭이다. 소멸은 우리의 외부에서 침입한 낯선 것이면서 동시에 우리의 무의식에 은폐된 타자의 그림자이다. 그렇다면, 자신을 실종시킬 수 있는 '다른 곳'이란 있을 수 없고, 따라서 죽어야 할 인간의 현실로 돌아오지 않을 수 없다. 자동차의 해체와 함께, 여자가 남자에게 마음으로부터 결별을 선언하는 것도 이런 맥락에서 이해된다.

　　다행히도, 남자와 그녀의 관계에서 좋은 것은 그들 사이에 아무것도, 일
어날 것도, 변할 것도 없다는 것이다, 라고 그녀는 생각한다. 왜냐하면 그
녀와 남자와의 사이에 아무 일도 일어나지 않았기 때문에.

　　이들 사이에 아무 일도 일어나지 않았다는 것은 모든 관계의 반어적인
진실을 암시한다. 모든 존재가 맺는 관계의 세계는 아름다운 것의 죽음
이라는, 돌이킬 수 없는 상처를 주기 때문이다. 따라서 결별 선언에도 불
구하고, 여자가 안정된 현실로 복귀한다거나 현실의 구체성을 확보했다
고 보기 어렵다. 그녀는 여전히 자기만의 존재방식, 자기만의 감정과 내
적 깊이를 추구할 것이다. 그것이 소멸에 맞선 그녀에게 실존적 구원이
될 수 있으나 근원적인 외로움의 극복일 수는 없을 것이다.
　　그러나 그녀의 결별 선언이 무의미한 것은 아니다. 그 의의는 "물질의
자연스러운 소멸 절차"를 수락하는 것, 죽어야 할 운명인 인간 존재의 본
질을 강조한 데 있다. 이런 측면에서, 최윤의 이번 작품은 소멸의 불가피
성이라고 하는 존재의 운명에 의미심장한 아우라를 부여한다고 하겠다.
우리 시대에 복제 기술이나 가상 현실 기술이 죽음의 천박화를 초래하고
있다면, 죽음의 아우라야말로 존재의 진정성을 담보하는 유일한 단서일
것이다.

3. 악몽으로서의 인습적 세계

　　시간의 거인적인 힘이나 죽음의 불가피성은 삶의 진실을 성찰케 하는
거대한 화두라고 할 수 있다. 그러나 삶이 확실성이나 필연성만으로 해
명되는 것은 아니다. 거시적인 관념에 포착되지 않는 비선형적 현상들,

측정 불가능한 잡음들, 예측할 수 없는 무질서들이 삶을 구성하기도 한다. 이들 소음과 혼돈이 일상에 끊임없이 되먹여지고, 이런 되먹임이 삶을 구성한다. 이렇게 볼 때, 일상의 삶이란 견고하면서도 허약하고 분명하면서도 터무니없는 것일 테다. 사소하고 단순한 것들이 되먹여짐으로써 발생하는 혼돈이라는 점에서, 우리의 삶은 무심한 제신들의 주사위놀이와 같은 것인지도 모른다.

이런 관점에서, 구체적인 일상의 속살을 헤쳐보면, 결정론적 인과율보다 극히 사소하고 예견 불가능한 사태를 통해 삶의 진실이 더욱 극명하게 드러날 수 있다. 거대관념으로 파악되지 않는 잡음과 무질서는 제거될 수 없을 뿐 아니라, 이들을 외면한다고 해서 삶의 진실이 오롯하게 드러나는 것은 아닐 것이다. 북경 하늘의 나비로 인해 대도시 뉴욕에 천둥번개가 몰아닥칠 수 있는 것처럼, 불안정하고 예측할 수 없는 사소함이 반어적 어긋남이라는 삶의 정체를 입증할 수 있다는 뜻이다.

예민한 탐침으로 삶의 깊은 속살을 더듬어온 하성란이 「파리」(『작가세계』 1999년 겨울호)를 통해 보여준 것도 이와 같은 진실이다. 예를 들어, 한 순경이 광기에 들려 총과 수류탄으로 무장하고 마을 주민을 학살한 사건이 있다고 하자. 그런데 이런 충격적인 사건의 계기가 지극히 사소하고 우발적이다.

그때 어디선가 파리 한 마리가 날아들었다. 파리가 바느질을 하던 여자의 손등에 내려앉았다. 손을 흔들어 파리를 내쫓았지만 그때뿐이었다. 한 바퀴 공중을 돌고 온 파리가 벽에 앉았다. 여자는 조심조심 무릎으로 걸어 벽에 붙은 파리를 내리쳤다. 하지만 허탕이었다. 이제 파리는 사내의 가슴팍에 앉아 있었다. 여자의 손바닥이 사내의 가슴팍으로 곧장 내리꽂혔다. 처녀의 손바닥이 가닿은 사내의 가슴팍에서 찰싹 소리가 났다. 그 순간 사내는 자신의 속에서 무언가가 금가는 소리를 들었다. 얼음을 깨는 것은 징이 아니라 바늘이었다.

그러니까 여자가 낮잠을 청한 사내의 잠을 위해 파리를 내쫓는다. 그러다가 사내의 가슴을 치게 되었고, 잠에서 깨어난 사내는 여자를 폭행하고 파출소의 총과 수류탄으로 무장한 채 무참한 살육극을 펼치게 된다는 것이다. 이와 같이 파리를 내쫓다가 일어난 사소한 계기가 엄청난 폭력을 불러온다. 파리 쫓기와 살육극 사이에 합리적이고 선형적인 인과관계가 있을 것 같지는 않다. 그러나 작은 바늘이 예리함을 감추고 있는 것처럼, 일상의 사소함이 의외의 광란을 불러올 수 있다는 데 삶의 전율이 있을 것이다.

일상적인 차원에서 작중 사내의 행동을 납득하기란 쉽지 않다. 외진 시골을 현실의 중심으로 끌어올린 이 작품에서 사내는 견딜 수 없이 권태롭고 반복적 일상에 직면한다. 유능한 경찰이었으나 이곳으로 전보된 그에게 이 외부세계는 낯설고 불만스럽다. 이전 근무지인 서울과 판이하게 '다른 곳'에서 그는 전혀 엉뚱한 곳에 와 있다는 느낌에 시달린다. "외부인이 오면 이 마을 전체가 커다란 개"가 된다는 의미에서, 일상은 반복과 정태, 타성과 부패로 엮어진 동질의 세계이다. 지겨운 반복의 삶이 있을 뿐 변화와 새로움을 거부하는 인습의 세계, 근거 없는 풍문은 있으나 대화가 존재하지 않는 현실을 하성란은 썩어가는 명태 뱃속의 구더기로 압축한다.

계절과 밤낮에 관계없이 출몰하는 '안개' 속에 있듯이, 작중인물은 이 낯선 세계에서 자신의 삶을 꾸려갈 '이정표'를 찾을 수 없다. 삶의 방향이나 이정표가 주어지지 않은 일상에 스며들기 위해서는 타인의 눈에 띄지 않는 안개 같은 존재가 되어야 한다. 그러나 그것은 진부한 삶에 순응하는 것이고, 부패한 명태처럼 비본질적인 것으로 무화되는 것과 다르지 않다. "이곳에서 썩기 아까운 친구"라는 동료의 말처럼, 사내는 이 진부한 세계에 길들여지지 않는다.

물론 그는 마음을 잡고 이곳에서 살기 위해 노력한다. 그러나 그의 마음을 들뜨게 한 우체국 처녀의 방에 들었던 일이 전혀 엉뚱한 결과로 나타나게 된다. 얼굴을 확인할 수 없는 어둠 속의 여자는 우체국 처녀가 아니라 헤프게 몸을 굴리는 언니였던 것이다. 이 사건이 마을 사람들의 입방아에 오르내리고, 여자 쪽에서는 책임을 추궁하며 억지 살림을 차리게 만든다.

자신의 의도와 전혀 다르게 틀어져버린 결과에 대해 작중인물은 "모든 것이 계획된 것"이며 모든 사람이 '공범자' 라고 생각한다. 모든 사람이 은밀하게 결탁하여 자기만을 박해한다는 내면의식은 지하생활자의 의식이다. 그에게 일상은 악몽이며 삶은 지옥의 체험과 다를 바 없다. 지옥을 경험하고 있는 자에게는 초월적 존재만이 구원의 동아줄을 내릴 수 있다. 그러나 이정표를 발견할 수 없는 것처럼, 신성은 더이상 일상에 존재하지 않는다.

일상의 삶이 더할 나위 없이 추악하고 부패하였으나 삶을 정화할 어떤 지표도 주어지지 않을 때, 작중인물이 범죄자나 광인으로 돌변함은 필연적일 것이다. 범죄와 광기란 불충분한 세계에서 선험적 고향 상실을 객관화한 것임을 루카치가 지적한 바 있다. 이런 의미에서, 범죄자나 광인은 삶의 진실을, 기대와 결과의 비극적 거리를 인식한 자이다.

구더기가 들끓고 있는 인습적 세계에서 그 자신이 부패되어간다고 깨달을 때, 사내에게 일상을 견디는 일은 악몽과 다를 바 없고, 그는 반어적인 영웅이 될 수밖에 없을 터이다. 그러나 그의 행위가 갖는 반어성이 풍차를 공격하는 돈 키호테의 맹목성과 같은 것은 아니다. "깨진 거울 속"에 비친 자신이 "낯선 사람"으로 보이는 것처럼, 이 낯섦은 우리 자신의 잠재적인 폭력성, 우리의 내면에 숨겨진 괴물스런 타자의 이미지를 환기한다. 말하자면, 악몽 같은 세계의 불충분성을 공격하는 사내 자신이 세계의 악몽을 이루는 부분이 되는 셈이다. 공격하는 자와 공격받는 자의 뜻하지 않은 일치, 비난하는 자의 비난받는 자의 의외로운 동일성, 여기에 사내의 반어성이 있고 삶에 대한 거시적인 풍자가 있다. 이는 곧 우리 삶의 보편적 진실을 드러냄이 아닐 것인가.

4. 삶의 비극적 긍정

방금 터무니없이 어긋나버리는 개인의 삶을 근대적 삶의 보편적 진실이라는 투로 말했다. 보편적 진실이라니! 어긋남과 소멸의 반어적 세계에서 개인의 체험이 어떻게 보편성을 획득할 수 있단 말인가! 일상적 삶을 편력하는 소설가나 작중인물의 운명은 저주받은 자의 그것과 다를 바 없다. 구체적 일상은 소설의 골격과 육체를 이루는 기반이되, 그 기반에 스며든 시간의 힘, 소멸의 슬픔, 구역질나는 부패 때문에 소설은 개인의 파편적인 일상을 곁눈질할 수 있을 뿐이다. 이런 의미에서, 보편적 진실은 이미 아닌 그리움의 세계나 아직 아닌 기다림의 세계에 속하는 것일 테다. 잃어버린 보편성과 도래하지 않은 보편성 사이에 엉거주춤한 자세를 취하는 것, 이것이 작가와 소설 주인공의 저주받은 모습이다. 따라서 방금 지적한 보편적 진실이란 말도 반어에 불과하다.

그러나 어긋난 삶에 대한 거시적 풍자가 삶에 대한 추상적 우월성을 뜻하지 않는다면, 삶의 반어적 진실은 우리 시대의 작가가 불러내는 미래의 신성이라 할 것이다. 서지도 앉지도 못하는 저주스런 운명이 소설가의 몫이고, 소설쓰기가 여전히 유효한 노동인 근거도 여기에 있다. 이러한 글쓰기 앞에 과장된 환멸과 위장된 환호가 모두 경박함을 면할 수 없음은 자명할 터.

소설쓰기의 유효성을 삶의 방식, 곧 무엇을 하며 어떻게 살 것인가에 관한 물음 형태로 탐색한 것이 구효서의 단편 「포천에는 시지프스가 산다」(『라쁠륨』 1999년 봄호)이다. 원한 것과 실제로 성취된 것 사이의 현저한 거리, 누군가 진실이라고 믿는 것과 실제 진실 사이의 틈이란 신(神)이 부재하는 현대적 삶의 한 특징이다. 신이 없는 세계의 현실은 우발적이고 부조리하며, 그 속에서 우리가 행하는 모든 노력은 무의미하고 헛된 결과에 이르고 만다. 말하자면, 현대를 배경으로 한 우리의 삶은 무의미하거나 절망적일 수밖에 없다는 것이다. 인생이 이처럼 부조리한 것임을 안다면, 우리는 어떻게 할 것인가? 우리 스스로 요청한 바 없지만, 누구도 이런 물음으로부터 자유롭지 않으며, 구효서의 작품은 이 화두에 대한 소설적 응답이다.

화자인 '나'는 포천 친구에게서 생리대 사내의 이야기를 듣게 된다. 식물인간이 된 아내의 생리대를 매달 빠짐없이 사러 다니는 그 사내의 이야기를 듣고, 나는 농아였던 유년 시절의 친구 용준을 떠올린다. 생리대 사내와 용준은 이웃의 온갖 놀림과 홀대를 받았던 농아였고 포천 친구는 지독한 근시였다. 불우한 삶이 예감되는 신체적 결함에도 불구하고, 그들은 웃음을 잃지 않고 세상을 살아낸다.

자신의 두 눈을 찌르는 오이디푸스처럼, 포천 친구의 '지독한 근시'는 인식 혹은 앎의 문제와 관련될 수 있다. 생리대 사내와 용준의 경우, 듣지 못하고 말하지 못한다는 것은 이해와 자기 표현의 문제와 관련된다. 말하자면 이들은 세계를 이해하거나 자신을 인식하고 표현하는 데 치명적인 결함을 안고 있는 셈이다. 이런 결함 때문에 그들의 삶이 고단하고 힘겨웠으리라는 것은 의문의 여지가 없다. 고달프고 서러운 삶이라는 점에서 본다면, 이들에게 삶은 고통일 수밖에 없다. 볼 수 없고 듣거나 말할 수도 없는 세계는 그들에게 부조리하고 무의미할 것이다. 이들이 부조리한 현실에 굴복했더라면, 그들은 자신의 불운에 절망하거나 좌절하였을 터다. 자신의 고통을 과잉된 감정으로 드러내고 자신의 불행을 알아달라고 호소하는 일은 이처럼 일상의 삶에 패배하거나 무의미한 현실로 환원되기 쉬운 까닭이다. 그러나 구효서의 작중인물들은 "누가 봐도 낙천적인 상황이 아닌데" 웃음으로써 세상을 대한다. 그 웃음은 "듣지 못하고 말하지 못함으로써 겪게 되는 온갖 고달픔과 서러움 등을 떨쳐내기 위한 그 나름의 몸부림"이다. 그렇다면, 이들은 삶의 고통을 수락하면서 동시에 그것에 저항하는 비극적 경험을 보인다고 할 수 있다.

삶의 부조리를 껴안고 살아가는 비극적 긍정, 바로 여기에 작가가 이들을 시지프스라고 한 이유가 있을 것이다. 알려진 것처럼, 신화 속의 인물 시지프스는 가파른 산의 꼭대기에 바위를 올려놓도록 저주받는다. 그가 올려놓은 바위는 곧장 바닥으로 굴러떨어지고 마는데, 그는 다시 같은 일을 반복하지 않을 수 없다. 신화의 맥락에서 벗어나서 보면, 시지프스는 모든 노력이 헛된 결과에 도달하고 마는 인간 삶에 대한 상징이라 할 수 있다. 인간의 삶이란 이처럼 허무하다. 그러나 시지프스는 이 허무를 수락함으로써 허무를 뛰어넘는다. 바위를 밀어올릴 때, 그는 바위가 다시 굴러떨어질 것을 안다. 그럼에도 불구하고, 그는 무위에 그치고 말 그 행위를 계속한다. 바로 여기에 인간 정신의 위대함, 신의 자비를 구걸하지 않는 영웅적인 태도, 자신에게 주어진 삶에 대한 애정이 있다.

물론 구효서의 작중인물이 신화적 영웅이라는 것은 아니다. 일상의 평균적인 관점에서 조롱거리가 된다는 의미에서, 육체적 결함을 지닌 그들은 비영웅 혹은 반영웅적 인물이다. 그들은 신의 면전에서 자기를 주장한다거나, 역사의 거대한 소용돌이 속에서 의지적으로 특정 신념을 선택하여 비장한 최후를 맞이하는 인물도 아니다. 그러나 참담하고 절망적인 상황에 직면하여 그것을 긍정하는 이들의 태도에서 우리는 삶의 방식에 관한 통찰을 얻게 된다.

그의 낙천은 결코 아내의 회복과 2세에 대한 믿음에서 오는 게 아니었어. 회복 불가능한 아내의 상태와 2세에 대한 무망함. 그것에 대한 확신이 오히려 그에게 어떤 에너지를 주고 있었어. 무슨 말인지 너 알겠니. 그의 낙천은 기대와 바람에서 오는 게 아니라 자신에게 주어진 긴 인생을 어떻게든 살아가야 한다는 비장한 각오에서 나오는 거였다고.

생리대 사내는 근거없는 꿈과 희망으로 자신을 속이거나 의문없이 신의 현전을 믿기보다는 낙천적인 웃음으로 불가능과 절망에 맞선다. 그는 현재 자신의 눈앞에 펼쳐지는 삶에 대한 감각으로 충만해 있다. 절대적인 무희망과 불가능 앞에서, 그럼에도 불구하고 살아가야 할 "일상이 자신 앞에 엄숙하게 존재한다는 기쁨"을 느낀다.

그렇다면, 생리대 사내나 용준이 보여준 낙관적인 웃음은 욕망의 충족보다 욕망 비우기에서 결과하는 것이 아닐까? 시지프스 신화는 한편으로 충족을 향한 욕망의 지침 없는 운동이라 할 수 있다. 다른 한편 충족이 결코 이루어질 수 없음을 알면서도 추구된다는 점에서, 시지프스 신화는 결핍 자체를 추구하는 것이라고도 할 수 있다. 충족을 향한 욕망이 세계를 향해 눈과 귀와 입을 열어놓는다면, 결여 자체를 수락하는 태도는 지독한 근시와 농아상태를 긍정하는 일과 다르지 않다. 이 후자 쪽에 구효서의 인물들이 거점을 두고 있는 삶의 방법이 있지 않겠는가. 과연, 포천 친구는 생리대 사내에게서 목각탑을 쌓는 방법뿐 아니라 동시에 허무는 법을 배웠다고 말한다. 혼신의 힘을 다해 쌓아올린 목탑을 스스로 무너뜨리는 이런 친구와 그들 가족에게서 화자는 특별한 어떤 것을 느낀다. 그것은 "텅 빈 고요, 아니면 외롭고 적적한 것 같으면서도 충만한 어떤 것"이다. 텅 빔을 허용하지 않는 야수적인 욕망은 채우고 넘쳐흘러 마침내 몰락에 이를 수 있다. 그러나 비어 있음은 비어 있음으로써 충만을 예감한다. 말하자면, 존재는 비어 있기 때문에 살아 있다(존재)고 할 수 있다. 이것이 그들의 낙천적인 웃음으로 나타났던 것. 따라서 그들의 웃음은 세상에 대한 냉소나 비웃음이 아니라 바로 삶에 대한 뜨거운 애정이며 그들이 사는 법이다. 온갖 욕망의 시니피앙이 범람하는 시대에 구효서의 작중인물들은 결핍을 긍정함으로써 오히려 삶을 긍정하게 된다고 하겠다.

(『게릴라』 2000년 봄호)

경험의 가치와 서사의 모럴

1. 몸의 경험적 가능성 — 한창훈의 『세상의 끝으로 간 사람』

남녀노소 구분없이 누구나 즐기는 오락형식의 하나가 이야기일 것이다. 대체로 경험이 나에게 일어난 사건이라면, 서사는 타인에게 일어난 사건의 경과라고 할 수 있다. 자신이 겪은 바를 남의 일처럼 이야기하고, 남의 사건을 자신의 삶에 수용함으로써 경험과 서사, 현실과 이야기는 하나로 통합된다. 이야기를 통해 개인의 역사가 정립되고 그의 경험에 의미가 부여된다는 점에서, 서사는 인간이 공유한 보편적인 자기 표현이라 하겠다. 누구나 향유할 수 있는 표현형식인 까닭에 서사는 가장 편안한 것이지만, 교환되는 너와 나의 경험에 일정한 의미와 가치판단이 주어진다는 점에서 이야기는 가장 위험하고 도발적인 형식이다.

그러나 우리가 잘 알고 있거나 가치 있다고 판단하는 것이 관습적이며 억압적인 지식에 불과하다는 입장에서, 혹자는 그런 지식을 재생산하고 정당화하는 서사, 이른바 거대 서사를 공격과 해체의 대상으로 삼는다. 거대 서사에 대한 불신과 회의는 서사 자체의 위기라는 인식상의 문제뿐 아니라 이야기문학에 있어 재현의 위기라는 미학상의 문제를 제기한다. 말하자면 독자적인 주체가 자신의 밖에 존재하는 대상을 반영한다는 리얼리즘적 인식론이 여전히 유효하냐는 것이다. 또 이들 문제는 현실 경험이 갖는 사회문화적 가치를 새롭게 이해할 것을 요구한다. 예를 들어, 가상 현실은 '가상'에 불과한가, 아니면 또하나의 '현실'인가라는 문제는 서사의 위기나 재현의 위기와 함께 지난 90년대의 한국문학판을 뜨겁게 달군 화두이다. 서사, 재현, 경험 등의 범주를 둘러싼 논의의 경과나 해법을 이 자리에서 상론할 수는 없다. 그러나 이들 범주에 대한 다양한 이해와 반성이 있고, 그 생각과 판단의 갈래에 따라 소설이 각기 다른 표정을 짓게 된 것만은 확실할 터이다. 도무지 어울릴 것 같지 않은 세 작가, 한창훈과 은희경 그리고 김영하의 소설을 함께 읽어볼 만한 근거도 바로 여기에 있다.

이미 상재된 몇 권의 작품집에서 한창훈은 주변부에 잔존한 공동체적 삶의 흔적을 보이고, 이를 통해 살아내는 일의 가치로움을 암시한 바 있다. 이웃의 추문에 억측을 보탠, 작중인물들의 풍성한 입담만으로도 독자는 순박한 인간미와 삶의 활기를 감지할 수 있었을 것이다. 그럼에도 불구하고, 그의 작중인물이 뿌리내릴 지상의 방 한 칸이란 도달하기 어려운 과제처럼 보이고 그들의 표랑하는 삶은 쉽사리 끝날 것 같지 않다. 작중인물들의 부랑과 회유는 그의 소설에 편재하는 고통스러운 상처, 상실의 슬픔에서 비롯된다. 그 상처와 상실이 너무나 통렬하기 때문에, 역설적으로 부랑과 표류는 그들이 살아 있음을 증거하는 궤적, 삶의 동선이 된다.

『세상의 끝으로 간 사람』(문학동네, 2001)도 죽음의 체험, 결핍의 상처가 내부분을 차지한다. 한창훈의 소설은 상실에 근거한 이야기, 부재로부터의 글쓰기이다. 이런 글쓰기의 원천에 다음과 같은 체험이 있지 않을까. 그것은 18세의 미성년이 겪은 1980년 광주에서의 죽음이다.

젖무덤을 보기 전에 찢겨져나온 내장을 보았고, 부드러운 살결을 만져
보기도 전에 떨어진 붉은 살점을 보았고, 뜨겁게 껴안아보기도 전에 세상
을 향해 뿜어져나오는 새빨간 피를 보았고, 향기로운 머리카락의 냄새를
맡아보기도 전에 두개골이 부서지는 것을 보았는데, 거기에는 오만 가지
정신의 뒤엉킴, 싫고 좋고 간절히 원하고 극도로 원망하는, 복잡한 실타래
의 형체는 온데간데없고 핏줄이 뒤엉킨 뇌수가 굳어가는 죽처럼 덩어리져
있었다.(「변태」)

소년은 자신을 겨냥한 총구 앞에서 죽음을 경험하고, 해체된 인간 육
체의 공포스런 불완전성에서 죽음을 배운다. 특히 인간의 몸을 사납게
할퀴고 지나간 폭력과 그것이 남긴 상처는 미성숙한 사춘기의 소년에게
느닷없이 들이닥친 타자, 일종의 트라우마가 되었을 것이다. 죽음을 강
제하는 타자의 침입을 통해 성인의 문턱에 들어선다는 점에서, 소년의
세계 인식은 타자와의 관계를 통해 형성된다고 할 수 있다. 말을 바꾸면
인간 유기체의 안정성을 분해하는 폭력이 강제되고, 강제된 폭력의 상처
와 고통을 통해 낯선 타자의 정체를 확인하며, 이로써 자신의 존재를 인
식하게 된다고 할 수 있는 것이다. 역설적이지만, 상처를 주는 낯선 타자
의 경험이 오히려 인식상의 가치를 지니는 셈이다. 세계는 압도적인 죽
음의 신이 지배하는 아수라의 세계라는 인식이 그것이다. 이런 세계에서
살아남은 자는 상실의 무게를 견디거나 세월의 풍화작용으로 마모되어
가고, 그래도 견딜 수 없을 땐 '세상의 끝' 혹은 '세상의 바깥'으로 갈 수
밖에 없다.
한창훈이 "삶의 원천을 불화"에 둔다(『가던 새 본다』의 후기)고 말한 바
있거니와, 이해할 수 없는 폭력, 터무니없는 죽음이 트라우마가 되기 때
문에, 그의 작중인물들은 이 '무서운 세계'(「세상의 끝으로 간 사람」)에

흉금을 터놓을 수 없다. 그래서 죽음의 공포와 상실의 슬픔에 사로잡힌 그들은 부재하는 수신자, 지상에 존재하지 않는 타자와의 절망적인 소통을 시도한다. 2인칭은 때때로 내성화된 제2의 자아를 향한 내적 대화이기도 하지만, "누이야, 너는 보았느냐"(「지상에 남은 마지막 밤」)는 돈호처럼, 그것은 언제나 관계의 기호, 즉 너와 나 사이의 소통행위를 함축한다. '너'로 지칭되는 아내나 누이가 부재하기 때문에, 화자의 목소리는 더욱 직정적일 수밖에 없고, 그 통렬한 내면 심경은 잠재적 2인칭인 독자를 향하게 된다.

　　잘 있거라 내 눈물로 살찌웠던 땅들아, 나의 한숨으로 배가 불렀던 이웃들아, 나의 피로 일용할 양식을 했던 도시여, 나는 간다. 이역만리 타국으로 가버린다. 뭍에서의 나의 일생은 때 전 가로수의 위태롭게 웃자란 가지. 자동차 타이어에서 퉁겨나오는 진흙덩어리. 녹슨 파이프에서 뚝뚝 떨어지는 물방울 같은 것.(「지상에 남은 마지막 밤」)

비완결적 문장, 점층적 반복 어구, 시적 메타포는 가치를 공유하거나 공동체적 삶에 참여하는 기층민중의 언어와 다르며, 소설언어로서도 지나치게 격정적이고 직심적이다. 한창훈 소설 특유의 구술성 혹은 청각적 흔적이 없지 않지만, 이런 구술성은 사회 단위의 친밀성을 보호하거나 그 유대를 증대하기 어렵다. 더구나 부재하는 수신자, 혹은 이미 죽은 자에게 산 자가 말을 거는 것은 일종의 존재론적 일탈이다. 한창훈이 이런 일탈의 위험에 뛰어들 수밖에 없는 것은 이 세계가 "영혼의 비옥한 옥토"일 수 없는 "피폐한 땅"이기 때문이다. 따라서 그 존재론적 일탈은 지금 여기의 지평을 초월하려는 비극적 열망이라 하겠다.
　한창훈의 소설에서, 죽음의 폭력이 편재하는 세계라는 인식은 몸의 기억, 육체의 경험에 의존한다. 해체된 육신은 신비가 벗겨진 몸이며, 탈신비화된 육체란 인간이 고통을 겪을 가능성을 지닌 존재임을 증거한다.

몸을 지녔기 때문에 인간은 죽음의 신 앞에 굴복하고 상처입을 운명을 피할 수 없다. 이것이 인간의 삶이다.

그러나 한창훈 소설에서 삶의 의미가 죽음을 통해서만 해명되는 것은 아니다. 왜냐하면 인간의 몸은 동시에 생명의 원천이며 구원의 근거가 되기 때문이다. 「변태」의 인물이 "깊고 따뜻한 품속으로 숨고 싶"었던 것처럼, 인간의 몸에는 죽음의 가능성과 삶의 가능성이 공존한다. 억척스런 기층민중의 삶을 꾸려가는 춘희가 말하듯, "사람이 죽고 사는 것이 다 이 몸 속에 들어" 있는 것이다.(「춘희」)

인간의 육체가 기쁨과 슬픔, 탄생과 소멸의 근거가 되고, "상반되는 것 두 개가 동시에 공존하는 곳"으로 이해될 때, 자기 소멸의 고통조차 윤리적인 것으로 변화될 수 있다. 기근에 고통받는 사람을 위해 자신의 몸을 주어 새로운 생명을 키워내려는 어부에게 스스로를 죽임은 곧 살림의 통로가 된다. 그에게 생명은 곧 희망이다.

어부는 잠녀와 자고 싶어졌다. 동침을 통해, 수태가 될지 안 될지는 모르지만, 대신 희망이나 미래라고 불러야 될 어떤 것을 낳고 키우고 싶었다. 말라비틀어진 몸이지만 혼신의 힘을 다한다면 그 희망이나 미래의 한 토막 정도는 일궈낼 수 있지 않겠는가.(「돗 낚는 어부」)

바다 속으로 들어간 어부는 기실 자신이 태어난 양수의 세계로 귀환한 것과 다르지 않다. 그래서 한창훈의 소설에서 바다는 경계와 높낮이가 없는 '수평의 세계', 자궁으로의 회귀 욕망을 드러내는 장소와 다르지 않다. 그 욕망은 "무엇인가를 잉태하고 싶은 욕구" "텅 비어 있는 몸에 무언가를 키우고 채우고 싶"은 욕망이다.(「세상의 끝으로 간 사람」)

자신의 몸에 무언가를 잉태하는 일은 자신에게 낯설고 이질적인 것을 확인하고 감내하는 작업이다. 생명을 낳고 키우는 일이란 그처럼 낯선 타자와 관계하는 것이며, 한창훈은 이를 사랑이라고 말한다. 인간은 몸을 지녔기 때문에 서로에게 완벽하게 합일될 수 없다. 자신의 모든 것을 상대방에게 주어버리거나 자신을 위해 상대방에게 모든 것을 버리라고 요구하는 사랑은 사실 타자에 대한 지배와 소유 욕망과 다르지 않다. 나로 환원되지 않는 타자, 소유할 수 없는 타자가 나에게 고통과 슬픔을 주지만, 나와 일체화된 타자란 타자가 아니라 나의 '그림자'에 불과하다. 따라서 그 사랑은 자기애와 다르지 않고, 자기애로서의 사랑은 이질성을 견지할 수 없는 타자에게 고통을 강제한다. 그것은 "하나를 선택하면 하나를 버려야 하기 때문에" "상처받을 수밖에 없는" 이치와 같다.

　　그는 물의 자손, 나는 숲의 손녀. 그 이질(異質)의 슬픔. 희열과 같이 오는, 독한 슬픔. 그 사람이 떠난 다음 여러 날을 그가 즐겨 찾던 개울가에 앉아 있고서야 그걸 깨달았어요. 내가 그를 사랑한 것은 그가 나와는 다른 이여서 그랬다는 것을. 그 사랑은 서로 달라서 생기는 슬픔을 감내해야 한다는 것을.(「먼 곳에서 온 사람」)

"닮은 곳이 전혀 없는 상반된 두 개가 뒤섞여 있다는 것이 바로 슬픔"이지만, 이 슬픔은 "살면서 감내해야 할 것들 중의 첫째"이다. 그렇다면 '정착'이 삶을 증거하듯이, 부랑하는 삶 또한 존재를 증명하지 않겠는가. 귀환을 예정하지 않으면 '회유'의 이유가 사라지듯이, 표랑하는 삶이야말로 정착하는 삶의 가치를 반증한다.

나와 타자, 정착과 회유가 삶의 증거라는 점에서 다르지 않다면, 우리는 한창훈에게 집단적 이상을 표상하는 깃발로 귀환하라고 강요할 수 없다. 부랑이나 부재를 향한 작중인물의 말 걸기 그 자체가 세상과 불화하는 방식이며, 몸의 슬픈 경험에 근거한 삶의 방식이다. 상반된 것의 역설적 공존을 감내해야 하는 것은 몸을 가진 인간의 슬픈 운명이다. 육신이 생명을 기를 뿐 아니라 비로 죽음을 길러내는 곳임을 어찌 피할 수 있을 것인가. 그러나 그 슬픔은 동시에 생명을 잉태한 희망이다. 한창훈 소설에서 몸이 겪어낸 경험이 가치로운 빛을 발하는 것은 바로 이 지점이 아니겠는가.

2. 속물들의 슬픈 일화 — 은희경의 『마이너리그』

은희경의 『마이너리그』(창작과비평사, 2001)는 '만수산 4인방'으로 지칭된 고교 친구가 불혹에 이르기까지 살아온 이야기, 그들의 남루한 자서전이다. 인물의 구성이나 회상형식이 최근 화제가 되고 있는 영화 〈친구〉와 흡사하다. 그러나 『마이너리그』는 유사한 깡패영화들의 터무니없는 의리담이 아니라 약육강식의 세계에서 패배한 이류들, "치열한 경쟁사회"를 완주한 꼴찌들, "가늘고 길게 살고자 했던 소박한 꿈"을 지닌 속물들의 이야기이며, 불혹을 넘긴 남성 독자, 바로 우리 자신의 이야기이다. 한국사회의 왜곡된 남성성, 억압적인 남근주의에 대한 은희경의 신랄함을 기억하는 독자라면, 이들 남성을 향한 화해의 제스처가 의외로울 것이다. 그러나 화해의 몸짓에도 불구하고, 이 소설은 인물이 다른 무엇이 될 가능성을 제공할 수 없다. 작가는 작중인물들이 치러낼 삶의 결과를 이미 알고 있으며 따라서 그들이 작품 속에서 자신의 운명을 바꿀 여지도 없다. 그들은 불확실한 미래로 움직이는 것이 아니라 불가피한 과거로 나아간다. 그러니까 그들의 이야기는 시작도 되기 전에 이미 끝난 셈이다. 그래서 그들 자서전의 결론은 작품의 서두에 미리 다음과 같이 주어진다.

그러는 동안 우리 모두 공평하게 사십을 넘겼다. 만수산 드렁칡. 삶의 여정이란 것이 사실로도 칡처럼 하잘것없는 존재가 되어가는 과정이었음을 깨달을 만한 나이가 된 것이다.(17쪽)

그러니까 그들은 원한 것을 얻지 못하고, 결코 기대하지 않았던 삶을 남들처럼 살아가고 있을 뿐이다. 어긋나는 삶에서 닳고 굽은 채 그들은 직장을 구하고 여자를 얻어 가정을 꾸미며, 다른 이웃처럼 초라한 존재가 되어간다. 은희경이 화해 신호를 보낸 것은 이들이 다른 무엇, 김소진의 표현을 빌려 말한다면 악덕 자본가나 추악한 군바리도, 열혈 혁명가나 포학한 가부장도 될 수 없기 때문이 아닌가.

이미 완결된 과거를 회상한다는 점에서, 『마이너리그』 또한 경험적 현실을 중요한 서사적 기반으로 삼는다고 할 수 있다. 그러나 지방도시 출신임에도 불구하고, 작중인물들은 시간을 통해 누적되었을 지역의 역사나 지역적 삶의 구체적 실감 속에 놓이지 않는다. 그들에게서는 국지적인 공간의 문화적 특성도, 공적 소통을 매개하는 풍성한 사투리도 확인할 수 없다. 성년이 된 이후 작중인물들은 서울에서 생활하게 되지만, 그들이 태생지를 떠남에 작용하는 동인도 드러나지 않는다.

지리적 장소뿐 아니라 시간의 역사 또한 그들의 삶에 작용하는 변수가 되지 않는다. 그래서 작중인물과 그들이 세월의 풍화를 견딘 시대를 연결하는 고리는 매우 빈약하다. 예를 들면, "어느 봄날이다" "그해 가을이던가" "그 무렵에는 휴가라는 게 거의 없었다" "그날도 나는 그의 전화를 무심히 받았다"와 같은 진술이 그것인데, 이런 진술방식은 두 가지로 기능한다.

한편으로 이같은 진술은 독자들로 하여금 해당 시기를 잘 알고 있다고 여기게 함으로써 서술자와 독자 간의 정서적 친밀감을 높일 수 있다. 그러니까 서술자는 서술 맥락에 대한 어떤 지식을 이미 갖고 있는 독자(청중)에게 말하는 것이다. 이런 점에서, 서술자와 독자는 어떤 사실에 대한 지식, 사건에 대한 감정, 현상에 관한 가치평가를 공유하게 된다고 할 수 있다. 그러나 작가가 이들의 지식과 평가에 우호적이긴 하나 전적으로 동의하는 것은 아니다. 서술자인 김형준의 다음과 같은 진술을 보라.

자기 인생을 해독해보려는 자의식 없이 시간을 흘려보내기에는 나는 식
견과 통찰이 너무 뛰어났다.(132쪽)

위의 진술에 드러난 지적 허영을 김형준이 스스로의 목소리로 폭로한
자기 풍자라 보기는 어렵다. 왜냐하면 삶의 여정에 대해 깨달은 중년의
사내가 지난 삶을 회고하면서 여전히 속물다운 허영을 드러낸다면, 그 깨
달음 자체가 무의미해지기 때문이다. 따라서 김형준의 작위적인 지적 허
영에는 작가의 빈정거림이 스며 있다고 하겠다. 김형준에 의해 회상된 작
품 전체에서 작가는 서술자와 일정한 심적 거리를 두고 있으며, 이 거리
는 독자 자신이 풍자의 대상이 될 수 있음을 암시한다. 은희경이 남성과
의 화해를 불완전한 도중에 있는 것이라 한 근거도 여기에 있을 것이다.

다른 한편, '그때' '그 무렵'과 같은 표현은 그때 나(우리)는 어디 있
었나와 같은 의미로 인물을 역사와 관련시키되, 궁극적으로 그때 거기
있었던 나를 강조하게 된다. 그래서 다음과 같은 연대기적 진술이 가능
해진다.

1987년은 1월부터 술렁거렸다. 3월에는 폭로가 있었다. 4월에는 끓는 물
주전자의 주둥이를 틀어막으며 "나는 한다면 해!"라고 하는 사람이 있었
다. 5월은 한 달 내내 거리가 시끄러웠다. 6월로 접어들자 절정을 이루었
다.(125쪽)

이런 진술로 볼 때, 경험세계는 서사적 목소리가 개입할 수 없는 자연
상태와 같다. 작가는 언어로써 있는 그대로의 현실을 반영할 뿐이며 역
사를 만들거나 삶의 진로를 바꿀 수 없다는 뜻이다. 자연사에 가까운 역
사가 주어질 때, 우리는 작가나 인물에게 세계의 형성이나 변화에 대한
책무를 물을 수 없다. 따라서 시위대에 "일부러 접근한 적은 한 번도 없
었다"고 하더라도 누가 뭐라 하겠는가.

그러나 있는 그대로의 자연사란 역사 구성에서 인간적 동인을 제거할 위험, 집합적인 삶의 현실로부터 개인을 탈구시킬 위험이 있다. 이런 위험을 감지한 것일까, 작가는 사람에겐 "일반적으로 패턴화할 수 없는 면" "일반적인 통념에 어긋나는 점"이 있다고 말한다. 어떤 점에서 『마이너리그』는 작중인물들이 지닌 통념에 어긋난 면들의 전시장이다. 그것은 터무니없거나 우스꽝스러운, 때로는 비애감을 자아내거나 너저분한 '일화'들이다. 만수산 4인방의 결성 자체가 그렇고, 두환의 18동인 결성이나 그가 냉소적인 정치사상범이 된 사건, 조국의 비밀병기 방귀가 그렇고 승주의 여성 편력이나 스탠드 구출사건 등이 그러하다. 이런 삽화나 사건들은 은밀하고 사적인 성격을 띠는 것이어서 감추어야 할 허물이거나 알려지면 난처한 것이 대부분이다. 그래서 일화(逸話)가 아닌가.

대개 단일한 삽화의 단순 무기교적 서술이기 때문에, 일화는 복잡하고 긴밀한 구성을 필요로 하지 않는다. 구성의 결여는 삶을 전체적인 관점에서 운동하는 형태로 반영할 수 없음을 의미한다. 아니, 『마이너리그』는 역사 속의 주동인물도 반동인물도 될 수 없는 작중인물들과 그들의 이러저러한 작은 이야기를 통해 이른바 삶의 총체적 반영을 거부한다고 함이 더 실감에 가깝지 않을까. 그것은 삶에 대해 다음과 같이 말하고자 함이 아닌가.

지식인들은 언제나 자기의 시대를 위기라고 말해왔고 애국자들은 하나같이 자기의 시대를 국난이라고 했다. 그들처럼 간뇌도지를 부르짖으며 간과 뇌수로 바닥을 칠하는 사람들은 따로 있다. 우리는 그런 인생이 아니다. 그래서 잘못될 것은 아무것도 없다. 그들은 그들대로 살고 우리는 우리 식으로 살면 되는 것이다.(242쪽)

한창훈의 「변태」에 등장하는 소년은 은희경 소설의 인물과 비슷한 시기를 살았을 것이다. 소년이 자신을 겨눈 총구 앞에서 공포에 짓눌리고 흩어진 뇌수로 범벅이 된 거리에서 어떤 형태로든 구원을 갈망할 때, 은희경의 인물들은 "무서운 비상시국"을 "우리 식"으로 살았고 그래서 "잘못될 것은 아무것도 없다"고 강변한다. 그러니까 이들은 간뇌도지를 부르짖는 혁명가에게 "우리는 우리 식으로" 산다고 우기고, 넥타이를 맨 경쟁사회의 일류들에게 팀워크의 이름으로 폭력을 행사하는 "깡패집단"이라 매도하고, 낯모르는 힘에 원격조종되어온 그들 자신의 하찮은 삶도 "장한 인생"이라고 말하고 싶은 것이다.

소설 마지막 장의 소제목을 '태평성대'라고 한 것처럼, 이들의 자기 위로를 액면대로 이해할 필요는 없다. '선택된 자와 아닌 자' '약한 놈'과 '강한 놈', 메이저와 마이너라는 양극화 속에서 그들은 우리 사회의 추악한 서열과 비정한 생존경쟁이 엄연한 삶의 사실임을 드러낸다. 이런 점에서 보면 그들의 경박성조차 삶의 의미를 환기한다고 할 수 있다. 그러나 정작 문제되는 것은 선택되지 못한 마이너로서 그들이 자신의 실패에 대한 내면적 반성이나 자의식이 없다는 점이다. 냉소적이고 분석적인 서술자 김형준 역시 소희가 선택한 것은 사랑이 아니라 '환멸'임에도 불구하고, 그 사실이 의식의 표면에 떠오르지 않도록 억압함으로써 위안을 얻는다. 그러므로 이들의 자기 위안은 위선이다. 남루한 삶을 견디기 위해서는 이 정도의 위선, 이만한 가벼움은 도리가 없을 것이다. 그러니 『마이너리그』가 일화에 치중하지 않았겠는가. 그러나 위선의 관용은 경험의 가치를 균등화하고, 경험의 등가는 삶에 관한 의식의 평면화를 부추기기 쉽다. 더 가치롭다거나 더 고통스러운 경험이란 있을 수 없는 까닭이다. 은희경의 이전 소설의 주인공처럼 단 한 번의 주사위에 모든 것을 걸었지만, 소희가 더이상 소설의 중심이 되지 못하는 이유도 여기에 있다.

3. 경험에 대한 허구의 승리 — 김영하의 『아랑은 왜』

삶의 의미를 드러내건 너절한 인생에 위안이 되건, 한창훈과 은희경의 소설이 일정하게 객관 현실과 연관되어 있다면, 김영하의 『아랑은 왜』 (문학과지성사, 2001)는 이런 연관을 의심하고 경험의 가치를 무화하고 자 한다. 등단 이래, 기존의 장르 범위를 도발적으로 월경해온 사실을 염 두에 두면, 김영하에게 현실 경험의 서사적 권위란 의심스러운 범주임이 분명하다.

서술자의 표면적 진술에 따르면, 이 작품은 "새로운 형식의 역사소설" 을 만들기 위한 아랑 전설의 재검토이다. 그래서 『아랑은 왜』는 이야기 (소설)일 뿐 아니라 이야기 감식하기, 이야기 반복하기이다. 또 그것은 이야기하기에 대한 이야기이며 이야기는 어떻게 만들어지는가에 대한 이야기이기도 하다. 『아랑은 왜』는 창작이론이며 비평이론인 동시에 이 모든 것들에 대한 메타 담론이기도 하다. 스스로를 긍정하면서 동시에 부정해버리기 때문에, 『아랑은 왜』는 비평가나 독자가 닿을 수 없는 곳 에 위치한다. 그러나 역설적으로 비평과 독서의 피안에 있기 때문에, 그 것은 우리의 지적 모험심을 자극하지 않겠는가. 그러므로 아랑 전설을 연쇄살인사건으로 보고 근대적 탐정에 가까운 김억균을 통해 숨겨진 진 실을 해명토록 한다거나, 그것이 역사 '밖' 현재의 사건 및 인물과 겹치 게 된다는 것은 그다지 중요한 사안이 아닐 것이다.

『아랑은 왜』가 문제삼는 것은 이야기하기(글쓰기)란 세계(현실)와 관 계하는 것이 아니라 비지시적인 언어적 행위라는 점이다. 아랑 전설을 검토하는 과정에서 서술자는 이야기(허구)와 사건(경험 현실)의 우선성 을 세 가지 측면에서 따져본다. 첫째는 선행하는 전설이 실제 사건과 결 합되어 이야기가 발생했을 가능성이고, 둘째는 사건이 선행하고 여기서 부터 선설이 만들어져 이야기도 확산되었을 가능성, 셋째는 실제 사건이 고스란히 아랑 전설이 될 가능성이다. 이 가운데 『아랑은 왜』는 첫번째 가설을 선택한다. 사건보다 이야기가 앞선다는 가설을 따르면, 이야기는 사실(현실)과 모방관계에 있는 것이 아니라 오히려 사실을 만들어낸다. 그러므로 재판과 관련된 나비 이야기도 "부사께서 지어내신 이야기"이며, 김억균의 추리 또한 "훌륭한 이야기"일 뿐이다. 살인사건과 연루된 인물 사이에 실제로 어떤 일이 있었는지 "아무도 모"르며, 후세에 그것은 "전혀 다르게 기록할 수도 있을" 것이다.

경험적 사건에 대한 허구적 이야기의 우선성을 전제할 때, 경험 현실 진실 역사도 언어적 구성물에 불과하다. 이야기로서의 역사, 텍스트로서의 현실은 우리에 대한 영향력을 행사할 수 없다는 뜻이다. 왜냐하면 객관적으로 주어진, 따라서 승인해야 할 현실이 있을 수 없기 때문이다. 은희경과 한창훈의 작중인물들이 모두 부인할 수 없는 경험 현실에 사로잡혀 있고, 시작되기도 전에 끝나버린 결과에 속박된 것과 달리, 김영하의 소설에는 바꿀 수 없는 최종 결과란 있을 수 없다. 그러니까 그는 불가피성에 맞서 싸우고 있으며 이런 그에게 역사의 필연적 전개란 성립될 수 없는 허구이다. 처음으로 돌아가 모든 걸 고쳐 쓸 수 있다는 것, 그것이 소설쓰기라는 것이다.

그렇다면 이야기는 어떻게 만들어지는가? 그것은 현실이 아니라 다른 텍스트와의 관계 속에서 만들어진다.

세상 모든 이야기에는 어떤 틈이 있다. 이 틈이야말로 이야기가 어떻게 만들어졌는가를 짐작할 수 있게 해주는 중요한 단서다.(16쪽)

그러니까 사건과 현실을 만들어내는 이야기가 있고, 이 이야기는 빈틈을 노린 재해석을 통해 "각기 다른 판본으로 분화"되어간다. 그래서 이야기란 "다 아는 이야기를 다르게 말하기" "'익숙한' 이야기를 '다르게'" 쓰는 일이다. 결국 객관 현실이나 원본은 없고 오로지 이야기의 '판본'만 있을 뿐이다. 작품 내 『정옥낭자전』도 하나의 판본이며, 김영하가 1998년 『동서문학』에 수록한 중편 「아랑은 왜 나비가 되었나」도 판본이고, 『아랑은 왜』 또한 같은 작품이 아니라 전혀 다른 판본이라 할 것이다.

『정옥낭자전』의 작가가 아랑 전설을 "자신의 방식으로 새롭게 재구성"한 것은 당시 소설판의 주류인 권선징악적 소설이 "지리신산"하고 "정작 저자 자신을 만족시키지 못했"기 때문이다. 그런데 여기서 말한 '재구성'은 원본 사건과 작가의 미적 의도에 의한 재배열이라는 형식주의적 구분을 환기시킨다. 원본 사건(파불라)과 재구성(슈제)의 분리는 양자가 동일한 전통적 스토리텔링과 다르다는 점에서, "근대적 의미의 작가적 자의식"에 연결될 수 있다. 따라서 서술자가 주장하는 것처럼, 과거의 이야기꾼이 현대의 이야기꾼보다 자유로웠다고 말할 수 없다. 이야기란 새로운 재구성이라는 뜻으로 보면, 김영하 자신이 그 증거가 되듯이, 현재의 이야기꾼이 훨씬 자유롭게 변형을 시도한다. 그는 플롯에 지배되지 않으며 이전의 구성에 복종하지 않는다. 그는 작중인물의 운명을 마음대로 조작할 수 있고 현실을 바꿀 수도 있다. 이런 의미에서, 김영하의 이야기꾼은 구성의 노예가 아니라 주인이다. 그가 만들어낸 허구적 판본은 곧 역사와 현실이 되고, 그가 꾸며낸 이야기로 인물의 운명을 조종할 수 있다. 그러니 김영하의 입장에서 근대의 이야기꾼은 우월한 신과 다르지 않다. 작가 자신을 만족시킨다는 의미에서 새로운 가공과정은 쾌락의 원천이며, 타인의 역사와 운명을 바꿀 수 있다는 의미에서 그것은 이야기를 가학적인 권력형식으로 만든다. 이는 객관 현실이나 역사와 대화적 관련을 지닐 수 없는 이야기의 불가피한 결과이다.

김영하의 『아랑은 왜』에 따르면, 이야기는 현실이 아니라 다른 이야기와 대결적 대화관계에 있다.

이 시기의 밀양이야말로 이야기의 격전장이었던 것이다. 아마추어 이야기꾼들은 각기 자신이 만들어낸 이야기가 살아남을 수 있도록 최선을 다했

으리라.(80쪽)

경쟁적인 판본이 있다는 것은 이야기의 생산과 수용이 작가의 특별한 창의보다 당대 사회의 지배적 서사논리나 관습에 따라 결정됨을 의미한다. 그러니까 개별 이야기꾼의 경쟁적인 현실 구성은 더 큰 담론질서 속에 끼워지고, 이 담론질서의 권위가 이야기의 유통 가능성, '살아남을' 가능성에 영향을 미치는 것이다. 따라서 동일한 이야기의 이본들이 대결과 경쟁에서 살아남는 데 청중 혹은 독자가 결정적인 힘을 발휘한다고 할 수 있다. 한 판본의 유통 가능성을 결정하는 것이 이처럼 수용자 혹은 상위의 담론질서에 있기 때문에, 이야기꾼은 수용자에 대해 지극히 우발적인 지위에 머물 수밖에 없다. 말을 바꾸면, 이야기꾼이 모든 것을 설명함으로써 독자의 강제적 이해를 요구할 수 없다는 뜻이다. 그렇기 때문에, 벤야민이 지적하듯, 옛날이야기에는 예외적 기적적인 것이 설명없이 개입한다. 설명이 붙여지지 않은 부분은 김영하의 표현으로 이야기의 '틈'이며, 이 틈은 청자(독자)에게 사물을 해석할 재량이 있음을 드러낸다. 그 틈은 청중이나 이야기꾼 자신이 만든 것이 아니라 외부에서 개입한 수수께끼이며 따라서 그들이 해결할 수도 없는 삶의 불가사의이다. 그러니 아랑의 북유기설이나 고목유기설이 "설득력이 없"어 "경쟁에서 밀려"났다고는 할 수 없다.

이와 달리, 근대의 독자를 상대로 하자면 빈틈을 메우는 합리적이고 이성적인 설득이 필요하다. 왜냐하면 근대의 독자는 정보가 주어지지 않은 삶의 비의를 의식의 표면에서 밀어내기 때문이다. 『아랑은 왜』가 추리기법에 크게 의존하는 것도 이런 사정과 무관하지 않을 것이다. 작가의 플롯 지배가 가장 분명한 곳이 탐정소설이다. 탐정 이야기는 만족할 만한 해결을 지닌 교묘한 퍼즐이며 트릭이다. 이 트릭은 질료와 독자를 조작할 수 있는 작가의 능력, 곧 능란한 기술을 드러낸다. 김영하에게 이야기하기가 권력형식이 될 가능성도 여기에 있다.

그러나 김영하는 탐정소설의 장르적 관습, 공식을 그대로 따르지 않는다. "일종의 퍼즐 게임을 계속하게 될 것"이지만, "적어도 우리의 책 안에서 이야기의 종결은 없다"고 그는 말한다. 그래서 이야기에 선행하는 사건의 진실을 탐색하는 김억균은 좌절을 겪을 수밖에 없다. 김억균의 실패는 곧 이야기꾼의 승리이며, 그의 승리는 경험에 대한 이야기의 승리, 사실에 대한 허구의 승리가 된다.

　『아랑은 왜』를 반근본주의의 주지, 즉 현실은 담론에 의해 구성된다거나 보편적인 진실은 없다는 주장과 연관시켜 이해할 수 있다. 또 인간은 그가 태어나기도 전에 이미 이야기와의 관계 속에 있다는 뜻으로도 이해할 수 있다. 그러나 새롭고 다양한 해석이 사실을 창조하는 것은 아닐 터이다. 더구나 모든 것이 새로운 판본에 불과하다면, 이야기는 더이상 삶의 의미를 말할 수 없을 것이다. 권선징악의 해피엔딩을 보일 수 없으므로 김영하의 글쓰기는 이야기의 모럴을 지닐 수 없고, 최종적이고 돌이킬 수 없는 경험이 없으므로 삶의 의미를 따져볼 수도 없다. 그렇다면 이 작품을 이야기나 소설이 아닌 다른 무엇으로 불러야 하나.

　우리는 이야기를 배움으로써 성장하고, 소설에 근거하여 문제를 인식하기도 한다. 삶은 여전히 이해할 수 없는 어떤 힘에 의해 조종되거나 결정되는 듯하고, 우발적인 삶의 사실과 통제 불가능한 폭력에 대처하기 위해 우리가 할 수 있는 일은 그다지 많지 않다. 서사 혹은 소설에 대한 불신과 공격에도 불구하고, 이를 향한 우리의 충동이 억압될 수 없음은 이 때문이다. 기어츠의 말처럼, 이해할 수 없는 세계에서는 살 수 없는 존재가 인간이 아니겠는가.

　서사의 유효성이라는 맥락에서, 경험에 대한 허구의 우위라는 김영하의 반근본주의가 전적으로 틀렸다고 말할 수 없다. 문학(허구)이 현실을 생산한다고 믿지 않는다면, 한국문학의 주류를 이루어온 대부분의 작품과 비평은 폐기되어야 한다. 그러나 이야기의 생산성이 존재가 직면하는 터무니없는 고통, 혼란스런 삶의 사실에 대응하는 데 있다면, 김영하의

140

이야기방식에 대해 은희경과 하창훈의 소설이 갖는 경험 재현의 가치를 각별하게 음미하지 않을 수 없다.

(『문학동네』 2001년 여름호)

윤리와 미학의 겹침

— 조세희의 『난장이가 쏘아올린 작은 공』

1. 제한된 인식과 중층적 인식

90년대에 들어 민족문학을 갱신하고 새로운 진로를 모색하려는 노력이 있었다. 일종의 이념 논쟁 성격을 띤 그 과정에서 민족문학의 존립 근거를 숙고하는 한편으로 미시적 국지적 문제에 대한 관심이 환기되었고, 정치성이나 이데올로기의 주박에서 벗어나 문학성을 세심하게 배려할 것이 요청되었다. 이같은 맥락에서, 백낙청은 "물건이 딸리는 상황"이라 하고 신경숙의 「풍금이 있던 자리」를 두고 "기법 실험을 통한 리얼리즘의 쇄신"이라 평가한 바 있다. 이런 평가가 과연 리얼리즘의 파산 선고인가는 여러모로 음미할 만하다. 필자에게는 "이제 '민족문학'은 끝이다. 깃발을 내림은 물론 문도 닫아야 한다"는 김명인의 청산주의적 태도가 더 문제로 억거진다. 왜냐하면 이같은 태도는 변화에 관한 중층적 이해를 결여할 뿐 아니라 민족문학 진영의 수세적인 국면을 과장하기 쉬운 까닭이다.

최근에 재연되고 있는 이른바 '리얼리즘-모더니즘' 논쟁은 민족문학의 국면 전환을 위한 치열한 대화라 할 수 있다. 필자가 과제로 받은 것은 이 논쟁을 염두에 두고, 조세희의 연작소설 『난장이가 쏘아올린 작은 공』(문학과지성사, 1978, 이하 『난쏘공』으로 약칭)을 실제 비평하라는 것이다. 이같은 주문은 논쟁 당사자들이 조세희의 연작소설을 자기 주장을 정당화하는 근거로 삼기 때문일 것이다. 단순화의 위험을 무릅쓰고 요약하면, 민족문학론의 갱신을 위해 리얼리즘과 모더니즘의 대립구도가 여전히 유효하다고 보는 논자는 『난쏘공』의 불충분한 사실성을 비판하면서 리얼리즘을 옹호하고, 이 대립구도를 넘어 양자를 포괄하는 것이 민족문학론에 유익하다는 논자는 『난쏘공』의 모더니즘적 기법이나 정신을 긍정적으로 평가한다.

민족문학론의 새로움을 위해 필자가 구체적인 대안을 갖지 못함을 자인하는 터이므로, 진행중인 이번 논쟁에 대한 섣부른 평가도 삼갈 일이다. 필자는 별고에서 이 논쟁을 검토하고자 하며, 다만 세 가지를 지적하고자 한다. 하나는 용어를 부주의하게 사용함으로써 초래된 혼란과 오해이다. 마셜 버먼의 견해를 따르는 진정석은 근대화에 대응하는 문학예술상의 미학적 기획과 사회정치적 실천을 포괄하는 버먼의 모더니즘이라는 용어를 우리 문단의 통념을 고려함이 없이 그대로 사용함으로써 불필요한 오해를 자초한 것으로 보인다. 진정석을 반박한 윤지관과 김명환 역시 모더니즘을 통념적인 차원에서 이해한 점에서 논쟁의 혼란과 오해에 책임이 없다고 할 수 없다.

둘째, 『난쏘공』에 관한 논쟁 당사자들의 입장과 해석의 차이는 그다지 새로운 것이 아니며, 또 어느 쪽이든 조세희의 소설에 대한 이해와 평가를 고갈시킬 수는 없으리라는 점이다. 70년대부터 축적되어온 기왕의 평가와 견주었을 때, 최근의 논쟁이 새로울 것 없는 해석을 논거로 삼고 있다면 그것이 민족문학론의 갱신을 위해 얼마나 유효한 것인가를 재고할 필요가 있을 것이다.

셋째, 문학도 하나의 사회적 실천이라면, 사회적 실천의 의의를 해석하는 것과 그 실천의 개별적 산물을 평가하는 일 두 가지는 구분되어야 할 것이다. 물론 두 작업이 서로 무관한 것은 아니지만 그렇다고 동일한 것으로 취급될 수는 없다. 따라서 리얼리즘적이거나 모더니즘적인 실천의 가치를 판정하면서 논자들이 그 가치를 특정한 작품의 가치와 동일시하거나, 특정 작품의 의미를 리얼리즘적 혹은 모더니즘적 실천의 일반적 의미라고 강조하는 것은 지나치게 일방적인 주장이라 할 것이다.

현상과 본질의 복합적 관계, 세계와 삶, 필연과 자유에 관한 중층적 인식이야말로 기존의 논쟁을 뛰어넘는 『난쏘공』의 가르침이다. 12편 연작은 각각 독립된 단위이지만, 어떤 동질의 체계로 읽힐 수 있다. 그 동질의 체계란 인간 인식의 한계 혹은 제한된 사고의 상투성에 대한 각성이다. 수학교사의 우화적 질문이나, '뫼비우스의 띠'와 '클라인씨의 병' 등은 이를 가장 단적으로 드러내는 인식의 상관물이다. 앞뒤 양면을 가진 평면의 직사각형을 "한 번 꼬아" 양끝을 붙이면 "안과 겉을 구별할 수 없는 곡면" "내부와 외부를 경계지을 수 없는 입체", 즉 뫼비우스의 고리가 된다. 이와 동일한 위상수학의 개념이 클라인씨의 병이다. 이것은 "대롱 벽에 구멍을 뚫어 한쪽 끝을 그 구멍에 넣어 만든" "안팎이 없고 닫혀 있는 공간"의 병이다.

내부와 외부, 입구와 출구, 안팎을 구별할 수 없는 이 위상학적 공간을 근대적 인식틀로는 파악할 수 없다. 주체/대상, 원인/결과, 처음/끝, 위/아래의 이원론적 구분에 근거한 사물화된 의식, 단일한 인식을 강제하는 도구적 이성의 횡포, 존재차원을 가시적인 3차원적 세계로 단일화하는 근대적 원근법은 위상학적 개념을 이해할 수 없을 뿐 아니라 용납할 수도 없다. 왜냐하면 그런 개념을 수용할 때, 이원적 사고에 기반을 둔 근대의 모든 사회제도, 정치체제, 가치세계는 붕괴될 것이기 때문이다. 이런 의미에서, 조세희의 위상수학적 개념은 근대적 사고의 상투성,

기존 제도와 체제의 오류와 맹목을 비판적으로 인식할 수 있게 만든다고 하겠다.

위상학적 개념이 비판적 인식의 방법론적 모델이긴 하지만, 이 개념을 통해 조세희 소설은 우리에게 보다 중층적이고 복잡하게 사유할 것을 요구한다. 그 이유는 곡면의 위상학적 입체공간이 논리법칙성의 현실공간이 아니기 때문이다. 위상학적 공간은 평면을 '꼬아' 만들거나 벽에 '구멍을 뚫어' 야 가능해지는 가상적 공간이다. 말하자면, 그것은 "실체가 내 눈앞에 있는데 그 실체를 무시하고 상상의 세계에서만 그 존재가 가능"하다. 여기서 꼬기와 뚫기를 상상의 힘이라 할 수 있다면, 이를 다음과 같이 정리할 수 있다.

(a) 그 상상은 현실의 구체성을 비실재화하고, 부재하는 위상학적 세계를 현실화한다.

(b) 그러나 뫼비우스 고리의 입체공간은 그것이 상상으로만 실재하기 때문에, 그 공간을 무효화하는 엄정한 현실의 강력한 저항을 받게 된다. 그래서 과학자는 영수가 자신의 눈앞에 놓인 클라인씨 병의 실재성을 물었을 때, '그것은 없다' 고 말한다.(「클라인씨의 병」)

따라서 우리가 제한된 인식의 한계를 끝까지 넘어설 수 있다면, 뫼비우스 고리의 현실성이란 결국 상상의 산물이라는 것, 따라서 그 고리의 부재를 깨닫지 않으면 안 된다. 즉 고리의 현실성이 사라지고, 허구적인 것처럼 보이던 현실이 구체성을 띠게 되는 것이다. 이와 같은 복층적 사고를 계속할 때, 어느 한쪽의 존재론적 우위를 일방적으로 주장하기 어렵다. 뫼비우스의 고리가 현존하면서 부재하듯, 우리는 드러난 현상과 은폐된 진실의 배타적 공존을 인정해야 하며, 현실과 상상 또한 상관관계 속에서 대립한다는 것, 따라서 각각에 대해 확신과 회의를 반복하면서 진정한 인식과 진실 탐색의 싸움을 멈출 수 없다는 것이다. 그 싸움의 대상에서 우리 자신도 예외일 수 없다.

2. 포에시스와 미메시스

위상수학적 개념이나 굴뚝 청소를 소재로 한 교사의 질문은 개인의 주관을 뛰어넘는 진실이나 가치를 추구한다는 점에서 익명적 보편적인 우화에 접근하지만, 『난쏘공』은 이런 진실을 작중인물의 개별적 경험에 연관시킨다. 그 경험 속에서 작중인물들은 배타적으로 공존하는 두 세계와 관계한다. 즉 이상세계와 현실세계, '순수한 달세계'와 '불순한 지구'가 그것이다. 전자는 난쟁이 일가가 꿈꾸는 사랑의 황금빛 별세계이며, 후자는 자기 실현을 불가능하게 하는 고통과 억압, 결핍과 절망의 산문적 현실이다. 전자의 세계가 발화의 동화적인 천진성과 시적 울림을 드러낸다는 뜻에서, (a) 시적 진실을 추구하는 포에시스의 미학이 『난쏘공』을 구성하는 하나의 원리라고 할 수 있다. 후자는 산문적인 현실에 놓인 성인의 공포를 강조한다는 의미에서, (b) 객관 현실을 지향하는 미메시스의 윤리가 『난쏘공』을 지배하는 다른 원리가 된다.

배타적인 두 영역과 원리가 화해나 중립의 토대 없이 맞서 있다는 의미에서, 『난쏘공』을 윤리적 극단의 소설이라고 하겠다. 조세희의 소설에서 윤리적 과격성은 미학적 급진성과 연관된다. 왜냐하면 화해할 수 없는 대립물의 결합이 기괴한 이미지를 만들어내기 때문인데, 영호의 다음과 같은 꿈이 그 예가 된다.

나는 햇살 속에서 꿈을 꾸었다. 영희가 팬지꽃 두 송이를 공장 폐수 속에 던져넣고 있었다.(「난장이가 쏘아올린 작은 공」)

이런 회화적 광경을 두고 어떤 평자는 '미학적'이라 지적했고, 작가 사신도 그가 믿는 부분이 바로 그 '미학'이라고 한 바 있다. 팬지꽃과 공장 폐수라는 상호배타적인 것의 돌연한 결합은 양자 모두 감각적 객관적 현실성을 잃게 된다는 점에서 보수적이나, 우리에게 다층적인 해석을 요구한다는 점에서 창조적이다. 이를 다음 두 가지로 나누어 살필 수 있다.

(a) '폐수→꽃'의 운동 : 꽃과 폐수의 단절적 병존에서 우리는 폐수, 곧 타락한 현실세계로부터 팬지꽃으로 표상되는 아름다운 시적 세계로의 상상적 운동을 확인할 수 있다. 폐수에 꽃을 던지는 것은 세계에 대한 일종의 미학적 부정, 절망 속에서 희망의 흔적을 찾는 행위일 것이다. 사랑의 황금빛 별세계를 향한 난쟁이의 동경은 '지옥'에서 '천국'을 꿈꾸는 사람들의 이야기이며, 그 세계는 현실의 비인간화를 측정하는 이상적 모델이 된다.

(b) '꽃→폐수'의 역전운동 : 그러나 사랑의 별세계는 냉엄한 현실에 대한 일종의 속임수이거나 현실을 견디도록 도와주는 거짓말이다. 윤리적으로 선한 난쟁이가 현실적으로 패배하는 것이 근대세계의 시적 정의가 아니겠는가.

그들은 아버지를 보고 웃었다. 영호는 그들이 다니는 길 밑에 지뢰를 만들어 심겠다고 말했었다. (……) 영호가 심은 지뢰 터지는 소리를 나는 꿈속에서 듣고는 했다. 그들의 승용차는 불길에 휩싸였다. 불 속에서 그들이 울부짖었다. 꿈속에서 들은 것과 같은 울부짖음 소리를 나는 은강에서 들었다. 알루미늄 전극 제조 공장의 열처리 탱크가 폭발했을 때였다. (……) 겨우 살아난 공원들은 동료의 잘려진 몸 옆에서 울부짖었다.(「잘못은 신에게도 있다」)

'울부짖음'의 동일함이 그 내용에서는 꿈과 현실의 차이만큼 현격하게 다르다. 이런 의미에서, 꽃과 폐수의 대립적 공존은 비현실적인 별세계로부터 객관적 현실로의 이동을 강조한다. 별세계를 향해 비상하듯, 종이비행기를 날리던 난쟁이는 죽음의 추락을 피할 도리가 없고, 영수의 행위는 사형이라는 참담한 결과에 이를 수밖에 없다.

난쟁이의 상상적 탈출행위가 그의 패배로 귀결한 것에 대해 『난장이 마을의 유리병정』에서 조세희는 다음과 같이 말한 바 있다.

내가 작가로서 크게 의존하는 것은 상상력인데도 내가 우리 시대의 한 인물로 생명을 준 난장이를 우주공간에서 오므라드는 우주인이 아닌 다른 무엇에 비유할 수가 없었어요.

이로 볼 때, 조세희 소설은 (a) 창조충동(상상)과 (b) 모방충동(현실)의 긴장 가운데 있다고 할 수 있다. 그는 지옥 같은 현실을 초월한 황금빛 별세계(상상)를 동경하면서도, 현실의 강력한 저항을 부정할 수 없는 것이다. (a)의 입장에서 객관 현실을 비현실화하고, 비현실의 세계를 창조하는 소설적 소원성을 보이면서, 동시에 (b)의 관점에서 혐오스러운 현실세계의 원리에 최대한 접촉하는 소설적 친숙성을 대립시킨다. 현실의 필연 때문에 자유의 열망이 무효화되지만, 그럼에도 불구하고 불가능한 해방의 목표를 포기하지 않는다는 점에 장애를 극복하려는 성숙됨이 있다.

상상의 관점에서 현실세계는 억압이고 지옥이다. 그럼에도 불구하고 현실에 육박한다는 의미에서, 『난쏘공』은 객관세계의 냉엄한 인과법칙을 정직하게 드러낸다. 이것이 바로 소설가의 윤리임은 널리 알려진 바와 같다. 조세희가 전적으로 시적 진실을 지향했더라면, 그는 잘못된 주관성에 탐닉함으로써 경험을 무효화하는 몽상가에 불과했을 것이다. 그것은 지구를 들어올리기 위해 지구 밖에 지렛대의 지점을 두는 것과 다르지 않기 때문이다. 다른 한편, 존재 구속적인 산문적 세계 상황에 대한 미메시스적 지향만 있었더라면, 조세희는 잘못된 객관성에 압도됨으로써 경험 현실에 굴복하는 친박한 환원주의자로 전락했을 터이다.

이상과 같은 근거에서, 『난쏘공』은 꽃과 폐수, 상상과 현실, 미학과 윤리 사이의 이중운동과 겹침을 구조적 특성으로 함이 분명해진다. 이런 이중성이 『난쏘공』에 일의적으로 해석할 수 없는 복합적 성격을 부여한다. 독자는 시적 진실의 세계로의 운동 속에서 동화적 아름다움을 보며, 동시에 그것의 비현실성을 환기하는 공원들의 울부짖음 속에서 산문적 악몽을 보게 된다. 구성에서도 같은 현상을 확인할 수 있다. 『난쏘공』은 독립된 단편들로 선적 연속성이 결여되어 있지만, 처음/끝이라는 인위적인 틀을 부여함으로써 그 결여를 보상한다. 발표 시기와 관계없이 프롤로그에 해당되는 「뫼비우스의 띠」를 첫머리에, 「에필로그」를 마지막에 배열한 것이 그 증거다. 12편 연작소설은 각각 자족적이면서도 상호의존적인 것으로, 닫혀 있으면서 열려 있고 그 반대도 사실이라 할 수 있다. 따라서 혼란과 질서의 대립적 공존이 이 연작소설의 구성적 특질이라 하겠다. 접속어나 수식어를 배제한 단문의 동화적 문체라는 지적처럼, 『난쏘공』의 문체는 그 함축성으로 인해 지식인 독자의 지적 독서를 충족시키면서 동시에 한정적인 언어 관행을 지닌 노동자 독자를 만족시킬 수 있는 것이다.

3. 웅변과 침묵, 그 아이러니

주요인물인 난쟁이 김불이와 영수는 궁핍한 현실에 대응하는 방법에서 상당한 차이를 보여준다. 난쟁이는 사랑 혹은 급진적인 순진무구를 통해 세계를 수직적으로 거부하고 황금세계를 향한 시적 상상을 펼친다. 이런 의미에서, 난쟁이는 객관세계의 엄정한 법칙을 일종의 환영으로 취급한다고 할 수 있다. 다른 한편, 영수는 괴물스러운 세계의 억압구조를 지향한다. 영수는 외적 행위를 통해 세계를 수평적으로 거부하고 새로운 사회경제적 질서를 재구성하고자 한다. "공포심이 우리의 가장 큰 적"이며 "우리의 침묵은 우리의 권리에 상처만 준다"는 목사의 말에 따라 행동하는 영수가 세계에 대해 웅변적이라면, 난쟁이는 현실과의 직접적 대결을 회피하는 침묵의 수사를 펼친다고 할 수 있다.

『난쏘공』 도처에서 우리는 작중인물들의 격렬한 증오와 분노를 목격할 수 있다. 영수와 신애가 휘둘렀고, 영희와 앉은뱅이가 품고 있는 '칼'은 사랑의 윤리를 생산행위의 적으로 삼는 가진 자의 무지, 잔인, 특혜에 대한 분노를 상징한다. 아버지와 달리, 영수가 분노를 외재화할 수 있었던 것은 상투적인 고정관념을 깨고 세계를 총체적으로 인식할 수 있었기 때문이다. 그는 항변하는 경험론자로서 합리적 이성에 근거한 상호교섭과 조정의 가능성을 믿는다. 그러나 "다른 배를 탄 사람으로 행동"하는 가진 자들과의 조정 가능성을 회의하고, 영수는 아버지가 그린 사랑의 세계가 옳다고 생각을 바꾼다. 그러나 이 생각의 전환이란 이 세계에서 그가 할 수 있는 것이 아무것도 없다는 절대 무희망과 다르지 않다. 말을 바꾸면, 이 세계는 죄를 짓지 않고는 행동할 수 없는 세계인 것이다. 이러할 때, 우리는 신에게도 잘못이 있다고 항의하지 않을 수 없다. 잘못은 신에게도 있다고 믿을 때, 카인적인 개인 의지가 돌출하며 이것은 살인행위로 나타난다.

영수의 살인행위를 노동운동에서의 집단 지도성을 부정한 소영웅주의라고 비난하기는 어렵다. 왜냐하면, 그가 결핍된 것을 획득하는 방법으로 살인이라는 행동을 주목한 것은 아니기 때문이다. 즉 그의 살인은 현실에 변화를 주기 위한 행동이 아니다. 영수는 법의 구속력을 넘어선 행동적 계시에서 행동보다 계시 그 자체를 중시하며, 그런 계시를 준 것이 클라인씨의 병이다.

"이제 알았어요."

빠른 목소리로 나는 말했다.

"이 병에서는 안이 곧 밖이고 밖이 곧 안입니다. 안팎이 없기 때문에 내부를 막았다고 할 수 없고, 여기서는 갇힌다는 게 아무 의미가 없습니다.

벽만 따라가면 밖으로 나갈 수 있죠. 따라서 이 세계에서는 갇혔다는 그 자체가 착각예요."(「클라인씨의 병」)

안은 안이고 밖은 밖이라는 형식논리학의 기본틀을 따르면, 빈부의 차이나 부의 불공평한 분배도 정당하게 된다. 그러나 클라인씨의 병은 금기나 죄에 대한 고정관념을 파괴한다. 그런 맥락에서 보면, 죄의식이란 사물에 대한 인식을 제한하고 결정해온 심적 기제일 뿐이다.

그러나 영수는 현존하는 그 위상학적 개념이 동시에 부재하는 것임을 몰각한다. 그의 살인행위는 이성과 합리성조차 권력과 자본을 장악해나간 계급의 이익과 연관된 역사적 범주임을 극명하게 드러내지만, 그 이성과 합리성이 동시에 근대세계를 지탱하는 규범적 범주라는 이해를 결여한 것이다. 바로 이 때문에 『난쏘공』은 영수의 행위에 대한 비극적인 시각, 즉 의도한 것과 성취된 것 사이의 현격한 거리를 드러낼 수밖에 없는 것이다.

「에필로그」에서 영수의 살인행위가 무위로 이해되고 있다는 측면에서, 『난쏘공』은 난쟁이 김불이의 존재방식을 지원한다고 할 수 있다. 이를 조금 세밀하게 검토해보자. 난쟁이를 상징적 중심으로 삼아 군집하는 인물들은 참담한 상황 앞에서도 극단적인 인내심을 발휘한다. 난쟁이네 집에 철거 계고장이 나왔을 때, 그와 그 식구들은 "말 한마디 없었"고, 꼽추네 집이 철거당할 때도 덤벼들거나 울지 않고 "모두 잘 참았다." 이런 인내와 침묵으로 난쟁이는 끊임없이 주어지는 시련과 고통을 견디어낸다. 자기 표현을 드러내지 않음으로써, 좀더 정확히 말하면, 공포스러운 외부세계와의 직접적 접촉을 피함으로써, 김불이는 천진소박하고 선량한 내적 자아를 보호하게 된다. 그 내적 자아를 규정하는 것이 사랑이다.

아버지가 꿈꾼 세상에서 강요되는 것은 사랑이다. 사랑으로 일하고 사랑으로 자식을 키운다. 사랑으로 비를 내리게 하고, 사랑으로 평형을 이루고, 사랑으로 바람을 불러 작은 미나리아재비꽃 줄기에까지 머물게 한다.(「잘못은 신에게도 있다」)

적으로부터의 분리는 꼽추와 앉은뱅이의 삽화에서도 잘 드러난다. 아파트 입주권 전매업자를 포박하여 불태워 죽이거나, 「에필로그」에서 수입금을 갖고 도망친 약장수 사장을 잡으러 나설 때, 꼽추는 앉은뱅이의 내면에 도사린 살의가 무섭다고 말한다.

"자네 속 편할 대로 하라구. 그러나, 나도 언젠가 말했지만, 그래서 무슨 해결이 나야 말이지."
"내가 또 싫어졌지?"
"자넬 싫어하지는 않아. 무서워해. 내가 무서워하는 건 자네 마음야."
(「에필로그」)

외적 싸움으로 아무 해결도 나지 않는다고 생각하는 꼽추는 영수의 사형 집행을 지적하면서 거듭 칼을 버리라고 말한다. 살의를 품은 앉은뱅이가 영수에 가깝다면, 꼽추의 태도는 난쟁이 김불이의 그것에 가깝다. 꼽추가 두려워하는 것은 앉은뱅이가 내재화하고 있는 격렬한 적대감이다. 앉은뱅이의 내적 난폭성은 꼽추에게 공포로 경험된다. 그의 살의를 수락한다면, 꼽추는 자신의 자아감각을 상실할 것이다. 따라서 꼽추나 난쟁이의 동일한 내적 자아는 외부를 향한 의식의 변형을 억압함으로써 획득된다고 하겠다.
그렇다면, 난쟁이의 주관심사는 억압적인 외부의 정체가 아니라 자신의 감정이나 양심이라고 할 수 있다. 물론 타락한 세계에서는 이런 난쟁이가 유일하게 건전한 존재일 수 있다. 작가의 말대로, 난쟁이는 도덕적으로 사는 양심적인 사람이지만, 힘의 한계를 가졌기 때문에 사회에 변

152

화와 충격을 주기 어려울 것이다. 그러나 난쟁이의 한계는 권력과 자본이라는 물리적인 힘에만 있지 않다. 바로 그가 지닌 양심의 한계도 문제가 된다. 왜냐하면, 절대적 관심사가 내적 자아에 고착되는 한, 그의 양심으로 구원되는 것은 타인이 아니라 바로 자신인 까닭이다. '죄인' 들이 잠든 유죄성의 거리에서 더이상 '자비' 를 구할 수 없는 것처럼, 우리는 난쟁이에게서도 자비심을 기대하기 어렵다. 실제로 그는 사회 개량의 가능성이나 변혁을 위한 정당한 판단과 올바른 충고를 하지 못한다.

난쟁이는 사랑이 없는 욕망 대신 욕망이 없는 사랑을 택한다고 할 수 있다. 그럼으로써 자기 동일성이 제공하는 값싼 심리적 만족을 얻을 뿐이다. 그의 사랑의 윤리는 지배체제가 부여한 한계를 넘을 수 없다. 왜냐하면 그 한계를 넘을 때 사랑은 정치적인 것으로 전화되고, 이럴 경우 외부의 적대물과 대면하지 않을 수 없기 때문이다. 따라서 내적 자아만을 보호하려는 난쟁이는 필연적으로 외부세계뿐 아니라 자신에 대한 객관적인 인식과 이해까지 억압한다고 할 수 있다. 그래서 그는 시대적 변화 속에 놓이면서도 언제나 같은 자리에 머문다.

김불이가 꿈꾸는 것처럼, 모든 것이 사랑으로 가능해지는 세계는 물론 매혹적이다. 그러나 자신과 냉엄한 인과법칙이 지배하는 세계를 인식하지 못함으로써, 그가 꿈꾸는 별세계는 빈곤한 시적 환상에 불과하게 된다. '사랑의 비' 는 내면에 사로잡힌 자아에 의해 고안될 수는 있으나 역사에 의해 실현될 수 있는 것은 아닌 까닭이다. 그에게 이 세계는 과거, 현재, 미래에도 '지옥' 일 뿐이다. 이런 의미에서, 그의 사랑은 이 세계에서의 삶을 참을 수 있게 하는 대체 진실, 특수한 진실이다. 말을 바꾸면, 그는 결핍의 고통, 불평등, 억압의 '지옥' 속에서 지옥의 악몽을 억압함으로써 심리적 생존을 유지하는 셈이다. 직심적 단순성으로 사랑의 환상에 사로잡힐 때, 그는 현재의 비참의 참원인을 알 수 없고, 그래서 그의 비참에 대해 아무것도 할 수 없다. 이때 난쟁이의 사랑은 그 급진적인 힘을 상실하고 오히려 기존 지배질서를 가능 유일한 실재로 정당화할 수도 있다. 중층적 인식을 강조하면서도, 난쟁이를 자신의 내면에 직심적으로 사로잡히게 만든 것은 『난쏘공』의 아이러니일 수밖에 없다.

(『작가』 1997년 11 · 12월호)

상처 입은 자의 쓸쓸한 초상

— 김소진을 추모하며

1997년 4월, 서른다섯의 젊은 나이로 작가 김소진은 무섭고 황량한 이 세상을 떠났다.

개인적으로 특별한 친분을 쌓았다거나 지음을 얻었노라 말할 형편은 아니지만, 이 젊은 작가의 갑작스런 부음을 접하고 필자는 비통한 마음을 금할 수 없었다. 「그리운 동방」에서 "신쭈. 그 얼마나 오금이 짜릿짜릿한 말인가"라고 성장기를 회상했을 때, 나는 그가 또래집단과 보낸 내 가난했던 유년의 음화(陰畵)를 색깔도 선명한 채색사진으로 복원했다고 느꼈다. 그 채색그림은 나에게 트라우마이며 동시에 오금이 저리는 그리움의 영토였던 것. 아마 김소진에게 느낀 감정은 필자가 육친에게 갖는 그것이었으리라.

한 3년 전인가, 나는 그를 부산소설가협회가 주최한 여름소설학교에서 처음 만났다. 동행했던 부인 함정임씨도 그러했지만, 김소진은 크다고 할 수 없는 키에 가냘픈 몸피를 하고 있었다. 별말이 없던 그의 눈은 지리산 피아골의 푸른 물처럼 맑았으나, 그에게서 삶의 처연한 모습을 본 것은 나의 착시였을까. 이후 필자가 근무하고 있는 학교의 문학강연에서 다시 만났을 때도 그는 말수가 적었다. 차라리 눌변이랄 수도 있는 그의 강연을 들으면서, 나는 흉금을 터놓을 수 없는 세상으로부터 상처입은 자의 모습을 보았던 것이다.

1991년 단편 「쥐잡기」로 등단한 이후 김소진은 네 권의 작품집을 상재하였다. 『열린 사회와 그 적들』(솔, 1993), 『고아떤 뺑덕어멈』(솔, 1995), 『자전거 도둑』(강, 1996)과 연작장편 『장석조네 사람들』(고려원, 1995)이 그것이다. 연재중이던 「동물원」을 포함한 이들 소설에서 우리는 지난 세대의 삶과 피곤한 현실이 작품의 날줄과 씨줄을 이루는 서사적 배경의 풍부성, 삶에 대한 진실한 물음과 그 해답의 끈질긴 추구, 육체화된 민중언어를 바탕으로 한 개성적인 문체 등을 확인할 수 있다. 그 동안 전국의 현대문학 교수들이 뽑은 '올해의 문제소설'에 3년 연속해서 선정되고, 두 번이나 후보에 올랐던 이상문학상의 다음 수상 후보자로 유력시된 것은 결코 우연이 아니다. 김소진이 이룬 소설적 성과는 다른 자리에서 본격적으로 평가되어 마땅하다. 다만 여기서 필자는 김소진과 맺었던 작은 인연과 그의 뛰어난 재능을 소중히 여기고, 더구나 그가 일가를 이루어 앞으로 살아갔어야 할 먼 날들을 생각하면서, 안타까운 마음으로 그의 작품에 대한 인상을 간략히 말하고자 할 뿐이다.

김소진의 소설을 읽고 첫번째 주목하는 것은 그가 매달릴 최후의 보루라고도 말한 아비의 삶이다. 젊음의 최전선에서 80년대를 관통했고 신문기자 생활을 통해 사회의 내밀한 속살까지 경험한 김소진이지만, 비슷한 연배의 다른 작가와 달리, 그의 소설을 지배하는 원천은 성장기의 체험, 아비와 그 이웃이 살아낸 삶이다. 그는 자신의 소설을 신산했던 아비의 삶, 역사이 덧에 치인 아비의 영혼을 위로하는 제문으로 삼았던 것.

그 원체험들은 김소진과 아비를, 현재와 과거를 연결하는 탯줄이라고도 할 수 있다. 어떤 글에서 필자는 김소진의 소설을 이해하는 단서로 다음 세 가지 명제가 유효하다고 말한 바 있다. 즉 "소설이란 세계관의 다른 이름이다"는 것과 "아비는 개흘레꾼이었다"는 것(「개흘레꾼」), 그리고 "아버지는 아들의 거울이다"(「두 장의 사진으로 남은 아버지」)가 그것이다. 세계관으로서의 소설이란 비본질적인 객관 현실과 불화하면서 인물이 자신의 본질과 의미를 추구하거나 그 추구과정에서 자신이 속한 집단이나 계급의 운명을 표나게 드러내는 것이라 이해된다. 대체로 아비는 객관세계와의 관계에서 정립 혹은 반립의 태도를 취함으로써, 아들의 대사회적 행동을 규정하는 모델이 된다. 우리 근대소설에서 하나의 계보를 이루고 있는 아비와 아들의 관계가 소설의 핵심으로 떠오를 수 있는 것도 이런 사정과 무관하지 않다. 아비가 간난신고 속에 새로운 세계를 꿈꾼 혁명가일 때, 혹은 주인을 섬기는 종이거나 천박한 자본가일 때, 아들은 아비와 맺는 모종의 관계를 통해 세계 속에서 자신의 운명을 추구하는 주인공이 될 수 있는 것이다. 그러나 김소진의 소설에서 아비는 개흘레꾼이었던 것.

그런 의미에서 아버지는 테제도 안티테제도 아니었다. 그저 하릴없이 암내난 개 목에 낡아빠진 개줄을 걸고 다니며 상대 수캐를 고르고 한적한 돌산 같은 데로 올라가 흘레를 붙여주는 일을 보람차게 수행하는 사람일 뿐이었다. 그러니 내가 나가야 할 출구를 아버지가 미리 다 막아놓은 셈이었다.(「개흘레꾼」)

'개흘레꾼'이라는 모욕적인 상징으로 표상된 아비는 사회질서의 상징도, 새로운 질서의 상징도 될 수 없다. 반공 포로 출신 아비는 경제적 무능으로 아내의 학대를 견디며, 아들의 등록금을 술집 작부의 치마폭에 갖다바치고, 동네 개들을 흘레붙이거나 벌레를 육식하는 일로 소일하는 "정신적 황폐함과 무능함의 완벽한 상징"(「사랑니 앓기」)일 뿐이다. 자식은 이런 아비를 존경할 만한 삶의 모델로 삼을 수도, 도전하지 않을 수 없는 왜곡된 가부장으로 여길 수도 없다. 아마 우리 소설사에서 이런 인물이 사건을 주도하는 소설의 주인공이 된 적은 거의 없을 터이다.

그러나 남성다움이 거세되고 어떤 위의(威儀)도 지니지 못한 어릿광대였지만, 아비는 무서운 세상 앞에서 살아야 한다는 당위에 직면해 있었다. '앞에총'이 무엇인지도 몰랐던 아비가 할 수 있는 일은 개처럼 몸을 낮추고, 살아남기 위해 침묵을 지키는 일이다.(「개홀레꾼」) 이에 대해 아비는 "살다보믄 어쩔 수 없을 때가 많"(「아버지의 자리」)다는 것, "기거이 바로 사람"(「쥐잡기」)이라고 말한다.

사내란 모름지기 한때는 웅크리며 견디는 법을 배워야 한단다. 말하자면 풍뎅이처럼…… 알간? 그게 필요할 때가 있는 게 인생이야. 그렇게 해서라도 살다보믄 거저 맹탕으로 걷어치우는 것보담 낫단다. 버러지가 돼도 좋다는 데까지 가봐야 한다이.(「원색생물학습도감」)

흉금을 터놓을 수 없는 외부세계는 바로 죽음의 신이며, 이념 또한 아비에게는 죽음의 휘장(揮帳)이 아니던가. 압도적인 죽음의 신 앞에서 겁먹는 것 외에 인간이 달리 할 수 있는 일은 아무것도 없을 것이다. 그 사신의 면전에서 이념을 의지적으로 선택한다는 것은 삶의 당위에 어긋난다. 따라서 몸을 웅크리며 굴욕을 견디는 것은 자기 밖의 낯선 무엇, 자신의 의지와는 무관하게 강요된 현실의 광포함에 대한 불가피한 반응이라 할 수 있다. 적대적인 상황 앞에서 눈에 "맹탕 헛것"이 끼었다고 말하기는 광포한 경험 현실에 부조리하고 비합리적으로 대응하는 약자의 전략이 된다. 그러니까 '내 눈에 헛것이 끼었소'라는 식의 대응은 자신의 생명을 위협하는 개같은 세계에 개로 답하기, 개홀레꾼이나 버러지처럼 몸을 낮추어 살기이며, 이것은 어떤 상황에서도 살아남을 수 있는 삶의 전략이 되는 것이다.

158

김소진의 소설에서 주목되는 또하나의 사항은 아비와 같은 변두리 인간의 삶을 일종의 시적 상태에 두면서, 아들 세대 스스로 역사의 주인공이 되어 자기 세대의 독자적인 운명과 대면하고자 한 점이다. 아비처럼 사나운 환경으로부터 떼밀린 사람들이 살아남는 방식은 정신을 자해함으로써 육체를 살리는 데 그 핵심이 있다. 말하자면, 무서운 세계의 엄혹한 상황 앞에서 눈에 헛것이 끼었다고 말함으로써 냉엄한 현실을 헛것으로 보며, 이로써 변두리 인간은 현실의 힘을 무화시키려는 것이다. 이를 거꾸로 보면, 아비와 같은 사람들은 언제나 더 힘센 남성신, 예를 들면, 자본가의 잔인한 탐욕이나 반민주적인 권력의지, 냉전적인 적대정신에 의해 원초적인 삶의 욕구를 억압당한다고 할 수 있다. 거친 삶을 견디는 광녀나 쑥부쟁이 같은 사람들, 장석조네 집에 뒤엉켜 살아가는 사람들, 열린 사회의 적이라는 밥풀떼기들, 인간 재고품 취급을 받는 지하생활자들, 갈 곳 없어 허름한 여관이나 여인숙에 모여든 부랑자들, 기지촌을 삶의 터로 삼은 양공주들, 무서운 바깥 세상에서 패배한 또래집단의 우상들은 모두 삶의 욕구를 유린당한 채 세상 바깥으로 추방된 사람들이다. 두려운 남성신 앞에서 이들 주변부 인간은 버러지 같은 삶의 굴욕을 견디며, 역사의 거인적인 힘에 희생된 이들에게 이제 세월이 할퀴고 간 잔인한 흔적만이 남았을 뿐이다. 이들을 따뜻하게 보듬고 위무하고자 하는 김소진은 현실을 헛것으로 봄으로써 생명을 보존하는 그들의 삶을 다음과 같은 시적 상태에 둔다.

별은 밤에 이슬을 내리고 바람을 일으키고 배춧잎들이 살랑거리며 말하는 대화를 듣고 살이 찌는 소리에도, 또 물이 오르는 소리에도 귀를 기울일 것이야. 틀림없지. 그 별의 선물을 먹고 우린 똥을 눈다는 것 모르면 말이 안 되지 암. 그러니깐 별은 똥이다! 내 말이 틀렸남?(「별을 세는 남자들」)

별이 내린 이슬을 먹고 채소가 자라고, 이 채소를 먹은 사람들이 똥을 싸면 그것을 퍼준 대가로 돈을 받아 먹고살고 남들처럼 똥을 누니, "별은 똥"이라는 것이다. 이런 기이한 논리는 상실의 고통과 삶의 굴욕에 대한 합리적 해석일 수 없다. 반대로 그 논법은 고통과 굴욕을 불합리하게 이해함으로써 거의 시적인 상태로 끌어올린다. 그들은 힘센 자의 권력, 가진 자의 물질적 성공에 부정적으로 대항하지 않는다. 현실이 구축해놓은 질서에 저항하기보다 침묵을 지킴으로써, 즉 자신의 상실과 실패, 고통과 굴욕을 긍정적으로 취급함으로써 그들은 냉엄한 현실에서 살아남는다. 모든 소유와 명예, 인간다운 위엄을 희생하더라도 그들은 살아야 함의 당위를 짊어진 것이다.

그러나 이러한 시적 상태는 반어적이다. 변두리 인간의 육체적 생존이 정신의 죽음을 대가로 하고 있는 것처럼, 목숨을 지킨 아비의 승리도 반어적이다. 왜냐하면 그것은 운명을 회피함으로써 얻어진 것, 말을 바꾸면 자신의 영웅을 선택하지 않음으로써 획득한 육체의 승리이기 때문이다. 그렇다면, 이들 주변부 인간들의 정신적 자해를 통한 삶이란 헛것으로 살아가는 것과 다르지 않을 것이다. 왜냐하면, 시공간적 정향성을 지닐 수 없는 광인 뽕녀처럼, 그들은 자신뿐 아니라 외부세계에 대한 객관적인 인식과 합리적인 이해를 능동적으로 도모할 수 없는 까닭이다. 그래서 별을 세는 사람이나 밥풀떼기와 같은 변두리 인간이 타락한 사회를 근본적으로 변화시킬 수 있는가에 대해 김소진은 회의적이다. 그들의 삶을 따뜻한 눈길로 보듬어내지만, 그들은 항상 정직하다는 투의 윤리적인 옹호를 하지 않는 점, 그들의 역량을 신비화하지 않는 점에 김소진 소설의 건강성이 놓인다.

변두리 인간의 한계를 아프게 인식하면서, 김소진은 또다른 시적 상태를 떠올린다. 그것은 육체를 자해함으로써 정신적으로 이 세계를 압도하는 지식인의 삶이다. 김소진에 의하면, 오늘날 지식인은 두 가지 가능성, 말하자면 '풍자가 아니면 해탈'이라는 선택의 기로에 서 있다. 풍자와 해탈은 각각 분노와 체념, 저항과 화해, 먹물과 속물의 차이로 이해될 수 있다. "갈 길 없음과 처신의 어려움"에 직면한 지식인이 참된 먹물이 되는 길은 무엇인가? 그것은 황현과 같이 육체적으로 '자해'하는 길이다.

결국 문제는 치사량(致死量)에 달린 거겠지. 난세를 살면서 그것에 기꺼이 다다르면 먹물 구실을 원없이 해보는 게고 훨씬 못 미치면 속물에나 떨어지는 게고…… 그 차이라고나 할까? 먹물과 속물이란. 그러고 보면 먹물의 궁극적 무기이자 최대의 극치는 자해가 아닐는지 몰라.(「임존성 가는 길」)

먹물의 최대 극치가 자해라 할 때, 이는 동물적인 생존을 가볍게 여길 수 있는 오만한 정신만이 세계를 제압할 수 있다는 뜻으로 이해된다. 즉 진정한 지식인은 육체적인 전멸을 담보로 하여 타락한 세계를 경멸하는 정신적 승리를 얻는다는 것이다. 그렇다면 이 자해란 역사적 운명과 맞서 자신을 영웅으로 선택한 극단적인 자기 표현일 것이다.

그런데 지식인의 자해하는 정신 역시 거의 시적 열망의 상태에 있다고 할 수 있다. 왜냐하면 현실을 헛것으로 봄으로써 현실의 힘을 무화하려는 아비처럼, 이들 자해하는 먹물은 헛것(이념)을 현실로 보거나 헛것을 구현하려는 급진적인 열망으로 현실을 부정하고자 하기 때문이다. 김소진이 자기 세대를 패배에 대한 책임을 추궁하기보다 희망을 품어야 할 세대로 본 것도 이런 부정정신을 신뢰했기 때문일 것이다. 그러나 자해하는 지식인의 정신적 승리는 육체의 패배를 수반한다. 존재의 물리적 근거가 없기 때문에, 객관적 현실과 조우하기 어렵다는 아이러니를 피할 수 없다.

그렇다면, 우리는 무엇을 할 수 있는가? 자본가는 더욱 교활해지고 노동자는 줏대도 자존심도 없는 상황, 그리하여 지금 이 세상은 충분히 나쁘고, 좋은 세상은 오지 않으리라 할 때, 이런 상황에서 삶을 견디게 하는 것은 무엇일까? 김소진은 이를 '자존심' '허영' '환상'이라고 말한다.(「그리운 동방」) 「쥐잡기」에서 확인된 것처럼, 그 환상과 자존심은 역사 현실 속에서 해결되고 추구되어야 하는 것이다. 그러나 바로 그 가혹한 현실 때문에 환상은 언제나 슬픔을 맛보지 않는가. 그렇다고 자존심을 포기할 수는 없다. 그것을 포기할 때의 삶이란 엄청난 화해정신 곧 정신적 거세와 다르지 않기 때문이다. 바로 이런 반어적인 정황에 90년대를 살아가는 김소진의 곤경이 드러난다.

김소진의 소설에서 세번째로 주목하는 것은 천박한 이 세상으로부터 밀려나 어디에도 마음 둘 곳을 찾지 못한 자의 쓸쓸한 초상이다. 더이상 꿈꿀 자리가 없는 90년대의 삶을 살면서 김소진은 길 없는 자의 절망을 경험한다. 80년대의 암울한 터널을 통과한 김소진의 또래들은 외국 노동자를 노예처럼 부려야 하는 회사의 관리자(「달개비꽃」)가 되어 있는 자신을 발견한다. 아니면, 지난 시절을 무기력하게 회고하는 후일담을 통해 운동을 팔아먹거나(「문산행 기차」), 세상이 바뀌었다는 말을 앞세우며 권력의 곁불을 쬐기 위해 전향한다.(「처용단장」) 그리하여 90년대의 일상 속에서 과거의 운동은 '낭만적 허위'라는 혐의를 받는다.(「혁명기념일」) 이제는 누구도 헛것(이념)을 현실로 보지 않으며, 다만 현실을 현실로 인정할 뿐이다. '완강한 현실'의 법칙에 따라 변화해야 한다는 전향의 논리가 생기고, 이에 따라 혁명을 꿈꾸던 사람조차 외제품을 실어나르는 보따리장수가 되거나(「마라토너」), 가짜도 상품이며 가짜 이미지가 진짜 이미지보다 실감난다는 주장으로 이어진다. 그리하여 지난 삶은 너절했으며, 이제 개인을 평가하는 데 부가가치만이 시공을 초월하는 절대적인 잣대라고 말한다. 이제 누구도 시대와 불화하지 않는 것이다.

하지만 불화가 가능하다는 것, 그것이 어찌 새로운 절망의 시작이 아닐 수 있으랴! 왜일까? 내가 한때 뭔가와 불화했거나 적어도 불화하는 시늉을 했을 때, 사실 그것은 거꾸로 세상과의 화목을 목마르게 꿈꾸었기 때문이 아닐까? 경복여관에서처럼. 하지만 이제 경복여관을 또 어디 가서 찾는단 말인가!(「경복여관에서 꿈꾸기」)

불화할 수 없는 이 세상이 김소진에겐 오히려 불편하다. 그에게 세상과 불화한다는 것은 세상에 절망하는 증거이다. 절망적인 세상과 불화하기 때문에, 우리는 더 나은 세상을 꿈꾸어온 것이 아닌가. 그것은 세상 밖으로 쫓겨나 고래 뱃속에서 세상과의 화해를 꿈꾸는 것, "더 독한 가시를 가슴속에 품"고 "세상의 독한 가시를 이기"려는 것이 아닌가. 그리하여 "아름다운 지옥"에서 뿌리박고 살려는 것이 아니었던가.

　지옥이 있으니까 아름다움이 있어 그 둘이 본래는 하나이듯이…… 왜냐하면 아름다운 건, 그리고 어떤 걸 아름답다고 부르기로 한다면 그건 애진작부터 지옥이 아니었지요. 물론 그걸 낙원이라고 부르기도 어렵고…… 하지만 어떤 꿈을 가리키는 것만큼은 분명해요. 그 꿈은 뭘까요? 그것은 아득한 기억뿐일지도 모르죠. 사실인지 착각인지도 잘 모르겠고…… 아무튼 흔적없이 지나간 시간을 붙드는 유일한 육체처럼 흔들림 없이 버티고 섰는 그 기억의 집 말예요. 바로 저 갈매나무 같은 것!(「갈매나무를 찾아서」)

세상과의 불화도, 꿈꾸기도 불가능한 현재는 지옥도 천당도 보이지 않는 허무와 비관, 삶의 권태와 절망, 상처와 슬픔의 시간이다. 유년의 갈매나무가 열매와 함께 독한 가시를 지녔던 것처럼, 갈매나무는 사랑의 기쁨과 이별의 고통을 간직한 기억의 집이다. 갈매나무를 찾는 여행은 현재를 넘어 과거나 미래에 닿으려는 욕망으로 이해된다. 그러나 이는 과거나 미래로 직접적인 초월을 감행한다는 뜻이 아니다. 지금 여기에 굳게 뿌리내린 갈매나무처럼, 김소진은 삶을 불화와 화해의 꿈이 뒤섞인 역설로 이해하고자 한다. 이런 역설을 알아차리지 못할 때, 젊음은 지옥 같은 현실을 아름다운 세상으로 변혁하려는 열정의 함정에 빠진다. 변혁의 욕망에만 지배됨으로써 정작 자기 앞의 삶이 지닌 역설을 통찰하지 못한다는 뜻이다. 지옥과 아름다움이 원래 하나듯이, 지금 여기에서 지지고 볶으며 사는 삶의 역설성에 세상의 독한 가시를 이기는 단서가 있지 않을 것인가. 이런 역설을 인식하지 못한 모든 꿈은 완강한 현실의 벽에 부딪쳐 그 좌절을 이겨내지 못한다.

그러나 이 깨달음의 순간에 김소진은 홀연히 우리 곁을 떠났다. 불화할 수도, 따라서 화해를 꿈꿀 수도 없게 만드는 이 세상이 그의 몸과 마음을 고갈시킨 것일까. 「길」에서 김소진은 "길이 있는 한 삶도 있을 것" 같다고 말했다. 무작정 걷는 길의 끝에서 "고달픈 한 몸쯤은 누일 만한 집"이 나타나리라 기대했다. 포기하지 않고 달리는 마라토너가 되어, 에둘러가는 길 끝의 집에서 그는 그리움과 기다림으로 마음의 상처를 치유받고 싶었던 것이다. 사막을 가로지르는 낙타처럼, 꿈도 절망도 없는 시대의 한가운데서 김소진은 "집이 없는 사내"가 되어 떠돌았다. 이 정신적 무숙자는 자신의 집을 찾은 것일까, 이제. 우리에게 돌아올 수 없는 먼 여행에서 그는 추운 계절을 꿋꿋이 견디는 수칼매나무를 만난 것일까. 그리하여 수칼매나무와 한 몸 되어 암크루를 만나기까지 외로움을 견디는 것일까.

(『문학사상』 1997년 6월호)

소설적 방법과 삶의 진실
─ 하성란론

1. 장인 ─ 예술가의 방법론

　여기 검을 벼리는 장인이 있다고 하자. 그의 솜씨가 빚어내는 백인의 순도에 따라 예술가와 한낱 장사치의 가름이 있다고 치자. 예인과 상인이 갈라지는 바로 그 지점에서 몸의 살림과 몸의 죽임이 서로를 극복대상으로 보게 된다면, 몸을 태워 혼불을 밝히는 이는 예술가일 것이다.

　이런 점에서, 예술의 세계는 비정하고 전제적이라 할 수도 있다. 전제적이라 함은 예술의 신전에서는 단 하나의 신만이 광휘로운 빛을 발할 수 있기 때문이다. 어설픈 아류들을 제물로 삼아 자신의 제단을 채우는 자, 이류 예술가를 자신의 신민으로 전락시키고 제단의 화염으로 범속한 작가들의 눈을 멀게 하는 자, 그렇게 함으로써 자신의 신전을 더욱 눈부시게 만드는 자, 그가 바로 예술가가 아니겠는가. 그렇다면 소설가 또한 그 신전을 열망함에 예외가 아닐 것이다. 아니면 적어도 자기만의 예술

세계를 열망할 터. 하성란의 소설을 통해 이런 열망을 읽어냄을 아둔한 자의 착시라고 할 수 없을 것이다. 그이는 이미 작품집으로『루빈의 술 잔』(문학동네, 1997),『옆집 여자』(창작과비평사, 1999)와 장편소설『식사 의 즐거움』(현대문학사, 1998),『삿뽀로 여인숙』(이룸, 2000)을 상재한 바 있으므로.

하성란의 열망이 너무나 도저한지라 때로 그이는 자신을 통째로 내어 주는 듯도 하다. 그래서 "내가 소설을 쓴 것이 아니라 소설이 나를 썼다" (『옆집 여자』작가의 말)고 말해버린다. 애초에 이 말을 한 헤밍웨이의 의 도가 어디에 있는 것인지 알지 못한다. 하성란의 소설에 관한 한, 이는 장르가 지닌 가능성의 최대치를 추구하는 것, 자신이 무화될 때까지 그 가능성에 스스로를 극단적으로 밀어붙이는 것은 아닐까. 무딘 칼로 조롱 받느니보다 스스로를 베게 되더라도 날선 칼을 벼려내려는 것이 장인인 탓이다. 장인 – 예술가의 이같은 외고집은 통속적인 삶, 일상의 평균적인 윤리조차 뛰어넘는 것이므로 비정하다. 비정함이 아니고서는 예술이란 애당초 불가능한 것이 아니겠는가.

그러나 열망의 뜨거움, 외곬의 비정성만으로는 득의의 경지에 이를 수 없는 법이다. 예술의 신전에 도달하려는 열망은 나름대로의 방법론에 걸 터앉아야 한다. 그렇다면, 하성란에게 예술적 방법이란 무엇인가? 「내가 사랑한 것은 그녀의 등허리였을까」에서 제시된 다음과 같은 명제를 그 해답으로 삼을 만하다.

모든 존재는 현상으로 자신을 말한다.

객관 현실이 서사문학의 기반임은 하성란에게도 상식에 속한다. 한 걸 음 더 나아가 이해한다면, 작가가 현상에 대해 말하는 것이 아니라 현상 이 스스로 말하도록 하는 것, 작가의 거칠고 자의적인 효흠을 전지하고 현상의 목소리에 귀를 기울이는 것, 사물의 존재방식을 있는 대로 그려

166

내는 것이 하성란의 소설적 방법이라 할 것이다. 사물현상에 대한 냉정한 서술, 정교하고 미시적인 세부 묘사가 하성란 소설의 남다른 특성으로 지적된 것도 이런 사정에서 말미암을 것이다. 이런 의미에서, 하성란의 소설은 존재의 현상을 탐사하는 언어라고 할 수 있다.

그러나 사실이, 잡다한 존재현상을 세밀하게 기록한 것이 어떻게 소설의 반열에 들 수 있는가? 사실(현상)만의 기록은 가치(의미)의 말살이며, 질적인 삶을 양적인 것으로 천박화시킨다. 사실을 사실대로 말하는 것은 예술(가)의 죽음이라고 할 것이다. 그렇다면 하성란의 소설적 방법에는 다른 의장이 필요할 터이다. 비유적으로 말해, 그 의장은 망원경과 현미경이라 할 수 있다. 이미 등단작 「풀」에서 작중인물이 "저 아래 펼쳐지는" 놀이터의 모래밭을 내려다보거나 '탐' 자를 찾아 책상 모서리 '틈새'를 살피는 데서 드러나거니와, 하성란은 망원경을 장착하고 멀리서 내려다보거나 혹은 현미경을 들이대고 사물의 미시세계에 접근한다.

내려다보면 "지상에서는 입체적으로 보이던 모든 것들이 전개도처럼 펼쳐져 속을 드러내 보"이고(「깃발」), "지상에서는 반듯하게 정렬된 것처럼 보이던 것들도 이 위에 서면 비뚤배뚤하게 보인다"(「당신의 백미러」)는 것이다. 최근 장편 『삿뽀로 여인숙』에서도 "가까운 곳에서는 못 알아보다가 먼 곳에 있을 때야 알아볼 수 있는 것들이 있"다고 말한다.

사물의 정체가 드러난다는 점에서 밀착된 탐사 또한 예외가 아니다. 사물과의 거리가 거의 소멸될 지점까지 접근할 때, 인간과 사물의 관계는 더욱 선명해진다. 예를 들어 내다버린 쓰레기 봉투를 뒤져보라.

머리카락의 길이는 이십 센티를 훌쩍 넘는 것들이다. 남자는 머리카락의 양끝을 팽팽하게 잡은 채 전구에 가까이 대고 찬찬히 살펴본다. 필터 끝까지 타들어간 담배꽁초를 집어든다. 필터 끝에마다 잇자국이 나 있다. 욕조 안에 펼쳐놓은 쓰레기를 들여다보면서 무릎을 포개고 그 위에 수첩을 펼쳐놓는다.

4월 23일 오비라거 맥주 뚜껑, 풀무원 콩나물, 신라면, 코카콜라, 참나무 통맑은소주……

　남자의 수첩에는 글씨들이 빼곡하게 채워져 있다. 숨은그림찾기에서 찾아야 할 항목들처럼 보인다.(「곰팡이꽃」)

　멀리서 혹은 위에서 내려다보거나 가까이 대고 살펴보기를 좀더 정확하게 말한다면, 그것은 "가깝게 있지만 아주 먼 곳을 보듯이"(「지구와 가까운 소행성과의 랑데부」), 멀리 있지만 가까운 것을 보듯이 하는 일이다. 이러한 예술적 의장으로 존재의 목소리에 귀를 기울일 때, 삶은 진부하고 통상적인 외피를 벗고 낯선 정체를 드러낸다. 그러니 내려다보면 더욱 선명하게 보인다거나 "쓰레기는 거짓말을 하지 않는다. 쓰레기야말로 숨은그림찾기의 모범답이다"라고 말할 수 있는 것.

　그렇다면, 하성란의 소설적 방법이란 기실 낯설게 하기와 다를 바 없다. 낯설게 하기야말로 문학성을 담보하는 장치라고 이미 알려져 있지만, 하성란의 현실 탐사는 낯설게 보이고 다르게 보일 때까지 사물에 육박하는 것이라고 할 수 있다. 말하자면 관습적이고 자동화된 시각으로써는 감지될 수 없는 사물의 이면을 탐사하기라고 하겠다. 가까이 보면 찌그러져 보인다는 말처럼, 바로 그때 사물의 겉과 속의 어긋남, 현상의 숨겨진 본질이 폭로된다. 우리가 통념적으로 이해하는 현상이란 기의로부터 끊임없이 미끄러지는 기표에 불과하다는 것.

　이런 낯섦과 어긋남을 포착할 수 있기 때문에, 하성란은 사실을 말하면 죽을 수밖에 없는 예술가의 운명을 가까스로 유지한다.(사실을 말했지만 늑대에게 희생된 양치기 소년의 우화를 이런 식으로 생각해보면 어떨까. 이 거짓말쟁이 곧 이야기꾼은 거짓말쟁이로서의 춤을 멈출 때 죽는다. 「지구와 가까운 소행성과의 랑데부」에서 한 남자는 이렇게 말한다. "사막여우는 사막여우답게, 창녀는 창녀답게, 사기꾼은 사기꾼답게".) 따라서 하성란에게 세밀한 묘사는 현상에 평면경을 들이대는 것이 아니라 볼록렌즈나 오

168

목렌즈을 들고 육박하는 것과 같다. 아마 「루빈의 술잔」에 붙여진 다음과 같은 주석이 이를 요약할 터이다.

　　반전 도형, 다의 도형이라고도 함. 같은 도형(그림)이면서 보고 있는 중에 원근 또는 그 밖의 조건으로 다르게 뒤바뀌어, 다른 그림으로 보이는 도형. 네커의 입방체 등이 그 예임.

　같은 도형이 다르게 보인다는 것으로 하성란이 지각주체의 착오나 착시를 의미한 것은 아닐 것이다. 지각주체의 우위나 우선을 인정할 때, 모든 존재는 현상으로 자신을 말한다는 방법론적 기저가 파괴되기 때문이다. 하성란의 예술적 방법론은 인식주체의 자의와 주관을 배제할 수밖에 없다. 하성란의 미세한 현실 묘사는 현실 스스로의 낯선 본질이나 내밀한 목소리가 드러나는 방식이다. 즉 그이는 지각주체의 모순적 반어적 시각보다 복층적이고 다면적인 현실을 강조한다고 할 수 있다. 과연 「풀」에서 『삿뽀로 여인숙』에 이르기까지 하성란 소설의 주도 동기는 찾기가 아닌가. '탐' 자의 찾기가 그러하듯이, 찾기란 발명이 아니라 발견에 이르는 모험일 것이다. 소설쓰기란 발명이 아니라 발견하는 행위라는 것. 예술가-장인은 순도 높은 백인의 검을 두고 자신이 발명했다고 말할 수 없는 것. 그따위 주장은 소유권을 주장하는 장사치의 계산에 불과하다는 것.
　이런 하성란의 소설에서 독자가 서술주체의 반어적 목소리에 희생될 이유는 없다. 반대로 교활하고 복잡한 현실에 직면하게 된다는 점에서 독자는 작가와 한패거리가 된다. 그러나 하성란의 소설이 쉽게 읽히는 것은 아니다. 사물 묘사에 심리주의적 깊이를 제거하되 그것이 '고의적'이라 한 김화영의 지적처럼, 친숙한 것들의 생소한 모습은 고도의 상징성을 품고 있다. 하성란 소설을 읽을 때 긴장을 늦출 수 없는 이유도 여기에 있다. 팽팽한 긴장의 현을 유지할 수 없을 때, 독자는 소설로부터

'뒤통수'를 맞게 된다.(『옆집 여자』 작가의 말)

2. 찾기, 위반과 금지의 얽힘

사물의 세계가 매우 미시적으로 기술됨과 달리, 하성란 소설의 인물은 남자 여자 사내 등으로 지칭될 뿐 한 개체로서의 고유명사나 개별성을 갖지 못한다. 이는 현대사회에서 추상화 익명화되어버린 존재의 처지를 말함이다. 이 세계에게 개인은 같은 일을 변함없이 수행하는 '모델' '마네킹' '표본' '그림자 인간'과 다르지 않다. 패션 회사의 피팅 모델이 한 예가 된다.

마네킹 인형에 익숙한 사람들이었다. 가끔 여자가 낮게 신음 소리를 낼 때면 그제서야 아주 잠깐 디자이너들은 아, 마네킹이 아니었지, 새삼스럽게 여자의 얼굴을 올려다보고는 한다.(「꿈의 극장」)

고유성을 박탈당한 개인에게 세계는 권태롭고 단조로운 것으로 경험된다. 탐욕스런 남근처럼 우뚝 솟은 고층 빌딩과 아파트 속에서 이들은 토악질과 현기증을 경험한다. 이들에게 "현실은 영원히 깨지 않을 악몽"(「악몽」)과 같다. 이들의 악몽은 매우 구체적이다. 예를 들어 하성란 소설에서 '냄새' 특히 악취는 작중인물의 구체적이고 감각적인 현실 경험을 대표한다.

이런 경험현상을 드러냄에 주목되는 것은 뒤엉킨 미세혈관처럼 그것의 비선조성과 현재진행형이 특별히 강조된다는 점이다. 틈입한 이질적인 목소리가 무차별적으로 뒤섞이듯이(「시즈오카 현의 한 호텔은 후지산이 보이는 날만 수바료를 받는다」), 끊어진 신문 기사처럼 하성란의 소설은 비선조적이며 일탈과 지연, 우회의 방식으로 전개된다.

구겨진 와이셔츠 깃 옆으로 사내의 몸통에 가려 끊어진 신문 기사가 눈에 들어온다. 목감기 유행으로 종합병원이, 일교차가 큰, 바이러스의 영, 호흡기는, 외출 후 반드시 손을 닦. 문맥이 엉뚱하게 뚝뚝 끊길 때마다 여자의 호흡도 덩달아 뒤섞인다.(「지구와 가까운 소행성과의 랑데부」)

비선조적 전개와 현재형은 하성란의 소설적 방법이 존재의 현상을 탐사한다는 사실과 무관하지 않다. 말을 바꾸면, 현실 자체가 유동적이고 비종국적이며, 이것이 하성란의 서술방식을 규정한다고도 할 수 있다. 현실이 그러하다면, 스스로 말하는 대로 보이기 위해서 비선조성과 현재형 서술은 불가피하다. 심지어 과거 사실을 술회할 때도 그것은 현재형으로 드러난다.

오월 토요일 오후였을 거다. 미스 정과 퇴근을 하다 건물 로비에서 은행 밖으로 나오는 그를 만난다. 그를 따라 그의 동료가 모는 차를 얻어타고 근교를 나간다. 토요일인데도 다른 날보다 길이 막히지 않는다. 차는 속력을 낸다. 오랜만에 여자는 가뿐하다.(「풀」)

하성란 소설이 고수하고 있는 완강한 현재형 때문에, 심지어 서술자 혹은 초점주체조차 다음에 무엇이 일어날 것인지 알 수 없다. 따라서 예측하지 못한 사이에 예견되지 않은 무엇이 삶의 외피를 뚫고 나타남은 당연하다.

이 예측 불가능성은 두 가지로 이해된다. 그 하나는 기적 혹은 경이라고 할 수 있다. 말을 바꾸면, 비선조적 현재형이란 일상적 삶의 반대편을 보이기 위함이다. 과거조차 현재형으로 말해지고, 10년 뒤의 '미래'에게 편지를 쓰고 있다면(『삿뽀로 여인숙』), 하성란의 소설에서 과거, 현재, 미래는 선후관계나 선조적인 관계가 아니라 병렬관계에 있는 셈이다. 즉 이들은 상이한 시간 체험의 지평에 놓이지 않고 상호침투하고 결합되어 있다고 할 수 있다.

시간의 질적 차이를 무화시킴은 악몽 그 자체인 현실, 상대성과 과정에 지배되는 구토스런 세계에서 기적 같은 절대성을 꿈꾸는 것과 같다. 평론가 신수정이 익명화의 세계에서 개인성의 추구라고도 지적했거니와, 작중인물들은 기적처럼 세계의 룰을 돌파하고자 시도한다. 현미경적 탐사로 쓰레기 속에서 진실을 찾을 수 있는 것처럼, 망원경은 다른 별과의 '랑데부'를 위해 항해하는 우주선을 보게 되지 않겠는가. 그래서 작중인물들은 세계의 가속도와 경쟁하듯 수평으로 뻗은 길을 질주하거나 (「루빈의 술잔」『삿뽀로 여인숙』), 세계로부터 깨끗이 실종되거나(「내가 사랑한 것은 그녀의 등허리였을까」「두 개의 다우징」), 삶의 누더기를 던지고 발가벗거나(「깃발」), 수직으로 비상하고자 한다.

그 무렵 너는 그네를 타던 열 살 때의 기억을 되살려내서 하늘을 날고 싶다는 생각에 다시 사로잡혀 있었다. 이단평행봉 위에서 연습하는 동안 너는 어릴 적 그네에서 그랬던 것처럼 너의 몸을 잡아끄는 중력과의 싸움을 시작했다.(「촛농 날개」)

하늘을 날고자 하는 것이 만유인력의 법칙에 대한 위반이라면, 훔치기는 일상의 규칙에 대한 불법적 행위이다. 훔치기는 외적 현실이 강제한 금지를 위반하는 힘이며, 준 만큼 받고 받은 만큼 준다는 현실원칙에 대한 공격이다. 훔치기는 싸늘한 이성, 합리적인 의식의 반대편 혹은 '사각지대'라 할 것이다. 쇼핑몰의 감시 카메라에도 포착되지 않는 사각지대는 이성의 그림자, 혹은 이성의 빛에 가려진 본능의 지대와 같다. 훔치기란 이성과 현실의 눈을 속이는 본능의 마술과 같은 것이다.

여자의 손에 방금 전까지 들려 있던 CD가 어디론가 사라지고 형광등 아래 활짝 편 손바닥은 텅 비어 있다. 여자의 하얀 손바닥만 반짝인다. 모든 것이 아주 짧은 순간에 일어났다. 검이 공중을 가르는 순간, 잠자리가 풀잎에 앉았다 날아오르는 순간. 여전히 바이올린의 선율은 '집시의 다리' 부분에 머물러 있다. 하지만 남자는 십 년이라는 시간이 단 몇 분 동안 자신을 관통하고 빠져나간 것 같다.(「당신의 백미러」)

몇 분의 시간이 십 년으로 경험될 때, 시간의 질적 차이나 상이한 지평은 무화되고 만다. 이는 경이의 순간이며, 현실과 환상의 경계를 가로지르는 마술의 순간이다.

그러나 일상의 눈을 오래도록 기만할 수는 없는 법이다. 달리기로 이 세계의 가속도를 이겨낼 수 없을 뿐 아니라, 빠르기란 상대성에 지배되지 않겠는가. 중력에서 벗어나 날고 싶지만 "사람은 절대로 날 수 없다." (「촛농 날개」) 한 인간이 깨끗이 사라졌다 해도 시계는 쉬지 않고 움직일 따름이다. 삶의 남루를 벗어버린 알몸의 발가벗은 영혼이란 신의 면전에 서 있는 것과 다르지 않다. 그러니 한 탁월한 비평가가 말한 것처럼, 신을 본 자가, 혹은 신의 시선을 받은 자가 어떻게 삶을 계속할 수 있겠는가. 살기 위해서는 신을 부정하지 않을 수 없다. 그래서 신에 닿는 전신주의 꼭대기에 구원의 깃발을 꽂아두고 싶지만 "그 충동을 잘 참아내"야 하고, 현실이 그어놓은 부표 밖으로 나가지 말아야 한다.(「내 가슴속의 부표」)

이런 금지를 위반할 때는 그 대가를 지불해야 한다. 마술사 최순애가 여장남자임이 폭로되듯이, 중력과의 싸움은 불구라는 대가를 치른다. 그래서 고속 질주는 꿈이나 상상(「치약」)에서나 가능하고, 현실의 규칙을 위반한 훔치기는 훔치는 자 자신을 현실의 금기로 만들어버린다.

기적은 없다. 그렇다면 존재의 현상에 들이닥치는 또하나의 예견 불가능성은 무엇인가? 그것은 기적이나 경이가 아니라 '번개'다. "번개는 예고가 없"는 것처럼, 우리의 삶은 '계획'대로 되지 않는다.(「올콩」) "삶이란 것이 자기 뜻대로 되는 것은 아니"며(「촛농 날개」), 간발의 차이로 생사가 갈리듯이, "예정된 돌발사태"는 없다. 그 어긋남은 사소한 '오해'에서 "조금씩 뒤틀리"며 '느닷없이' 발생한다.(「루빈의 술잔」「곰팡이꽃」) 그리하여 "모든 것이 단 한 개가 뒤틀어지기 시작"하여 살인이나 죽음과 같은 "터무니없는 곳"에 이른다.(「지구와 가까운 소행성과의 랑데부」「양파」「즐거운 소풍」)

뜻대로 예정대로 되지 않는 삶이란 비약이나 초월을 허용하지 않는 삶의 필연성에 다름아니다. 이런 필연이 사소한 것에서 느닷없이 생겨난다 함은 그 필연의 기반이 삶의 우발성, 무의미성에 근거함을 의미한다. 사소하고 무의미하며 우발적인 일상이 마침내 우리에게 필연을 강제한다는 것, 여기에 "호락호락하게 보면 안 되는"(『삿뽀로 여인숙』) 일상적 삶의 위력이 있다.

이러한 무서운 위력에 대해 우리는 무엇이라 항의할 수 있을까? 어떤 점에서, 하성란 소설의 인물들은 도스토예프스키의 지하생활자처럼 보인다. 누에고치 혹은 '그림자 인간' '유령'처럼 삶을 견딜 뿐인 이들에게 외부세계는 '악몽'과 다르지 않다.(「루빈의 술잔」「옆집 여자」「악몽」) 그래서 자신은 외톨이고, 그들은 한패거리이며 죄지은 것도 그들이라는 것이다. 자신의 의도와 전혀 다르게 틀어져버린 섬뜩한 결과에 대해 작중인물은 "모든 것이 계획된 것"이며 모든 사람이 '공범자'라고 생각한다.(「파리」) 그러나 대명사가 교체될 수 있다는 점에서, 모든 사람이 은밀하게 결탁하여 자기만을 박해한다는 특수주의는 무의미해진다. '심각'한 이야기를 들으면서도 '우스꽝스러운 모자'로 눈이 가는 것처럼(「내가 사랑한 것은 그녀의 등허리였을까」), 하성란은 그같은 유치한 선악의 양극화를 신뢰하지 않는 듯하다. 그래서 금간 거울이나 조각난 안경알에 비친 사물의 낯섦(「깃발」「올콩」)은 우리 내면에 숨겨진 천박성을 환기한다. 삶이 악몽과 같다면 우리 자신이 그 악몽을 이루는 부분이라는 것이다.

174

뜻대로 되지 않는 삶, 기대한 것과 상반된 결과를 초래하는 삶은 반어적이다. 앞서 하성란의 소설에서 낯설게 하기가 지각주체의 착오나 착시, 즉 삶에 대한 주체의 다중적 시각과 무관하다고 지적한 것처럼, 그의 소설에서 반어는 시각의 반어라기보다 삶의 반어다. 삶 자체가 기대와 성과의 반어적 괴리를 보이는 것이므로, 작가가 풍자가의 냉소적 시각을 지닐 이유는 없다.

삶의 세부가 지닌 반어성에 현상이 말하게 한다는 방법으로 접근할 때, 소설이 굵직한 서사적 갈등을 드러내기는 어려울 것이다. 사실 하성란 소설의 소외된 개인들이 명시적인 적대자와 조우하거나 투쟁한다고는 말할 수 없다. 우리 소설사에서 흔히 확인되는 소설적 사건, 즉 대결이나 변화에 이르는 서사적 줄거리를 하성란 소설에서 찾기는 어렵다. 이는 거대관념으로 포착되지 않는 사소한 것들이 끊임없이 일상에 되먹임된다는 것, 그런 되먹임이 삶의 혼란과 비종국성을 초래한다는 진실 앞에서 작가가 의지적으로 투쟁하는 인물을 그려 보일 수 없음은 자명한 이치일 것이다.

혼란스럽고 유동적인 삶은 내용적인 측면에서나 시간적인 측면에서 종결되지 않는다. 그러나 끝이 없다면 이야기(예술)가 성립되지 않는다. 이야기에 완결성이 주어지기 위해서는 미적 형식이 강제될 수밖에 없다. 그러나 이를 액면대로 작가가 자의적으로 종결을 부여하는 일로 해석할 수 없다. 질서의 원리로서의 권선징악과 같은 시적 정의가 일상 속에 더 이상 기능할 수 없으므로, 작가가 강제한 종결이란 추상성을 면할 수 없다. 하성란 소설에서 발견되는, 사소하고 우발적인 것들의 필연적 결과를 두고 구성의 치밀성이라 평가하는 것은 소설의 미적 형식을 오직 기교적인 차원에서 이해한 것에 불과하다. 기교란 예술가의 반열에 오르지 못한 장사치의 재산일 뿐이다. 그러므로 소설의 종결, 기교, 형식은 객관현실에서 찾아야 한다. 그렇다면, 기대와 결과의 반어적 어긋남이란 객관적으로 발견된 현실의 내적 논리가 아니겠는가.

3. 비밀, 무의식과 신비에 이르는 통로

하성란 소설의 작중인물들은 현실의 눈을 속여 욕망을 성취하고자 시도하지만, 그 대가는 통렬하다. 상대성의 세계에서 절대성을 추구하는 것이 때로는 죽음을 요구한다는 것. 따라서 그 절대적인 것이 비록 눈이 부실 정도로 휘황한 가치라 할지라도 살기 위하여 가치를 부정할 수밖에 없다. 그러나 이들이 범속한 삶에 무기력하게 굴복한다고 말할 수 없다. 쪽자 박스에서 글자 찾기(「풀」), 실종자 찾기(「내가 사랑한 것은 그녀의 등허리였을까」), 나침반이 가리키는 다른 세계를 꿈꾸기(「시즈오카 현의 한 호텔은 후지산이 보이는 날만 숙박료를 받는다」), 소행성을 만나기 위한 니어 호의 우주 탐사(「지구와 가까운 소행성과의 랑데부」), 물길 찾기(「두 개의 다우징」) 등 일상의 반대편을 향한 탐색은 여전히 유효하다. 그런 추구의 결과로 지불한 대가, 예를 들어 정신적 육체적 '불량' 혹은 기형성, 문신처럼 남은 흉터는 그들이 감행한 모험의 증거이며 시도된 탐색의 훈장이다. 그들은 금기를 위반함으로써 낯설고 이질적인 존재, 즉 금기 자체가 되지만, 금기는 따돌림의 대상일 뿐 아니라 경배의 대상이기도 하지 않겠는가.

찾는 대상이란 숨겨진 대상이다. 따라서 숨기기는 찾기의 쌍생아와 같다. 탐색이 그 이름에 값하기 위해서는 두 가지 조건이 필요할 것이다. 하나는 숨겨진 대상이 숨기고 찾을 만한 가치가 있어야 한다는 것이고, 다른 하나는 그 대상을 찾는 과정에 고통과 시련이 수반되어야 한다는 것이다. 숨은그림찾기 도안처럼, 마지막 그림 하나는 찾기 어렵게 만들어야 한다.(「루빈의 술잔」) 이런 점에서, 숨기기는 의도적으로 기표와 기의를 이긋나게 민드는 일이며, 찾기는 기표의 비끄러짐을 타넘서 나른 어떤 것에 도달하는 것이다.

176

숨기고 찾을 가치가 있어야 한다는 점에서, 그 대상은 보물과 같다. 야유회의 보물찾기 쪽지 숨기기(「지구와 가까운 소행성과의 랑데부」), 숨은 그림찾기로서의 쓰레기 뒤지기(「곰팡이꽃」), 은밀하게 묻어둔 동전(「두 개의 다우징」) 등 숨겨진 것은 진실 혹은 보물로서의 가치를 갖는다. 따라서 보물은 일상에 언표화될 수 없는 비밀이라 할 것이다. 비밀이란 모든 사람에게 숨겨야 할 사건 혹은 제3자를 배제한 쌍방 간의 상호신뢰 속에 전달되는 정보이다. 그것은 교감하지 않고서는 해독되지 않는 암호와 같다. 암호를 공유할 때 그들은 마술의 파트너(「당신의 백미러」)가 되지만, 비밀번호가 바뀌면 그들은 서로에게 이르는 길을 찾을 수 없다.(「루빈의 술잔」)

그러므로 보물이나 비밀은 현실의 눈을 속일 수 있을 때 성립된다. 암호처럼 합리적인 이성의 허를 찌르고 의식에서 배제될 때만 비밀스런 보물은 그 빛을 발한다. 심지어 보물은 선조적인 시간의 전횡에서도 보호되어야 한다. 시간의 풍화작용을 통해 낡거나 비루해지는 것은 더이상 보물일 수 없는 까닭이다. 따라서 시간의 불가역성을 이겨내고 이성의 감시를 돌파하는 보물찾기 혹은 숨기기는 은밀한 속임수이며, 남루한 삶에 대한 거짓말이다. 훔치기의 불법성처럼 거짓말은 의식을 속이는 무의식의 모험이라 할 수 있다. 따라서 감시 카메라의 싸늘한 시선이 포착할 수 없는 사각지대가 있는 것처럼, 속이기와 거짓말하기는 이성의 사각지대, 신비나 광포한 본능에 이르는 통로가 된다.

거짓말을 통해 무의식의 모험을 보여주는 것이 장편 『식사의 즐거움』이 아니겠는가. 28세의 한 남자는 간호사의 실수로 뒤바뀐 인생을 살아왔고 함께 살고 있는 부모가 친부모가 아니라고 믿는다. 기시감과 유아 시절에 대한 동일한 꿈에 근거하여 남자는 잃어버린 집과 부모를 탐색한다. 자신의 진짜 부모는 고귀한 신분의 사람이라거나 함께 살고 있는 아비를 포악한 의붓아비로 만들기는 성장기 아이들이 꾸며내는 거짓이다. "왕자는 바로 나다"는 남자의 주장이 여기에 속할 수 있다. 『식사의 즐거움』을 성장소설로 읽을 단서도 여기에 있다. 프로이트가 이런 거짓을 가족 로망스라 했거니와, 이들 자식의 이야기는 허구, 즉 예술의 영역에 속한다. 이는 꾸며낸 이야기가 액면대로 사실이어서가 아니라 사실의 냉엄한 시선 앞에서 허구임이 밝혀지기 때문에 그렇다.

이런 맥락에서, 작중인물이 주파수가 같은 유일한 불빛이라 한 고교 친구 홍재경을 검토해보자.

우리 부모님은 아이가 없었고 그래서 날 데려왔어. 동물원 원숭이 우리 앞에 서서 울고 있던 계집아이를 말야. 그래서 지금까지 키워주셨어.

자신을 업둥이로 만든 재경의 이야기는 미성년의 전형적인 거짓말이다. 재경 아버지의 외보조개가 "재경이가 짓던 표정과 너무도 흡사"한 것처럼, 재경은 부잣집의 귀한 딸이 아니라 쌀집의 초라한 딸일 뿐이다. 그렇다면 재경은 현실로 되돌아갈 것인가? 현실은 꾸며낸 동화처럼 해피엔딩으로 끝나지 않는다. "모든 일에는 반드시 대가가 따르게 된다는 걸 깨"닫지만, 재경은 자신의 거짓이 폭로될 지경에 이르러 자살하고 만다. 심리학에서는 이런 깨달음과 현실 복귀를 성장의 증거로 삼는다. 사실을 사실로 거짓을 거짓으로 인정하는 것, 참과 거짓, 현실과 공상을 분별하는 이성을 어른다운 성숙의 표지로 여기기 때문이다. 그렇다면 한 개인의 성장이란 현실을 기만하려는 무의식의 모험을 억압하고 현실원리에 굴복하는 것과 같을 것이다. 말을 바꾸어 성숙이란 꿈의 포기와 다르지 않다. 현실을 승인하지 않을 때, 극단적으로 죽음이라는 대가를 치른다.

그렇다면 재경의 죽음 이후 남자는 어떻게 할 것인가? 재경이 치른 혹독한 대가에도 불구하고, 남자는 자신이 업둥이임을 기정사실화한다. 28세의 청년인 그에게 가족 로망스는 여전히 속임수가 아니다. 이처럼 허구성이 폭로되기보다 엄연한 사실 혹은 진실로 환원될 때, 김윤식이 예리하게 지적한 대로 소설은 예술스러움과 반대 방향에 놓이게 된다. 말을 바꾸면, 사실을 말하면 죽는다는 예술가의 운명에 미달할 위험이 있다는 뜻이다. 하성란은 이 위기를 어떻게 넘기는가? 첫째, 그것은 남자가 발견한 사실을 '비밀'에 부쳐두기이다. 언표화되지 않은 비밀은 현실로부터 검증받지 않을 것이다. 둘째는 스스로 가짜 아비 되기이다. 동물원에 버려진 여자아이의 손을 잡을 때, 남자는 재경의 꾸며낸 이야기를 사실로 굳힌다. 말을 바꾸면, 이야기(허구)가 사실을 만들어내는 셈이다. 허구가 현실을 구성해낸다는 것이야말로 예술가가 할 수 있는 최고의 발언이 아니겠는가.

최근의 장편소설 『삿뽀로 여인숙』은 거짓을 통해 삶의 외피를 관통하여 신비에 도달하는 것처럼 보인다. 거짓은 이성의 감시를 속이는 비밀과 같고, 비밀은 누구에게 알려져도 안 되거나 주파수를 감지하는 자들만이 공유하는 정보라면, 쌍둥이 이야기야말로 비밀스러운 속임수일 것이다. 여기 쌍둥이 남매 선명과 진명이 있다. 선명은 교통사고로 죽는다. 시신을 수습하는 과정에서 왼쪽 귀를 찾지 못했고, 이후 홀로 남은 진명은 왼쪽 귀에서 환청을 듣게 되고 고스케라는 환영을 만나게 된다. 선명이 구입했던 4개의 종의 행방을 탐색하던 끝에 10여 년이 지나 일본 삿뽀로의 한 여관 고스케의 방에 이르고 진명은 거기서 마지막 종과 선명의 편지를 발견한다.

친애하는 고스케에게
며칠 동안 불길한 꿈을 꾸었다. 내가 계획하는 것은 하늘을 속이는 일이다. 나는 아주 조용히 이 일을 계획하고 있다. 우린 쌍둥이니까 생각보다 일이 쉬울 수도 있을 것이다. (……) 이 일이 성공하면 이 편지가 너에게 보내는 마지막 편지가 될 것이다. 늘 행운이 함께하길.

오래 전에 발송된 이 편지 내용은 매우 모호할 뿐 아니라 불확실하다.

비밀이기 때문이다. 더이상의 편지가 없으므로 일단 선명의 계획은 성공했다고 할 수 있다. 그렇다면, 선명이 '계획'한 일은 무엇인가? "하늘을 속이는 일"이다. 이를 조금 평탄하게 해석한다면, 일상의 평균적인 윤리나 필연의 위력을 벗어나는 일이라고 할 수 있다. 즉 금지의 위반이다.

'쌍둥이니까' 일이 쉬울 수 있다고 한 것처럼, 진명은 이성의 사각지대로 미끄러진, 의식하지 못한 공모자다. '낯선' 고스케를 내면에 들이는 '모험'이야말로 초자아를 속이려는 무의식의 모험이 아니겠는가. 그 결과 이들은 하나로 결합된다. 진명과 고스케의 오른뺨에 유사한 '흉터'가 있고, 선명과 진명이 쌍둥이라는 점에서, 이들은 동일체다. 종의 발견이나 고스케와의 만남은 잃어버린 자신의 발견이라 할 수 있으므로, 이 장편을 자아를 찾아가는 성장소설로 이해할 수도 있을 것이다.

그렇다면 우리는 고스케라는 환영의 실존을 액면대로 믿어야 할 것인가? 작품에는 고스케의 실존을 설명할 어떤 증거도 없다. 진명이 정신적 질병상태에 있는 것이 아니라면, 고스케의 환영은 인간관계의 수수께끼적 성격, 곧 운명의 신비를 감추고 있는 암호일 것이다. 즉 고스케는 진명이 꾸며낸 거짓말이다. 그 암호화된 비밀, 운명적인 관계란 근친상간을 이름이 아닐까. 생물학적 성을 달리하는 쌍둥이란 나르시스의 신화에서 보여지듯 성적인 관계를 암시한다. 이런 맥락에서 볼 때, 고스케는 바로 선명이다. 고스케의 환영이 진명의 치마 속으로 들어간다 함은 근친상간과 다르지 않다. 이들 쌍둥이가 공모한 일이란 금지를 위반하는 근친애였던 것. 이 일은 이성의 감시를 속여야 하는 일이므로 첫 만남 이후 "고스케에 대한 이야기는 비밀에 부쳐"둘 수밖에 없었을 것이다.

하늘을 속이려는 비밀은 암호화되어야 한다. 성대 수술을 당한 강아지나 '벙어리' 종이란 이런 비밀스런 암호의 비유일 것이다. 비밀은 '비밀스런 상자' 속에 있어야 한다. 신화나 전설에서 보물이 숨겨진 동굴이 그러하듯, 비밀상자는 성적 상징이 된다. 그 성적 상상이 근친 간의 관계를 암시하는 만큼, 그것은 합리적인 시선이나 의식을 속일 수 있어야 한다.

180

그러므로 진명이 찾아낸 상자는 텅 비어 있었던 것. 이렇게 '완전히 속'일 수 있을 때, 그들은 시공을 뛰어넘어 언제나 '같이' 있게 된다. 이것이야말로 존재의 신비에 육박함이 아니겠는가.

4. 춤은 계속될 것인가

그런가? 허구를 기정사실화하고, 신비나 기적도 삶의 사실이라고 해버리면 그뿐인가?

하성란의 단편소설에서 현실 속이기는 대부분 실패로 귀결된다. 현실이 낯설게 보일 때까지 예리한 탐침을 쑤셔박음으로써 예술이 될 수 있는 것처럼, 중력을 이기려는 시도는 좌절의 슬픔을 맛보기 때문에 속임수가 예술의 지위를 얻지 않았겠는가. 소설은 예술(거짓)이기에 현실과 환상의 경계를 가로지를 수 있지만, 이는 환상을 기정사실이라고 강변하는 것과 다르다. 그 경계 허물기란 허구의 현실성뿐 아니라 현실의 허구성을 동시에 드러냄이다. 그러나 하성란의 두 장편에서 이 원리는 불안하게 동요하는 듯하다. 이들 장편에서 비밀은 보물이라기보다 알려져서는 안 될 부끄러운 무엇처럼 보이며, 성장의 정체도 불투명하다.

『식사의 즐거움』에서 아비를 포악한 가짜 아비로 만드는 것은 부모로부터 분리되는 성숙의 표지일 수 있다. 그러나 가상의 아비를 온화한 미소를 머금은 진짜 아비로 여길 때, 그는 여전히 부모로부터 독립하지 못한 성장 중지상태에 놓인다고 할 수 있다. 다른 한편, 허구가 현실을 창조한다는 주장은 예술가가 부릴 수 있는 자부심의 극대치이지만, 그렇게 만들어진 현실은 작중인물에게 더이상 위력을 보이지 못한다. 더구나 진짜 부모를 찾아가는 길에 이렇다 할 시련이 수반되어 있지 않다. 고난이 없는 모험은 그 이름에 값할 수 없다. 그럼에도 우리가 이 작품을 성장소설이라 한다면, 이는 기존 성장개념을 부정한다는 범위에서 인정할 수 있을 것이다. 이때 재경의 죽음을 두고 자발적으로 성장을 거부한 것이라 해석할 수도 있다.

『삿뽀로 여인숙』의 경우에도 사정은 다르지 않다. 환영을 사실로 굳히고 그것을 존재의 신비라고 인식하는 것이 성숙한 의식의 증거일 수 있다. 삶이 확실한 수치만으로 해명되는 것은 아닌 까닭이다. 평면거울에는 포착되지 않는 비선형적 현상들, 측정 불가능한 잡음들이 삶의 형질을 이루기도 한다면, 이런 불협화음에 대한 예민한 청각, 시공을 넘어선 존재의 교감은 소중하다. 그러나 작품의 의미가 여기에 있다면, 90년대의 한국소설을 거쳐온 우리에게 그것은 이미 익숙하거나 낡은 세계가 아닌가. 현실과 환상의 경계를 가로지른다는 명분으로 작가의 기이한 세계 이해를 강요받지 않았던가.

하성란은 이제 그가 추던 춤을 멈춘 것인가, 아니면 다른 춤으로 바꾼 것인가? 춤을 바꾼 것이라면 장인-예술가의 새로운 경지를 기대해봄 직하다. 춤을 다 추지 못한 것이라면, 그것은 장편소설의 어려움과 관련될 수 있다. 칼의 칼다움은 그 날카로움에 있을 것이다. 하필 장검만이 백인의 순도를 표나게 드러내는 것은 아닐 것이다. 이러한 증거를 단편 「기쁘다 구주 오셨네」에서 확인할 수 없을까. 악마의 '유혹'은 달콤했지만 '구원'은 없다는 것, 만약 이러저러하지 '않았었더라면' 어떠저떠했으리라는 가정법의 허구를 여지없이 폭로함이 소설이라는 것.

춤은 계속될 것이다.

(『문예연구』 2000년 겨울호)

인식과 존재의 틈바구니

1. 변명

필자에게 주어진 과제는 움베르토 에코와 90년대 한국 작가의 작품에 드러난 감수성의 관계를 살피는 일이다. 이 일을 제대로 하자면, 에코와 그의 작품세계에 정통해야 할 것이고, 무엇보다 서양의 문화적 현실에 놓인 에코의 무엇이 90년대를 살아가는 우리 작가의 미적 감성과 관련되고, 그런 반응이 우리 소설의 어떤 가능성을 예고하는 것인가를 광범위하게 확인하고 세심하게 검증해야 할 터이다. 이 정도의 전제로도, 한국 현대문학의 일부를 귀동냥하고 있을 뿐인 필자는 이번 과제의 적임자가 아님이 분명해진다. 이 글에서 필자는 에코의 『장미의 이름』에서 주목할 만한 몇 가지 측면과 연관시켜, 이인화의 『영원한 제국』(세계사, 1993)과 구효서의 『비밀의 문』을 검토하고자 한다.

이 두 장편을 선택한 것은 내부 이야기를 끌어내는 액자 형태의 유사성, 소설의 구성방식이나 그 과정을 의식적으로 드러낸 점, 추리기법 혹은 탐색의 모티프를 원용하고 있는 점, 그 탐색의 대상이 앎(지식 혹은 인식)이며 그것이 처음부터 존재하지 않는 가공의 서책과 관련된다는 점, 사건이 완결되고 난 뒤의 회고이거나 성장소설의 형태를 취한 점 등에 그 이유가 있다. 물론 여기서 필자가 표절이나 베껴먹기를 거론하고자 하는 것은 아니다. 90년을 전후하면서 이미 우리 사회가 이전의 견고한 신념체계나 거대 서사의 동요를 경험하고 있었던 점, 상품의 생산과 소비가 가속화되고, 물류와 자본의 시공간적 거리가 급격히 소멸하고 있는 상황에서 문화적 차이 또한 쉽사리 붕괴된다는 점, 따라서 『장미의 이름』이 다른 시대에서라면 불가능한, 우리 문학의 감수성을 혁신하거나 소설의 새로운 영역을 모색하는 계기로 작용할 수도 있음을 미리 지적해 둔다. 또 이런 유사성 가운데는 부분적 지엽적인 것도 있다. 그래서 이 글은 이인화, 구효서의 두 소설을 검토하되, 앎과 관련된 인식상의 문제, 세계의 존재와 관련된 문제, 소설의 생산 및 소비와 관련된 대중성의 문제 등 제한적인 범위만을 살피고자 한다.

2. 인식의 불확실성

서영채의 정교한 분석과 해석에 따르면,[1] 『장미의 이름』에서 탐색대상은 금단의 지식이며, 그 지식을 찾으려는 탐정 윌리엄의 이성주의와 지식을 숨기려는 적대자 요르게의 신앙주의가 대결한다. 그러나 선한 탐정의 승리와 사악한 적의 패배라는, 전통적인 추리소설의 이항대립을 벗어남으로써, 『장미의 이름』은 근대성의 핵심인 주체 중심적 이성을 비판하는 반성적 담론이 된다는 것이다. 결국 서영채는 이 작품에서 앎의 가

---

1) 서영채, 「이성중심주의와 장미」, 『소설의 운명』(문학동네, 1995) 참조.

능성이나 한계, 동일한 사안에 관한 상이한 관점을 통해 의식의 가변성을 읽어낸 것으로 보인다. 말하자면, 『장미의 이름』은 인식상의 문제를 전면에 부각시킨다는 뜻이다.

수수께끼와 그 해결, 문제와 해답의 해석학적 약호가 지배적이라는 점에서, 추리소설은 인식론적인 갈래라고 할 수 있다. 감추어진 정보나 잃어버린 앎의 단서를 추구한다는 점에서, 탐정소설의 주인공 혹은 탐정은 인식의 주인공 혹은 김열규 교수의 표현을 빌려 '정보 주인공'이라 부를 수 있다. 독자 또한 주인공과 유사한 방식의 추론과정을 거쳐 부재하는 정보의 틈을 복구하고 그 해답을 재구성해야 한다. 『영원한 제국』이 추리소설의 모티프를 원용하고 있으므로 일단, 이 소설이 인식 혹은 앎의 문제와 연관됨을 알겠다.

형태상 개방액자를 취한 이 소설의 도입부에서 화자 '나'는 동경의 동양문고에서 우연히 정조시대 규장각 대교였던 이인몽이라는 사람이 쓴 『취성록』을 입수하게 된다. 이 책은 정사에 기록되어 있지 않은 엄청난 사실들, 검서관 장종오와 정조가 외부의 음모집단에 의해 부자연스럽게 죽었으리라는 엄청난 암시를 하고 있다. 그 기록의 내용을 따르면, 정조의 명을 받아 일하던 검서관 장종오가 의문의 시체로 발견된다. 장종오는 정조의 명으로 선대왕마마 곧 영조의 어필인 『시경천견록』이라는 서책을 근거로 『시경천견록고』를 만들고 있었다. 그런 그가 변사체로 발견되고 서책도 사라지고 만다. 장종오의 사인은 유황을 바른 석탄의 독연에 의한 독살임이 밝혀진다. 이야기가 전개됨에 따라, 이 사건은 노론 벽파가 영조의 금등지사를 입수하기 위해 계획적으로 범한 것임이 드러나고, 금등지사를 정조에게 전하려던 이인몽은 노론 벽파의 영수 심환지가 보낸 자객에게 공격을 받고 절벽에서 떨어진다. 살인사건에 관한 이야기는 여기서 끝난다. 이 사건 이후 유신을 꾀하던 정조는 돌연히 승하하였고, 추적을 피해 30여 년을 방랑하던 이인몽이 죽음을 목전에 두고 이 사건의 전말을 기록하는데, 그가 남긴 글이 바로 『취성록』이다.

전통적인 추리소설에서 주인공(탐정)은 과학적 사고를 지향하고, 이성의 힘에 대해 분명한 믿음을 견지한다. 그래서 추리소설은 탐정의 합리적 사고와 범죄자의 불합리한 욕망을 선명하게 대비하고 합리성의 궁극적인 승리를 보여준다. 이런 의미에서, 추리소설은 계몽주의의 전통에 속한다고 볼 수 있다. 그런데 『영원한 제국』은 합리적인 이성의 궁극적인 승리와 불법적인 욕망의 최종 패배를 보여주지 않는다. 여러 면에서 이 소설은 오히려 반(反)추리소설에 가깝다. 대체로 정보의 단서를 찾아 수수께끼를 풀어야 할 사람은 탐정 자신이기 때문에, 추리소설에서 사건은 대체로 탐정의 시점에서 경험되고 미숙한 서술자는 탐정의 탁월성을 반증하기 위한 장치로서만 활용된다. 또 추리소설의 주인공은 직업적인 전문가로 경험에 기초하여 상황에 유연하게 대처하며, 문제의 해결에 성공함으로써 다른 범상한 인물들과 질적으로 구분된다. 그런데 『영원한 제국』의 경우, 사건들이 이인몽의 시점에서 경험되는 것은 사실이지만, 그는 탐정에 버금가는 능력과 경험의 소유자가 아니다. 젊은 이인몽은 살인사건을 해명하는 데 전문가도 아니며, 장종오의 죽음이 독연에 의한 살인임을 밝힌 것은 경험이 풍부한 정약용이다. 다른 한편, 추리소설에서 주인공이 해결하고자 하는 사건은 대개 기존의 사회질서를 위협하는 사악한 범죄지만, 『영원한 제국』의 경우 범죄의 특질, 말하자면 일어난 사건에 대한 윤리적 평가가 엄정하게 이루어진다고 보기 어렵다. 또 범죄자에 대한 심판이 없다는 점, 탐정이라 할 이인몽의 사적 삶이 상당한 비중을 차지한다는 점 등을 보면, 의심할 바 없는 악(비합리성)에 대한 과학적 이성과 합리적 논리의 승리라는 추리소설의 기본을 『영원한 제국』은 벗어난다고 할 수 있다.

이런 반추리적 추리기법은 과학적 사고, 계몽적 이성에 대한 불신이라 해석할 수 있다. 세계는 합리적으로 이해될 수 없는 우연의 집적이며 따라서 이성의 힘도 믿을 만한 것이 아니라는 생각이 반영되었다고 하겠다. 우연한 세계, 불연속적인 사실로부터 인과관계를 추론할 수 있다는 생각은 인간의 삶이나 역사에도 그런 질서와 방향이 있다고 여기는 목적론적 사유의 산물이다. 그러나 이러한 가능성을 부정하기 때문에, 이인화는 사건의 처음이 있고, 그것은 피할 수 없는 결말을 지향한다는 추리소설의 규칙을 반전시킨 것이다.

이런 점에서 『영원한 제국』은 계몽적 이성의 오만함을 반성하고, 선과 악의 진부한 이원대립에 대한 평속한 인식을 넘어선 것처럼 보인다. 인습적 사고를 뛰어넘으려는 중요한 시도로 당시의 노론과 남인의 대결을 그들 각자 상이한 철학적 기반 위의 정치 투쟁으로 설명한다. 퇴계학파와 닿아 있는 남인은 왕권을 강조하여 육경 중심의 유교근본주의 위에서 성왕정치를 주장하고, 율곡과 닿아 있는 노론은 신권을 강조하여 사서 중심의 주자주의 위에서 붕당정치를 강조한다는 것이다. 따라서 흔히 심환지를 악당으로 기술하고 있으나, 그는 이념적 정통을 고수하려는 원칙주의자라는 것이다. 이를 근거로 할 때, 『영원한 제국』은 동일 사안에 대한 상반된 관점을 통해 인식의 제약이나 한계를 보인다고 할 수 있다. 말하자면, 이 작품은 동일 문제에 대한 가능한 입장을 모두 보임으로써 인식의 한계에 대한 우리의 반성을 촉구하는 것이다.

그러나 남인의 편향된 관점을 지닌 이인몽의 맹목적 근왕주의를 지적하면서도, 도입액자의 화자는 정조가 죽은 이후 식민지로 전락한 역사적 사실을 들어 성왕정치를 옹호한다.

우리는 그 '진보적'이라는 입헌정치를 못 해서 망한 것이 아니라 홍재유신, 즉 정조의 절대왕정을 수립하지 못해서 망한 것이다.(266쪽)

따라서 『장미의 이름』에서 윌리엄이나 요르게와 달리, 아드소가 드러내는 제3의 시각이 없고, 결과적으로 『영원한 제국』은 정치적 카리스마를 향한 이인몽의 불합리한 염원을 그대로 드러낸다고 할 수 있다.

이런 맥락에서 흥미로운 것은 정조의 행위에 관한 부분이다. 장종오를 죽음에 이르게 한 사건의 근원은 사도세자의 죽음까지 거슬러올라간다. 사도세자가 죽은 뒤 영조는 노론 일파의 음모를 눈치챘다는 것, 아들을 잃은 비통한 심정을 시와 기록으로 남겨 채제공에게 맡겼다는 것, 그것이 바로 심환지 일파가 탐문하는 선대왕마마의 금등지사라는 것이다. 이 금등지사는 정조가 아비의 원한을 풀고 노론을 제거할 수 있는 "확실한 물증"이다. 그런데 이 금등지사는 처음부터 존재하지 않았으며, 그것에 관한 영종 기사의 기록은 장종오가 모필한 것이다. 그렇다면, 정조는 적대 세력을 제거하기 위해 물증을 조작하고 정보를 감추며, 수수께끼를 만드는 자라고 할 수 있다. 즉 그는 거짓 정보를 흘림으로써 그 물증을 없애려는 노론의 어떤 도발을 노리고 있었던 것이다. 여기서 전통적인 추리 범죄소설에서 범죄자가 수수께끼를 만들고 정의로운 인물이 그것을 푼다는 공식이 뒤집어진다. 오히려 정조가 수수께끼를 만들고 정보를 감춘다면, 노론 일파는 그것을 풀고 찾는 세력이다. 이인몽이 정조의 행위에 대해 노론 일파와 다름없다는 환멸을 느끼는 것도 이런 사정과 무관하지 않다. 바로 이런 이유 때문에, 『영원한 제국』은 범죄의 윤리적 성격을 논함에 있어 유연한 입장을 보였을 것이다. 그런 논의와 평가는 정조의 행위와 연관되어 성왕정치, 근왕주의라는 또다른 이데올로기를 섬기는 데 근본적인 회의를 불러올 것이기 때문이다.

구효서의 『비밀의 문』도 동일한 사건에 대한 상반된 관점이라는 인식론상의 불확실성을 강조한다. 이 소설은 여러 개의 텍스트가 겹쳐놓인 중층적인 구조를 지니고 있다. 첫째, 재상 시수팔라가 기록한 아소카왕의 전기인 '아육왕상전'이 그것. 둘째, "언어는 화석을 남기지 않는다"는 제목으로 전달된 최윤석의 글. 셋째, 친구 최윤석의 행방을 추적하는 과정에서 겪는 사실을 소설적으로 구성한 류인범의 글. 넷째, 류인범이 맡기고 간 원고를 편집 재정리한 작가의 '끼어들기'. 마치 양파 껍질의 구조와 같은 이런 소설은 독자에게 불연속적 반성적인 독서를 요청하게 된다.

인식상의 불확실성을 강화하는 것은 특히 시수팔라의 기록이다. 전륜
성왕이라는 아육왕에 대한 기존의 평가와 정반대로, 시수팔라의 기록은
아육왕이 패륜적 야수적인 폭군임을 폭로하고 있다. "말씀의 불가사의
한 힘"을 믿었고, "거대 서사의 무궁무진한 잠재력"을 확인한 최윤석에
게 시수팔라의 기록은 언어, 이성, 진리에 관한 근본적인 회의, 인식론상
의 불확실성을 경험하게 만든다.

나는 한 역사에 대해 전혀 다른 두 개의 결과물 앞에 서 있는 것이다. 우
두망찰.
그것들은 모두 촘촘한 문자언어로 기록되어 있다. 늘 이성적 사고와 과
학적 논리로 사실과의 근접성을 드러내려 하지만 문자는 끝내 사실과 진실
을 담지해내지 못한다. 그것은 이용되는 도구일 뿐이다. 얼마든 사악하게
사용될 수 있다.(2권 86~87쪽)

동일한 사건에 대한 상반된 관점과 내용을 대면한 최윤석은 극도의 딜
레마에 빠진다. 즉 어느 기록이 사실이고 거짓인지, 그런 구별을 어떻게
해낼 수 있는가를 알 수 없다는 것이다. 최윤석의 인식론적인 회의를 요
약하면 이렇다. 첫째, 역사적 진실에 대한 회의. 궁극적으로 역사는 패배
자가 아니라 승리한 지배자의 기록이며, 그들에 의해 왜곡 조작될 수 있
다는 것이다. 둘째, 이런 역사 왜곡을 지원하는 것이 지식, 이성 혹은 언
어이다. 언어는 권력과 결탁한 억압과 지배의 도구이며, 권력의 태반이
되는 조작과 이기의 수단에 불과하다는 것이다. 셋째, 신성한 말씀이나
사회혁명의 거대 서사 또한 언어적 관념체계로 개인의 진실을 억압하는
집단적 이념으로 전화할 수 있다는 것이다.
이 가운데 최윤석이 특히 주목하는 것은 언어의 타락이다. 언어는 자
기 밖의 불순한 것, 예를 들면 종교 권력 역사 정치 등과 근친관계를 맺

음으로써 진리를 위협하는 악마적 도구로 전락한다. 이런 점에서, 『비밀의 문』은 진리의 외피를 쓴 종교나 정치, 이성을 가장한 비이성을 폭로하면서 기존의 지식체계를 근원적으로 의심한다고 하겠다. 따라서 이 소설은 언어 혹은 이성적 인식의 한계를 드러내어 독자에게 인식론적 반성을 촉구한다고 할 수 있다. 말하자면 종교의 본질은 무엇이며, 우리는 과연 왜곡되지 않은 역사를 알 수 있는지, 이성의 확실성에 대한 우리의 믿음은 정당한 것인지, 언어를 통해 습득된 우리의 지식은 믿을 만한 것인지를 질문하게 만드는 것이다.

'앎 혹은' 지식의 불확실성에 혼란을 겪던 최윤석은 "진과 위 사이에서 고민하다가 그 어느 쪽도 진이 아닐 수 있다"는 생각에 도달한다. 즉 모든 기록은 탐욕과 원한에서 비롯된 추악한 허울이라는 것이다. 이에 그는 모든 기록을 불신하면서 언어와 언어의 순수성에 대한 이전의 믿음을 버리고 지하집단으로 들어간다. 지하집단은 묵음, 환각물질을 통한 통음난교를 통해 "이성의 작용을 제로"로 만들고, 지상의 세계가 요구하는 가치덕목과 사고체계를 일거에 파괴함으로써 인간과 세계를 혁신하고자 한다. 그러나 이들 집단 속에서도 최윤석은 그들 지도부가 말과 글을 사용한다는 것, 천지인의 수직적인 구원체계를 지니고 있어 세속종교와 동일한 신학적 형이상학을 차용하고 있음을 깨닫는다. 정치와 종교의 역사는 "하늘과 인간과 땅의 수직적 역사"에 다름없으며, 지하집단 또한 그들처럼 하늘과 인간을 동일시하는 "유비적 추리의 비합리적 전통"을 추수하고 있고, 이는 결국 지배와 피지배의 역사를 되풀이하리라는 것이다. 특히 환각상태에서 이루어지는 집단의식에 대해 최윤석은 다음과 같은 요지로 비판한다.

그들은 일단 침묵을 실천함으로써 악마의 도구인 언어를 파기하고, 그 동인 언어체계에 의해 세뇌되어있던 사고구조며 세계관의 허상을 모조리 깨부수는 수행을 통해 저 깊이 가려져 있던 본연의 진리와 만난다는 식이었다.

그러면서도 자신들의 주장을 전파하거나 신봉할 때는 언어가 가지고 있는 폐단을 훨씬 능가하는 위험천만한 수단을 도입하고 있었다. 내겐 그렇게 보였다. 거듭 말하지만 그것은 특정한 의미와 개념을 벗어나 사고하지 못하게 하는 교조, 전제, 광신의 형식이었다. 언어가 가지고 있는 비판의 기능마저 무참히 빼앗는 짓이니 최악의 방식이라 아니할 수 없었다.(2권 52~53쪽)

그래서 환각물질을 통한 체험은 "기생충을 죽이자고 양잿물을 먹는 것"과 다를 바 없다는 것이다. 표현을 달리하면, 언어나 이성의 폐해가 있다고 그것을 전면 폐기하는 것은 마치 심장이 아프다고 심장을 덜어내는 우행과 같다는 것이다. 언어의 비판적 기능을 고려할 때의 최윤석은 자신들의 믿음에 광적으로 몰입하는 지하집단에 대해 이성적인 태도를 취한다. 이는『장미의 이름』에서 윌리엄이 제자 아드소에게 경고한 것, 즉 진리를 위해 죽을 수 있는 자를 조심하라는 이성적 경고와 흡사하다. 그 경고는 자기 나름의 진리(신앙)에 대한 집착이 인간을 억압하고 죽일 수도 있다는 것이다. 따라서 조직 이탈자를 처단하는 이들 지하집단과 최윤석의 관계는 맹목적인 신앙과 반성적 이성의 대립관계라고 할 수 있다.

그러나『비밀의 문』에서 최윤석이 아드소와 같은 제3의 입장을 취한다고는 할 수 없다. 그는 지상에서 지하세계로 이동하고, 지하에서 지상세계로 귀환한다. 그는 언어와 이성에 대한 믿음에서 시작하여, 그것에 대한 회의와 불신, 이에 따른 묵언과 광란의 세계를 거쳐 다시 언어를 되찾는 과정을 보인다. 그는 지하세계에서 글과 자신을 버리는 일종의 죽음을 경험하고, 그것을 통해 지상세계에서 글을 되찾고 자기를 재건하는 것이다. 작가 구효서는『비밀의 문』을 이런 최윤석과 그의 행적을 탐문하는 류인범의 성장에 관한 기록이라고 부기하고 있다. 그렇다면, 이들 두 인물이 성장한다면, 그 성장의 내용이 무엇인가를 따져봄직하다.

우선 지상으로 복귀하여 "눈부신 화이트 셔츠를 입고, 지상의 단단한 플랫폼을 밟으며 살아가"는 최윤석에게 성장 자체가 갖는 아이러니컬한 결과를 찾아볼 수 없다. 이미 루카치가 지적한 것처럼, 자신의 본질을 찾아 편력하는 소설의 주인공은 자신이 원한 바를 얻지 못하거나 원하는 것과는 다른 것을 얻는다. 루카치는 이런 아이러니를 길이 시작되자 여행이 끝난다는 명제로 표현한 바 있다. 생의 이런 아이러니를 눈치채지 못하는 한, 최윤석과 류인범의 성장은 오이디푸스의 형상과 다를 바 없다. 눈물을 참는 최윤석이나 해주와의 결별을 다짐하는 류인범은 감상을 극복하고 근친상간을 피하려는 오이디푸스의 모습이 아니겠는가. 그렇게 함으로써 그들은 강건한 이성적 남자로서 기존의 문화적 질서 속에 편입되는 것이다. 환각물질인 소마가 "본능의 영역"이며, 류인범에게 지하의 낯선 세계가 "나의 내면, 혹은 무의식, 존재의 이면"으로 여겨지듯이, 환각과 통음난교의 지하세계는 이들 자신의 비이성, 낯선 타자일 것이다. 지상으로 복귀한 것은 이런 자기 내면의 비이성적 타자를 억압하고 희생함으로써 주체를 정립하는 것이며, 따라서 최윤석의 소설은 이성적 주체라는 근대성의 핵심을 그대로 간직한다고 할 수 있다.

그 담론에는 남성과 여성 사이의 선명한 차별과 우열까지 함축된다. 최윤석과 류인범이 소설을 쓴다면, 해주는 편지를 쓴다. 사문서에 속하는 편지가 개인의 내밀한 속살과 목소리를 드러내는 것이라면, 소설 혹은 책은 공적 일반성을 강하게 드러낸다. 소설쓰기는 출판을 전제로 하고 있으며, 출판은 글쓰기를 공적으로 일반화시키기 때문이다. 따라서 남성 인물의 글쓰기가 이성과 의식의 산물이라면, 여성인 해주의 글쓰기는 감정과 육체의 표현처럼 보이며, 이런 차별에 사적인 감정과 육체에 대한 공적인 이성 혹은 의식의 우위가 놓인다. 결국 『비밀의 문』은 앎의 불확실성을 통해 지식과 이해와 관련된 개념적 고정성에 도전하면서도, 이성에게 낯설고 이질적인 깃을 세거함으로써 인식론석 측면에서 지상세계의 보편적 공준을 지향한다고 할 수 있다. 두 젊은이가 통과한 지하집단은 이런 보편적 공준이라는 한계를 넘어가는 금단의 영역이며, 『비밀의 문』은 이런 금기를 범하지 않도록 경고하는 것이 아닌가.

3. 세계의 존재론적 다원성

『장미의 이름』 도입부를 보면, 이 소설의 기초는 14세기의 필사본 '멜코의 수도사 아드소의 수서본' 이라는 것, 그런데 번역중인 그 서책이 사라짐으로써 화자는 그것이 "위조된 유령도서" "있지도 않은 책의 허깨비"가 아니었던가라며 말머리를 연다.[2] 이런 기법은 소설 내 소설기법처럼, 현실세계와 허구세계, 사실과 환상 등 상이한 두 세계나 이질적인 존재질서를 접합시킨다고 할 수 있다. 이런 장치는 여기의 현실이 가능 유일한 현실이 아니며, 이 세계에는 상이한 질서와 규칙을 지닌 다른 세계, 다른 현실들이 공존함을 암시한다. 말하자면, 이 세계의 유일성이나 불변성을 훼손하고 세계의 존재론적 가변성과 불확실성, 다원성을 환기한다고 할 수 있다. 이를 맥헤일과 하비는 존재론적 요소의 전경화라 지적한 바 있다.[3]

구효서와 이인화의 두 소설 역시 세계의 다원성 혹은 존재질서의 다차원성을 드러낸다. 양파 껍질의 구조로 구효서의 소설은 여러 관점에 의해 매개되고, 류인범이 추적하는 최윤석이 사실은 지금까지 읽어온 동명의 소설의 작가임이 드러남으로써 류인범은 작가(최윤석)를 찾는 작중인

---

2) 움베르토 에코, 『장미의 이름』(이윤기 옮김, 열린책들, 1989, 4쇄), '움베르토 에코의 서문' 참조.

3) 이들은 모더니즘 소설에서 의식의 가변성, 앎의 한계 등으로 인식론적 요소가 지배적인 것과 달리, 포스트모던 소설에서는 세계의 다양성과 불확실성을 통해 존재론적 문제가 전경화된다고 파악한다. 필자는 특히 맥헤일의 견해에 크게 힘입었다. D. Harvey, *The Condition of Postmodernity*(Basil Blackwell, 1990), B. McHale, *Postmodernist Fiction*(Routledge, 1989), *Constructing Postmodernism*(Routledge, 1992) 참조.

물이 된다. 이인화의 경우에는 식민지 지배나 박정희 정권 등 현실세계의 역사적 사실을 도입하여 허구의 세계와 존재론적으로 대면시킨다. 그 밖에 소설의 제작과정을 드러내고, 작가가 허구의 세계에 끼어들기를 행하는 것도 소설세계의 독자적인 존재론적 지위를 위태롭게 만들 뿐만 아니라 현실세계와 허구세계라는 두 세계의 상호침투를 보임으로써 지금 여기의 가시적인 3차원적 현실을 유일한 것으로 볼 수 없게 만든다. 이는 박일문 장정일 윤대녕 송대방 등 90년대의 젊은 작가에게서 광범위하게 확인되는 소설적 경향이라 여겨진다.

『영원한 제국』에서『취성록』뿐만 아니라『시경천견록』도 애초에 원본이 존재하지 않는 가공의 책이다. 이 부재하는 책은 비현실과 현실, 있음과 없음 사이의 복잡한 관계를 드러낸다. 서책을 둘러싼 일련의 사건은 부재하는 텍스트의 현실성을 암시한다. 예를 들어, 영조의 금등지사『시경천견록』은 가공의 책이지만, 노론은 그 가공적인 것이 그들에게 현실적으로 작용하는 불안과 공포를 경험하고 있다. 이처럼 허구가 현실성을 띤다면, 의심할 바 없는 현실도 허구에 불과할 수 있고, 꿈이나 영감, 무의식도 지극히 현실적인 것으로 간주할 수 있다.『영원한 제국』은『주역』영역본의 서문에서 주관적 상태가 객관적 사건과 연관된다는 칼 융의 말을 빌려온다. 같은 시공간 안에서 벌어지는 사건의 우연한 일치는 우연 이상의 것으로, 이를 동시성의 원리라 칭한다. 인과율과 반대되는 동시성의 원리를 따르면, 현실적인 것의 존재는 허구 밖에 있는 현실세계의 객관적 물증을 통해 검증되는 것이 아니다. 말하자면 허구인 현실과 현실인 허구는 상호침투하고 접합할 수 있다는 것이다.

『영원한 제국』에서 동시성의 원리는 현실과 환상의 경계의 불확실, 유비적 조화 등으로 되풀이 강조된다.

인생이 모든 일들엔 극히 작은 허니의 괘효로 환원될 수 있는 유비(類比)적 동일성이 있다는 것. (……) 우리의 삶은 마치 밤하늘에 쏘는 폭죽처럼 서로 연관 없이 동시다발적으로 벌어지는 일련의 사건들로 이루어지오. (……) 다만 우리가 알 수 있는 것은 그런 사건들 속에 반복되는 우연의 유비들, 우연의 유비적 조화뿐이오. (……) 우리가 말하는 옛 시대가 역사의 모든 의미가 환원되는 '근원'은 아니오. 성경이 말하는 '태초'나 '원죄'는 아니란 말이오. 옛 시대란 '성인이 주재하신 시대'라는 이념적인 의미일 뿐, 그 완결된 내용은 없는 '텅 빈 중심'이오. 지금 우리 전하께서 성왕정치를 천명하시고 옛 시대를 상고(尚古)하시는 것은, 옛 시대를 그대로 재현하는 복고(復古)를 하자는 것이 아니라 옛 시대에 표방된 그 텅 빈 중심, 유비적 조화를 다시 재현하자는 것이오.(289~290쪽)

삶이 사태의 전후나 인과로 설명될 수 없고, 하루 속에 전 생애의 삶이 들어 있을 수 있다는 동시성의 원리를 상정할 때, 허구와 사실, 환상과 실재도 구분할 수 없다. 이는 인식상의 한계나 불확실성을 의미하지 않는다. 왜냐하면, 인식의 가변성이란 세계의 불변성을 전제하고 그 세계를 인식 이해하는 의식 혹은 앎의 한계를 드러내는 것이기 때문이다. 따라서 시간을 관통하는 삶과 사건의 유비적 조화란 지금 여기가 아닌 존재영역을 암시한다고 할 수 있다. 인과론이나 목적론적 진보개념을 버린다면, "텅 빈 중심"은 존재론적인 지위를 지닐 수 있다. 그래서 "옛 시대의 완벽함"이 "현재의 과거적 충만"을 가능하게 한다고 말한다. 이는 원근법의 소실점 너머에 있는 존재지대를 확인하는 것처럼, 보이지 않는 중심을 그려냄으로써 유클리드적 인식체계 혹은 계몽 이성의 범주적 확실성을 해체하고 동시에 현실을 다원화한다.

여기서 이인화가 역사의 직선적 진보라는 관념을 부정하고 있음은 명백하고, 그것이 예측 가능성이나 산술적 합리성, 효율성을 표적으로 하는 근대의 원리를 전복할 가능성도 있다. 그러나 진보와 인과율을 부정하는 대신, 유비적 조화나 동시성의 원리라는 뜻밖의 질서를 제시함으로써 그는 또다른 형이상학을 가져온다. 그 질서는 궁극적으로 근왕주의를 지향하는 것이며, 왕과 신하, 백성이라는 존재의 수직적 층위를 인정하는 것이다.

다른 한편, 과거가 현재 속으로 침투한다면, 미래 또한 현재 속으로 내파할 수 있을 것이며, 이는 더이상 시간의 계기적 전개나 역사의 연속성을 보장할 수 없다. 어쩌면 이인화는 후기자본주의 사회의 가속적인 변화와 변덕스러운 일시성 속에서 항구적인 질서의 재생을 시도하는 것인지 모른다. 그런데 이런 가변적인 현실이야말로 존재의 다원성, 세계의 다차원성을 보장할 터이므로, 과거의 텅 빈 중심으로의 존재론적 퇴행이란 일종의 눈속임일지도 모른다. 지속적인 가치를 상실하고 가속도로 변화하는 후기자본주의 사회에서 이인화 자신이 겪는 존재론적 스트레스를 입증하지 못한다면, 이 의혹은 계속 유효할 것이다.

같은 시공간 속에 상이한 시간대가 서로를 관통하고 사건이 일치한다는 것, 즉 우연의 유비적 동일성이 동양적 사고와 일맥상통하는 부분이 있는 것은 사실이나, 이는 동시에 실물이 아니라 이미지를 생산하는 후기자본주의 사회와 연관될 수 있다. 이런 사회에서 3차원적 입체 이미지, 곧 시뮬레이션이나 홀로그라피는 현실과 구분되지 않는다. 같은 시공간 안에 상이한 상품을 집결시키고, 이질적인 현실세계를 병존시킬 수 있으며, 그런 모상이 바로 현실이 되는 것이다. 이상적이고 완벽한 옛 시대가 텅 빈 중심이라 함은 의미를 잃어버린 시니피앙의 세계, 재현이 불가능한 이미지의 세계, 곧 시뮬레이션의 현실이 아니겠는가. 모사품의 세계에서는 기원이라든가, 개체의 특수성, 사회역사적 관계가 증발하고 만다. 그렇기 때문에, 자신이 무엇이며, 왜 무엇 때문에 글을 쓰는가를 묻는 이인몽의 해답을 얻을 도리가 없다. 유비적 동일성이든 시뮬레이션이든, 그것이 이인몽이 자신에게 부여한 멍에를 해결할 수 없음은 자명하다고 할 것이다.

구효서의 소설도 구성과정의 노출이라든가 허구와 현실의 상호접합을 보이며, 원본이 없는 위서(허구)가 한 인간의 운명을 통째로 바꾸는 현실적 작용을 한다. 세계의 이같은 존재론적 가변성은 가시적인 3차원적 세계를 가능 유일한 현실로 간주할 수 없게 만든다. 그래서 컴퓨터의 모니터처럼, "질량불변의 법칙"이 통하지 않는 가상 현실이 존재할 수 있다. 그 가상 현실 속의 인물은 기호로서 존재한다.

알려고 노력해도 소용없을 거예요. 난 이 세상에 하나의 실체로 존재하는 인물이 아니니까. 내 존재는 지금처럼 푸른 바탕에 흰 기호로 찍히는 존재가 전부예요. 즉 나는 기호일 뿐이지요. 당신에게 하나의 메시지를 전달하는 역할로서의 내가 있을 뿐, 기타 다른 인간적 캐릭터를 갖지 않는 거예요.(2권 133쪽)

가상 현실을 현실로 받아들일 때, 질량불변의 법칙이 적용되는 현실세계의 존재론적 동질성이나 유일성은 해체된다. 이때 현실은 가능한 것과 불가능한 것, 규범과 초규범을 포괄하는 다원적인 것으로 이해되어야 한다. 그래서 『비밀의 문』에서는 입체허상인 홀로그라피도, 컴퓨터의 가상현실도, 삼사백만 명의 맹원을 두고 있다는 지하집단도 현실적으로 체험되고 존재하는 것으로 보여진다.

『비밀의 문』은 지하집단을 '다른 세상' '낯선 세계'라고 말하고 있다. 이런 세계의 존재를 단순히 망상으로 여긴다면, 풍차를 향해 달려가는 돈 키호테의 망상처럼, 그 세계는 우리의 인식론적 미망을 깨우치는 단서가 될 것이다. 그러나 최윤석의 글은 "이 땅 위에 실제적이고 구체적으로 엄존하는 집단에 대한 기록"임이 강조되어 있다. 류인범에게 그 지하집단은 "혼돈과 불가사의한 세계" "괴기스런 비밀집단"이며, 자신의 무의식이나 "존재의 이면"으로 느껴진다. 이 낯선 세계와의 만남에서 그는 두려움과 충격을 경험한다. 이를 거칠게 도식화한다면, 『비밀의 문』은 상이한 두 세계의 만남, 곧 지상세계와 지하세계의 조우, 이성·의식과 본능·무의식의 충돌이라고 할 수 있다. 지상세계에 견주어 지하세계를 자아 밖의 타자라고 한다면, 의식과 이성에 견주어 무의식과 본능의 세계는 자아 속의 타자라 할 만하다. 지하세계로 잠입하는 것이 자아 밖의 이질적인 존재와 융합함으로써 자아의 타자성을 획득하는 것이라면, 본능의 세계는 이성적 독백적인 정체를 다원화함으로써 자아의 타자화에 이른다고 할 수 있다. 이는 결국 자아와 타자의 미분화를 추구하는 것이며, 상이한 존재의 층위와 세계의 다원성을 드러낸 것이다.

자아 밖의 타자인 지하집단은 지상세계의 가치, 신념체계, 문화범주 밖에 설정되며 이로써 반근본주의를 표상한다. 자아 속의 타자인 본능의 세계는 도구적인 이성이 억압하고 부정하는 것, 즉 기존의 질서에 부재하는 비가시적 세계일 것이다. '비밀의 문'은 가시적인 세계의 경계를 넘어, 혹은 그 이면에 억압된 공간으로 들어가는 통로인 것이다. 그러나 작중인물의 원점회귀에서 보이는 것처럼, 『비밀의 문』에서 그 세계는 금단의 영역이며, 그 존재는 인정하되 여전히 억압되어야 할 지대로 간주된다. 지하세계는 지상의 질서와 주체의 건립을 위해 희생된 타자인 것이다.

사드와 에마뉴엘, 수를 헤아릴 수 없는 외설물과 포르노그라피, 매춘과 살인적인 카니발, 만취 욕구와 노성방가와 폭력과 파괴와 전쟁. 이 모든 것들이 인류에 의해 줄기차게 거부되고 혐오되어왔으면서도, 지금 이 시간 왕성하게 생산되고 소비되는 까닭은 무엇일까를 나는 생각한다. 우주가 인류에게 부여한 자정과 정화의 능력이라고 그것들을 이해하는 저들 집단의 혼란스러운 환각제의를 떠올리며, 나마저 혼란에 빠진다.(2권 224쪽)

최윤석의 혼란은 자신의 타자이기도 한 이 지하집단을 이성적으로 분석하기 때문에 결과하는 것이다. 이런 타자에 대한 그의 혼란이나 류인범의 두려움은 본능에 대한 이성의 악몽에 다름아니다. 그러나 인간은 다양성을 담지한 능동적 존재이지 이성의 감시를 받는 수동적 존재는 아니지 않은가. 데카르트 이래 인간의 사유능력에 대한 과신은 인간을 불활성의 수동적 존재로 만들었다. 존재의 존재됨은 이성에 의해 관리되거나 본능을 도태시키는 데 있지 않을 것이다. 때로는 이 본능이 인간 사이의 애정과 윤리적 연대를 가능하게도 만들기 때문이다. 비록 『비밀의 문』에서 지나치게 엽기적으로 표현되고는 있지만, 우리는 지하집단이 암시하는 우리 자신의 타자성 혹은 존재론적 이질성을 지니고 있기 때문에, 다른 존재나 세계로 스며들 수도 있다. 말하자면, 우리의 존재론적 다원성은 다른 존재로 통하는 '문' 인 것이다.

4. 이야기의 부활과 소설의 위기

지금까지 필자는 『비밀의 문』과 『영원한 제국』이 인식의 불확실성과 존재의 다원화를 보인다는 투로 말해왔다. 인식의 불확실성이 앎이나 지식의 한계를 통해 우리에게 오만한 이성을 반성할 계기를 마련한다면, 존재의 다원화는 세계를 불안정하게 만들고 지금 여기의 질서를 생존의 유일한 토대라 강변하는 모든 담론을 회의하게 만든다.

두 소설이 이 양면으로 각자의 미덕과 함께 한계를 지니는 것도 분명하다. 『영원한 제국』은 추리소설의 모티프를 차용하면서도 그것을 변용함으로써 그 기법의 전제가 되는 계몽적 이성과 그 힘에 대한 믿음을 비판할 수 있게 만든다. 그러나 항구적인 옛 시대의 완벽함이라는 이론적 추상적 이상을 추구함으로써 기법의 혁신을 무의미하게 만든다고 할 수 있다. 『비밀의 문』은 언어의 도구성과 이성의 광기, 역사의 허구성을 통해 추상적 담론의 비이성을 폭로한다고 할 수 있다. 그러나 작품의 외피로 작용하고 있는 추리기법의 전제를 묵인함으로써, 두 젊은이의 회의와 모험에도 불구하고 그들을 원점으로 되돌려놓고 그 뒤로 다른 세계, 자아의 타자에 이르는 문을 닫아버린다.

　물론 이인화와 구효서가 형이상학적 사고체계, 계몽적 이성이나 주체 관념을 적극적으로 옹호한다고는 말하기 어렵다. 그들이 제기한 앎의 불확실성과 현실의 다원성은 여전히 유효한 문제제기로 여겨지기 때문이다. 다만 그들은 그런 불확실성과 세계의 다원적 질서를 형상화할 다른 소설적 대안을 지니지 못한 것이다.

　이들 소설의 한계는 이른바 미학적 대중주의의 대두와 함께 회자되었던 소설의 위기와 무관하지 않을 것이다. 80년대 후반 국내에 번역 소개되어 상당한 인기를 끌었던 『장미의 이름』에서 에코는 놀라운 상상력과 해박한 지식으로 중세의 생활을 다채롭게 재구성하고, 이를 추리소설적 구성으로 엮어냄으로써 광범위한 독자층을 사로잡았다. 이와 유사한 구도나 내용을 담은 이인화와 구효서의 소설을 대중주의와 연관시켜볼 수도 있을 것이다.

　이인화는 소설가가 아니라 이야기꾼을 자처하면서 작가주의 대신, 대세를 이룬 문화산업과 일정하게 타협할 수 있다는 장르주의를 강조한 바 있다. 그같은 주장은 『영원한 제국』의 후기에 이미 나타나 있다.

　　말하자면 나는 오랫동안 전해지던 이야기를 새롭게 다시 전하는 이야기꾼이다. 소설가는 자신을 표현하고 자신의 고유성과 자기 내면의 남다른 진실을 보여주기 위해 소설을 쓴다. 그러나 이야기꾼은 자신을 표현하기보다 전해오는 이야기를 최대한 생생하게 다시 구현하기 위해 붓을 빌려줄 뿐이다. (356쪽)

　이야기꾼임을 표방하는 것은 작가라는 기원을 부정하는 태도와 다르지 않다. 이인화는 창조성이나 작가의 주체성을 표나게 강조하는 소설가가 되기보다 이야기꾼이 되고자 한다. 그래서 "어떠한 진리의 주장도 포기하고" "즐거움으로서의 글쓰기와 허구의 가능성을 무제한 보장하는 전혀 다른 왕국", 곧 이야기의 세계로 이동한다. 단순하게 말하면, 『영원한 제국』은 소설이 아니라 이야기라는 것, 따라서 소설의 미학을 따지고 윤리를 가름하는 어떤 비평도 사양하겠다는 뜻으로도 보인다.

이야기와 이야기하기는 인간에게 매우 자연스럽고, 모든 사회의 모든 층위에 보편적으로 존재한다. 화이트가 지적하고 있는 것처럼, 이야기하려는 인간의 보편적 욕구는 아는 바(knowing)를 말하려는(telling) 욕구이며, 경험에 의미와 일관성, 종결성을 부여하는 욕망이다. 이처럼 삶을 종결성의 이미지로 드러내는 허구를 프랭크 커모드는 죽어야 할 운명을 극복하고 우발적 비완결적인 삶을 이해하기 위한, 삶에 관한 상상적 반응이라고 강조한 바 있다. 소설의 등장으로 이야기의 대면적 소통이 몰락했음을 주목한 벤야민은 이야기 능력이 경험을 주고받을 수 있는 능력임을 지적하였다. 그에 따르면, 이야기꾼의 특징은 실질적인 관심, 이해에 근거하여 이야기를 펼친다는 데 있다. 말하자면 실질적인 조언, 지혜라는 유용성이 이야기를 하는 주요 동기라는 것이다. 이를 다른 각도에서 보면, 이야기꾼은 일상적 삶과 경험과 생생한 관련을 지닌다고 할 수 있다. 즉 그들은 일상적 대중적 풍경에서 배운 것, 공유하는 경험을 나누는 것이다.

그러나 『영원한 제국』이 독자와 공유하고 있는 경험과 생생한 연관을 유지한다고 보기 어렵다. 만약에 있다면, 그것은 영남 남인의 세계관과 관련된 부분일 것이다. 따라서 그가 말하는 새로움과 생생함이란 일상적 삶과의 관련을 의미하는 것이 아니라 독자의 주목을 사로잡을 새로운 이야깃거리나 기발한 착상일 것이다. 이는 이야기꾼으로서 이야기 과정에서 무엇이든 만들어낼 수 있다는 것, 따라서 소설이 더이상 리얼리즘을 고집할 이유가 없다는 것으로 이해된다.

구효서는 작중인물의 입을 빌려 소설적 언어는 신, 진리, 권력, 이성으로부터 해방된 순수 자연의 언어여야 한다고 지적한다. 류인범은 최윤석이 더이상 문자적 진리에 사로잡히지 않을 것으로 믿는다. "말하자면 이성과 진리에 복무하는, 형이상학에 예속된 언어로서의 글은 아닐 것"이라는 것이다.

어쩌면 이 원고지의 칸칸을 메우고 있는 그의 문자언어는, 언어가 신과 진리와 권력에 의해 오염되고 타락하기 시작한 시대 이전의, 본연의 언어, 자연의 언어, 순수의 언어로 복원된 모습을 하고 있지는 않을까. (……) 아무리 읽어도 광신에 빠지지 않고, 아무리 읽어도 교조주의화되지 않고, 아무리 읽어도 이론의 노예가 되지 않는 글. 그것을 그는 소설적 언어라고 생각했던 것일까. (……) 어떤 것에도 예속되지 않고, 어떤 것도 강제하지 않는 글. 그러면서도 인간으로 하여금 끊임없이 존재의 의미를 스스로 음미케 하고, 불순한 도발에 저항하게 하며, 항상 자유를 꿈꾸게 하는 유일한 글을, 그는 소설적 언어라고 생각했을 것이다. 아니면, 이제부터라도 소설적 언어란 모름지기 그러해야 한다는 결론을 얻은 것 같았다.(2권 329~330쪽)

이를 작가 구효서의 결론이라 보아도 크게 무리하지 않을 것이다. 진리나 형이상학, 관념의 강제를 벗어난 언어란 이인화가 표방하는 이야기꾼의 언어와 먼 거리에 있지 않다. 구효서의 소설적 언어는 시수팔라의 기록이나 지하집단의 통음난교에서 보듯, 신비하고 강력한 감정을 환기하는 선정성을 띤다. 이는 새로운 자극과 경험, 선정적인 줄거리를 요구하는 독자와 타협한 결과라 할 수 있다.

따라서 이들 소설의 대중주의 혹은 장르주의란 기실 독자의 소망과 욕구를 반영하려는 욕망에 불과하다. 마침 이인화가 "임금님 귀는 당나귀 귀"라는 복두장이 설화를 환기하고 있거니와, 그 복두장이의 답답함은 그의 이야기를 들어줄 상대가 없다는 데 있다고 할 수 있다. 장르주의는 이런 이야기꾼의 답답한 심성의 일난을 보인 것일 테다. 어떤 상대를 만나 그의 소망을 충족시킬 수 있다면, 이 이야기꾼은 옛 글이나 남의 글을 차용할 수도 있다. 전해오는 이야기를 새롭게 반복할 뿐이므로, 그의 이야기는 패러디 곧 차이성의 모방이라기보다 패스티시 곧 유사성의 모방이다. 이런 재탕은 세계를 재현할 수 없는 작가적 무능을 증명한다. 또 그들은 심지어 역사를 마음대로 요리할 수도 있다. 이인몽의 『취성록』이나 시수팔라의 「아육왕상전」은 역사적 삽화를 거칠게 전유화한 것이라 할 수 있다. 이인화의 표현처럼, 이들 작가에게 역사적 사건은 '퍼즐게임'에 불과하다. 말하자면, 역사는 진위 분별이 불가능한 정보의 집적물이거나 사실과 허위 구분이 무의미한 유희공간일 뿐이다. 진위 구분이 무의미한 소설적 언어란 디지털 기호와 다를 바 없다. 역사적 사실은 그 주체나 기원이 사라져버린 신기한 정보의 보고이며, 소설의 대중성이나 상품성을 보장하는 물류이자 자원인 셈이다. 이야기의 시대착오적인 부활, 여기에 소설의 위기가 있다.

(『문학동네』 1997년 여름호)

욕망의 담론과 설득의 수사
— 공지영 신경숙의 서간체 소설

1. 이동통신은 때와 장소를 가리지 않습니다

2000년대의 문턱에 선 오늘의 사회를 정보사회 혹은 후기소비사회라 말해도, 그것이 그다지 낯설게 여겨지지 않는다. 첨단기술공학에 기초를 둔 이런 사회에서, 우리의 삶은 이전보다 질적으로 나아지고 더욱 행복해진 것일까? 아마 그렇지 않을 것이다. 과학은 과학일 뿐 철학과 떨어져 따로 살림을 차렸고, 과학의 이름으로 연금술이 조롱받은 지도 이미 오래이다. 어떤 면에서 과학기술이 지배하는 사회란 일률적으로 규제되는 사회이고, 그런 사회에서 인간은 하나의 기호로 전락할 가능성이 크다. 인문학적 가치가 의심되고, 나아가 글쓰기—문학의 존립이 위태롭다는 일각의 인식도 이런 정보, 소비사회에 대한 부정적 바응일 것이다.

문학의 위기, 그것은 근본적으로 글쓰기와 읽기를 통한 반성적 사유의 위기로 이해될 수 있다. 시각 영상매체가 문화영역을 장악해가고 있는

204

상황에서, 글쓰기는 저주받은 자의 운명이거나 시대착오적인 퇴물로 전
락할지도 모른다. 예를 들어, 편지쓰기가 그렇다. 전화와 팩스, 녹음장치
가 일반화되고 컴퓨터의 전자우편이나 화상통신이 점차 확산되는 시기
에, 문자로 기록되는 서한이란 이미 낡아버린 유물처럼 보인다.[1] 그러나
'때와 장소를 가리지 않는다'는 휴대전화 광고가 암시하듯 오늘날 첨단
과학의 산물은 삶에 존재하는 물리적 지리적 거리를 단숨에 뛰어넘고 있
지만, 그럼에도 불구하고, 우리들 사이의 심적 거리는 더욱 확산되고 있
지 않는가. 언제 어디서나 당신과 소통할 수 있다는 휴대전화의 광고는
인간 사이의 정신적 소외를 극복한 것이 아니라, 복제기술로 가능해진
또하나의 소유물에 대한 선전일 뿐이다. 그렇다면, 일상생활에서 문자서
간이 더욱 줄어들고 있다는 것, 이는 개인을 익명의 단자로 규격화하고
개체의 특수성을 박탈하는 사회의 비인간화를 암시한다고 하겠다. 원칙
적으로 사문서인 편지는 글쓴이가 지닌 개별성의 흔적과 인간적 체취를
남길 수밖에 없기 때문이다.

　우리 시대의 지배적인 경향에 비추어보면, 80년대 말 김채원의 「겨울
의 환(幻)」뿐만 아니라 90년대에도 독자의 주목을 끌고 있는 서간체 소
설들, 예를 들어 공지영의 「사랑하는 당신께」, 신경숙의 「풍금이 있던 자
리」, 박성원의 「유서」, 윤대녕의 「상춘곡, 1996」 등 중단편은 시대착오적

---

1) 그래서 혹자는 영화, 시뮬레이션 게임, PC통신, 만화, TV, 비디오 등 다매체 환경을 두고
글쓰기의 패러다임이 바뀌어야 한다고 강조한다. 그러나 기술, 매체, 생산물을 동궤에 두
고, 이들이 갖는 새로움과 해방적 의의를 일방적으로 강조함에 대해서는 경계할 필요가 있
다. 기술 혁신이 곧장 우리 시대의 사회문제를 해결한다고 말한다면, 이는 이론적으로 부
주의한 주장일 것이다. 복합 매체, 디지털 문화가 보여주는 가상 현실의 새로움은 기술의
약진을 보여주지만 동시에 사회문제를 은폐하는 정치적 메타포로 기능할 수 있기 때문이
다. 예를 들어, 전 지구적으로 연결된 광통신망은 심지어 미래까지 미리 규정함으로써 진
보나 더 나은 삶에 대한 희망 자체를 폐기시킬 수 있다. 더구나 광통신망을 따라 흐르는 정
보의 디지털화가 점차 매체 간의 균형을 깨고 단일한 매체기술로 고착화되어가는 상황이
라면, 글쓰기의 패러다임 변동문제를 둘러싼 다양한 시각과 이론은 비판적으로 검토될 필
요가 있다.

인 작품일지도 모른다. 그러나 이들 소설을 우스꽝스러운 유물로 간주하는 데 우리 시대의 문제가 있을 것이다. 과연 서간체는 잃어버린 예술인가? 아니면 서간체 소설을 통해, 우리는 가속도와 변덕스러움을 요구하는 사회에서도 여전히 유효한, 어떤 새로운 의의를 발견할 수 있을 것인가? 이런 물음에 제대로 답하기 위해서는 근대소설의 초창기부터 90년대에 이르기까지 우리 소설문학사에 하나의 계보를 형성하고 있는 서간체 소설을 전체적으로 고려해야 할 것이지만, 이는 필자의 능력에서 벗어나는 일이다. 이 글에서 필자는 공지영과 신경숙의 두 서간체 소설을 대상으로 그 새로움이나 소설적 가능성의 단서를 찾고자 할 뿐이다.[2]

2. 부재 속의 글쓰기와 운명적인 것

「사랑하는 당신께」와 「풍금이 있던 자리」는 남녀관계가 기본틀을 이루고 있는 욕망의 담론, 곧 애정 서간이다. 「사랑하는 당신께」가 방탕한 남성으로부터 버림받은 여성이 남성에게 보내는 유서 형태를 취한다면, 「풍금이 있던 자리」는 연인에게 결별을 알리는 여성의 편지이다. 버림받은 여성의 편지와 남자를 버리는 편지라는 차이에도 불구하고, 이들 소설에서 발신자의 글쓰기는 지금 여기 사랑하는 대상이 부재 혹은 결여한다는 점에 공통적으로 근거한다. '님의 부재'를 현저하게 드러낸 바 있는 근대 시문학이 서간체적 성격을 지녔던 것도 이런 맥락에서 이해될

---

2) 서간체 소설에 대한 중요한 연구 문헌으로 이재선, 『한국 단편소설 연구』(일조각, 1979 중판)와 조진기, 『한국 근대 리얼리즘 연구』(새문사, 1989), 윤수영, 「한국 근대 서간체 소설 연구」(이화여대 박사논문, 1990) 등을 들 수 있다. 이들 연구로부터 많은 암시를 받았으나, 본고가 욕망의 담론이나 글쓰기에 대한 발신자의 특별한 자의식 등을 주목한다는 점에서 선행 연구의 방향과 다르다고 할 수 있다. 검토대상인 두 작품의 출전은 신경숙, 『풍금이 있던 자리』(문학과지성사, 1993)와 공지영, 『인간에 대한 예의』(창작과비평사, 1994)이며, 본문 인용시 쪽수만 표시한다.

수 있다.

 두 작품에서 선명하게 드러나는 바와 같이, 서간체 소설이 다른 소설 유형과 근본적으로 구분되는 다른 특징은 글쓰는 이(발신자)가 글을 쓰고 있다는 사실에 대해 매우 자각적이라는 점에 있다. 공지영 소설의 화자가 "이런 이야기를 늘어놓자고 펜을 든 것은 아"니라 한다거나, 신경숙 소설의 화자가 "아무래도 이 글 끝을 못 낼 것만 같"다고 진술하는 것도 그런 자각을 입증하는 것이다. 그래서 서간을 통한 어떤 사건의 보고나 사실의 재현 못지않게, 혹은 사실의 보고보다 글쓰기 자체가 텍스트의 중요한 사건을 이루는 행동이 된다.

 글쓰기 자체를 강조하는 자각적 글쓰기가 동시에 수신자를 작품의 내적 요소로 등장시킨다는 것도 다른 소설 유형과 변별되는 서간체 소설의 특징이다. 원칙적으로 서간체는 수신자의 부재를 근거로 해서 성립되지만, 발신자는 수신인인 연인을 텍스트의 내적 요소로 환기함으로써 글쓰는 순간에 연인을 현전시킨다. 신경숙 소설의 화자가 말하듯이, "어느 순간의 저를 보면 당신에게 이미 가 있는 것만 같"은 것이다. 그러니까 이들 서간체 소설에서는 대상의 부재와 현전, 발신자와 수신자 간의 소외와 공존, 관계의 직접성과 간접성이 역설적으로 결합되어 있는 셈이다. 이런 의미에서, 서간체에서는 현실과 환영의 경계가 무너진다고 하겠다.

 글쓰기에 자의식을 지닌 만큼, 서간체 소설은 발화자의 개별성을 특별히 강조한다. 신경숙과 공지영의 소설에서 발신자는 '나'이며 수신자는 '너(당신)'이다. 이들 소설에서 '나'는 다른 어떤 시점으로도 변경되거나 대체될 수 없다. 그런 만큼 서간체는 '나'라는 인칭 사용자의 정체성을 표나게 드러낸다고 할 수 있다. 부재하는 연인은 기다려야 할 존재이다. 그러나 애정 서간의 발신자는 기다림의 수동적 상태에 만족하지 않고 글 쓰는 창조적 주체로서 자신의 정체성을 과시하는 것이다. 글 쓰는 주체의 선명성은 익명적인 상태로 주체를 상실해가는 정보사회와 대립되는 경향일 것이다. 하이퍼텍스트 혹은 전자적 글쓰기가 글 쓰는 주체의 해체를 가져오는 것처럼, 정보화시대에 인간은 내적 깊이를 상실한 객관적 사물로 전락하기 때문이다.

다른 한편, 수신자를 향해 말하고 있음이 지속적으로 의식된다는 점에서, 서간체 소설은 이야기의 구전성(orality)을 복원한다고 할 수 있다. 서간체 소설에서 구전성의 회복은 적어도 두 가지 의미를 지닌다고 이해된다. 첫째, 그것은 대상의 객관적 재현보다 그것을 평가, 분석하는 주석적 언어가 지배적임을 뜻한다. 이를 두고 혹자는 바르트가 말한 작가스런 텍스트나 독자스런 텍스트와 달리, '화자스러운 텍스트'라고도 하거니와, 주석적 언어가 지배하는 소설에서 화자는 분석, 평가하고 반성, 판단, 해석을 시도하는 연행자에 가깝다. 이러할 때, 소설은 대상세계의 전형적 양상을 전체적으로 재현한다는 전통적인 의미의 리얼리즘에 충실할 수 없다.[3] 그런 만큼, 신경숙과 공지영의 소설에서 시적 경향이 강하게 노출되고 시간적 논리적 연관이 느슨하게 풀려 있는 것은 당연한 일이다.

둘째, 구전성은 기왕의 소설이 재현되는 사실에 관심을 집중함으로써 결락시켰던 것, 즉 화자와 청자 사이의 대면적 상황을, 소설의 발흥과 더

---

3) 서간체 소설의 특성으로 반(反)모방성뿐 아니라, 장르 경계의 일탈, 성역할의 전복, 글쓰기를 통한 저항, 연인이 부재하는 극단적 고독 속의 글쓰기 등이 지적된다. 이에 대해 L. S. Kauffman의 *Discourses of Desire*(Cornell Univ. Press, 1986)와 *Special Delivery*(Univ. of Chicago Press, 1992)를 참고할 수 있다. 서간체 소설은 화자의 반성적 사유나 직관, 기억에 근거하기 때문에 객관적 현실의 전체적 반영이라는 소설의 규범에서 벗어나고, 또 이미지에 의한 묘사나 시적 비유가 강조적으로 드러난다는 점에서 탈장르적 시적 성격을 지닌다. 프리드만에 의하면, 서간 형태는 고백문, 내적 독백, 의식의 흐름과 함께 서정소설의 한 기법이다. 이런 기법을 통해 인물이나 장면이 이미지로 변형된다는 뜻에서, 서정소설은 반(反)소설일 수 있다. 또 토도로프에 의하면, 말하기 자체를 강조하거나 삽화의 끼워넣기, 병치된 삽화의 유사 동일성도 시적 분위기를 만들어내는 요소가 된다. 공지영과 신경숙의 서간체 소설에서 시적 이미지, 비유적 표현이 드러나고 다수의 삽화가 삽입되어 있으며, 그 결과 사건과 사물들 간의 시간적 논리적 관련이나 인과관계가 상당 부분 파괴되어 있다. 이런 뜻에서 이들의 서간체 소설을 반리얼리즘적 시적 소설이라 할 만하다. 랄프 프리드만, 『서정소설론』(신동욱 옮김, 현대문학사, 1989), 1장 참조. T. Todorov, *Genre in Discourse*(Cambridge Univ. Press, 1990), pp. 52~59 참조.

불어 몰락한 이야기 소통의 직접성을 환기한다. 리얼리즘(미메시스)이 사물의 새로움과 변화를 '보여줌'으로써 현상에 대한 객관적인 인식과 이해를 강조한다면, 서간체 소설은 '들려줌'의 청각적 동인이 지배적이어서 독자로 하여금 정서적 감응과 감정이입적 동일시를 유도한다고 할 수 있다.

벤야민에 의하면, 대면적 스토리텔링에서는 운명적인 것, 혹은 돌이킬 수 없는 선택이 이야깃거리가 된다.[4] 이런 이야깃거리는 사물들 간의 보편적 등가관계가 지배하는 소설의 시대, 복제기술에 의해 아우라가 상실된 근대세계에서는 좀처럼 찾을 수 없는 것들이다. 공지영과 신경숙의 소설에서 그 돌이킬 수 없는 것이란 무엇인가? 그것은 운명적인 사랑이다. 이들 소설에서 사랑의 교감은 일시적인 것이어서 다른 때에 반복 가능한 것이 아니라, 전 생애를 두고 유일무이하며 몸과 마음을 지속적으로 지배하는 것이다. 운명적인 사랑이란 김채원이 「겨울의 환」에서 보여주는 것처럼, 악마와의 결탁, 악마와의 흥정이며 내기에 다름아니다. 말하자면, 운명적인 사랑은 불가피한 선택이며, 다시 돌이킬 수 없는 그 사랑은 내면의 마성을 불러내는 것이거나, 아니면 자기 밖의 악마와 대결하는 일이다. 공지영 소설의 화자는 과연, 다음과 같이 말하지 않는가.

저는 다시 한번 다짐했습니다. 이 사람을 악마 같은 부인으로부터 구해 드리자고요…… 당신을 위해서라면 지옥 끝까지라도 뛰어들겠다고요. 아아, 정말이지 내 몸 하나 부서져서 당신을 구할 수만 있다면…… 하고 생각했습니다. 세상 사람들의 이목 같은 건 조금도 무섭지 않았습니다.(13쪽)

연인을 위해 '악마'와의 대결도 회피하지 않겠다면, 화자가 세상의 이목을 두려워할 이유가 없다. 또 악마와 대결하는 자는 악마의 힘만큼 자

---

4) 발터 벤야민, 「얘기꾼과 소설가」, 『발터 벤야민의 문예이론』(반성완 편역, 민음사, 1992) 참조.

기 내면의 마성을 불러내지 않으면 그에 맞설 수 없다. 사랑하는 연인을 위해서는 목숨까지 내놓을 수 있는 법. 그래서 화자는 자신의 자살이 "당신을 사랑할 수 있는 유일한 길"이라고 말하지 않는가. "아버지의 그 여자"처럼 되기를 열망한 신경숙 소설의 화자 또한 마성에 사로잡힌다. '그 여자'가 오빠에 의해 '악마'로 지칭되었던 것처럼, 내면의 마성에 이 끌린 화자는 사랑하는 당신에게 "이 숨을 드리고 싶었"다고 토로할 수밖에 없을 것이다.

마성에 사로잡히거나 마성적인 힘으로 악마에 맞서는 이들의 행위야말로 사랑에 모든 것을 거는 것, 단 한 번의 주사위에 모든 것을 투기하는 행위라 할 것이다. 이는 근대세계의 변덕스럽고 천박한 일시성에 맞서는 행위와 다르지 않다. 근대의 가장 순수한 결정체인 기계복제사회는 이미 숭배할 만한 지속적 가치를 지니지 못한다. 오늘날 누가 사랑에 눈이 멀고 사랑을 위해 전 생애를 저당잡힌단 말인가. 마성에 들린 운명적 사랑은 바로 이런 사회를 추문으로 만든다.

3. 수사의 복원 혹은 대화주의

공지영과 신경숙의 서간소설에서 특히 주목되는 것은, 구전성의 시적 반리얼리즘적 특성 및 운명적인 사랑의 선택이라는 반근대적 경험이 수사학 혹은 수사적 상황을 복원한다는 점이다. 이들 소설에서 수사학은 작품 내의 특정 부분을 가리킬 뿐만 아니라, 서간체 형식 자체가 혹종의 허구적 세계를 독자가 정서적으로 감응하며 수락하도록 작용함을 뜻한다.

수사학에 대해 부정적인 경우, 미사여구의 장식이라는 점뿐만 아니라 보다 중대한 결함이 그 이유로 지적된다. 즉 진리로부터 멀어진다는 인식론적 결함, 참지식과 진실성에서 멀어진다는 도덕적 결함, 천박한 행동을 자극한다는 사회적 결함이 그 이유들이다.[5] 그런데 수사학에 대한 이런 부정적 견해는 근본주의적 이원대립에 기초한 결과라고 지적되기도 한다. 즉 진리/수사, 내적/외적, 심층/표층, 본질/주변, 직접/매개, 순수/불순, 필연/우연, 이성/열정, 현실/환영, 중립/편향 등의 양극화가 그것이다. 이런 이원대립의 근간을 이루는 것은 하나의 진리/수많은 진리, 참지식/파당적 지식, 외부의 진리를 지향하는 의식/내적인 편견에 몰두하는 의식 사이의 대립이다. 이런 양극화는 각각 두 종류의 언어와 연결된다. 즉 개인의 편향과 욕망에 오염되지 않고 사실을 반영하고 보고하는 언어/편견에 사로잡혀 사실을 왜곡하는 언어가 그것이다. 전자가 객관적 절대적 진리를 추구하는 객관적 관찰자의 언어라면, 후자는 수사가의 언어라는 것이다.

이런 근본주의적 인식의 틀은 오늘과 같은 디지털 시대에서도 발견된다. 디지털 신호는 부차적 암묵적 의미를 배제하는 투명한 기호이다. 디지털 기호는 +/-, 0/1, 예/아니오, 켬/끔의 배타적 불연속적 관계에 기초한다. 따라서 디지털 기호는 수학적 공리나 화학 공식처럼 자명해서 의문의 여지가 없는 정보를 전달하고자 하며, 신화적 상징이나 주관적 혹은 상호주관적 의미는 배척하게 된다. 이런 맥락에서, 디지털에 근거한 정보사회란 형식적 연산과 합리적 예측 가능성이 최정점에 달한 시대이며, 사물과 사물 사이의 연속적인 이행이나 복잡미묘하고 섬세한 연관을 폐기하는 사회라고 할 수 있다. 말을 바꾸면, 디지털의 배타적 불연속성은 사물들 간의 독자성 특수성 우발성 파편성을 인정하지 않는 것이다. 따라서 디지털의 기호는 연행과 파롤이라기보다 추상적 랑그 혹은 언어능력에 비견될 수 있으며, 이는 절대적 진실을 추구하는 근본주의적 보편적 언어에 버금간다. 그렇다면, 서간체 소설이 수사적 설득력을 복원한다는 것은 우연에 대한 필연의 지배, 감정에 대한 이성의 억압, 개체

---

5) F. Lentricchia, *Critical Terms of Literary Study*(Univ. of Chicago Press, 1990), pp. 204~205 참조.

에 대한 전체의 폭력을 의심하고 부정하는 일이라고도 할 수 있다.

이런 맥락에서, 공지영과 신경숙의 서간체 소설은 대화주의를 지향하지 않는가.[6] 서간체는 그 형식상, 작가의 편집자적 전지성을 배제한다. 즉 작가는 사건이나 인물에 대해 독백적 주관적인 논평을 행할 수 없고, 특히 서신 교환의 경우 상이한 관점과 대결적인 목소리를 허용할 수밖에 없는 것이다. 그러나 디지털 기호는 소통과정의 엔트로피를 최소화하며 텍스트의 잠재적 다의적 의미들을 제한한다고 할 수 있다. 이런 의미에서 디지털 기호는 바흐친 식으로 말해 독백적이고 권위적인 담론을 형성한다고 할 수 있다.

그런데 평자들은 신경숙과 공지영의 두 작품을 두고 고백적 독백적이라 지적하고, 때로는 그런 이유를 들어 감상성의 위험을 경고하기도 한다. 그러나 이들 화자의 고백 혹은 독백의 목소리가 다중적임을 알지 못하면, 평자들의 지적과 우려는 피상적인 관찰에 불과할 것이다. 고백에서 중요한 것은 그 내용의 사실성이나 일관성이 아니라, 화자가 청자와 맺는 관계가 신뢰할 만한 것인가에 달려 있기 때문이다. 신경숙 소설의 다음과 같은 진술은 화자의 목소리가 의심할 바 없는 내면의 진실한 소리처럼 들린다.

　　강물은…… 강물은, 늘…… 늘, 흐르지만, 그 흐름은 자연스러운 것이지만, 어찌된 셈인지 제게는 그 강과 함께 흐르기로 마음먹은 일이 제 심연의 물을 퍼주고야 생긴 일임을, 아니에요, 이런 소릴 하는 게 아니지요, 다만, 어떻게 하더라도 제게 어찌할 수 없는 아픔이 남는다는 것 알아주시…… 아니에요, 아닙니다. (14쪽)

---

6) 이에 대해 M. 바흐친, 『도스토예프스키의 시학』(김근식 옮김, 정음사, 1988) 5장과 『장편소설과 민중언어』(전승희 서경희 박유미 옮김, 창작과비평사, 1998)의 「소설 속의 담론」참조.

신경숙의 소설 문장은 잦은 쉼표, 반복 어구, 말줄임, 두서없는 구문의 비약, 미완결성 등의 특징을 드러낸다. 이를 문체의 파편화라고 할 수 있다. 이런 파편화된 문체는 '심정'의 견딜 수 없는 혼란과 절망감을 시각화한다. 동시에 심정의 격렬한 '파문'을 드러내는 데 있어 언어의 부적절성을 보여주며, 이는 편향 없이 객관적 진실을 추구한다는 근본주의의 언어에 대한 회의이기도 하다. 그럼에도 불구하고, '아니'라는 부정을 거듭 드러내고 있거니와 이 화자의 목소리가 진솔하거나 단일하게 이해되는 것은 아니다.

> 당신을 사랑하는 일이 자랑할 만한 일이 아니라는 것을, 저 자신이 알고 있었던 겁니다. 그러면 저는 지금, 당신 말처럼 당신과의 관계가 불륜이었음을 나 스스로가 인정하면서, 자랑할 만한 사랑을 하겠다, 그래서 당신을 잊어야겠다, 이런 말을 하고 있는 중이란 말입니까? 사실은 그렇게 간단한 것을 이렇게 복잡하게 얘기하고 있는 건가요? 제가?(31쪽)

이 진술에는 여러 목소리가 어우러져 있다. 먼저 자신들의 관계가 어지러운 남녀의 정 곧 불륜에 불과하냐고 질책하는, 따라서 불륜임을 부정하는 '당신'의 목소리가 있다. 다른 한편 그들의 사랑이 불륜임을 강조하는 다른 목소리 곧 독자의 반응이 있다. 결코 호의적이지 못한 독자의 반응은 세상의 평균적 윤리라고 할 수 있다. 이 두 목소리 사이에서 화자는 세상의 적대적인 반응까지 염두에 두고 자신의 사랑이 "자랑할 만한 일이 아"님을 "알고" 있다고 말한다. 그렇다면, 화자는 세상의 통념적인 목소리를 의문없이 승인하느냐 하면, 그렇지 않다. 물음표(?)의 이중적 암시처럼, 화자는 자신의 내면에 자신의 다른 목소리를 은폐하고 있으며, 이는 당신의 목소리에 가깝다.

그러니까 이 순간 화자는 세상의 평균적 도덕률, 당신, 자기 자신 등 다양한 목소리와 긴장된 관계를 유지하면서 보이지 않는 논쟁을 하고 있는 셈이다. 자신의 사랑을 불륜이다, 아니다 어느 쪽으로 판정하는 것은 디지털 신호처럼 예/아니오로 처리하는 것과 다르지 않다. 그러나 화자는 그 문제가 그렇게 '간단'히 답해질 수 있는 것이 아님을, 최종적인 해답을 부여할 수 없음을 지적하고 있다. 어쩌면 답은 '예'와 '아니오' 사이에, 혹은 그 양면에 동시에 걸쳐 있다. 그러니 화자의 심정이 "복잡하게 들끓고" 있을 수밖에 없다. 이같은 심정의 파문은 화자가 타자의 반응이나 목소리에 둔감하지 않다는 것, 그것을 알기 때문에 겪는 심적인 지옥 체험일 것이다. 이런 복잡성이 신경숙의 소설에서 문체의 파편화를 초래하며, 이를 통해 다양한 목소리와 가치들의 상호작용과 그것들의 주관성을 드러낸다고 할 수 있다.

공지영의 소설에서 화자는 보다 대결적이며, 그 최종 의미를 확정할 수 없는, 도피구를 마련해둔 목소리를 드러낸다.

당신이 끊으신 건가요? 아닙니다. 그저 전화가 끊겼을 거예요. 우리집 전화는 당신의 회사 다이얼만 돌리면 이상하게 고장을 일으키곤 하니까요. 당신이 그러셨잖아요. 당신 회사의 전화상태가 좋지 않다고……(8쪽)

아닙니다. 유모차에 앉아서 빤히 저를 바라보던, 토끼 모양의 목도리를 두른 아이의 이야기를 하려는 건 아닙니다. 당신이 지난달에 제가 모은 적금을 다 가져가셨다는 걸 이야기하려는 것도 아니구요. 아닙니다. 그게 아닌데 글이 왜 이렇게 써지는지 모르겠어요. 그저 제 느낌을 숨김없이 당신에게 이야기하고 싶었을 뿐입니다.(9쪽)

여기서 화자는 아니라고 부정하면서도 수신자인 연인의 반응을 미리 예견하고 있으며, 동시에 남자에 관한 부정적 정보를 독자에게 누설하고 있다. 그런 누설에 대해 남자가 질책을 하더라도, 그것이 자신의 의지와 상관없는 일이었다고 변명할 수 있는 도피구를 미리 마련해두고 있는 셈이다. 따라서 위의 진술은 일의적 축자적으로 이해되지 않으며, 최후의 결정적 의미를 바꿀 수도 있는 이중적 복수적 목소리라고 할 수 있다. 이런 목소리의 이중성은 죽은 뒤에도 "늘 당신의 등뒤에" 있겠다는 다음 진술에서 효과적으로 사용된다.

어느 날 길을 걷다가 문득, 또는 소녀를 만나 포크와 나이프를 사용하는 법을 친절하게 가르쳐주시다가 문득, 그도 아니면 누군가에게 사랑한다고 말하려다가 문득 등뒤에서 짓이겨진 채로 한줌 즙으로 화해버린 검푸른 기운이 느껴지시면 제가 왔다고 생각하세요.

오래도록 생각했지만 제가 당신을 사랑할 수 있는 유일한 길은, 제가 당신의 괴로운 남자됨에서 당신을 구해드릴 수 있는 길은 오직 이것뿐입니다.(21쪽)

경우에 따라 위의 진술은 사랑을 위해 죽음도 불사하는 순정으로 읽힐 수도 있고, 등골이 서늘한 위협으로도 이해될 수 있다. 그래서 화자의 자살 혹은 자살하겠다는 말도 최종적인 의미로 해석되지 않는다. 이 소설에서 자살은 한편으로 수신자에 대한 암묵적인 위협이 된다. 극단적으로 자기를 죽임으로써 화자는 수신자가 그녀를 농락한 사실과 그녀의 죽음 사이에 인과관계가 있음을 암시할 수 있다. 즉 그녀의 죽음에 대한 책임을 수신자에게 전가할 수 있는 것이다. 이는 독자가 남자의 비정한 행각을 비난하고, 화자에 대해 연민을 품게 되리라는 점을 미리 계산한 언술이라 하겠다. 다른 한편, 자살 혹은 자살에 대한 암시는 변심한 연인에게 변함없는 사랑을 간청하고 그의 복귀를 설득하려는 수사적 전략일 수 있다. 실로 이 작품에서 화자가 죽을 것인지는 자명하지 않다. 죽음의 암시가 수사적인 차원에 있을 뿐만 아니라, 김장을 담그는 일, 식탁 위에서 유서 쓰기는 삶과 에로스를 향한 강렬한 열망을 환기하기 때문이다. 식탁이 삶의 충동을 암시한다면, 식탁 위에서 죽음을 기획한다는 이 역설은 화자가 문을 향해 신발을 돌려놓는 것처럼 삶을 향한 '희망'이라고도 할 수 있다. 화자의 글쓰기 자체가 그녀의 죽음을 지연시키는 수단이기도 한 것처럼.

이상의 검토로 볼 때, 두 애정 서간에 나타난 화자의 목소리는 다중적인 울림을 갖는다. 한편으로 그것은 말하지 않고는 견딜 수 없는 심정의 진정성을 드러내는 목소리이고, 다른 한편으로 그것은 수신자나 독자의 반응을 계산하고 이에 따라 그 의도성을 교묘하게 은폐하는 목소리이다. 내면의 심정에 치중한다는 점에서, 이들의 목소리는 유아론적 편향을 보이나 상이한 가치나 목소리와의 논쟁을 숨기고 있다는 점에서 열린 대화주의를 지향한다고 할 것이다.

4. 욕망의 담론과 이념적 설득

남녀간의 애정관계에 근거한 욕망의 담론이라는 점에서, 두 서간체 소설은 많은 공통점을 지닌 것으로 보인다. 그러나 이들은 욕망을 처리하고 그 처리를 설득하는 방법에서 상당한 차이를 보이며, 이런 차이점에 두 서간체 소설의 변별적 특성이 있다.

먼저 공지영의 「사랑하는 당신께」의 경우, 얼핏 보기에 여성 화자는 무관심해지는 남자에게 사랑을 간청하는 수동적 여인처럼 보인다. 남자가 유부남이었기 때문에, 화자는 그를 물리치려는 도덕적 의무감과 그에게 끌려드는 사랑의 매혹 사이에서 망설임과 갈등을 겪는다. 말을 바꾸면, 새로운 삶의 가능성과 그것이 현실의 질서와 충돌함으로써 발생하는 심리적 부채 혹은 죄의식 사이에서 작중인물은 심각한 혼란을 경험하는 것이다. 그러나 그녀의 망설임은 그리 오래가지 않는다. 남자의 아내가 악마적인 의부증에 들려 있다는 것. 그래서 사랑하는 남자를 위해 자신의 모든 것을 걸겠다고 결심한다. 이후 그녀는 세 번이나 임신중절을 받는데, 이는 "당신의 사랑을 잃지 않는 방법"이었다고 말한다. 또 그녀는 남자의 방종한 일탈행위에 대해 울며 애원하기도 하고 심지어 죽음을 결심하는 순간까지 남자의 생활에 대한 다심한 배려를 아끼지 않는다. 이처럼 사랑하는 사람을 위한 일방적인 희생만을 보면, 손경목의 지적처럼 그녀는 비록 해체를 겪는다 하더라도 여전히 '순진성의 상태'에 있다고 할 수 있다.[7]

그러나 이 순진성의 상태가 과연 화자의 본래적인 성격적 특성인가는 자명하지 않다. 앞서 살핀 것처럼, 남자의 변명을 이중적으로 이용하는 그녀가 액면 그대로 순진한 것은 아니다. 더구나 서간체에서는 화자의 내밀한 감정이 일방적으로 토로될 뿐 아니라 사실의 객관적 재현보다 주석과 논평이 우세하다는 점도 주목해야 할 사항이며, 따라서 남자의 아내가 실제로 의부증에 사로잡혀 있는가도 의심스러운 부분이다. 이런 점으로 미루어, 그녀는 순진하며 동시에 타자의 반응을 미루어 계산할 줄 아는, 기민한 전략가로 이해된다.

그녀의 행위를 세밀하게 살펴보면, 처음 그녀는 가능한 다른 삶에 자신의 모든 것을 투기하는 능동적 인물처럼 보인다. 그녀는 "누군가가 와서 내 삶을 뒤흔들게" 해주기를 기원한다. '누군가'를 기다린다는 점에서 그녀는 신데렐라와 다르지 않다. 그러나 동시에 그녀는 남자를 만나기 이전의 삶이 "겨울바람 소리"가 나는, "뒤돌아보기도 싫은 시절"이었다고 회고하고 있다. 그녀는 이런 삶으로부터 '탈출'하여 "다른 세계로 가"기를 열망한 것이다. 그러던 중에 한 남자를 만났고, 그녀는 "얼굴도 붉히지 않고" 서울로 데려가주기를 원한다. 따라서 애초에 여자는 자신의 현실을 새로운 세계로 바꾸려는 능동적인 욕망을 지녔다고 할 수 있다.

그런데 남자를 만난 이후 그녀는 남자에게 사랑을 애원하는 수동적 희생적인 인물로 변화된다. 그녀가 가능성에 자신의 삶을 거는 순간, 그녀

---

7) 손경목, 「순진성에서 자기됨으로」, 『인간에 대한 예의』 해설, 321~322쪽 참조.

를 유혹한 것은 다름아닌 그녀 자신의 욕망이라 할 수 있다. 그러나 사랑을 잃을까 남자에 대한 어떤 비난이나 항변도 포기하고 눈물로 호소할 때, 그녀를 유혹하고 마침내 무관심하게 내버리는 것은 너, 곧 '당신'의 욕망이다. 말하자면 그녀는 자기 '욕망의 주체'이었다가 남성 '욕망의 대상'으로 변화하는 것이다.

능동적인 주체에서 수동적인 대상으로 변화하는 사랑, 사랑하는 유일한 방법으로 죽음을 선택하는, 이 시대에 보기 드문 순정적 사랑은 우리에게 무엇을 설득하고자 함인가? 첫째, 화자는 그녀의 사랑이 "오래 전에 예정된 운명"과 같다고 말한다. 불합리한 운명에 의존하는 사랑은 그것이 운명인 한, 금욕적 합리주의나 도덕적 이성과 화해할 수 없다. 그래서 우리는 사랑에 빠졌다거나 사랑에 눈먼다고 말하지 않는가. 이런 점에서, 운명적 사랑은 합리성과 규칙성, 예측 가능성과 효율성에 기초하고 있는 사회와 공존할 수 없다. 운명적 사랑이란 근본주의적 세계의 절대 진실이나 이성과 양립할 수 없는, 수사적 감정의 세계에 닿는다. 공지영이 다른 작품에서도 보여준 것처럼, 근엄한 이성의 논리는 사랑의 감정과 육체를 억압한다. 여자는 사랑을 위해 죽고 남자는 혁명을 위해 죽는다는 투로 사랑(여성)에 대한 이성(남성)의 우위를 강조한다. 이런 남성중심주의가 억압일 수 있음이 운명적 사랑이 행사하는 첫째 설득이다.

둘째, 화자는 남성중심주의가 성적 방종을 남성다움이나 호걸다움으로 부추기며 이것이 여성에게 무의식적 질곡이 되고 있음을 보여준다.

남자는 달라. 마음이 없어도 여자를 만나고 이빨을 쑤시고 그리고 잠을 잘 수 있어…… 그럴 때 남자들은 좋은 줄 알아? 남자도 괴롭다구…… 여자들은 그럴 수 없지…… 그게 남녀의 차이야. (……)
당신은 좋은 사람입니다. 그 사실도 의심해본 일이 없습니다. 다만 남자를 가리켜 좋은 사람이라고 말할 때 그것이 여자를 가리켜 좋은 사람이라고 말하는 것과 다르다는 것을 알지 못했던 것뿐입니다. (17~18쪽)

"괴로운 남자됨"이란 남성 우위의 사회구조가 우리에게 강요하고 있는 정신적 외상에 대한 분석이요 해석이라고 할 수 있다. 이런 해석을 통해서 화자는 남성의 성적 방종을 정당화하는, 여성에 대한 성적 억압을 비판한다. 그렇다면, 순정적인 사랑의 종말이 죽음에 이른다는 것은 그 죽음의 부정적 함의에도 불구하고, 남성 중심의 성적 억압을 폭로하는 긍정적 의미를 지닐 수 있다. 성차별적인 남성중심주의가 여성에게 자기를 죽이는 마조히즘을 강요하고, 동시에 남성의 사디즘을 충족시킨다는 것. 이런 맹점을 역설적으로 공격하기 위해 공지영은 사랑에 순사하는 여성을 내세운 것이 아닌가. 여기에 공지영의 서간체 소설이 갖는 또하나의 설득이 놓인다.

공지영의 소설과 달리, 신경숙 소설은 여성 화자가 사랑하는 남자를 버리는 이야기이다. 유부남과 사랑의 도피를 결심하고도 화자는 정작 그 실행을 포기하고 만다. 어떤 면에서 그녀는 연인의 부재를 욕망하는 것처럼 보인다. 운명적인 사랑에 모든 것을 걸면서도 왜 이 여성 인물은 실행을 포기하는 것일까?

아버지의 '그 여자'가 등장했을 때, 유년기의 화자는 그 여자의 화사한 이미지, "은은한 향내"에 강력히 사로잡힌다. 일상의 가사노동에 짓눌린 어머니 같은 "강퍅한 여자"와 선명하게 대비되어, "그토록 뽀얀 여자"는 화자를 강력하게 매료시킨다. 그러나 그 여자의 향내는 좋기만 한 것은 아니며 어지럼증을 동반하고 있었다.

그 여자를 뒤세우고 텃밭으로 갈 때 마주쳤던 장성댁의 그 샐쭉해지던 표정이며, 그 여자의 은은한 향기로움이 좋기만 한 게 아니라 머리를 어지럽게 하던 것의 실체가 잡혔지요. 그 봄날, 그렇게 찾아와 우리집에 열흘쯤 살다 간 그 여자가, 제가 이 집에 도착해 마루에 앉아 대문을 바라보고 있는데 죽순처럼 제 속을 뚫고 올라왔던 것이에요. 제 근원을 아프게 건드리

면서.(18쪽)

그 어지럼증의 실체는 양육자요 식량 공급자이기도 한 어머니의 부재가 초래하는 두려움과 가족의 고통이다. 이런 유년의 체험이 그녀에게 지속적으로 작용하는 '근원', 말하자면 정신적 외상이 되었다고 할 수 있다. 이는 어머니뿐 아니라 점촌 아주머니, 에어로빅을 수강하던 중년 여인을 통해 반복적으로 확인된다.

화자의 연인은 "삶을 내 식대로 살겠다"는 것도 일종의 '죄'가 된다고 말한다. 그것이 죄가 될 수 있음은 무엇보다 그가 한 가정을 지닌 유부남이라는 사실과 관련된다. 즉 그는 자기대로의 새로운 삶의 가능성과 그것이 현실의 질서를 위반한다는 죄의식 사이에서 갈등하며, 그러면서도 가능성 쪽에 모든 것을 건다고 할 수 있다. 가능성과 죄의식 사이의 망설임은 여성 인물에게서도 동일하게 발생한다. 그녀가 고향을 떠나거나 도착할 때마다 손을 씻는 행위는 바로 이런 갈등과 정신적 외상을 드러내는 것이다. 공지영 소설의 화자가 이 망설임에서 곧 가능성 쪽에 투기한다면, 신경숙 소설의 여성 인물은 작품 전체에 걸쳐 유사한 삽화를 반복적으로 도입하면서 이 망설임을 보여주다가 결국에는 가능성을 포기한다.

가능한 삶을 포기하는 과정을 살펴보면, 공지영의 소설 화자와 여러 가지로 변별되어 흥미롭다. 신경숙 소설의 화자는 유년기에 "누군가 열린 대문을 통해 들어와주기를 바라고" 있었다. 그 '누군가'를 기다린다는 점에서 공지영 소설의 화자와 다르지 않다. 그러나 공지영의 소설에서 화자는 자신의 현재를 부정하고 "다른 세계"로 가고자 하나, 신경숙의 소설에서 화자는 누군가가 대문을 통해 "들어와주기를" 바란다. 따라서 상대적으로 그녀는 수동적인 욕망을 지녔다고 할 수 있다.

대문을 통해 '그 여자'가 나타났고, 화자는 "그 여자처럼 되고 싶다"는 희망을 품게 된다. 이런 희망은 무엇보다 그 어지기 "저를 알아봤기 때문"이다. 화자가 유부남과 인연을 맺게 되는 것도 여러 여자 중 "감기를 앓고 있는 여자가 바로 저라는 걸 알아줬던" 때문이다. 얼핏 보면, 이런 진술은 타자의 욕망이나 강한 이미지가 '나'를 유혹했다는 투로 들린다. 말하자면, 나는 타자의 욕망대상이었다는 것이다.

그런데 그 여자는 나의 무엇을 알아봐준 것일까? 그것은 '싫어' 하거나 '싫어하지 않는 마음들', 곧 어린 나의 내면에 잠복해 있는 욕망들이며, 이 욕망은 강퍅한 어머니가 화사한 그 여자와 대비되는 것처럼 남과 다르게 살고 다르게 보이고 싶다는 욕망이다. 그렇다면, 그 여자처럼 되고 싶다는 강렬한 욕망은 바로 화자 자신의 욕망이 화자를 유혹한 것이라고 할 수 있다. 이런 의미에서, 그녀는 내면에 다른 무엇이 되고 '싶'은 마성을 지닌다고 하겠다. 그 내면의 마성은 가능한 삶을 향해 모든 것을 투기하도록 부추긴다. 이로써 그녀는 타인이 알아줄 '욕망의 대상'에서 내면의 마성에 끌리는 '능동적 주체'로 이행하는 것이다.

그러나 그 여자가 자신의 가족들에게 '악마'였던 것처럼, 화자의 내적 마성이 타인의 삶을 불행과 고통 속으로 몰아넣을 수 있기에 화자는 다시 어지럼증 혹은 격렬한 심정의 고뇌를 겪는다. 이 고뇌는 화자의 근원, 유년기의 정신적 외상에 닿아 있으며, 엄연한 현실원리를 위반할 때 발생하는 구체적인 고통에 연결되어 있다. 과연, 그 여자는 화자의 손등에 '눈물'을 떨어뜨리고 "나처럼은…… 되지 마"라며 집을 떠난다. 눈물은 고통의 신체기호라고 할 수 있다. 신체에 새겨진 이 고통의 흔적은 위반의 대가이다. 결국 불륜은 타인뿐만 아니라 자신까지도 파괴하게 된다는 것이다.

그렇다면, 이 화자는 사랑의 포기를 통해 도대체 무엇을 설득하고 있는가? 화자는 "자기를 들여다"보기가 싫다고 말한다. 여기서 자기를 들여다보는 것은 자신의 정신적 외상을 분석하고 해석하는 일과 다르지 않다. 그런데 공지영의 소설이 이런 해석을 통해 사회 전반의 성적 억압의 구조를 드러내는 것과 달리, 신경숙의 소설은 이런 해석을 유보 혹은 억압하고 있다. 정신적 외상을 날카로운 눈으로 해석하고 논평하는 것이 아니라, 그 반대로 욕망을 해석함에 있어 정신적 외상을 드러낸다고 할 수 있다. 아버지와 그 여자의 사랑, 자신과 유부남과의 사랑을 두고, 그런 사랑이 "우리 삶의 다라고 여길 수 없는 불편한 부분"이 있다고 지적되기 때문이다.

따지고 보면 세상에는 가까이 가선 안 될 게 얼마나 많은지요. 그 안 된다는 것 때문에 또 얼마나 애가 타는지요.(40쪽)

욕망의 '위험보다 현실의 안정된 질서를 수락한다는 의미에서, 이 여성 화자는 오이디푸스의 원리를 반복하고 있다. '그 여자'가 자신의 욕망을 포기함으로써 화자의 가정이 "지금 이만한 평온"을 얻게 된다면, "가까이 가선 안 될" 욕망을 억압하는 일은 기존의 질서를 승인하는 것과 다르지 않다. 욕망의 포기를 박혜경의 해설처럼 "사랑의 미학적 승화"로 이해할 수도 있다.[8] 그러나 화자가 말하고 있는 가정의 평온은 열정에 대한 도덕의 지배, 감정에 대한 이성의 우위를 드러내며, 그런 지배와 우위가 궁극적으로 남성 우위의 질서를 강화하게 된다는 것도 분명하다. 왜냐하면 공지영의 소설과 달리, '그 여자'의 연인이었던 화자의 아버지가 성적으로 방탕한 인물로 묘사되지 않기 때문이다. 화자는 늙은 아버지에게 연민을 느끼며, 이는 자신의 연인인 남성의 일탈도 사회적으로 묵인될 수 있음을 암시한다. 그래서 남자의 가정은 여전히 화평하지 않은가. 여성 욕망의 체념과 남성 일탈의 암묵적 승인하에 가정의 평온이 지켜진다는 것, 「풍금이 있던 자리」의 이데올로기적 설득과 신경숙의 소설에 쉽게 발견되는 가족주의의 원형이 여기에 있다. 이를 욕망 해석의 정신적 외상이라 하지 않을 것인가.

그러나 신경숙의 소설이 남성 우위의 사회질서를 전면적으로 추수한

---

8) 박혜경, 「추억, 끝없이 바스라지는 무늬의 삶」, 『풍금이 있던 자리』 해설, 296쪽.

다고는 보기 어렵다. 신경숙은 이 작품의 첫머리에 수컷 공작새와 코끼리거북의 "이루어질 수 없는 사랑"을 인용하고 있는데, 이들의 사랑은 운명적으로 어긋날 수밖에 없다. 『깊은 슬픔』의 세 남녀가 펼쳐 보인 사랑 또한 이런 것이 아니던가. 그들의 관계에서 사랑은 그 궁극대상에 도달하지 못하고 끊임없이 미끄러지는 기표처럼 떠돈다. 그 궁극대상의 부재가 욕망을 자극하지만, 그 욕망은 영원히 성취될 수 없기 때문에 죽음이 아니라면 포기할 수 없다. 그래서 사랑은 '불가항력'이라는 것이다. 불가항력의 사랑, 운명적인 불일치의 사랑은 사랑에 눈멀지 않는 합리적인 세계에 대한 신랄한 냉소일 수 있다.

운명적인 사랑은 이 세계에서 궁극의 목적지에 도달할 수 없다. 그렇기 때문에, 화자는 "제 글은 무목의 화살"이 되었다고 말한다. 그러니까 심지어 '당신'도 더이상 글쓰기, 욕망의 표적일 수 없다는 뜻이다. 따라서 그 편지를 부칠 이유도 없는 법. 이럴 때 화자에게 남는 것은 글쓰기 자체이다. 이제 연인이 아니라 글쓰기와 글 쓰는 자신이 중요해진다. 그렇다면, 그녀에게 글쓰기는 더이상 욕망하지 않음을 보이려는 욕망, 부재를 향한 욕망이라고 할 수 있다. 이는 부재와 결여가 정체성을 위협하는 낯선 상처일 수 없음을 암시한다. 오히려 결여야말로 자신의 존재를 규정하는 요소라는 뜻이다. 부재를 자신의 일부로 수락할 때, 연인이라는 구체적 대상을 떠난 그녀는 비로소 자신의 인생을 주관하는 주인이 된다. 그러니 편지를 쓰기 시작했을 때, "처음으로 제 인생을 제가 조정하는 듯한 기분이 들기도" 하지 않았겠는가. 자기 생에 대한 주인됨, 바로 이것이 신경숙의 서간체 소설이 행사하는 또다른 설득의 힘일 것이다.

5. 도둑맞은 편지

지금까지 신경숙과 공지영의 두 단편을 중심으로, 합리화의 최정점에

달한 디지털 시대에 서간체 소설이 지닐 수 있는 가능성을 검토하였지만, 서간체 소설에 제약이 없는 것은 아니다. 이미 지적한 것처럼, '나'와 '너' 사이의 소통구조를 다른 무엇으로 대체할 수 없기 때문에, 서간체 소설은 시공간적으로, 지적 정서적으로 한정적일 수밖에 없다. 본고가 서간체 소설의 수사적 설득의 이데올로기적 기능을 주목한 이유도 여기에 있다.

편지의 외적 교환이나 수신자의 응답을 결락시키고 있기 때문에, 신경숙과 공지영의 두 작품이 대화적 담론의 전모를 보였다고도 할 수 없다. 또 남녀관계를 기초로 한 욕망의 담론이면서도, 이들 소설은 남녀를 결합시키는 구체적인 감정이나 육체의 신비보다 사랑 일반에 대해, 사랑의 추상적 본질에 대해 말하고 있는 듯하다. 신경숙의 "이루어질 수 없는 사랑"이 그러하고, 죽음을 기획할 뿐 아니라 사랑보다 "사랑한다고 생각하는 일"에 습관적으로 몰두하는 공지영 소설의 화자 또한 육체를 부정하는 것처럼 보인다. 이것이 서간체 소설의 근본적 한계가 아니겠는가는 여러모로 생각해볼 일이다. 말하기 자체를 강조하는 추상적 행동, 반성과 회고, 분석과 해석이라는 내면적 행동이 서간체 소설의 주축을 이루고 있기 때문이다. 이런 까닭에, 이들 소설이 욕망의 형성에 대해서, 사랑과 죽음에 대한 인식의 변화를 구체적으로 드러낼 수는 없다고 하겠다.

이런 약점에도 불구하고, 이들 소설은 편리의 제단에 바쳐진, 잃어버린 예술의 가능성을 재생시키지 않겠는가. 그 소설적 가능성이란 앞으로 더 섬세하게 탐구되어야 할 과제이지만, 무엇보다 독자에 의해 읽히고 해석될 때만 편지는 소설 혹은 예술의 반열에 들게 됨을 주목할 수 있다. 그러니까 서간체 소설에서 편지는 언제나 도둑맞은 편지가 된다. 결과적으로 타인의 사신(私信)을 훔쳐보게 된 독자는 특히 연애 서간인 경우, 그 사회가 금지하는 주제, 예를 들면 불법적인 사랑을 목격하게 된다. 여기서 독자는 통념적인 사회적 가치와 반가치적인 내면적 진실 사이의 괴리에 직면할 것이다. 그 괴리를 고민하는 사이, 독자는 자신이 '나' 이고 동시에 '너' 일 수 있음을 경험하지 않겠는가. 이를 서간체 소설의 미적 효과라 할 것이다.

(『작가세계』 1997년 여름호)

웃음, 불완전한 인간의 아름다움
— 성석제의 『재미나는 인생』

1. 이야기의 즐거움

성석제의 『재미나는 인생』(강, 1997)은 39편의 짧은 이야기로 이루어진 소설집이다. 아니, 작가 후기에 해당하는 「우렁각시에게」를 계산하면, 꽤 긴 농담도 포함된 40편의 이야기들이다. 아니다. 산문시와 우스개, 수필을 포함한 우화이다. 아니, 아니, 짧은 삽화가 불연속적인 연쇄를 이루고 있는 하나의 새로운 장편소설이다.

적게는 200자 원고지 2~3장에서 많게는 40~50여 장에 이르는 이 짧은 글들을 무어라 불러야 할지 곤혹스럽다. 책의 표지에 '성석제 소설'이라고 되어 있으므로, 일단 소설로 볼 수밖에 없다. 그러나 관습적인 의미의 소설이라기보다는 수필이나 우화라고 해야 적절할 작품도 있다. 뿐만 아니라 강한 서정적 울림이 있는 작품의 경우 단순히 우화라 말하기 어렵고, 또 남성의 외성기와 관련된 「○」이나 앞서 출판된 『그곳에는 어

226

처구니들이 산다』(민음사, 1994, 이하 『어처구니』로 표시함)의 「웃지 않고 이야기할 수 없다」에 삽입된 식인종, 거북이, 절 화장실 이야기를 보면, 성석제의 짧은 글들이 순수한 농담이나 우스개와 어떻게 구별될 수 있을 지 모를 일이다.

기발한 발상과 의외의 반전으로 보아 콩트나 엽편(葉篇)소설이라 해도 될 것 같다. 그러나 김경수가 규정하는 대로 엽편소설의 요약적인 서술전략, 간결한 언어 구사가 분량의 제한으로 인한 것이라면,[1] 엽편소설을 성석제의 소설에 대한 합당한 지칭이라고 하기는 어려울 것이다. 우선 40장 전후의 작품이 낙엽 하나에 들어갈 만한 분량이라는 엽편소설에 어울리지 않을 뿐만 아니라, 외부에서 강제된 분량의 제한은 성석제의 짧은 소설을 마치 사보나 소식지를 위한 양념처럼 보이게 만든다. 그러나 『어처구니』에서 원재길의 발문을 보면, 성석제는 남과 다른 글, 새로운 장르를 만드는 산통을 겪으면서 그 작품을 썼던 것으로 보인다. 말하자면, 여기저기 사보에 실었던 것을 모아 출판한 것이 아니고, 작가가 처음부터 의도적으로 새로운 글쓰기를 시도했다는 것이다. 따라서 그의 작품이 짧은 것은 분량의 제약 때문이 아니라, 새로운 서술태도나 소설에 관한 다른 가정 때문일 수 있다.

성석제의 작품은 기존의 어떤 장르에도 속하지 않으면서 모든 장르를

---

1) 김경수는 엽편소설을 콩트 혹은 장편(掌篇)소설과 구분된, 소설의 독자적인 하위 장르로 설정하고 그 가능성을 검토하였다. 일정한 시공간과 인물들 간의 최소한의 갈등, 서사적 의미의 완결성을 지니고 있어 콩트와 구분된다는 것이며, 묘사적 진술보다는 요약적인 서술전략, 밀도 높은 간결하고 상징적인 언어 구사로 "시정신의 고양을 통한 산문정신"이라는 반사실주의적 세계관을 지닌다는 것이다. 그러나 특정 장르가 특정한 세계관을 지닌다는 것이 납득되지 않고, 최소의 서사적 요건과 상징적 언어의 결합이라는 규정은 엽편소설을 이른바 이야기시 혹은 서술시와 어떻게 구분시킬 수 있을 것인지 분명하지 않다. 또 간결한 언어 구사로 엽편소설이 바쁘게 살아가는 현대인의 생활 패턴과 독서 성향에 부합된다고 지적하고 있으나, 이 역시 1990년을 전후하여 장편소설, 때로는 서너 권 이상의 대하장편소설이 창작되고 베스트셀러가 된 현상을 충분히 설명할 수는 없다. 김경수, 「엽편소설의 새로운 가능성」, 『현대소설의 유형』(솔, 1997) 참조.

포괄하는 것처럼 보인다. 이들에 대한 낯섦이나 갈래 구분의 어려움은 작가가 노리고 있는 효과일지도 모른다. 따라서 성석제의 『재미나는 인생』이나 『어처구니』는 소설에 관한 기존의 관념에 도전한 것으로 볼 수밖에 없다. 이런 도전을 소설에 대한 유희적 태도라고 할 수 있다.

그는 가끔 "제가 써놓고 제가 웃"는다고 말한다. 성석제는 즐겁게 쓰고, 독자들도 즐겁게 읽기를 원한다. 쓰는 즐거움과 읽는 즐거움이 있어야 한다는 것. 요는, 소설이 재미있어야 한다는 것이다. 그러기 위해 먼저 무당처럼 작가 자신부터 신이 올라야 한다. 즉 "저부터 재미있게 써야 남들도 재미있게 본다"는 것이다. '재미'가 무엇인가를 그가 명확하게 진술하고 있지는 않지만, 이를 통해 기존의 소설에 관한 그의 새로운 태도를 다음 두 가지로 살필 수 있다.

『어처구니』에는 「소설」이라는 작품이 실려 있다. 한 사내가 시인인 나에게 전화를 한다. 나의 뛰어난 문장과 자신의 창작방법론을 합쳐 재미있고, 잘 팔리며, 따라서 영향력 있는 소설을 써보자는 것이다. 사내가 제시한 창작방법의 핵심은 "고난, 복수, 신분의 상승, 적수"이다. 재자가인을 남녀 주인공으로 삼고, 그들이 와신상담, 신고간난 끝에 마침내 원수를 쳐부수고 신분의 상승과 함께 행복한 결연을 이루는 패턴이 그것이다. 이 제안이 지닌 유혹의 힘을 느끼면서도, 시인은 "소화하기 어려운 주문"이라고 거부한다. 이러한 문맥에서, 90년대 이후 역사적 소재나 정치사회사적 자료를 편의적으로 이용하여 막연한 회고감정이나 출처가 모호한 애국심을 고취하면서 일약 베스트셀러가 된 소설에 대한 비판을 읽을 수 있다. 이들 대중소설은 대체로 '행복–불행–행복'과 같은 낡은 서사구조를 유지하며, 이야기하는 과정에 개연성과 관계없이 기상천외한 삽화를 얼마든지 도입하고 있다. 고안이 자유롭고 그 다음에 무엇이 일어났는가를 궁금하게 만든다는 점에서, 이들 소설은 고대소설이나 전통적인 이야기문학과 다를 바 없다. 그럼에도 불구하고, 이들 소설이 상업적이라는 의혹을 받은 것은 전통적인 이야기와 달리, 이야기되는 내용

및 이야기를 제시하는 방식이 독자의 일상적인 삶으로부터 현격하게 분리되어 있기 때문이다. 모호한 민족주의로 포장된 이들 소설은 독자로 하여금 일상 현실의 경계를 망각하고 허구세계의 영웅적인 남녀 주인공과 자신을 동일시하도록 유도한 것이다. 동일시는 책읽기의 중요한 미적 효과지만, 그것이 경험 현실의 거세를 통해 이루어진 점에서 독자는 자기 외적인 것으로 자기를 규정하게 된다 하겠고, 이런 뜻에서 그들의 책읽기는 소외된 행위라고 할 수 있다. 이처럼 대중소설의 장르적 관습을 비판한다는 데 성석제가 보인 새로운 태도의 일단이 있다.

다른 한편, 성석제는 "진지하고 정통에 가까운 소설"에 대해서도 비판적이다. 예를 들어, 『어처구니』의 「소리극」에서, 점잖지 못하다고 여겨서인지 진지한 소설이 웃음소리를 직접 인용하는 경우가 적다고 지적된다. 그래서 '감정 표현'에 '솔직한' 만화에서 웃음소리를 찾아 옮겨놓고 있다. 잘 팔리는 대중소설과 달리, 진지한 고급소설은 일상의 객관적 현실을 사건의 논리와 시간의 선조적인 전개에 따라 그럴듯하게 표현한다고 할 수 있다. 그러나 이 경우도 이야기가 제시되는 방식에서는 독자의 일상과 분리되어 있다. 특히 인과관계에 의한 사건의 논리적 전개를 강조하는 정통소설의 경우, 인물이 주도하여 일으키는 것을 객관적으로 보여주려는 재현의 동기가 지배적이다. 독자는 귀를 기울여 듣기보다 자기 눈앞에 펼쳐지는 광경을 냉정한 거리를 유지하면서 보아야 하고, 그 사태에 정서적으로 공감하기보다 이성적으로 이해하는 태도를 취하지 않을 수 없다. 따라서 감정 표현에 솔직하지 못하다는 성석제의 지적은 이들 소설이 엄숙한 표정으로 독자를 지배하고 이념적으로 설득하고자 할 뿐, 즐겁고 재미있는 읽을거리가 못 된다는 비판일 것이다.

이상과 같은 두 가지 이유에서, 성석제는 상업주의에 오염된 대중소설을 거부하고, 근엄한 목소리로 독자에게 영향력을 행사하려는 진지한 소설도 수락하지 않는다. 뻔한 거짓말로 독자를 기만하는 대중소설을 경쟁적으로 복제할 수 없을 뿐 아니라 위압적인 목소리로 독자를 지배할 수도 없다는 것이다. 그래서 90년대 소설에서 흔히 발견되는바, 작가가 맨 얼굴을 들이밀고 소설쓰기가 어렵고 갈 길을 모르겠다고 고뇌하는 모습도 그는 보여주지 않는다. 글쓰기가 그처럼 고통스러운데 읽는 독자들 어찌 괴롭지 않을 것이냐는 뜻이다.

그래서일까, 성석제는 기존의 소설과 전혀 다른 소설을 시도한다. 그것은 독자에게 밀착된 이야기 제시방법이다. 쓰는 재미와 읽는 재미를 공유할 수 있는 것, 즉 전통적인 이야기방식처럼, '화자–청자'가 얼굴을 맞대고 서로의 표정을 확인할 수도 있는 이야기하기의 상황을 그는 복원하고자 한 것이다. 이런 점에서, 이영준이 성석제를 "말하기의 즐거움"을 선택한 '구연가(口演家)'라 한 것은 매우 적절한 지적이다. 성석제는 능청스러운 이야기꾼이며, 노래하는 소리꾼이다. 「재미나는 인생 1」에서 그는 이렇게도 말해둔다.

여러분. 거짓말은 무엇인가. 그것은 인생을 기름지게 하고 인간의 상상력을 우주의 차원으로 넓혀주는 것이다. 거짓말은 진실이라는 딱딱한 빵 속에 든 슈크림처럼 의외의, 달콤하고 살살 녹는 이야깃거리와 즐거움을 준다. (……) 진정한 거짓말쟁이는 (……) 내용뿐만 아니라 어조, 반응, 감정, 사투리, 뉘앙스, 몸동작까지 모두 기억해두어야 거짓말쟁이로 인정 받을 수 있다.(8~9쪽)

이야기는 즐거운 거짓말이다. 진정한 거짓말쟁이가 되기 위해 기억해두어야 한다고 지적된 것들은 실로 이야기꾼에게 해당된다고 할 수 있다. 무당처럼, 이야기꾼이나 소리꾼에겐 제 신이나 흥도 흥이지만, 청자나 관객의 흥겨운 반응도 중요하다. 그는 청자와 물질적으로 대면하고 있기 때문이다. 그러니까 '보여주기–보기'라는 기존의 진지한 소설과 달리, 성석제의 소설은 '말하기 듣기'의 구연적 상황을 연출한다고 할 수 있다.

이야기라는 점에서, 이른바 잘 팔리는 대중소설과 흡사하다. 그러나 그런 소설과 달리, 성석제는 이야기의 물질성, 곧 소리의 물질성을 통해 독자를 소외된 글읽기에서 벗어나 몸을 움직이며 정서적으로 공감하는 청자로 만든다. 그 신체 움직임의 대표적인 것이 '웃음'이다. 자기의 이야기에 자신이 웃음을 터뜨리듯이, 성석제 소설을 읽는 독자는 그 터무니없는 이야기에 함께 얼굴을 찌그러뜨리거나 무릎을 치면서 혹은 배를 움켜쥐면서 웃을 수밖에 없다. 성석제의 소설은 어처구니없는 이야기이고 능청스러운 농담이며 진실한 거짓말인 까닭이다.

2. 웃음의 수사적 기능

이야기꾼처럼 청자의 몸동작이나 반응까지 고려한다는 점에서, 성석제의 소설은 타자 지향적이다. 그는 웃음이라는 몸의 반응, 신체의 표정을 통해 근대소설이 등장한 이후 사라져버린 '화자-청자'의 대면적 상황을 복구하고자 한다. 이야기꾼과 청자의 대면이란 물론 비유적인 것이겠지만, 육체의 반응을 통해 직접 참여하는 즐거움, 행동의 직접성을 확보한다는 점에서 성석제의 시도는 남다르다고 할 수 있다. 이런 점으로 미루어, 성석제의 소설에는 주제나 재현보다 수사(修辭)가 지배적이라고 말할 수 있다. 여기서 수사는 작품의 특정 부분에 시적 비유가 현저하다든가 하는 문제가 아니다. 그의 소설이 일종의 수사일 수 있음은 첫째, 작품 전체의 양상이 전면적인 소통행위로 보여진다는 데 있다. 그의 소설에서 독자(청자)는 작중인물이 아니라 작가(이야기꾼)와 일종의 공모관계에 놓인다. 둘째, 그의 웃음이 절대적 과학적 진리를 주장하는 근본주의 및 그를 기초로 한 이항대립적 담론에 대항한다는 데 있다. 웃음은 육체를 폄하하는 근엄한 정신주의에 도전하고, 권위의 엄숙성을 훼손시키며, 신성과 세속의 질서를 전도시켜 성역을 우스꽝스러운 공간으로 만든다. 에코의『장미의 이름』에서 맹목적 신앙주의자 요르게가 끝끝내 감추고자 했던 것이 아리스토텔레스의『시학』2권으로 알려진 희극론임은 이를 잘 입증하는 사례라 할 것이다.

이상의 기초 위에서, 성석제 소설에 나타난 웃음의 수사적 언어는 다음 몇 가지로 기능한다고 이해된다. 첫째, 성석제의 소설은 권위주의를 희화화한다. 「당신 몇 살이야」에서 나이로 타인을 지배하는 우리 사회의 인습적인 권위는 우스꽝스런 모습으로 뒤집어진다. 이러한 권위의 뒤집기는 「번호」에서 백미를 이룬다. 훈련중인 신병이 자기 앞의 8번 병사가 번호를 말할 차례가 되어 '야듧'이라고 외쳤을 때, "순간적으로 자신이 어디에 있는지를 잊고" 웃음을 터뜨리고 만다. "합리적인 사고"방식을 지닌 교관은 "웃는 자가 있으면 엄숙과 군대 모두 제대로 유지되지 않을 것이라고 판단"하고 군홧발로 신병의 정강이를 '무자비'하게 걷어찬다. 합리적 사고의 무자비성은 인간의 몸과 정신을 명령에 기계적으로 반응하도록 단련시킨다. 그래서 승리의 의지가 주입된 몸은 기계의 부품처럼 주어진 위치에 있어야 하며, 정신은 엄숙하고 획일적인 힘의 논리를 내면화해야 한다. 이런 근엄한 분위기 속에서만 군대 혹은 사회는 계급의 질서를 유지할 수 있고, 무자비한 경쟁에서 살아남을 수 있다. 그러므로, "웃으면 죽는다." 그러나 성석제는 인간이 계급이나 번호와 같이 산술적 형식으로만 존재하는 세계의 무자비함을 폭로하고 웃음을 통해 그 세계의 질서를 훼손하고 권위를 유린한다.

둘째, 성석제 소설은 금욕적 완전주의를 반대한다. 금욕주의는 몸의 훈련을 통해 정신을 지배하는 합리화의 핵심이다. 금욕주의는 몸의 신비로운 다양성을 인정하지 않는다. 이런 금욕주의자에 대한 가장 절묘한 뒤집기는 「고수」일 것이다. 당구 실력이 일천점에 이른다는 전설적인 고수가 있다. 그런데 그에게 받은 인상 중 오래도록 기억되는 것은 '무표정'이다.

제발 내 건 맞고 상대방 건 맞지 말라는 기도, 거기에 걸맞은 각양각색의 몸짓과 비명과 감탄과 호소와 애원과 기쁨의 표현, 표정이 있다. 그러나 그에게는 그런 게 없었다. 그는 늘, 신기할 정도로 무표정했다. 인간의 희로애락 오욕칠정을 나타내는 표정에도 등급이 있다면 가장 높은 등급은 바로 그런 무표정이 아닐까 싶을 정도였다.(90쪽)

'고수'는 어떤 계통의 권위자요 대가이다. 고수는 자신의 권위를 유지하기 위해 스스로를 신비화 혹은 신성화해야 한다. 그런 자기 신비화의 한 방법이 몰개성의 표정으로 자신의 사람다움을 은폐하는 것이다. 이는 마치 자신의 손톱을 다듬으면서 복잡다단한 인간세상을 무표정하게 내려다보고 있는 신의 표정과 같다. 신성한 존재에 대해 하찮은 인간이 감히 문제를 제기하거나 의심을 품을 수는 없는 법. 그런데 이 고수의 양말 엄지발가락 쪽에 모두 구멍이 나 있음이 드러난다. 그것은 경기에 임한 고수 체면에 갖가지 표정, 몸짓을 할 수 없기 때문에 구두 속에서 발가락을 꼼지락거리다보니 그렇다는 것이다. 희로애락의 표정은 인간의 몸을 통해 드러나는 삶의 참모습이며 욕망의 기표이다. 「고수」는 그런 욕망을 폄하하는 금욕주의에 대한 희화화일 것이다.

금욕주의는 인간의 감정과 육체를 억압하는 완전주의와 쉽게 결합된다. 이런 맥락에서 성석제는 완전주의를 신뢰하지 않는다. 축음기의 소리가 어떤 경지에 이르기까지 오랜 적공을 쌓는 일을 보인 「경지」가 그런 예에 속한다. 완전주의는 인간의 결함을 견디지 못하며, 단일한 목적을 위해 몸을 지닌 인간의 다양한 욕망을 희생시킨다. 이 작품은 소리꾼으로서 득음의 경지에 이르기를 오로지 하는 〈서편제〉의 패러디라 할 수 있고, 다른 한편, "납땜의 지경"이 있다고 함으로써 기술제일주의를 풍자한다고도 이해된다. 「완전주의자를 위하여」에서 '류 박사'는 박사라는 별칭에 어울리게 "해박한 지식과 엄격한 논리"로 동네를 지배한다. 그는 언제나 타인의 결함을 적발해내는 보안관 행세를 하는 '완전주의자'이다. 그러나 그도 인간이기 때문에 완전하지 못한 일면을 지니고 있는데, '빨대'를 '스트롱'이라 한 것이 그 일화다.

'—주의자'라는 말 자체가 그것을 지향한다는 뜻으로 자체의 완전성을 보증해주는 것은 아니고 그것으로 가는 도정에 있다는 것을 의미한다. 어쩌면 그가 '완전주의자'에서 '주의자'의 의미를 가끔 잊어먹는다는 것이 그의 '완전주의자'로서의 속성을 나타내주는 것인지도 모른다. 그것만 그가 알 수 있다면 그는 정말 완전한 사람이 될 것인데 나는 바로 그게 걱정이다. 완전한 사람은 사람이 아니니까.(104쪽)

완전주의자는 완벽한 자기를 중심으로 불완전한 타자를 억압한다. 그는 인간의 인간다움이 불완전, 결함에 있음을 용인하지 못한다. 그래서 타인의 허물을 관용하지 못하는, 닫힌 마음의 감옥에 스스로 수인이 되는 것이다. 완벽한 논리로 타인을 억누르는 것은 "남의 허물을 비웃은 허물"(「중 제 머리 깎기」)로, 논리의 귀졸(鬼卒)을 면할 수 없다.

셋째, 완전주의의 배타적 자기중심주의를 비판하는 맥락에서, 성석제는 타인에 대해 무책임한 교조적 획일주의를 반대한다. 이를 성석제는 '무도(無道)'라고 하는데, 에너지를 아낀다는 이유로 지하철의 에스컬레이터를 운행하지 않는 것, 같은 이유로 어두운 터널 안의 등을 반 이상 꺼두는 것, 극소수의 공무원을 위해 교통신호등을 조작하는 것 등이 그런 예에 속한다. 이는 인간에 대한 무신경, 인간의 생명에 대한 무책임이며, 권위에 대한 획일적 맹목적 충성의 결과다. 이런 무도한 교조주의는 '세계화'의 오도된 현상에서도 드러난다. 우리에게 세계화는 '유창한 영어'를 의미하고, 그것으로 인간의 값을 획일적으로 정한다. 이처럼 본말이 전도된 세계에서는 교조적인 사고가 판을 치고, 획일적인 인간이 양산될 수밖에 없을 것이다. 「시간과의 연애」의 인물은 시간의 낭비를 참지 못하는 경직된 인간이다.

    어제와 똑같은 시간에 퇴근을 하고 똑같은 시간이면 기차역 앞에 도착
해서 똑같은 가게에서 똑같은 분량의 술과 안주를 사서 똑같은 봉지에 담
아들고 똑같은 걸음걸이로 걸어가서 똑같은 기차를 타고 똑같은 시간 동안
밖을 내다보며 하루를 정리한 다음 똑같은 속도로 술을 마시고 안주를 먹
고 꼭 같이 기분이 좋아져서 똑같은 통로를 걸어나와 꼭 같은 문을 통해 기
차에서 내린다.(17쪽)

    이런 반복적인 일상은 기계복제로 지탱되는 후기산업사회의 단조로운
풍경이다. 그 풍경에서 우리는 인간의 육체가 자연의 리듬과 생체 리듬
에서 벗어나 기계장치에 맞도록 재조정되는 음산한 현실을 목격하게 된
다. 거기에서 인간은 신비한 육체를 지닌 존재가 아니라 하나의 기호로
존재할 뿐이다.
    넷째, 엄숙한 권위주의, 금욕적 완전주의, 교조적 획일주의는 대개 진
실과 허위, 현실과 환영, 이성과 감정, 질서와 혼란, 아름다움과 추함, 순
수와 불순을 엄격히 구분하고, 전자를 우위에 두는 근본주의의 태도를
취한다. 성석제의 수사적 언어는 이런 근본주의의 투명한 언어를 조롱한
다. 「재미나는 인생 1」에서 임금, 역사가, 법률가, 성직자, 과학자 모두
거짓말쟁이로 파악된다. 그들은 역사의 진실이나 법의 정의로, 말씀의
위대함이나 과학적 방법의 엄정성 혹은 수학의 보편적 언어를 들어 절대
적 진리나 위대한 진실을 표방한다. 이들은 각자의 언어가 사용자의 편
견이나 개인적인 욕망에 물들지 않고 객관적인 진리를 표현할 수 있다고
주장한다. 이는 기표와 기의의 자의적인 관계를 무시하고, 단일하고 절
대적인 의미에 도달할 수 있다는 주장과 같다. 그러나 성석제는 "어차피
인간의 말 속에는 거짓이 섞일 수밖에 없"으며, 엄숙한 도덕률도 후천적
으로 배우는 거짓말이라고 지적한다. 역사는 승리자들에 의한 속임수의
기록이며, 정치가, 경제학자, 고등수학자는 '거짓된 진실'을 유포하여

훨씬 악질적으로 사람들을 오도한다는 것이다. 그래서 성석제는 소리(기표)와 뜻(기의)의 관계에 대한 암묵적인 동의를 돌파함으로써 웃음을 유도해낸다. 「재미나는 인생 1」의 '거짓말'이 그러하고, 목욕탕에서 한 거구의 사내가 다른 욕객과 떨어져 '고독'하게 목욕을 하고 있는데, 그의 팔뚝에 "착하게 살자"라는 문신을 새기고 있더라는 이야기(「고독」)나 '세계화'가 그러하다. 「몰두」를 보라.

개의 몸에 기생하는 진드기가 있다. 미친 듯이 제 몸을 긁어대는 개를 붙잡아서 털 속을 헤쳐보라. 진드기는 머리를 개의 연한 살에 박고 피를 빨아먹고 산다. 머리와 가슴이 붙어 있는데 어디까지가 배인지 꼬리인지도 분명치 않다. 수컷의 몸길이는 2.5밀리미터. 암컷은 7.5밀리미터쯤으로 핀셋으로 살살 집어내지 않으면 몸이 끊어져버린다.
한번 박은 진드기의 머리는 돌아나올 줄 모른다. 죽어도 안으로 파고들다가 죽는다. 나는 그 광경을 '몰두(沒頭)'라고 부르려 한다.(50쪽)

여기서 '몰두'의 소리와 인습적인 의미 사이의 어떤 연관도 찾을 수 없다. 기표와 기의의 관계를 파괴하는 성석제 수사적 언어는 의미의 단일성보다 다양성과 모호성을 강조한다. 요리사의 수다스러운 말을 통해 기의의 공허함을 드러낸 「TV 요리사」도 같은 의미로 이해될 수 있다.
이상과 같은 수사적 기능을 근거로, 성석제 소설의 특성을 다음과 같이 지적할 수 있겠다. 첫째, 그의 소설은 객관적 현실을 재현하는 사실주의의 규율을 거부한다. 통념적으로 말해, 리얼리즘 소설은 작중인물과 그의 행동 기반이 되는 환경세계와의 유기적 연관을 전체적으로 그려낸다고 할 수 있다. 세계가 투명한 언어로 재현되고 객관적으로 관찰될 수 있다고 믿는다면, 성석제는 리얼리즘의 길로 나아갔을 것이다.[2] 그러나

---

2) 『어처구니』의 후기에서 성석제는 흑과 백, 안과 밖, 시와 산문, 노래와 문을 나누고 쪼개

기표와 기의가 동떨어질 수 있다면, 관찰자에게 객관적으로 관찰되고 투명하게 재현될 독자적 현실이 존재한다고 말하기 어려울 것이다. 성석제에게 리얼리즘을 강제할 수 없는 이유가 여기에 있다.

둘째, 성석제 소설은 인물이 상호작용을 통해 일으킨 사건보다 인물에게 일어난 사태, 혹은 의도한 것과 일어난 것 사이의 부조화나 어처구니없는 불일치를 보여준다. 리얼리즘 소설의 총체성은 어떤 인물이 주도적으로 이끈 사건이 환경과 만나면서 긍정적이거나 부정적인 결과에 이르는, 인과론적인 과정을 객관적으로 재현한다. 성석제 소설이 짧기 때문에 그런 총체적 과정을 그릴 수 없다는 것은 사태의 일면만을 지적할 수 있을 뿐이다. 오히려 그러한 과정을 그릴 필요가 없다는, 혹은 불가능하다는 반리얼리즘적 서술태도가 성석제의 소설을 짧게 만들며, 과정보다 인물에게 일어난 뜻밖의 결과들이 독자에게 웃음을 일으킨다고 할 수 있다. 이 웃음이 작가가 노리는 소설의 재미일 것이다.

셋째, 웃음은 무도한 세계에 맞서는 성석제의 서술전략이다. 『어처구니』의 한 글에서 그는 "웃음이야말로 약한 자의 영원한 숙주"라고 말한 바 있다. 무도한 세계에서 약자가 살아남기는 쉽지 않다. 뇌물이 판을 치는 세계, 폭력이 난무하는 세계에서 살아남는 길은 "토끼는 것"(「재미나는 인생 3」)이거나 폭력적인 세상을 우스개의 대상으로 만드는 일이다. 이런 의미에서, 웃음은 약자의 생존전략이다. 웃음은 어떤 대상을 "희생양으로 내세워" "동질감을 회복"하는(「'어이'를 위하여」) 수단이 된다. 앞서 성석제 소설을 두고 '화자-청자'의 대면적 상황을 복원한 이야기라고 했거니와, 이 이야기꾼은 부정되어야 할 각종 무도함을 대상으로

는 것이 항상 올바른 것은 아니라고 적고 있다. 이미 시집을 상재한 시인이기도 한 그의 이전 소설에서 시적 비유나 상징이 현저한 것을 보면, 이런 지적을 쉽게 확인할 수 있을 것이다. 예를 들어 『새가 되었네』(강, 1996) 속에서 첫 문장이 "그녀를 만나러 가겠네, 서른 살이 되면"으로 되어 있는 「황금의 나날」은 유년의 슬프고도 아름다운 추억을 '노래'한 것이라 할 수 있다.

삼아 청자와 공모적인 관계를 형성한다. 이 화자는 청자와 함께 무도함이 강요하는 금지와 억압, 폭력과 전횡에 직면해 있다. 따라서 성석제의 소설의 수사적 상황은 '나-너/그'의 대결적 양상을 드러낸다고 할 수 있다. 좀처럼 교정되지 않는 사회의 무도성에 대한 동질의 반대 정서를 확인함으로써 우리는 전복적인 에너지를 회복할 수 있을 것이다. 이런 의미에서, 성석제의 수사적 언어는 웃음의 정치학, 김종엽의 표현을 빌려 농담의 정치학[3]을 지향한다고 할 수 있다.

넷째, 이런 웃음을 통해 성석제 소설은 편협한 사고체계에 충격을 가하는 인식론적 반성을 꾀한다. 소설은 독자가 "이렇게 해석해도 되고 저렇게 해석해도 되도록" 생각할 여지를 남겨둬야 한다는 것이다. 이런 다의성, 다양한 해석 가능성이 또한 독자의 웃음을 유발하는 것도 사실이다. 개개의 장르가 인식의 틀임을 염두에 둔다면, 장르의 경계를 넘나들며 그 틀을 깨부숨으로써, 또 터무니없는 이야기로써, 기표와 기의를 강제로 분리시킴으로써 성석제는 인식론적 반전을 의도한다고 하겠다. 독자의 웃음은 타자의 오류를 보는 데서 유발되는 것이지만, 자신이 그런 웃음거리가 될 수도 있다는 점에서 그 웃음에는 자기 반성을 촉구하는 찌름이 있다. 웃음의 희생물을 통해 우리 내면에 도사린 동일한 악마성, 퇴폐성을 확인하고 반성적인 자기 성찰에 이르게 된다는 것.

3. 불완전한 인간의 아름다움

성석제의 수사적 언어가 반어적으로 강조하는 것은 삶의 다양성이다. 진실이나 아름다움이란 상대적인 것이며, 그것들은 추상적 교리로서 인

---

3) '말할 수 없는 말'을 말하는 농담의 정치학은 '나-너/그'의 형식을 통해 사회적 저대를 드러낼 수 있으며, 원색적인 투쟁 구호보다 전략적인 우월성을 지닌다고 평가된다. 김종엽, 『웃음의 해석학, 행복의 정치학』(한나래, 1994), 233∼249쪽 참조.

간의 밖에 있는 것이 아니라 인간적인 삶의 다층적인 맥락 속에 나타나고 인식된다는 것이다. 권위적 근본주의, 금욕적 몰개성적 완전주의, 무책임한 획일주의는 삶의 그런 다양성, 개성적인 아름다움을 억압하고 타자를 부정한다. 그래서 성석제는 상품이나 상품의 이미지, 즉 상표를 통해 육체 위에 표시된 변덕스러운 개성을 '연기'된 것에 불과하다고 비판하고, 아름다움도 그것이 획일적으로 한결같다면 문제라고 지적한다.

다양성은 삶의 본질적인 국면이고 개성은 힘이다. 예쁘다는 건 다양성, 개성의 일부에 지나지 않는다. 마찬가지로 지성과 사려, 청결함, 표현력, 열정, 헌신, 노력, 수사(修辭), 호기심, 향상욕, 남을 위한 거짓말, 자신을 위한 진실 모두 일부에 지나지 않는다. 그 모두가 겸손한 일부로서 우리 곁에 존재한다. 그것이 힘이며 아름다움이다.(144쪽)

앞서 인용한 예들은 삶의 일부를 전부로 여기는 사람들, 그럼으로써 삶의 본질인 다양성을 억압하는 것이었다. 성석제는 억압된 다양성을 삶의 속살을 파헤쳐 알아낸다. 삶의 기미를 결코 간과하지 않는 그는 일상적 대중적 풍경에서 배운다고 할 수 있다. 그래서 세월이 흘러 노쇠함은 슬픈 일이지만, 오래 사는 일이 반드시 행복한 것만은 아니라는 것이다.(「장수」) 반말을 해대는 말단 공무원의 고압적인 태도도 대화가 그리워서 튀어나온 "외로운 인간"의(「외로운 사냥꾼」) 반작용일 수 있다. 또 성석제는 동네에서 팔푼이 취급을 받는 인물의 미소(「바보의 웃음」)를 통해 관용이 인생의 한 가지 비밀임을 보여준다.

일상적 삶의 다채로운 풍경을 의식 속에 거느리고 있기 때문에, 성석제 소설은 금욕적 완전주의나 무신경한 획일주의 등을 미워하되, 그런 것조차 인간의 결함으로 인정하는 따뜻한 목소리를 지닌다. 인간은 완전무결한 존재가 아니라 결함을 지닌, 되어가는 존재라는 것. 따라서 우리의 삶도 완제품으로 주어지는 것이 아니라 생성과정에 있다는 것, 그 과정에서 인간은 인간이기 때문에 허물을 저지르게 된다는 것이다. 이런 점으로 볼 때, 성석제는 인간의 불완전성을 공격하는 풍자가와 다르다. 풍자가는 인간의 탐욕, 우매함, 결점을 견디지 못한다. 그는 그런 것들을 공격하고 비판함으로써 완전을 추구하는 이성주의자이다. 풍자가는 구체적인 일상에서 초월한 지점에 자신을 두면서 세계의 부조리와 인간의 어리석음을 냉소하는 외과의사이다. 풍자가라기보다 신랄한 감상주의자에 가까운 성석제는 오히려 완전성을 자랑하거나 완전을 향한 모든 종류의 몰두를 경계한다.

　인간의 불완전함은 인간의 본질이기도 하며, 신이 아니라 불완전한 존재이기 때문에 다른 존재를 향해 열릴 수 있다. 어쩌면 타자란 불완전한 자신의 일부이며 거울에 비친 자신의 역상이 아니겠는가. 인간의 불완전성은 인간의 다양성과 상대성을 보장하는 단서이며, 다양성은 삶의 아름다움을 가능케 하는 힘이다. 왜냐하면, 삶은 불완전한 존재가 불완전한 타자의 목소리에 귀를 기울이고 서로를 불러 존재를 확인하는 일과 다르지 않기 때문이다. 이런 존재 확인이야말로 우리의 삶을 감동적인 따뜻함으로 감싸는 불꽃이 아니겠는가. 성석제는 이를 '골볼'이라는 게임을 통해 보여준다.

　　선수들 대부분은 약시이거나 눈이 잘 안 보이는 사람들이라고 하더군요. 그나마 안대를 끼면 완전히 깜깜해지겠지요. 그런 그들에게 "파이팅!"은 나 여기 있다는 서로에 대한 신호지요. 희미하게 보이는 세상에서 완벽한 어둠으로 뛰어든 사람들끼리의 존재 확인일 겁니다. 파이팅, 파이팅, 파이팅, 파이팅! 경기가 오래 진행될수록 선수들의 목이 잠기더군요.
　　오래 보다보면 성한 사람의 눈에서 절로 눈물이 나는, 선수와 함께 관중도 목이 잠기는 골볼에 대해 말씀드렸습니다. (159쪽)

삶은 다양한 존재들의 다발이며 그들이 이질적인 층위 속에서 이루어내는 살림살이의 연쇄일 것이다. 다른 존재를 향한 우리의 눈물은 육체의 타락이 아니라 개별자와의 구체적인 연관과 강력한 유대를 형성하는 단서이다. 웃음의 수사처럼, 눈물의 수사는 물리적인 힘의 지배만 있는 폭력적 상태를 벗어나 인간에게 강력한 우정을 제공한다. "폭력은 폭력을 낳"(「재미나는 인생 3」)듯이, 웃음은 웃음을 낳고 눈물은 다른 눈물을 만나 한 몸을 이루는 것이다. 웃음과 눈물의 수사는 현실을 왜곡한다기보다 견고한 현실의 강박을 해체시킨다.

불완전한 인간은 미완의 존재이다. 지상에서 원하는 것을 모두 이루지 못함은 슬픈 일이지만, 또 모든 것을 이룬다면 오히려 타자가 간절히 그리울 수도 따라서 행복할 수도 없을 것이다.(「한마디 말씀의 마지막 의미」)

세상에서 가장 슬픈 일은, 비로소 비버에 대해 모든 것을 알게 되었을 때에는 사냥을 할 수 없는 나이가 되어버린다는 것이다. 사냥물을 사냥꾼 앞에 인도하는 사냥의 신도 이럴 때는 에스키모를 도와주지 못하고 동물을 잡아먹게 해주는 동물의 신도 할 일이 없다.

그러므로 늙은 에스키모, 두 주먹을 쥐고 눈사람이 되어 환한 어둠에 싸인 숲을 향해 서 있는 것.(182쪽)

시간은 인간을 기다려주지 않는다. 그러므로 육체를 지닌 존재인 인간은 그 슬픈 운명을 벗어날 수 없고, 인간의 앎이라는 것도 얼마나 허약한 것이냐. 삶의 고통과 육체를 지닌 인간의 미천함을 견디고 나면, "모든 하루는 일 년의 마지막 날처럼 금빛 아침을 거느리고 있는 법"(「아침 바다 갈매기는 금빛을 싣는다」)이다. 원하는 것과 이루어진 것 사이의 이런 낙차와 부조화는 육체를 지닌 인간 삶의 원형질일 것이다.

성석제는 억압적이거나 절대적 획일적인 것을 우스꽝스럽게 만들면서, 동시에 삶의 기미 속에 묻혀 있는 슬픔을 끌어내는 데 능란한 장인이다. 웃음과 눈물은 인간의 감정이 몸을 통해 표현된 것. 성석제는 근엄한 도덕주의자가 되기보다 서로의 표정에서 확인되는 육체의 미세한 움직임과 변화를 통해 타자와 소통하기를 원한다. 잘 팔리는 상업주의 소설이나 도덕적으로 엄숙한 소설에 대해 성석제는 가벼운 웃음으로 대응한다. 그 웃음은 때때로 수사적 언어의 모호성, 다의성에 빚지고 있으므로, 성석제 소설에서 최종적인 의미나 주제를 확인하기는 어렵다. 그의 수사적 언어는 근본주의 언어를 넘어서는 만큼, 경쟁적인 목소리나 가치를 초연한 위치에서 일방적으로 매도하기보다 가능한 한 대결상태에 둔다. 이런 의미에서, 성석제의 소설은 대화적인 언어이기도 하다.

그러나 성석제의 새로운 글쓰기가 갖는 위험도 적지 않다. 그것이 단순한 우스개로 전락할 위험이 그 하나고, 다른 하나는 소재나 발상의 고갈이다. 단순한 우스개에 그칠 때, 성석제 소설은 다른 매체나 일상에서 부담없이 즐기는 말장난들과 살아남기 위한 힘겨운 경쟁을 해야 할 것이다. 더구나 소재가 고갈되고 발상이 진부해질 때, 그런 시정의 우스개를 반복하거나 베끼게 될 위험도 있다. 또 이런 짧은 글이 자체 독자성을 지니지 못하고 짜깁기에 전용될 수도 있다. 실제 「재미나는 인생 3」의 한 삽화는 『새가 되었네』의 「첫사랑」에 유사한 어휘로 표현된 바 있다. 물론 청소년기의 체험이 작가들의 원체험이 됨은 불가능한 일이 아니지만, 유사한 삽화가 임의적으로 단편에 끼어들 수도 있고 독립적인 이야기가 되기도 하는 일은 그다지 좋은 모양새라 하기 어렵다.

(『한국문학』 1997년 여름호)

존재의 공허를 건너는 법
― 신경숙의 『기차는 7시에 떠나네』

1. 환멸적 시간과 비선조적 서술

　자아 탐구는 현대소설의 중요한 인식적 차원이다. 이런 인식은 주체를 둘러싸고 있는 환경세계와의 교섭을 통해 얻어지고, 또 현실에 대한 이해를 동반하는 것이지만, 소설의 주인공은 무엇보다 자신의 혼을 입증하기 위해 떠나는 인물, 자신의 본질을 발견하기 위해 여행하는 인물이다. 그러므로 그는 낯선 길의 끝에서 자신이 누구인가에 답할 수 있어야 한다. 『기차는 7시에 떠나네』(문학과지성사, 1999)의 작중화자가 품고 있는 기본 질문도 "나는 누구인가"(152쪽)라는 점에서, 이 장편소설은 나를 찾아나선 여행을 근간으로 삼는다고 하겠다.

　자신의 정체 혹은 본질을 알고자 하는 욕망은 이야기를 전방으로 추진하는 힘이 된다. 원칙적으로 현대소설에서는 이야기의 끝에 무엇이 있는지 알 수 없고, 여로를 밝힐 어떤 지표도 주어져 있지 않다. 이런 뜻에서,

작중인물의 자기 탐구는 자기 형성과 무관하지 않다. 즉 나는 누구인가의 인식의 문제는 나는 무엇이 될 수 있는가라는 생성의 과제와 연관되어 있는 것이다. 그러므로 작중인물의 인식 욕망이 소설적 구성을 선조적(線條)으로 밀고나가는 추동력이 된다고 보아도 큰 무리는 아닐 터이다.

그런데 표면적으로 볼 때 작중인물이 자신의 정체를 탐색하는 소설임에도 불구하고, 『기차는 7시에 떠나네』의 펼침은 선조적이지 않다. 물론 현대소설이 단선적으로 전개되는 것은 아니다. 그것은 다양한 갈래와 지류를 지니고 있으며 이로써 소설의 풍요로운 육체를 형성한다. 중요한 것은 소설적 구성을 둘러싼 물음이 단순히 미학적 형식적인 문제가 아님을 이해하는 데 있다. 직선적 단선적 구성과 다원적 삽화적 구성을 두고, 어느 편이 미적으로 더 우월하다고 말하는 것은 구성을 그 자체로 승인하는 것과 다르지 않다. 즉물적으로 이해된 소설적 구성은 미리 주어진 족쇄로 인물을 속박하는 장치를 지칭할 뿐이다. 그것은 작중인물의 행위와 감정, 사유와 욕망에서 흘러나오는 것이 될 수 없다. 통속소설의 구성이 흔히 범하는 오류도 이런 속박에 있다.

자신의 본질을 발견하려는 욕망, 다른 무엇이 되고자 하는 변화의 충동이 서사의 운동을 선조적인 것으로 만든다. 그런데 그 욕망의 결과를 누구도 미리 장담할 수 없기 때문에, 참된 여행이라면 그 과정에서 우호적이지 않은 낯선 것들을 만날 수밖에 없기 때문에, 인물의 욕망은 좌절되거나 지체되며 그 결과 구성의 일탈과 지연이 나타나는 것이다. 욕망의 좌절과 지체현상은 바로 우리의 일상적인 삶의 과정과 다를 바 없다. 소설의 짜임이 일원적일 수 없음은 이런 삶의 과정을 반영하는 작가의 엄정한 태도와 무관하지 않다. 그러니까 작가에게 소설 구성의 문제는 미학적일 뿐만 아니라 윤리적인 문제인 셈이다.

신경숙의 경우, 이야기의 선조적 전개는 극도로 제한되어 있다. 여러 삽화가 비인과적 불연속적으로 노입됨으로써 나를 찾아가는 작중인물의 여행은 지연되고 본류에서 벗어난다. 자해 소동을 벌인 미란, 이혼한 윤과 현 피디, 교통사고로 남편을 잃고 전화를 걸어오는 여자는 작중화자 하진처럼 상실의 고통, 좌절감과 고독감을 공유하고 있다. 이들 각자가 지닌 문제, 이들이 겪는 고통의 무게와 슬픔의 질감은 등질적이다. 이처럼 위계서열이 사라진 삽화의 나열이 신경숙의 소설을 분편화시킨다고 할 수 있다.

지나친 지체와 일탈로 인해 느슨해진 짜임으로는 개인의 운명을 추적하기 어렵다. 그것은 오히려 공간적으로 확장된 사회의 다면을 보여주기에 용이한 것이나, 신경숙은 이런 사회적 복잡성을 형상의 목표로 여기지 않는 듯하다. 왜냐하면, "우리들이 의식하든 의식하지 못하든 세계에서 일어나는 여러 가지 현상들은 순간순간 서로 교차하고 있"(29쪽)다고 여기기 때문이다.

시공을 달리하는 현상들이 교차한다는 것은 시간, 특히 역사적 시간에 대한 부정적인 의식을 드러낸다. 작중인물은 중국 여행에서 마주친 천년 전의 목탑에서 '시간의 냄새'를 맡는다. 그것은 "잔인하고 혹독한 역사를 들여다볼 때 맡아지는 환멸의 냄새"(13쪽)와 같다. 또 아버지에게서는 '나이 냄새'가, 세월의 흐름에 노출된 노을다방에서는 '폐허의 냄새'가 난다. 이 냄새가 구체적으로 어떠한지, 환멸을 자아내는 역사의 잔인함과 혹독함이 어떤 내용인지 알 길은 없다. 그것은 퀴퀴하거나 시큼한 냄새라고만 말해진다. 화자의 관심사는, 역사적 시간은 모든 것을 부패 퇴락 소멸시키는 힘이라는 데 있다. 시간의 경과는 위안이나 치유가 아니라 불안과 좌절을 만들고 상처를 키워낸다. 작중인물 진서의 말처럼, 시간의 흐름에 의지하는 것, 시간이 흘러가면 나아지리라는 기대는 어리석을 뿐이다.

이와 같은 시간의식은 시간의 경과를 부정하는, 즉 과거와 현재의 질적인 차이를 인정하지 않으려는 태도와 다르지 않다. 집에 이름을 새기고 옛집을 헐어 새집을 짓는 아버지의 행위도 같은 의미를 지닌다. 그가 죽은 후 낡은 집이 "폐가가 되는 일은 시간문제"였던 것, 그래서 새로 지어 이후에도 자녀들이 왕래하도록 하려는 것, 그런데 그 새집이란 게 방향, 방의 위치, 마당, 거실 분위기 등이 "옛집과 거의 닮아 있었"던 것이다.

시간의 영향을 파괴적인 것으로만 여길 때, 인물은 자신의 삶을 선조적으로 이끌기 어렵다. 따라서 전화받기로 시작하는 '프롤로그'와 전화걸기로 끝나는 '에필로그'는 형식적인 수단에 의한 추상적 결구이며, 결말을 원하는 독자와의 은밀한 타협이기 쉽다. 시간의 경과를 인정하지 않는 이상, 거기엔 처음도 끝도 있을 수 없기 때문이다.

2. 좋은 인생과 가족적 관계

하진은 일상의 틈새를 비집고 스며드는 익명의 목소리, 유래를 알 길 없는 결락감에 시달린다. 그녀가 근원을 알 수 없는 고독감과 좌절감을 겪으면서 그 정체를 알고자 한 것은 "과거를 덮고 현재와 미래만을 향해 갈 수 없"기 때문이며, 그 정체만 안다면 사랑하며 "생생하게 살 수" 있다는 믿음 때문이다.

그가 누구인지만 안다면 이 안개 속에서도 사랑이라는 말을 내 속에 다시 간직할 수 있을 것만 같다. 타인을 향해 사랑한다고, 사랑한다고, 사랑한다고 말할 수 있을 것만 같다.(156쪽)

그런데 하진의 과거 탐구, 자아 탐색은 과거에서 현재에 이르는 시간의 과정이 아니라 고착된 과거의 한 기점을 지향한다. 과거를 찾아가는 길에서 작중인물은 끊임없이 묻는다. 너는 누구며, 어디에 있는가를. 그러나 옛 연인 은기의 행적을 뒤쫓아 제주도에 이르기 전까지 묻는 자는 있어도 물음을 받은 자는 부재한다. 이처럼 타자가 존재하지 않는 상황에서 자기를 찾는 여행은 미지의 자아가 아니라 '잃어버'린 나를 찾는 여행이 된다. 때문에 그 여행의 끝에서 하진은 "나, 다시 옛날로 돌아왔어"(247쪽)라고 말한다. 이것이 여행의 목표였다면, 과거는 현재의 전사가 될 수 없다. 물론 그녀는 "누구도 과거의 시절로 돌아갈 수 없는 것"임을 자각한다. 그러면 그녀의 삶은 현재나 미래로 열릴 수 있는가? 그렇지 않다. 왜냐하면, 시공을 달리하는 현상들이 교차하는 까닭이다. 이는 역사적 시간이 부정적으로 파악되는 것과 같은 이치다.

그렇다면, 되찾은 옛날의 상태에서 하진은 자신을 어떻게 규정하고 있는가? 이에 대해서는 별다른 해답이 없다. 예감능력을 잃고 현실과 단절되었다는 진술로 미루어, 옛날로 돌아감은 인식, 곧 앎의 문제가 아니라 관계의 문제라고 할 수 있다. 하진의 과거 여행에서 앎이 아니라 '나-너'의 관계 맺기 혹은 관계 되살리기가 표적이었던 셈이다. 말하자면, 이 작품의 근본적인 화두는 진서의 다음과 같은 의문에 있지 않겠는가.

어쩌면 인간이란 본래 이런 것일까? 본래 어느 구석이 이렇게 텅 비어 있고, 평생을 그 빈 곳에 대한 결핍을 지니고 살아가게 되어 있는 것일까?(173쪽)

삶의 결락감, 존재의 고독을 어떻게 메우고 극복하느냐는 것이 이 소설의 화두라 할 때, 그 해답이 바로 관계이다. 신경숙의 소설에서 관계는 사랑이라는 이름을 얻는다. 사랑은 "저마다 살아가는 이유"이며 서로를 따뜻하게 "껴안는 것"이다. 사랑 혹은 관계란 타자 존재에게 말을 거는 것, 혹은 이름을 묻는 것과 같다.

그런데도 나는 그녀의 이름을 묻지 않았다. 그녀와의 소통에 내 나름의 규칙이 생긴 것인가. 내 쪽에서는 아무것도 묻지 말자, 그리고 이 통화 이외의 어떤 교류로 하지 말자, 는. 나는 수화기 저편에 왜 제 이름을 묻지 않으세요? 라고 묻는 사람을 두고도 끝내 이름을 묻지 않는 내 냉정함에 이

마가 차가워졌다.(73~74쪽)

어떤 의미에서 묻는 자는 관찰하는 주체이고, 물음을 받은 자는 관찰되는 대상이라 할 수 있다. 그래서 이들 사이에는 나와 너, 주체와 대상, 주체와 타자, 중심과 주변이라는 분리와 서열이 생겨날 수 있다. 하진이 젊은 시절에 겪은 고통이 이를 입증한다. 수사관에게 함께 활동하던 이의 "이름을 불"었던 것이 그것이다. 이름을 묻는 수사관과 답을 강요받은 하진의 관계는 적대적인 것이다. 그들은 어떤 가치, 신념, 감정도 공유할 수 없다. 말을 바꾸면, 묻는 자와 답하는 자의 단절과 위계는 그들이 서로 다른 세계에 살고 있음을 뜻하고, 이런 맥락에서 하진은 전화를 걸어온 상대방의 이름 묻기가 주저되었을 터다. 작품의 결미에서, 남편을 잃은 그 여자에게 전화를 걸고 "조심스럽게" 이름을 물을 때, 이들 사이에는 동질의 감정이 교류한다고 할 수 있다. 작중인물들이 물으면서도 언제나 "딱히 대답을 듣겠다는 말은 아니었던"(65쪽) 것처럼, 이들 사이에 질문자와 응답자는 엄격하게 구분되지 않기 때문이다. 달리 말하면, 이들은 서로 다른 답, 상이한 시각이나 감정을 가진 것이 아니라고 하겠다. 이런 의미에서, 『기차는 7시에 떠나네』에서 추구되는 관계는 나와 너가 하나로 동화되는 관계이다.

앎보다 동질적인 관계맺기가 문제라 할 때, 그 관계는 구체적으로 어떤 모습을 취하고 있는가? 성우 시절 하진은 "어떤 인생이 좋은 인생"인가라는 질문에 다음과 같이 답한다.

자기가 하고 싶은 일을 할 수 있고, 사랑하는 사람과 가족이 되어 사는 인생이라고 나는 대답했다. 그건 평소의 나의 생각이었다. 두 가지가 동시에 이루어지는 인생이라면 뭘 더 바라서는 안 될 것만 같았다.(21쪽)

사회에 나가 직업을 구하고 짝을 구해 행복한 가정생활을 영위한다는 것, 어쩌면 평균적인 소망이라 할 이 꿈을 두고 헤겔이었다면 속물적 삶이라 했을 것이다. 그러나 은기와의 "단란한 가정생활"을 꿈꾸었던 하진은 이를 적극적으로 인정하며, 작중의 어떤 인물도 이에 대해 이의를 제기하지 않는다. 하진은 자신의 일을 희생하며 관계찾기를 시도하고, 옛날로 돌아온 이후에야 여행 트렁크를 풀게 된다. 일상에 뿌리내리지 못하던 은기 또한 아이를 얻고 나서야 삶으로 돌아온다. 이로 볼 때, 『기차는 7시에 떠나네』는 상대적으로 후자, 즉 가족적 삶을 강조한다고 할 수 있다. 그러니까 이 소설에서 추구되는 관계는 사회적인 것이 아니라 가족적인 것이다.

이 지점에서 하진이 기억을 상실하게 된 요인을 살필 필요가 있다. 과거 사건의 핵심을 집약한 14장의 제목이 '너를 잊어본 적이 없단다'인 것처럼(차례에는 14장이라 되어 있으나 본문에서 12장이 중복되어 실제로는 13장으로 되어 있음), 하진의 삶을 장악하고 있었던 것은 동료를 배신했다는 윤리적 부채가 아니라 은기와 그녀의 소산인 아이를 유산한 사실이다. "다른 여자가 당신의 아이를 낳아 기르는 것을 견딜 수" 없었던 하진은 다만 "당신을 사랑하는 여자였을 뿐"이다. 남자는 이념에 복무하고 여자는 사랑을 따른다는, 다소 상투적인 구도이긴 하나, 아이를 구할 수만 있다면 노동운동의 사회적 목표를 부정할 수도 있다는 뜻이다.

이처럼 신경숙의 소설에서는 부부간의 수평적 동거 이상으로 아이가 매개되어 있는 수직적인 관련이 매우 중시된다. 재결합하게 된 윤과 현피디 부부에게 아이와 지낼 행복한 삶을 기록하도록 비디오카메라를 선물하고자 함도 같은 맥락에 있다. 이 가족관계는 서로 몸을 일치시키거나 맞대고 있는 가족의 자세에서 전형적으로 드러난다.

늘 신체의 일부가 닿아 있었지. 머리를 쓰다듬거나 목덜미를 쓸어주거나 허리를 껴안거나 손을 잡고. 텔레비전을 볼 때의 우리 가족의 자세는 이런 것이었다. 아버지의 손은 어머니의 어깨에 내려와 있고 어머니는 언니의 머리를 매만지고 있고 언니는 내 손을 잡고 있었다. 여름날, 더울 때는 서로 이만큼씩 떨어져서도 발을 뻗어 발가락 끝이라도 대고 있었다.(91쪽)

신경숙 소설에서 몸, 체취, 음식은 위안을 주고 감정을 교류하는 매개체다. "그의 몸이 내 몸 같"은 부부나 부모 자식은 몸을 통해 개체의 불연속성을 넘어선다. 사실 거의 대부분의 인물이 이처럼 몸을 대고 일종의 근친관계를 형성한다고도 말할 수 있다.

몸을 통한 교류, 몸을 접하고 있는 가족관계의 핵심에 집이 있다. '집의 혼'이 있는 것처럼, 가평 옛집은 존재의 원천이다. 2년 전부터 공사가 시작되었고, 하진이 이사한 지 2년이 되어서도 짐을 풀지 않고 있다는 점으로 볼 때, 집이란 되돌아가야 할 존재의 근원인 셈이다.(물론 하진이 옛집 공사 때문에 이사한 것인지는 분명하지 않다.) "평생을 함께 살아가야 할 가족"이 있는 집과 연관되지 않는 한, 현실에 뿌리를 내린 개인의 독자적인 삶이란 불가능한 셈이다. 그러니까 삶의 결핍을 뛰어넘은 '좋은 인생'이란 장소의 동질성에 기반한 가족관계임이 분명해진다.

3. 다름과 같음, 자유와 행복

신경숙 소설이 추구하는 관계의 핵심이 가족관계임을 지적했다. 소설의 인간관계가 가족적 맥락에서 성립될 때, 작중인물들은 자기에게 전기적으로 주어진 역할을 벗어나기 어렵다. 말하자면 그들은 성격이나 기질, 유형에 관한 선험적 이미지가 없는 상황에서 스스로 그것을 만들어가야 하는 모험적 인물일 수 없다. 대체로 모험이란 외부세계로 연결된 직선도로를 따라 이동하는 것이며, 그 선조적인 과정에서 낯선 풍경을 만나게 된다. 그래서 모험에 나선 인물에게 모든 것은 우연이며 미리 결정될 수 없다. 그러나 신경숙의 소설에서 인물들이 모험에 나섰다고 보기 어렵다. 잃어버린 자기를 찾아 '옛날'로 되돌아온 여행은 모험에 값할 수 없다. 그렇기 때문에, 낯선 중국으로의 여행에서 만났을 선조적 풍경도 하진의 의식에 스며들지 못하는 것이다. 이 인물은 여행을 떠나지 않았다고 할 수 없을까. 어쩌면 길이 시작도 되지 않았는데 여행이 끝난 형국이라 하겠다.

모험이 결여되어 있기 때문에, 이 소설은 외부세계로 나아가는 인물로 구성을 주도할 수 없다. 『기차는 7시에 떠나네』의 경우, 작중인물들은 부부나 부녀, 친구나 연인 등 이미 주어진 역할로 규정될 뿐이다. 그렇다면, 이런 결과는 관계의 추구에 어떤 성격을 부여하는가? 진서의 가족사진이 암시하듯, "난데없는 일"(111쪽), 곧 세계의 우발성은 평화롭고 행복한 가족의 삶을 위태롭게 만든다. 난데없는 사태란 이전과 이후의 질적인 차이를 만들어내는 세계의 우발성이나 시간의 횡포와 다름없다. 의도하지 않은 결과란 모험에 나선 인물이 피할 수 없는 상황이며, 그럼에도 불구하고 이를 수락하는 데 그의 성숙됨이 있다. 그러나 신경숙 소설의 인물들은 이를 회피하고자 한다. 차이를 만들어내는 우연이나 시간의 폭력에 맞설 수 있는 것은 가족 내부의 질서로움, 전기적 역할의 수행이라는 것이다. 그래서 윤이 현 피디와 재결합한 동기가 "어디에서도 어떤 상황에서도 나를 깎아내리지 않을 사람"(208쪽), 즉 '내 편'이라는 데 있고, 이런 사람과의 삶은 '행복'하다는 것이다. 진서 또한 상대방이 '달라져버릴까' 걱정하며, 몸을 교환하는 체위도 '익숙한' 것이어야 한다. 그러니까 이 소설에서 작중인물들은 자기에게 주어진 역할 이외에 다른 존재가 되거나, 자신의 새로운 가능성을 시험해볼 수 없다. 그런 시도, 달라짐은 곧 가족적인 관계를 깰 위험을 지니기 때문이다.

『기차는 7시에 떠나네』에서 내 편만으로 이루어지는 관계, 그럼으로써 향유되는 행복한 관계가 삶의 공허를 건너는 법이다. 세계의 횡포에 맞서서 달라지지 않기, 이는 외부사회를 지향하는 개별성보다 동질적인 내부를 지향하는 삶이다.

잠자다가 깨어나 가슴에 손가락을 대며 여기가 아프다고 울고 있는 나를 어머니는 어쨌든지 정상적인 아이로 자라게 하려고 늘 나를 껴안고 있거나 가슴을 쓸어주거나 손을 잡아주었다. 그것이 습관이 되어 우리 가족은 늘 그렇게 어딘가를 대고 있거나 잡고 있었다.(237쪽)

"다른 아이들과는 좀 이상"했던 어린 시절의 하진은 은기의 아이처럼 비정상적이다. 하진이 은기 가족에 대해 느끼는 안타까움처럼, 비정상에는 불행한 삶이 예정되어 있다. 그런데 맥락을 달리해서 보면, 비정상이야말로 개체의 개별성을 표나게 드러내는 것이 아닌가. 그렇다면, 서로 몸을 맞댄 가족의 자세란 개별성을 포기한 채 외부세계를 거부하는 것과 다르지 않다. 이런 가족의 자세가 행복한 것이라면, 거기엔 가족 내적인 긴장이나 갈등이 스며들 틈이 없다. 아니 그것은 부정되고 은폐되어야 한다.

작가가 큰 애정을 기울인 미란의 삶도 이런 모습을 벗어나지 못할 것이다. 미란에 대해 작가는 "자기 본능에 이끌리는 다채로운 인생을 꾸려나갔으면 좋겠다"(281쪽)고 피력한다. 이는 가족적 삶에 대한 작가 자신의 반성으로 여겨질 수 있다. 그래서 미란으로 하여금 여성 드럼 연주자라는 "아무도 가지 않은 길을 가겠다"(250쪽)고 결심하게 만들었으리라.

그러나 이 개별자의 길이 미란의 삶에서 얼마나 중요할 것인가? '좋은 인생'에서 지적된 두 가지를 다시 살펴보자. 하고 싶은 일을 한다는 것은 개인의 독자성, 개인적 성취를 강조한 것이지만, 이는 사회 속에서 다른 구성원과 복잡한 관계 속에서 얻어지는 것이다. 반면 가족적 삶은 개별성보다 공동체성을 강조한 것이지만, 사회보다 가족 내부를 지향한다고 할 수 있다. "자기가 하고 싶은 일"이 특히 아무도 가지 않는 길이라면, 이는 세속적인 기준이나 규범의 일탈을 포함할 수 있다. 규범 일탈은 주체성 확립에 특별한 중요성을 지닌다. 규범에서 벗어남으로써 동시에 규범을 의심할 수 있게 될 것이며, 이는 새롭게 자신을 규정하는 데 필수적인 절차이다. 그런데 어머니와의 서먹함도 "너무 가까워서" 입은 상처일 뿐이라면, 미란이 독자적으로 자신의 길을 갈 수 있을 것인지 의문스럽다. 너무 가까움으로 인한 상처는 그녀가 가평 옛집과 관련된 장소 혹은 가족의 동질성을 벗어나는 데 그다지 유효하지 않을 것이다. 그녀는 동질성의 관계를 뛰어넘어 다채롭고 다원적인 삶을 살 수 없을 것이다.

어쩌면 독자는 미란처럼 두 가능성 가운데 있다고 할 수 있다. 사회를 향한 개별자의 길과 가족을 향한 길이 그것이다. 전자가 '다른 삶의 자유'를 추구하는 길이라면, 후자는 '더불어 사는 행복'을 지향한다. 자유와 행복을 모두 향유할 수 있다면, 하진의 말처럼 더 바랄 것이 없을 터이다. 그러나 『기차는 7시에 떠나네』에서 자유의 통로는 그다지 넓지 않다. 그것은 작중인물이 전기적 역할을 벗어나 스스로의 운명을 모색할 수 없기 때문이다. 하고 싶은 일을 하는 자유의 삶이 그 이름에 값하자면, 인물은 새로운 삶, 낯선 환경에 직면해야 한다. 다른 문제를 제기하거나 같은 문제에 대해 다른 답을, 심지어 적대적인 해석을 제시할 수 있어야 한다. 이것이 주관성의 요체가 아니겠는가. 그러나 이 소설의 인물들은 같은 질문을 하고 같은 대답을 할 뿐이다. 하진이 옛날로 돌아가듯이, 새집도 옛집과 다르지 않고, 묻는 자가 곧 응답자이기도 하다. 이들은 서로를 타자라기보다 자기 분신으로 교감한다. 낯익고 우호적인 이들끼리 동질적인 관계를 형성하는 이 소설에는 객관적 자립적으로 존재하는 타자가 있을 수 없다.

"아버지가 어머니를 그처럼 사랑했으므로 우리 가족은 대체로 평화로웠다"(91쪽)는 진술이 다소 의심스럽기는 하지만, 가족적인 삶의 행복을 타매할 이유는 없을 것이다. 육친애에 흡사한 작중인물들의 관계는 우리의 삶을 덥히는 따뜻한 훈기가 될 수도 있을 것이다. 그러나 작중인물과 그들의 삶이 다양한 진실에 의해 조명될 수 없다는 것은 여전히 문제가 된다. 작중인물들은 자신의 인간적 본성에 의해 제기된 문제를 통해 플롯을 결정하거나 자기를 만들어갈 수 없다. 바흐친의 지적처럼, 인간을, 인간 속의 인간을 시험하는 일이 낯설고 적대적인 것과 결합함으로써 가능하다면, 신경숙 소설의 인물에게 처음부터 이 가능성이 배제되어 있다고 하겠다. 이는 하진이 되찾은 예감능력이 거의 불길한 예언이며, 주체가 더이상 어떻게 해볼 수 없는 운명이라는 데서 더욱 명확해진다.

4. 감정이입, 소설의 효용

지금과 다른 무엇이 되어가고자 하지 않는 한, 인물들 사이에 관점의 차이는 있을 수 없다. 관점의 차이가 없으니 사실 자기 고백이나 자기 폭로도 있을 수 없다. 자기 고백이야말로 자아와 비자아, 주체와 대상의 반립에 근거하기 때문이다. 자립적인 타자가 존재하지 않는 한, 비록 자기 폭로의 외양을 하더라도 그것은 가짜이기 십상이다. 이 지점에서 나는 작가가 자신의 창작방법을 얼비쳐 보인 듯한, 다음과 같은 진술을 주목하고 싶다.

현실 속을 걸어다니고 있는 모든 피조물들과 마찬가지로 목소리만으로 존재하는 라디오 드라마 속의 등장인물들도 자기네 생김새대로 번민한다. 형체와 상황과 마음씨만 갖게 되면 그들도 내 손아귀를 벗어나서 독자적이 된다. 나도 모르는 그들만의 고독에 잠기고 사랑을 하고 자기도 모르게 한 없이 밑바닥으로 가라앉고…… 빛과 어둠 속을 유영하며 사람들 마음속의 그림자들을 툭툭, 건드린다. 심지어는 제 존재를 만들어주고 있는 내 목소리까지도. 여자의 목소리는 야릇하게 나를 끌어당겼다. 호소력이 있다고 해야 하는 걸까. 딱히 알맞은 표현은 아니지만 그녀가 어떤 상태인지가 조금의 이심도 없이 고스란히 내게 전해져 새겨지는 목소리였다.(28쪽)

등장인물이 성우의 손아귀를 벗어나 독자적인 운명을 지닌다는 것, 이를 창작방법론의 측면에서 보자면, 심지어 인물이 작가의 가치관이나 세계관에 대항할 때조차 그 인물의 운명을 전횡적으로 지배하지 않겠다는 뜻으로 이해할 수 있다. 소설의 인물 역시 현실의 인간처럼 생생하고 독립적인 존재인 까닭이다. 그러나 흔히 사용되는 비유지만, 이처럼 생동하는 인간을 작품에 도입하면, 그는 작품 밖으로 걸어나가버릴 것이다. 즉 예술(문학)이 성립되지 않을 것이다. 그러므로 작가는 인물의 활동영역과 시간의 폭을 제한할 수밖에 없다. 그러나 이런 제한을 가하는 순간, 인물은 작가의 손아귀에 놀아나는 자동인형이 되어 생생한 자율성을 박탈당하고 만다. 작중인물에게 주어지는 자율성과 제한성, 이 양립 불가능한 요구를 온몸으로 밀고나가는 것이 이른바 소설가의 덕목일 것이다.

그렇다면, 신경숙은 소설가의 이 저주받은 운명을 기꺼이 견디고 있는가? 지금까지의 논의로 볼 때, 그 대답은 부정적이다. 앞서 지적한 것처럼, 신경숙의 소설에서 작중인물들은 닮은꼴이다. 그들은 지나치게 가깝고, 서로 간절히 사랑하고 의존적이며, 서로에게 더없이 선량하고 우호적이다. 현실의 인간처럼, 이들이 작가의 지배를 벗어나 각자의 "생김새대로" 살아간다고 보기 어렵다. 오히려 이들 인물은 작가의 동일한 시선에 조종되어 예정된 역할, 동일한 운명과 관계 속에 있는 것처럼 보인다.

이전의 작품보다는 덜하지만, 위의 인용에서 드러나듯, 여전히 화자의 조음방식은 어눌하고 더듬는 형태이며, 이는 다른 인물에게서도 확인되는 사실이다. 비완결적인 문장이 그러하고, 미처 말을 잇지 못한 말줄임표가 그렇다. 이처럼 유사한 조음방식은 인물의 내면심리, 인물 상호 간의 감정적 일치를 직접 드러낼 뿐 아니라 작가가 인물의 정서와 거리를 유지하지 못함을 보여준다.

신경숙의 문체는 인물의 심경을 감정이입적으로 드러내고, 서술하는 자와 서술되는 자의 일치 혹은 묘사하는 자와 묘사되는 자의 동질적인 관계를 형성한다고 하겠다. 감정이입은 독자에게도 요구된다고 할 수 있다. 왜냐하면, 이런 작품에서는 관점의 차이, 다른 해석이 허용될 수 없는 까닭이다. 작가 자신의 말처럼, 그의 소설이 타인의 "마음을 움직"일 수 있다면, 그 중요한 근거도 인물, 작가, 독자의 이같은 감정이입적 동일화와 무관하지 않을 터이다.

그러나 인간이, 인간의 몸과 마음이 복수(複數)의 진실과 다양한 목소리로 해명되지 않는다면, 그 "소설의 효용가치"란 일종의 속임수가 아닌가. 말을 바꾸면, 현실의 인간은 제 생김새대로 살아간다는 위의 진술과 달리, 독자는 작가의 손아귀에서 전혀 자유롭지 못한 상태가 아닌가.

주관, 곧 자유를 반납한 대가는 달지만, 그 행복감이란 치명적인 자기 도취일 수 있다. 거기엔 타자가 아니라 '내 편'만 있을 뿐이므로. 현실로 돌아왔을 때, 독자 또한 쓸쓸할 것이다. 생김새대로 사는 현실의 인간들이 언제나 내 편일 수 없는 까닭이다.

(『게릴라』 1999년 여름호)

『혼불』론을 위한 각서

1. '혼불'이라는 사건

『혼불』의 작가 최명희를 잃은 것은 참으로 애석한 일이다. 짧다고 할 수 없는 기간에 걸쳐 한 작가가 그것도 한 작품에 신명을 바쳤다는 사실만으로도 『혼불』은 문학사적 사건이라 해도 좋을 것이다. 혼신의 힘을 다했으므로 순명이라 하겠으나, 우리로서는 그이의 때 이른 운명이 애석하지 않을 수 없고, 이제 『혼불』은 그 미완의 완결이라는 역설을 피할 수 없게 되었다.

1996년 12월, 전10권으로 『혼불』이 발간되었을 때, 우리 문단은 그 완간을 기대하며 상당히 들떠 있었던 것으로 기억된다. 완결되기 이전의 『혼불』 논의는 모두 잠정성을 면하기 어려웠던 탓이다. 평론가 김헌선이 기왕의 논의가 '찬미'와 '폄하'로 양극화되고 있음에 상당한 우려를 표명한 것도 이런 사정과 무관하지 않을 것이다.[1] 앞으로 보다 정교한 작품론을 통해 가닥을 잡아가겠지만, 여기서는 예비적으로 지금까지의 논의에서 주요 관심사가 된 작품 전개방식, 다채로운 풍속의 복원과 작중 인물, 조탁된 언어 등만 문제삼고자 한다.

기왕의 논의에서 의문스러운 것은 『혼불』에 따라붙은 '대하 예술소설'이라는 용어에 별다른 이의가 제기되지 않았다는 점이다. 예를 들어 1998년 호암상 심사평에서도 '대하 예술소설'이라 지칭되었고, 상당수 평문도 『혼불』을 대하소설로 언급하고 있다. 유장한 시간의 흐름을 통해 복잡다단한 사회사의 변동, 이와 접해 있는 인간 삶의 곡절과 사연을 총체적으로 그려 보이는 것이 대하소설이라고 한다면, 1930년대 후반에서 40년대 전반에 이르는 사건 시간으로 보아 『혼불』을 대하소설이라 하기엔 주저된다.[2] 이는 단순히 개념 규정이나 명명의 문제가 아니라 소설의 구성 및 풍속 복원과 관련된 논의에 닿는다.

또 왜 '예술소설'인지도 명확하지 않다. 출판사의 자의적인 명명이겠지만, 『혼불』의 예술성을 운운한 논의들은 이런 명칭을 암묵적으로 승인하지 않는가 싶다. 이때 '예술'이 예술지상주의나 예술을 위한 예술을 의미한 것 같지는 않다. 이 명칭을 용인하고 있다면, 그것은 『혼불』이 예술적 형상화에서 이룬 높은 성취나 예술혼을 불사른 장인다운 정신을 의

<hr/>

1) 김헌선, 「'魂(혼)불', 우주적 상상력의 총화」(『문학사상』 1997년 12월호) 참조. "『혼불』 자체가 이론의 원천"이라는 김헌선의 지적은 시사하는 바가 크다. 그러나 그의 작품론이 이 이론의 정체를 명료하게 드러내지 못한 점, '작품 자체'를 강조하는 입론이면서도 작품의 특성이 작가의식에서 비롯된다거나 논의 도중에 미리 작가의 '철저한 사상'을 언급한 것은 다소 아쉽다. 사족에 불과하겠지만, 비평적 균형감각으로 보아, 『혼불』을 비판적으로 검토한 백지연의 「핏줄의 서사, 혼 찾기의 지난함」(『창작과비평』 1997년 여름호)이 과연 작품을 '폄하'하는가에 대해 동의하기 어렵다.
2) 김경원은 웅대한 통시성의 부재를 지적하고 있지만, '삽화적 구성'과 '복고주의'의 관련이 그렇게 자명한 것으로 보이지는 않는다. 『혼불』에 대한 과장된 평판, 출판사와 저널리즘의 근거 없는 흥분을 지적한 장세진은 『혼불』이 대하소설인가에 의문을 제기하고 꼼꼼하게 복원된 내간사를 근거로 '유니크한 변종 대하소설'이라 칭한 바 있다. 김경원, 「근원에 내한 그리움으로 타는 작업」(『실천문학』 1997년 여름호) ; 장세진, 「역사공간과 여성성」, 『한국대하역사소설연구』(훈민, 1998) 참조.

미하지 않나 싶다. 말을 바꾸면, 군더더기 없는 형식적 가치를 확보한 예술적 장인성을 높이 쳐준다는 뜻이다. 이 또한 구성방식 및 조탁된 언어의 서정적 문체 등과 연관되어 검토될 부분이다.

더 나아가 어떤 평자는 심지어 『혼불』에 '소설'이라는 표지도 그다지 적절하지 않다고 말하고 있다. 그렇다면, 도대체 『혼불』은 무엇인가? 그냥 '이야기'라고 할 것인가? 혹은 '최명희 소설' '최명희체 소설'이라 하거나, 소설이라는 용어가 부적합하다면, '최명희류' 쯤으로 말해야 하지 않을까.[3] 이 역시 구성, 풍속 재현 등의 문제와 무관하지 않다.

2. 서사 가능성의 희석화

논의에서 가장 문제된 것은 『혼불』의 전개방식 혹은 구성방식이다. 말하자면 중심줄기에 비해 곁가지가 너무 많고, 그들의 연계가 유기적 인과적 선조적이지 않다는 것이다. 이를 혹자는 구성상의 결함으로 여기는

---

3) 『혼불』에 학술적 엄밀성으로 처음 접근한 것은 평론가 장일구로 보인다. 「소설 텍스트의 연행 해석학적 시론」(서강대 대학원 석사논문, 1992)에서 굿의 연행원리에 따라 교감의 미학을 해명한 바 있다. 이후 「전승의 담론, 교감의 미학」(조선일보 1996년 신춘문예), 「교감의 언어, 우리네 이야기」(『문학정신』 1997년 봄호), 「환원론의 오류를 경계함」(『작가세계』 1997년 가을호), 「서사 구성의 공간성 함의」(『서강어문』 14집, 1998), 「교감의 서사, 우리 이야기 『혼불』」(『문학동네』 1999년 봄호)에 이르기까지 실증적 역사주의의 환원론을 경계하는 한편으로 『혼불』의 담론 미학을 규명하는 데 일관된 관심을 보였다. 그러나 그가 비판하고 있는 평문들이 과연 역사주의 방법론에 입각한 것인가는 논외로 하더라도, "작품에서 작가의 실체를 그려낼 수 있는 요소는 어디에도 없다"면서도 그의 신춘문예 평론의 부제가 "『혼불』 최명희론"인 것은 아무래도 이상하다. 또 창작 당시부터 10권 발행까지 '마니아' 독자가 있다고 하는데, 『혼불』에 어떤 이름을 붙이는 일 자체가 무의미하다고 한다면, 그가 부정하고는 있지만, 이 작품을 신성한 경전으로 보는 것과 무엇이 다른지 알 수 없다. 경배자가 감히 이름을 붙일 수 없는 까닭이다. 본격 작품론이 아닌 김경원의 서평을 집중적으로 표적 삼아 '천박한 환원론'이라거나 '편집증적'이라고 몰아치는 태도는 『혼불』에 대한 그의 주장의 정당성을 의심스럽게 하거나, 특정한 방법론에 대한 선험적 혐오를 드러낼 수 있다.

가 하면, 다른 논자는 "우리네 이야기방식"에 걸맞게 구현된 것으로 우리 소설의 편협성을 벗어나 소설의 새로운 지평, 새로운 서사문법을 펼쳤다고 평가했다. 이런 상반된 평가에서 발견되는 것은 이들 논자가 이른바 중심줄기나 중심인물을 자의적으로 선정하고 있다는 사실이다. 사실 구성의 문제는 이야기를 추동시키는 핵심 인물이 누구인가와 긴밀한 관련이 있는데, 『혼불』의 경우 크게 셋으로 나누어볼 수 있다.

첫째, 종부 3대의 축.

청암부인에서 율촌댁, 효원으로 이어지는 종부 3대를 핵심 줄기로 하고 그 중심에 청암부인을 설정해볼 수 있다. "내 홀로 내 뼈를 일으키리라"는 각오로 쓰러져가는 매안 이씨 종가를 세운 청암부인은 작품에서 단연 돋보이는 인물이다. 엄중한 범절, 헤아릴 수 없는 도량, 범접 못 할 위엄과 기품, 만 권의 장서에 버금가는 지견을 지닌 청암부인이 다른 인물을 압도하고 있음으로 보아 김헌선의 지적처럼, 『혼불』은 청암부인의 등장, 업장, 치상, 회고로 이루어진다고 할 수 있고, 이런 측면에서 구성의 극단적 해체가 있다고 보기 어렵다. 그러나 3권에서 나타나는 청암부인의 죽음은 달리 말해 서사를 추동하는 동력의 소진, 곧 플롯의 정지와 다르지 않다. 기질, 성격 면에서 청암부인을 닮은 효원이 청암부인의 혼불을 빨아들일 때(3권, 112쪽), "나는 죽지 않고 살아서, 네 속에 남을 것이다"(6권, 123쪽)는 청암부인의 말처럼, 효원은 청암부인의 생애와 다른 삶을 살지 않을 것이다. 그러한 삶의 행로가 청암부인의 삶의 반복에 불과할 수 있다는 뜻에서, 효원을 통해 어떤 결말을 향해 나아가는 힘을 응축, 확산하기란 쉽지 않을 것이다.

둘째, 애정의 축.

강모와 강실의 비극적 근친애, 강모와 효원의 어긋난 부부 애정을 중심 줄거리로 고려할 수 있다. 나는 내가 아닌 삶을 산다는 점에서, 강모와 효원은 등질적이다. 그러나 효원은 청암부인의 길을 따라 송무, 가문, 핏줄, 자식을 지향한다. 이와 달리, 핏줄의 족쇄에서 벗어나고자 한 강모는 예술의 세계에서 자신이 만들어내는 새로운 운명을 발견한다.

> 미지의 세계와 하나의 가능성, 그리고 이미 날 때부터 지니고 있던 가문
> 의 피가 서로 상충하는 소리이기도 하였다.(1권, 140쪽)

예술 지향성은 남다른 개별성을 추구하는 것이라 할 수 있다. 예술가
가 되고자 하는 것은 전기적으로 주어진 역할을 벗어나 다른 무엇이 되
고자 하는 것, 즉 스스로를 생산함으로써 세대의 순환과 연속을 봉쇄하
려는 것과 같다. 그러나 그 지향은 좌절되고, 그는 '애비'라는 '올가미'
에 질식되고 두려움을 느낀다.

근친상간은 강모의 운명에 지대한 영향을 미치지만, 그것이 강모에게
개체로서의 독자성을 보장하는 것은 아니다. 먼저 근친상간은 개인의 주
체적 개별성을 부정한다. 왜냐하면 피를 공유하는 근친 간의 관계란 자
아몰두, 자기애에 가까운 유아론적 탐닉인 까닭이다. 강실에 대한 집착
을 끝내 버리지 못한다면, 강모는 다른 무엇이 될 가능성을 애초에 결여
한다고 할 수 있다. 다른 한편, 근친상간은 공동체를 부정한다. 그것은
주변환경의 금기를 위반하며, 이로써 소외와 배척을 불러오기 때문이다.
강모는 자신의 만주행을 자기 해방을 위해서라고 하지만, 다른 한편으로
그것은 공동체로부터의 추방이기도 하다. 강실에 대한 돌이킬 수 없는
행위는 그가 공동체로 돌아올 수 없는 행위이기도 하다. 그러니까 강모
의 출향과 방황은 기실 공동체의 징벌형식이라 할 수 있다. 이 징벌을
『혼불』의 내면에 도사린 정치적 무의식이라 할 수 없을까.

셋째, 정치의 축.

강호, 강태, 강모의 이념적 갈등과 거멍굴의 천민과 고리배미의 상민
들에게서 서사를 선조적으로 추동시킬 잠재력을 찾을 수 있다. 어떤 면
에서 강호, 강태의 지향은 진보적 혁명가의 길을 암시한다. 강모에게 "너
회는 부르조아지야"(1권, 148쪽)라며 평등사회의 이상을 실현하려는 강

태, 노비 청산을 권하며 덕석말이당한 춘복을 위문하는 강호는 세상의 변화를 읽고 새로운 세계를 꿈꾼다. 그러나 이들은 춘복이 때문에 매안을 통째로 잃을 수 있음을 경계(3권, 66쪽 ; 8권, 28쪽)할 뿐 아니라, 무엇보다 동질적인 근원에 대한 그리움을 지닌다는 점에서 한계를 노출한다. 예를 들어 강호와 강모에게 심원한 영향을 미치고 있는 심진학 선생이 "나를 찾는 길이 곧 나라를 찾는 길"(3권, 229쪽)이라고 할 때, 그것은 미리 규정되어 있지 않은 나를 만들어가는 것이 아니라 이미 완성되어 있는 어떤 원천을 찾아가는 것이다. 그러니까 나는 내가 아니라는 의식에도 불구하고 종부의 길을 걷는 효원처럼, 이들은 일문의 근원에 대한 그리움을 지니고 있으며, 봉천에서 방황하고 있는 강모 또한 매안에서 발효된 가치에서 자유롭지 않다면(10권, 91쪽), 피의 동질성에 기초한 이들 사이에 극단적인 갈등이 전개되기는 어려울 것이다.

다른 한편, 쇠여울네의 저항, 무당 백단이의 뼈섞기, 춘복이의 피섞기는 결핍된 것을 추구하는 강력한 욕망으로서 목표 지향적인 서사 가능성을 보여준다. '변동천하'라는 말에 자극되는 춘복의 말을 보라.

아니꼽고 더러워서 내 참. 도대체 양반이란 거이 머여? 내 손구락 내 발부닥 갖꼬 내 땀으로 논밭 농사 다 지었는디, 내 앞에는 빈 쭉쟁이만 수북허고, 양반은 가만히 앉어서 그 전답 곡식을 혼자 다 먹어, 왜?(4권 201~202쪽)

그러나 춘복이와 같은 기층민중이 중심인물이 되거나 그들의 이야기가 중심줄기가 되기는 어렵다. 이는 표면적으로 그렇다는 것뿐 아니라, 지배 양반에 대해 상반된 태도가 이들의 서사 가능성을 약화시키기 때문이다.[4] 예를 들어 쇠여울네, 춘복, 옹구네, 무당 백단이 내외 등은 저항

---

4) 『혼불』의 서사전략은 작중인물들이 지닌 서사 가능성을 계속 회석시킨다는 특징을 지닌다. 다분히 결과인 지적이겠지만, 10권을 정리하는 과정에서도 작가는 춘복의 아이를 가진 강실이 지닌 서사적 폭발력을 지연시킨 것으로 보인다. 『신동아』의 마지막 연재분 끝은

성을 드러내지만, 상전은 다르다고 생각하는 안서방 내외와 공배 내외, 부서방의 숭모의식은 지배의 정당성을 부정하지 않는다. 기층민중들의 이런 양상은 삶의 원형이 동요하는 격동기에 나타날 수 있는 다양한 반응의 하나일 수 있다. 그러나 이들의 저항성과 예속성은 계속 긴장과 이완을 되풀이할 뿐이며, 서사를 밀고나갈 힘으로 응축, 확산되지 못한다.

그래서 그들의 저항이 때로는 방향을 잃고 스스로를 지향하기도 한다. 춘복이 양반을 증오하되 동시에 기층민중의 '남루한 무력감'에 살의를 품는 것, 공배 내외와 옹구네, 춘복 사이의 갈등이 이를 입증한다. 강실을 겁탈한 사실이 몰고 올 참혹한 예감에도 불구하고, "상놈 껍데기를 벗고" "사람맹이로 살고 싶다"(5권, 181쪽)던 춘복이가 강실을 "내 한세상으 전부"(6권, 50쪽)라거나 피섞기가 이루어진다면 세상이 무너져도 좋다고 말하는 것도 그의 서사 잠재력을 상당 부분 제약한다고 할 수 있다. 사실, 춘복이 '변동천하'라는 표피적인 말에 크게 자극받는 것처럼 보인 것도 이들의 잠재력에 대한 부정적인 태도를 은밀히 내비친다.

이상과 같이 『혼불』에서는 어떤 인물의 갈래도 서사를 종국까지 추동시킬 힘을 지니지 못한다. 그래서 변동기의 사회상황도 개개인의 삶에 직접적 영향을 미치지 못하며, 그들의 역사 경험, 역사의식 역시 광범위하게 확산되지 못한다. 우례가 옹구네의 계략에 솔깃해지긴 하나 이를 역사의식의 대중화라 하긴 어렵다. 옹구네는 교활하고 천박한 한풀이를 하는 인물로 고착되고, 다른 거멍굴 사람들은 "날렵한 혓바닥"(6권, 172쪽)이나 놀려 양반들 소문내는 일로 소일하는 것처럼 보인다. 그러니 『혼불』에서 기층민중들의 점진적 상호작용이 형상화되기는 어렵다. 더 나아가 강호의 혁명적 의식과 춘복 등 기층민중의 의식이 자발적으로 대응하거나 관련되지도 않는다.

천민촌 거멍굴의 옹구네 집에서 아이를 출산하는 것으로 마무리되어 있다. 그런데, 교정된 10권에서는 그 사실이 삭제되어 있다.

3. 미완의 운명

  현대소설의 중요한 인식적 요소인 나는 무엇인가라는 물음은 나는 무엇이 될 수 있는가라는 자기 형성의 과제와 연관되어 있다. 이 과제는 그가 미리 규정되어 있지 않은 존재라는 것, 따라서 객관세계와 교섭하는 모험을 통해 되어가야 하는 존재임을 의미한다. 작중인물의 인식 욕망이 소설적 구성을 선조적으로 밀고나가는 추동력이 된다고 하는 근거가 여기에 있다.

  자신의 정체를 확립하려는 욕망, 다른 무엇이 되고자 하는 충동이 서사의 운동을 선적인 것으로 만들며, 그런 욕망의 결과가 미리 알려질 수 없기 때문에, 또 자신을 발견하려는 과정에서 적대적이고 낯선 것들을 만나야 하기 때문에, 인물의 욕망은 지체되고 사건의 발생과 성숙과정에서 일탈과 지연을 피하기 어렵다. 이런 현상은 바로 우리의 일상적인 삶의 과정과 다를 바 없다. 이 점에 대해 동아일보 장편공모 당선작 후기에서 최명희는 다음과 같이 말한 바 있다.

  생각해보면, 어떤 이야기라고 끝이 있으랴. 사람의 하루가 그러하듯이, 그것을 좇으며 따라 쓰는 소설도 또한 언제나 명확한 기승전결(起承轉結)로 정리되지는 못하리라. 재미난 이야기꾼같이 놀라운 사건과 줄거리를 찬란하게 엮어내지 않더라도 어떤 상황 속에서 그 스스로 일어나고 스러지는 목숨의 모습을 어떻게 조명하는가, 차라리 이것이 명제(命題)인 것이다.

  작가의 말처럼, 구체적 삶은 명확한 기승전결이나 인과관계로 정리되지 않는다. 그렇다고 구성을 전적으로 기교적인 차원에서만 파악하는 것은 소설가의 정당한 명제일 수 없다. 구성의 문제는 우리의 선조적인 욕망과 그 좌절, 전진과 후퇴를 거듭하는 구체적 삶과 연관되기 때문이다. 소설의 짜임이 일원적 단선적일 수 없음은 이런 삶의 과정을 반영하는 작가의 엄정한 태도와 무관하지 않다. 그러니까 작가에게 소설 구성은 미학상의 문제일 뿐 아니라 윤리적인 문제인 셈이다. 이런 맥락에서 보면, 선조적 플롯이란 단일한 줄기를 가진 단선적 일원적 플롯을 의미하지 않음이 자명해진다.

앞서 지적한 것처럼, 『혼불』에서는 어떤 인물의 갈래도 서사를 추동시킬 힘을 지니지 못하고, 그 결과 이야기의 선조적 전개가 극도로 제한되고 있다. 여러 삽화가 비인과적으로 도입되어 있기 때문에, 어떤 인물을 주축으로 삼더라도 줄거리는 지연되고 본류에서 벗어난다. 그런데 『혼불』에서 이런 지체와 일탈은 작중인물이 객관적 삶에서 직면하는 우발성의 결과가 아니다. 반대로 그것은 구체적인 삶의 현장을 이탈한 데서 비롯한다. 말을 바꾸면, 『혼불』에 있어 구성의 파편성은, "아조(我祖)와 더불어 모든 것은 그대로"(8권, 266쪽)라는 이기채의 말처럼 선조성을 탈출하려는 욕망, 즉 시간 경과를 인식하지 않으려는 욕구와 무관하지 않다고 할 수 있다.

시간은 이전과 이후의 질적인 차이를 낳는 요인이며, 지속적인 가치를 휘발시키는 힘이다.[5] 바로 이런 힘에 맞서기 위해 선조적 구성을 기피한 것은 아닐까. 『혼불』에 드러나는 연대기적 오류도 단순한 착오일 수 있으나, 작가의 의식적인 무관심의 결과일 수도 있다. 또 여러 작중인물이 우리의 의식에 남는 것은 그들이 사회적 성격적 명확성에 의존한 덕분이다. 즉 그들이 가족구도나 신분구조에서 미리 주어진 역할에 종속되기

5) 『혼불』은 사건의 시간과 격해 수백년을 거슬러올라가기도 하고, 청암부인의 젊은 시절 이야기도 자주 등장한다. 그럼에도 불구하고, 출생 시기가 1870년 전후로 추정되는 청암부인과 직접적인 연관이 있는 역사 지평은 상당히 소홀하게 다루어져 있다. 예를 들어 국치를 당한 해에 저수지를 완공한 청암부인의 치적은 강조되어 있으나 무대를 함께하는 동학농민혁명이라거나 구한말의 의병 투쟁, 삼일운동 등에 대해서는 별로 언급되지 않는다. 이는 작가가 역사의 통시적 흐름을 목표로 하지 않았다는 투로 변호될 수 있는 문제가 아닐 것이다.

때문이다. 박물지적 형식이 인물의 변화 가능성을 제한한다는 정호웅의 지적도 이런 맥락에서 이해된다.[6] 그러므로 그들의 행위와 사유, 욕망과 감정에서 새어나오는 플롯이 성립될 수 없는 것이다.

그럼에도 불구하고, 『혼불』에서 일관성을 감지할 수 있다면, 그것은 민속의 박물지적 제시에 있을 것이다. 말하자면, 이 작품은 풍속지로서의 일관성을 드러낸다는 뜻이다. 실제로 이 작품에서 사건 시간은 그 폭이 좁을 뿐 아니라, 상당한 분량에 비하면 비중 있는 인물의 수도 많다고 하기 어렵다. 따라서 이 작품의 중심은 풍속일 수 있다는 논리도 성립된다. 다양한 의례와 관습이 인물을 압도하기 때문에, 모든 것이 풍속의 관점에서 씌어지기 때문에, 역설적으로 작중인물의 심리분석이 과도하게 드러난다. 만약 작중인물이 현실세계에 맞서 자신을 만들어갈 수 있다면, 이처럼 그들의 심리를 의식적으로 강조할 필요는 없을 것이다.

인간과 달리 풍속은 전기의 틀에 제약되지 않는다. 그렇다면 『혼불』은 미완의 운명을 타고났다고도 하겠다. 시간의 영향을 파괴적인 것으로 여겨 원천에 닿고자 거슬러오를 때 인물은 자신의 삶을 선조적으로 이끌기 어렵고, 시간의 경과를 인정하지 않는 이상 거기엔 처음도 끝도 있을 수 없으며, 풍속지적 성격은 형식상의 어떤 강제도 거부하기 때문이다.

그렇다면 『혼불』의 구성방식이 소설의 새로운 지평을 열었다는 평가는 재고되어야 할 것이다. 논자에 따르면, 이 새로움은 우리의 전통적인 이야기방식을 가져온 데 있다. 진부한 것 속에 깃들여 있는 놀라움을 인정하는 데 인색할 이유는 없지만, 이야기과정에서 인과나 연속과 관계없이 무엇이든 만들어낼 수 있는 이야기방식이 어째서 우리의 전통적 방식

---

6) 정호웅, 「박물지(博物誌)의 형식」(『황해문화』 1997년 봄호) 참조. 정호웅은 "짜임새의 견고함"을 말하면서도 이를 충분히 입증하지 않고 있다. 또 이런 박물지 형식이 우리 소설에서 볼 수 없던 새로움을 지닌다 하고, 영웅적인 인물의 비범한 깨'닝과 능력을 나라 일식 선으로 전개되는 우리 소설의 편향성에 대한 근본적 반성을 환기한다고 지적하고 있는데, 그가 말하는 편향된 소설이란 근대 이전의 소설을 지칭함이 아닌지 의문스럽다.

인지 알 길이 없다. 이것이 과연 새로움에 값하느냐는 접어두더라도, '전통적' '이야기'라 할 때 논자들이 무엇을 고려하고 있는지도 궁금하다. 그것은 「춘향전」「심청전」 같은 것이거나 일상 속의 넋두리일 수도 있고, 믿거나 말거나의 설화일 수도 있다. 또 아리스토텔레스의 플롯 개념을 맹신하는 대신, 구성적 서사극적 플롯의 보편성을 인정한다 해도, 그것이 우리 소설사에서도 특별히 새로울 이유는 없다.[7]

4. 복원된 민속과 청암부인의 내면

과연 『혼불』에는 관혼상제의 의식, 절차, 법도, 전통적인 세시풍속과 의식주, 관제, 직제, 신분제, 풍수, 무속신앙, 전통가구, 의상, 침선, 촌락 구조와 습속, 풍물, 놀이, 소리(노래), 신화, 전설 등이 풍부하게 복원되어 있다. 이미 지적되고 있는 것처럼, 생활사와 풍속사, 의례와 속신의 백과사전이요 민속박물관이라 할 만하다. 물론 민속 정보를 제공하고 문화를 전승하는 담론으로서의 가치도 인정될 수 있다. 그러나 인물의 성격이나 행동과 무관한 사물의 상태 묘사는 인물의 입장에서 보면 무참하도록 소모적일 수 있다.

삼층장 옆에는 의걸이장이 놓여 있고, 실 궤(櫃)와 사방 탁자가 각각 제

---

7) 『혼불』 논의에서 장일구가 일관되게 피력하고 있는 것은 전통적인 전승의 담론과 교감의 미학이다. 삽화적 플롯을 구성적 결합으로 본 견해를 반박하면서, 그는 이성의 작용을 중지하고 감정이입적으로 교감하는 독서를 강조한다. 그러면서 "독자의 능동적 독서행위를 자극"한다는 수용미학이나 서사극적 기법의 측면에서 『혼불』의 비단선적 구성을 재고할 수 있다고 주장한다. 그러나 그 서양 이론에서 능동적 독자란 텍스트 생산자를 의미하고, 이런 능동적 독서야말로 독자가 감정이입적으로 몰입하고 동일시하는 기왕의 독서를 배격하는 것이고 보면, 아무래도 그의 주장에는 앞뒤가 서지 않는다. 텍스트 생산자로서의 능동적 독자는 매번 같은 텍스트를 이질적으로 독서한다는 뜻이 함축되어 있기도 한데, 그의 최근 평문까지 검토해보면 반드시 그런 것 같지도 않다.

자리에 앉고 서고 하였다. 사방 탁자의 아래칸에는 신랑 쪽에서 혼서지와 채단을 담아 보내왔던 함(函)이 자리잡고 있다. 함의 앞바탕과 경첩에는 음각 매화문이 새겨져 있어 등잔 불빛을 받아 은은히 빛난다. (……)

그뿐이랴.

문갑 모양으로 짰으면서도 언뜻 그 외양은 일반 장롱을 조그맣게 줄여 놓은 듯한 화각(畫角) 버선장의 호화롭고도 아담한 자태라니.

앞면 골재(骨材)는 감나무로 하고, 개판, 옆널, 뒤판은 오동판으로 된 이 버선장에는 앞문 복판에 하늘로 날개를 치며 오르려는 봉황과 붉은 구름이 무늬지어 날고, 그 사방 둘레를 돌며 매화·난초·국화·목단·불로연(不老蓮) 들이 수줍은 듯 흐드러진 듯 피어 있다.

나비 모양의 문고리 바탕과 경첩, 박쥐 모양의 귀싸개 장식은 파랑, 초록, 살색의 칠보를 입고 요요히 빛나는데, 자물쇠에는 칠보 상감으로 희(囍)자가 새겨져 잔잔히 웃는 것이다.(1권, 174~175쪽)

공방에 든 효원이 세간을 "우두커니 앉아 하염없이" 둘러보고 있는 상황이라면, '은은히 빛난다' '그뿐이랴' '호화롭고도 아담한 자태라니' 등은 효원의 생각이 아닐 것이다. 그러니까 효원의 눈으로 보되 서술자의 목소리로 말하고 있는 형국임이 분명하다. 이런 서술방식이 아름답고 화려한 혼수품과 낙담하고 있는 효원의 상황이 빚어내는 반어적 낙차를 노린 것이 아니라면, 서술자의 태도는 아마 비정하다고 말해도 좋을 것이다. 베개를 만드는 침모의 어려움보다 아름답고 다채로운 베개에 무게가 실린 것(4권, 82쪽)이라든지, 사리반댁의 화전가로 채워진 8권 27장도 같은 의미를 지닌다. 서술자가 인물의 처지로부터 벗어나 기물의 아름다움에 취해 있다가 그 끝에 마치 장식처럼 인물의 정황을 언급하고 있다는 것, 이는 서술자의 관심에서 인간보다 사물, 삶보다 기록이 우위에 있음을 입증한다.[8]

물론 장일구도 치밀하게 분석하고 있거니와, 정교하게 묘사된 배경이나 기물, 속신과 설화 등이 인물의 내면이나 행동에 연관되는 경우도 없지 않다. 혼례청에서의 예언적인 사건, 청호저수지의 고갈과 관련된 속신, 명당발복의 사고와 관련된 투장사건, 선화공주 설화와 춘복의 행위 등은 그런 예가 된다. 그러나 이런 사례들 가운데는 단지 인물의 행동과 생각을 설명하기 위한 것도 있고, 상당수의 경우 작중인물의 삶에 스며들지 못하고 만다.

이런 다양한 민속문화의 정보 앞에서 청암부인의 삶을 다시 살펴볼 필요가 있다. 청암부인의 압도적인 위엄과 기품은 양반의 문화 습속 안에서 빛나기 때문이다. 삶에 관한 청암부인의 관심은 단연 핏줄에 있다. 부재하는 남편을 대신하는 청암부인은 그래서 가족 내에서 특별한 위치를 점유한다. 외부세계가 위협적이고 무질서할수록 청암부인으로서는 가문의 연속, 가족의 안정에 집착하게 되고 따라서 가족 내적 긴장을 부정할 가능성을 지닌다. 가문의 연속에 강박을 보인다 해도, 구성원은 가족의 정서적 균형을 위해 청암부인의 기대에 부응하고 그 소망을 정당화할 수밖에 없다. 그런데 이러한 청암부인의 삶은 궁극적으로 한 성씨의 선조, 혹은 피의 근원에 일치하고 다가가려는 것이므로, 손자들에 대한 극진한 애정도 자발적인 감정이라 할 수 없다. 강모에 대한 근심 어린 관심이란 그런 감정의 결여를 보상하기 위한 것이고, 그것이 거꾸로 강모를 질식시키는 것이다. 그래서 청암부인은 강모에게 '근원'이면서 '속박'이다.

물론 임종 직전에 한 개체로서 보인 공허를 청암부인의 숨겨진 인간적 내면풍경으로 이해할 수도 있다. 어린 신랑을 3일 만에 사별한 청암부인

---

8) 청암부인이 이룬 삼천수백 석의 토지가 있고, 그것이 모든 작중인물의 삶과 관련됨에도 불구하고, 또 완성된 저수지를 두고 '생산의 근원'이 여기 있다(1권, 165쪽)고 했음에도 불구하고, 농사와 관련된 제도, 습속, 농기구, 곡물, 일의 종류 등과 관련된 부분은 그렇게 넉넉해 보이지 않는다. 모내기와 김매기, 농사와 관련된 별보기 일화, 두레짜기와 농악에 관련된 기록은 있지만, 다른 풍속 복원과 비교해보면 구체적인 농업 생산과 관련된 것은 상당히 제한적이다.

은 집안을 세우기 위해 예단을 팔아 논을 사고, 그 허전함을 채우려고 땅을 샀다고 말한다.

　허나, 그것이 한이 될 줄이야…… 다른 것은 다 몰라도…… 그 양반이 나한테 준 단 한 가지 정표였던 것을 뒤늦게야 깨달았지마는, 이미 논으로 바뀐 다음에, 깨달으면 무얼 허겠나…… 저 논이 그 비단이려니, 저 논에 그 양반 넋이 어려 있거니, 그렇게 생각하려 해도 부질없는 일. 그 허전함을 메우려고, 논을 사고 또 사도, 아무것으로도 그 빈 자리는 메울 수가 없었네. 대신할 수가 없었어. 한평생.(3권, 102쪽)

　회한에 찬 청암부인의 내면고백이지만, 땅사기는 집안을 위한 것이며, 동시에 자신을 위한 것임이 주목될 수 있다. 먼저 위 진술을 청암부인 자신이 전 생애를 통해 추구해온 것을 부정하고 내면적 진정성을 회복한 것이라 이해해보자. 가문을 위한 치부를 부정하는 의미라면, 이는 긁어모으고, 모은 것을 지키느라 전 생애를 허비하는 것은 "부질없는 일"(2권, 99쪽)이라는 강모의 생각에 가깝다. 만약 임종에 가까워 청암부인이 강모와 같은 생각을 했다면, 또 거기에 작품의 참된 의미가 있다면, 『혼불』과 관련된 기왕의 논의는 전부 원점으로 되돌아가야 한다.
　다른 한편, 이 발언을 책임과 관습과 제도에서 벗어난 인간의 내면을 진솔하게 고백한 것으로 이해할 수 있다. 내면 고백이나 자기 폭로란 나는 내가 아니라는 의식, 혹은 다른 무엇이 되지 못한 안타까움과 무관하지 않다. 그렇다면, 가문을 책임진 종부가 아니었다면, 청암부인은 무엇을 할 수 있었을 것인가?

　종부(宗婦), 나는 그저 그 한 사람의 아낙이 아니고 청상과부 한 사람이 이니리, 흘러내려오는 핏줄과 흘러가야 할 씻줄의 중허리를 받치고 있는 사람이 아닙니까. 목숨 하나 던지는 일이 살아남는 일보다 쉬운 일은 결코

270

아니겠으나, 남아서 할 일이 있어, 나는 할머님, 당신처럼 그리 죽지 못하였습니다.(1권, 241쪽)

그러니까 책임 있는 종부가 아니었다면, 남편을 따라 자결하여 열녀라는 아름다운 이름을 얻었으리라는 것이다. 이런 점으로 볼 때, 청암부인의 진술을 감동적인 내면 고백이라 하기에는 석연치 않고, 그 내면조차 일정한 이념 혹은 가치에 지배된다고 할 수 있다.

따라서 젊은 시절 어린 기채를 앞에 두고 행한 다음과 같은 발언도 액면대로 수용하기는 어렵다.

하기야 무엇이 귀한 것이고, 무엇이 천한 것이랴. 또한 양반은 무엇이고 상놈은 무엇이겠느냐. 귀천(貴賤)에, 반상(班常)에, 격조와 운치를 아는 풍류, 도무지 그런 것이라고는 모르는 몰풍(沒風)이나, 모두 다 사람이 만들어낸 편견이요 생각의 오랜 관습일 뿐, 본디 그 사물이 가진 본성과는 거리가 먼 것인지도 모르지.(4권, 21쪽)

귀천과 반상의 인위적 분별을 부정하는 이 진술을 두고 청암부인의 의식이 "직접 표출된 대목"이라 하지만, 이 진술의 최종 의미를 결정짓기란 쉽지 않다. 반상과 귀천의 구분이 사물의 "본성과는 거리가 먼 것인지도 모르지"라는 진술은 거리가 멀다는 뜻일 수도 있고, 아닐 수도 있다. 달리 말하며, 이 진술은 상대방이 어떻게 나오느냐에 따라 다르게 해석될 여지가 있으며, 그래서 화자가 상대방의 대응을 어느 정도 미리 예측한 진술, 즉 도피구를 지닌 말이라고 할 수 있다. 그러니까 청암부인은 자신의 이미지나 자신의 지난 삶을 훼손할 수도 있는 발언을 함으로써 자신에 대한 타인의 부정적 의식, 예를 들면 옹구네의 말처럼 치부과정에서 남 못 할 짓을 많이 했다는 식의 비난을 거부할 수 있는 것이다.

5. 공감과 목소리의 단일성

앞서 혼수 세간에 대한 묘사에서 확인한 것이지만, 박물지적 성격이 인물을 압도해버릴 수 있는 것처럼, 『혼불』의 문체는 인물을 장식품으로 만들 위험도 적지 않게 지닌다. 소설의 언어로 적합한가는 논외로 하더라도('소설'이 아니라는 주장이 있을 수 있으므로), 『혼불』이 조탁된 언어, 유려한 문장, 정교한 시적 이미지, 현란한 색채감각 등을 통해 모국어가 지닌 문학적 가능성을 크게 끌어올렸다는 점은 외면할 이유가 없을 듯하다. 그러나 자자에 관주하기보다 언어의 순정성을 의심해보는 것도 『혼불』에 접근하는 하나의 방식이 될 것이다.

다수의 논자들이 지적하는 것처럼, 『혼불』에는 다채로운 시적 비유와 현란한 색채언어가 동원되지만 모두 생산적인 것은 아니다. 예를 들어, 작중인물들의 한스러운 삶과 푸른빛 시각 이미지의 관련은 상투성을 면할 수 없다. 또 혹자는 우리의 전통적 이야기방식이라거나 소리내어 읽으면 판소리와 다를 바 없다고 하지만, 구술적 연행방식이 반복과 리듬에 의해 구비전승된 문화적 정보를 기억하고 기록한다는 점, 즉 독창적인 창조보다 보존을 위해 상투어에 의존한다는 점을 염두에 두면, 『혼불』의 구연적 특성이 반드시 긍정적일 수만은 없다. 과연, 작중인물들은 모범적인 사례를 통해 전통적인 실천, 가치, 지식 등을 전달하고 있는데, 그런 범례가 그들의 선조에 의해 반복적으로 기억 전승된 것이라는 점에서 그들의 목소리는 교훈을 전파하는 도구처럼 보인다.

이처럼 작중인물이 자기 목소리의 주인이 아니라면, 『혼불』을 지배하는 목소리의 주체는 누구인가? 다음 두 목소리를 보자.

생이 아직도 그 속을 못 살났했능게비. 세월 오래 가네이. 기양 잊어불제, 멋헐라고…… 속으다 두먼 멋히여. 무단히 깡텡이만 생기제. 깡치 생

272

기먼 속 질리고, 속 질리먼 아푸고, 아푸면 병들고.(10권, 311쪽)

　죽으라고 보낸 것은 아니었어요. 살리려고 해보았던 짓이었습니다. 하
지만, 안 보고 싶었던 것도 사실입니다. 작은어머님은 모르시겠지만……
저만 아는 세상이 있어서, 저, 그 사람, 안 보이는 데로 보내버리고 싶었던
것도 사실입니다.(10권, 326쪽)

　전자는 기층민중 소례의 속말이고, 후자는 효원의 속말이다. 앞서 인용
한 청암부인의 입말이나 효원의 말은 거의 표준어에 가깝다. 위의 인용으
로 볼 때, 신분상의 우열에 따라 사용되는 말을 차별지었다고 할 수 있다.
물론 양반 문중의 사람들이 방언을 기품 있게 쓰다보니 표준어에 흡사하
게 되었을 뿐이라면, 김헌선의 지적처럼, 『혼불』에는 매안 문중의 말투와
사투리가 '공존'한다고 볼 수 있다. 그러나 그가 지적하고 있는 '공존'이
대화적 관련, 즉 절대성을 주장하지 않는 다양하고 이질적인 목소리나 가
치의 행복한 상대성을 의미하는가는 여러모로 새겨볼 일이다.
　바흐친적 의미로 소설의 문체적 고유성이란 특정 언어의 우월성, 이질
언어를 억압하는 표준어의 독백을 거부하는 데 있으며, 소설가의 핵심적
인 처지란 그의 목소리 또한 수많은 목소리의 하나에 불과하다는 사실에
있다.[9] 그렇다면, 양반의 말투와 민중의 말투가 공존한다는 『혼불』의 각
목소리에 독자적인 몫, 동등한 권리와 융합되지 않는 가치, 각자의 세계
를 소유한 의식이 주어지는가?

---

9) 방언 사용이 "백제인의 후예로서" "전라인의 본질을 저버리지 않은 결과"라면, 이것이
소설가의 처지와 어떻게 관련되는지 알 수 없다. 또 김헌선은 전라도 사투리가 낯설게 느껴
지지 않는다 하고, 이는 그리움에 사무친 독자들에게 변치 않는 근본을 환기하기 때문이라
고 지적하지만, 작품 자체를 있는 그대로 보자는 입장에서 나온 결론으로 여기기에는 납득
하기 어려운 점이 많다.

그만 실이 꼬이더니 얽히고 만 것이다.

춧!

허담이 혀를 찼다.

하이고오, 어쩌꼬오……

사람들 사이에서 잠시 소요가 일었다. 그 수런거림은 불길한 음향을 남겼다. 물론 그것은 작은 매듭에 불과했지만 그것을 보는 사람들의 마음을 철렁하게 하였다. (……)

그래서 아까보다 더욱 조심스럽게 어깨를 움츠리며 잔을 나르는 대반의 코에 땀이 솟아난다.

아하아아.

하객 중의 한 사람이 탄성을 발했다. 술방울을 흘리지 않고 무사히 잔이 건네어진 모양이었다. 사람들도 저마다 비로소 숨을 튼다.(1권, 24~25쪽)

여기서 보여지는 "하이고오, 어쩌꼬오"나 "아하아아"라는 탄성은 특정 개인에게 귀속되는 것이 아니다. 이는 혼례식에 참여한 사람 모두가 공유하는 감정을 보여준다. 등장인물들이 내밀하게 교감하는 이런 비일상적 의식공간이 아니더라도, 『혼불』에서는 사물과 서술자가 교감하고, 인물과 서술자가 정서적 일치를 보이는 경우가 흔하다. 이는 서술자가 서술되는 것에 대해 자신의 개인적인 태도나 감정을 강하게 남기는 서술방식이라고 할 수 있다. 이 작품에 시적 비유가 현저하다거나 서정적인 묘사가 많다고 지적되는 것도 이런 사정과 무관하지 않을 것이다. 시어의 선택과 조합이 대체로 시적 화자의 미적 의도에 강력하게 종속되는 것과 같이, 『혼불』에는 단 하나의 동질적인 목소리가 있을 뿐이라고 할 것이다. 즉 『혼불』의 언어는 인물의 심경을 감정이입적으로 드러내고, 서술하는 자와 서술되는 자의 동질적인 관계를 형성한다고 할 수 있다.

그 결과, 『혼불』에는 누구의 시점, 누구의 목소리인지 확실하지 않은 진술이 압도적으로 많이 나타난다. 어떤 인물의 발언은 대화의 따옴표를 벗어나 서술 속으로 스며들기도 한다. 인물의 발언에서 따옴표를 삭제하는 것은 그 인물이 목소리의 독자적인 주인일 수 없음을, 따라서 그 발언의 의미나 가치는 누구나 공감할 수 있는 것임을 암시한다. 때문에, 그 목소리는 우의적 의미를 지닌 삽화, 풍습, 속신 등과 쉽게 연결되는 것이다.

이런 맥락에서 보면, 『혼불』에서 목소리의 유일한 주체는 서술자이며, 그의 목소리는 마치 단일언어처럼 작품에서 강력한 구심력을 행사한다고 할 수 있다. 왜냐하면 무엇보다 그 목소리가 닿아 있는 각종 풍속과 제도, 속신과 설화 등으로 작중인물들의 사고와 행동, 정서를 설명하고 있기 때문이다. 그러니까 『혼불』의 박물지적 항목들은 서술자의 사상적 입장을 표현한다고 할 수 있다. 물론 그 사상이 구체적으로 무엇이며, 그 의의가 어디에 있는가는 따로 상론할 문제이다. 다만, 그 단일한 목소리의 사상이 전통사회의 형식, 가치, 기대와 긴밀하게 결합되어 있음은 명백하다. 그렇기 때문에, 서술자는 각 인물의 목소리에 다른 목소리와 공존하면서도 대결하는 독자성을 부여할 수 없는 것이다.

특정한 사회의 가치나 기대에 근거하고 있는 한, 단일한 목소리는 자신과 관련된 사람들 사이의 세계관이나 운명에 차이가 있음을 보여주기 어렵다. 성씨와 본관이 배타적인 등급을 표시하지만 "지금은 그런 것이 문제가 아니다"(3권, 230쪽)라는 심진학 선생의 발언, 나라로부터 대접 받은 것은 없지만 조선족은 "백성으로서의 순정"(5권, 99쪽)을 지닌다는 지적은 동일한 사회적 이념적 지평을 전제한 것일 수밖에 없다. 『혼불』이 아직 규정되지 않은 자아의 모험을 뒤따르기보다 인물이 살아가는 삶의 격식, 관습, 제례를 탐구할 수밖에 없었던 이유도 여기에 있다. 왜냐하면, 이런 목소리의 주인에게 사회의 제도, 관습, 풍속은 개인의 도덕적 성숙을 측정하는 척도로 기능하기 때문이다. 그러므로 작중인물의 성격적 변화라거나 진정한 의미의 자기 반성, 자기 폭로가 있을 여지가 없는 것이다.

독자 역시 이런 단일한 목소리와 교감할 수밖에 없다. 감정이입적 교감이란 독자가 작가의 단일한 관점에서 자유롭지 못한 상태와 다르지 않다. 유일한 목소리가 밝히는 길을 따라갈 때, 독자는 세계를 상이한 관점에서 다르게 해석하기 어려울 것이다.[10] 다양한 목소리로 이질적이거나 복수적인 진실에 고무되지 않는 한, 인간과 삶에 관한 우리의 이해는 궁핍할 수밖에 없다.

6. '혼불', 거대한 빙산

『혼불』의 정체는 아직 드러나지 않았다. 모든 작품이 여러 개의 창과 문을 지니고 있듯이, 『혼불』에 이르는 길도 일원적일 수 없을 것이다. 때로는 일상적인 폭력으로 전화된 덕석말이를 통해 제도와 관습 속에 구체화된 권력, 차이를 축출하는 억압형식을 드러내면서 동시에 『혼불』은 시간의 흐름과 서사의 전개를 통한 질적 차이를 억압하기도 한다. 삶의 다양함을 보이는 듯하면서 구심적인 목소리로 무차별적인 공감을 요구한다. 이는 해답으로 제시된 모든 것은 불완전하다는 말처럼, 『혼불』 역시 모순과 빈틈을 지니고 있음을 보여준다.

작가 최명희가 영감에 의존해서 작품을 만든 것 같지는 않다. 그이는 장인적 예술혼을 지닌 작가이다. 바로 그렇기 때문에, 결백에 가까울 정도로 엄격한 자기 단련을 추구했을 것이며, 자신의 작품에 쉽사리 만족

---

10) 패배자의 잊혀진 역사를 복원하거나 재해석한 것은 승리자의 역사 기록이 지닌 허구성을 폭로한다는 점에서 의미 있는 작업이라 할 수 있다. 그러나 심진학 선생이 자신을 백제의 자식이라 하거나, 격한 감정을 자제하듯 쉼표를 쳐가며 전주(좁게는 전주 이씨)가 왕의 관향이 됨으로써 백제 유민의 한을 설분하게 되었다(8권, 102~103쪽)거나, 승려 도환이 남의 말을 빌려 왜적의 침범 이유가 "고향 나라에 대한 백제 유민들의 본능적 그리움 때문"(9권, 56쪽)일 수 있다고 암시하는 것은 "억압의 땅, 백제와 전라도"라는 김헌선의 단도직입적인 표현 못지않게 당혹스럽다.

하지 않았을 것이다. 오히려 독자들이 자신의 작품을 엄격하게 보고 그 틈을 발견해줄 것을 바랐을지도 모른다. 그것이 완벽한 예술품에 대한 장인의 겸허이며, 그런 작품을 향한 장인의 뜨거운 혼의 증거일 것이다. 이제 『혼불』의 완성을 기다릴 수 없는 처지에서 우리는 작품의 빈틈과 모순을 찾아야 할 과제를 떠안게 되었다. 이 일은 작품에 대한 폄하가 아니라 작품에 대한 이해를 풍요롭게 할 것이다.

『혼불』은 거대한 빙산과 같다. 잠겨 있는 부분이 모두 드러나 그 탁월함이 입증된다면, 이 작품에 가해진 기왕의 비판쯤은 거뜬히 견딜 것이다. 그러나 그렇지 못하다면, 무분별하게 주어진 격찬이란 손바닥으로 해를 가리는 것에 불과할 것이다. '『혼불』론'은 이제 시작에 있을 뿐임을 지적함으로써, 거친 나의 글을 앞으로 준비할 본격 작품론의 각서로 삼고자 한다.

(『오늘의 문예비평』 1999년 여름호)

실존적 구원과 환멸심리
—김영현의 최근 소설

90년대 벽두에 있었던 평단의 논쟁, 이른바 '김영현 논쟁'은 김영현의 소설이 우리 문학이 나아갈 하나의 징후일 수 있는가에 초점을 두고 있었다. 지금 여기서 그 논쟁 자체를 점검할 여지는 없지만, 탁월한 내면 묘사를 드러낸 그의 작품이 민족문학의 뜻깊은 성과인가 아니면 자유주의 문학의 과거적 유산인가를 재는 하나의 잣대가 되었던 점은 인상적인 사건이라 할 것이다. 논쟁의 단서를 제공한 김영현의 첫 작품집 『깊은 강은 멀리 흐른다』가 상재된 지 10년이 흘렀다. 이제 그의 최근 소설집, 『내 마음의 망명정부』(강, 1998)와 장편 『날아라, 이 풍진 세상』(한겨레신문사, 1998)을 앞에 두고 지난 논쟁을 떠올리며 착잡한 생각에 빠지는 것은 어쩐 일인가.

거친 독법으로 정리하면, 두 작품에서 김영현이 일관되게 묻고 있는 깃은 모든 존재를 무화시키는, 낯설고 불가사이한 힘을 지닌 '시간의 정체'이다. 달리 말하면, 인간의 힘으로는 어찌해볼 도리가 없는 시간을 소설적 화두로 삼는다고 할 수 있다. 원칙적으로 소설이란 인간의 운명을 자신의 내적 줄거리로 삼는 형식이다. 시간이라는 관념이 사라진다면, 아마 이야기 자체가 불가능해질 것이다. 그런데 누구도 시간의 무자비한 힘으로부터 자유롭지 않다. 그래서 소설은 동물적 운명을 지닌 인간이 시간의 힘에 맞서 싸운 절망적 투쟁의 기록이다. 시간의 불가역성에 굴복하되 동시에 그 필연으로부터의 자유를 꿈꾼 것이기 때문에, 소설에서는 때때로 흘러가버린 삶, 사라져버린 것들이 휘황한 빛을 발하게 된다. 이런 의미에서 소설형식이야말로 시간을 문제로 삼는 장르라고 할 수 있다.

이에 김영현은 묻는다. "왜 시간은 흐르는 것일까? 그리고 그 시간 속에 한때 존재했던 것이 왜 다른 때에는 존재하지 않는 것일까?"(「고통」) 보다 나은 세상을 꿈꾸며 짐승의 시간을 견디어내었을 때, 그 다음에 오는 것은 무엇인가? 이런 물음에 대해 그의 작품은 역사적 시간에 대한 환멸로 응답한다. 인간은 "역사라는 시간대 속에서만 비로소 의미 있는 존재"가 되며, 역사는 "존재의 집이자 바로 그 개체들의 집합체"라고 믿었던 시절이 있었다. 그러나,

한때 불꽃처럼 그의 내부에서 타올랐던, 어떤 의미에선 생의 확실한 목적처럼 보이기도 했던, 그런 것이 지금은 없어져버렸다는 것 또한 분명한 사실이다. 그는 한때 목숨을 바쳐서라도 사랑을 해야 할 대상을 가지고 있었다. 그것은 바로 역사였으며, 민중이었다.(「새장 속의 새」)

이제 김영현의 소설에서 모든 존재에게 역사적 시간은 슬픔의 원천으로 작용한다. 그렇다면, 생의 목적과 의미를 추구하는 일은 도로(徒勞)에 그치고 말 인간의 미망에 불과한가? 정말 역사도 민중도 존재하지 않으며, 사회적 존재로서의 인간 운명은 극복된 것일까? 그렇지 않을 것이다. 그럼에도 불구하고, 김영현은 '그때'와 '지금'의 단절, 과거의 희망과 현재의 절망을 단조로울 정도로 반복해서 강조한다. 그로서는 시간의

경과에 따르는 변화를 인정할 수 없고, 과거와 현재 사이에 필연적으로 나타날 질적 차이를 수락할 수 없다. 왜냐하면 현재는 천박한 욕망, 가짜가 득세하는 야만의 시간인 까닭이다. 현재가 동물의 왕국으로 파악될 때, 과거에 놓인 '청춘의 꽃다발' 은 더욱 빛나게 마련이다.

그러나 그의 가슴속엔 그 방이 꽃의 이마에 박힌 화인처럼 지울 수 없는 은밀한 흔적이 되어 남아 있었다. 사실을 고백하자면 그는 그후 한 번도 그 방에서 나온 적이 없었다. 그의 '나머지' 인생 동안 그곳은 완강한 폐쇄 회로와 같이 그를 가두어두고 있었던 것이다.(「고통」)

그런데 김영현의 최근 소설은 과거를 회상하는 방식에서 이전과 큰 변화를 보인다. 이전의 작품에서 기억은 슬픈 과거조차 찬란한 빛 속에 드러내는 힘이었다. 그렇기 때문에, 불꽃의 투쟁성 못지않게 별을 바라보는 눈물의 서정, 낭만적 추억도 현실의 억압을 이기는 힘이라고 그는 말해두었던 터다.

심지어 고통스러웠던 과거조차 기억에 의해 빛을 발하는 것은 내밀한 영혼이 긍정적 혹은 대결적으로 외부세계와 관계하기 때문이다. 객관 현실과 관계하고 있는 한에서, 내면의 추억은 지나간 시간에 대한 총괄이면서 동시에 닥쳐올 시간에 대한 비전이 된다. 그런 까닭에 감옥의 어두운 독방 속에서 오히려 영혼의 고향을 느끼고, 벌레보다 못한 자기 속에 깃들인 '영혼의 음성' (「내 마음의 망명정부」)을 들을 수 있는 것이다.

그러나 지금 그 과거는 더이상 회상에 의해 빛을 발하지 못한다. "지금은 아무도 기억하려고 하지 않는" 그 과거는 이해받지 못한 자아의 "은밀한 흔적"일 뿐이다. 자기만의 내면에 폐쇄된 영혼은 그것이 아무리 고귀하더라도 객관세계를 향해 말을 건넬 수 없다. 작중인물 초우의 말처럼, "우리는 아무에게도 충성을 하지 않"(「초우와 함께」)으며, 사랑의 대상이 사라진 자리에 증오와 환멸만 남을 뿐이다. 그러니 현재를 야만의 시간으로 강조하면 할수록 폐쇄회로에 갇힌 청춘의 꽃다발이란 타자의 의문을 허용하지 않는 이념 형태에 불과하지 않겠는가.

역사적 시간에 대한 환멸, 역사적 존재인 인간의 슬픔을 통해 김영현은 어떤 깨달음에 도달한다. 과거 현재 미래의 자아가 하나라는 시간의 동시성(「새장 속의 새」), 지상에서의 천 년이나 일 년은 차이가 없다는 깨달음(「고통」)이 그것이다. 이는 마치 하루의 삶 속에 전 생애의 삶이 순간적으로 펼쳐지는 것과 같은 실존적 시간 체험이다. 역사의 발전이나 희망을 더이상 기대할 수 없다는 그에게 이런 묵시적인 경향은 불가피한 것인지도 모른다. 그렇다면, 역사 현실을 수직적으로 초월하는 실존적 시간이 그에게는 존재론적 자기 구원의 단서가 될 수도 있을 것이다.

죽음의 공포, 시간의 광포한 힘을 극복할 수 있다는 깨달음을 두고 한 작중인물은 "허무를 통한 위안"이라고 말한다. 그럼에도 불구하고, 자전적인 소설 「새장 속의 새」에서 작중인물은 원래의 양명한 성격, 단순하고 낙천적인 바탕을 회복하지 못한다. 이는 불가피한 일이다. 왜냐하면, 시간의 동시성이나 실존적인 시간 체험에서는 삶의 목적이나 행동의 의미를 구할 수 없는 까닭이다. 베르자예프의 말을 빌리면, 개인주의의 극단적 형식인 실존적 시간은 상향적일 수도 하향적일 수도 있는 역사적 시간과 인간의 역사적 운명을 부정한다. 그렇기 때문에, 김영현의 소설에서 깨달음과 허무가 삶에 대한 용기나 겸손이 될 수 있는가를 확신하기 어렵다. 『날아라, 이 풍진 세상』에서 장억만이 끝내 자살에 이르고 마는 것은 사회역사적 시간과 결부되지 못한 실존의 내면적 황폐가 아닐 것인가.

대상을 상실한 환멸 체험이 주체를 지배할 때, 주관적 내면성은 외부세계보다 극단적으로 넓어지면서 행동 역시 불가능해진다. 행동의 불가능 혹은 장억만의 자살과 같은 행동의 무방향성은 작가에게 윤리적 정치적 문제일 뿐 아니라 미학적인 문제가 된다. 왜냐하면, 행동의 가능성이나 그 행동의 정당성을 따지는 문제는 내적 심리와 외부적 객관세계를 어떻게 유기적으로 형상화할 것인가라는 미학적 과제와 연관되기 때문이다.

소설형식은 객관적 삶의 원칙을, 즉 주체의 실패와 좌절 속에 드러나는 삶의 충만성을 수락하지 않을 수 없다. 심지어 거역할 수 없는 시간의 파괴적인 힘이 인간의 선의를 배반하더라도, 시간의 흐름 또한 하나의 방향성이다. 이를 기꺼이 승인함을 두고 한 뛰어난 이론가가 성숙한 남성적 인식이라 하였거니와, 이런 인식 위에서만 소설적 시간 체험은 행동을 환기할 수 있다. 그러나 김영현의 소설에서 인간의 역사적 시간은 환멸스러운 경험으로만 드러난다. 그래서 꿈꾸었던 세상의 부재와 삶의 무의미를 궁극 현실로 받아들이는, 그럼에도 불구하고 그 현실에 맞서는 성숙함이 그의 소설에서는 형상을 얻지 못한다. 역사적 시간의 단면만 보고 자신의 주관적 심리 속에 망명처를 마련하는 환멸은 현실에 대한 근거없는 트집이 되기 쉽다. 더구나 회상적 과거 서술이 '그때' 와 '지금' 이라는 이원성, 내면과 외부의 양극 분리에 기초해 있고, 이런 단절과 분리를 현재적인 환멸심리로부터 파악하기 때문에, 그의 소설은 과거 사건을 윤색할 가능성이 있을 뿐 아니라 소설의 전체 형상화를 왜곡할 수도 있다.

작가가 이런 위험에 비자각적인 것은 아니다. 그러나 아파트 단지 상가 사람들의 거칠고 힘겨운 일상사를 다룬 장편『날아라, 이 풍진 세상』이 성공적인 형상화에 도달했다고 보기는 어렵다. 여러 시점의 인물을 통해 삶의 다채로운 단면을 보여주고자 했지만, 시점의 빈번한 이동 때문에 중심인물의 중요성이 부각되지 못하고, 중반 이후에는 장억만의 복잡한 내면성이 강조됨으로써 전반의 일상적 삶의 사실과 조화를 이루지 못한다. 더구나 다음과 같은 기이한 수식과 비유는 문체적 수단으로 환멸을 보상받고자 함이 아닌지 의심스럽다.

억만은 이 겨울 냄새가 좋았다. 겨울 냄새 속에서는 어렴풋하게 따뜻한

난로와 실오라기 같은 김이 피어오르는 한 잔의 커피와 한 개비의 고소한 담배와 그리고 어쩐지 사랑하고야 말 것 같은 예감을 지닌 여자의 모습이 떠올랐다.(86쪽)

『날아라, 이 풍진 세상』에서 작중인물이 드러낸 삶의 방식이나 태도를 비교하면, 구성적 부조화로 인해 작가가 의도하지 않은 곤경이 초래됨을 목격할 수 있다. 황 전도사는 여전히 역사의 발전을 믿고 세상의 근본적 변화를 꿈꾸는 인물이다. 70년대식 운동의 순수함을 지닌 그는 사고의 새로운 틀이 필요함을 역설하고 공동체운동에 헌신한다. 그러나 마치 신의 부활을 기대하는 것과 같은 그와 달리, 장억만은 역사적 시간의 허무를 벗어나지 못한다. 그는 극단적인 자기 혐오와 함께 음습하고 복잡한 내면을 지닌 인물이다. 그는 「새장 속의 새」에서 독재의 후유증으로 단순양명한 성격을 잃어버린, 섬세하고 병적인 인물과 같다. 한때 세상을 바꿀 수 있으리라고 믿었던 억만은 가짜가 판치는 세상에 환멸을 느끼고, "인간의 역사가 이어가는 한" 낙원은 도래하지 않을 것이라 말한다.

때때로 나는 숲속에 나 있는 두 가지 길 중에 내가 분명 잘못된 길을 선택하였다는 생각이 들곤 한다. 말하자면 내 인생은 잘못된 선택과 수많은 시행착오의 연속으로 이루어져 있는 것 같은 느낌이다. 그러나 달리 생각하면 내가 가지 않았던 길인들, 내가 혹시 어쩌다가 그쪽 길을 선택하였다 한들, 얼마만큼 달라졌을까 하는 생각도 든다. 세상에, 이 태양 아래, 도대체 특별히 의미 있는 길이란 게 있을 수 있을까.(200쪽)

삶은 언제나 우리에게 선택을 강요하고, 우리는 대안적 가능성을 앞에 두고 망설임과 고뇌를 경험한다. 비록 선택이 실패로 끝난다 해도 그것은 의지적인 인간의 위대함을 입증하기도 한다. 그러나 두 길 가운데 어느 쪽을 '선택'했더라도 그 결과가 달라지지 않으리라는 억만의 생각,

인간의 모든 시도가 무위로 끝나리라는 이 절망적인 통찰은 환멸적 낭만주의의 특징이다. 인간 주체의 의지나 노력은 그 실패가 처음부터 예정되어 있다는 뜻과 다르지 않다. 예정된 실패는 모든 존재의 불가피한 운명일 수 있다. 그러나 필연에 굴복할 뿐이라면 선택에 따르는 고뇌가 있을 수 없고, 선택의 자유와 그 어긋난 결과가 없다면 소설이 있을 이유가 없을 터이다.

작중인물 계숙은 억만의 허무주의적 내면성을 인생의 낭비라고 비판하며, 그가 자살한 뒤에도 자신에게 주어진 삶에 충실하고자 한다. 그렇다면, 이 장편에서 그녀가 보여주는 태도는 삶의 한 방향이 될 수 있는가?

바보 같은 사내. 별이 되고 싶었으면 높이, 높이 비상했어야지. 누군 힘들지 않나, 뭐……

계숙은 지하철 계단을 향해 천천히 발걸음을 옮기기 시작했다. 다리가 자꾸 휘청거렸지만 가슴을 쭉 펴고 커다랗게 숨을 한번 들이켰다. 바람 속에서 얼핏 풋풋한 프리지어 꽃향기 같은 게 느껴졌다. 어쨌든 봄은 오고 있었다.(249쪽)

계숙이 보인 삶의 태도는 어려운 상황을 무던하게 견디어가는 단순하고 낙천적인 성격 탓이라 하겠고, 이는 억만이 잃어버린 천성과 다르지 않을 것이다. 그러나 작품의 대미로 제시된 이 장면을 서술의 결론으로 삼기에는 석연치 않은 점이 있다. 예를 들어 인생의 목표와 삶의 의미를 미처 깨닫지 못한 상태에서, 계숙은 르누아르의 그림 〈소녀〉를 보면서 행복을 꿈꾼다.

꽃피 빛으로 씨인 지 소녀는 얼마나 행복할까. 우리는 왜 그림 속의 지 소녀처럼 될 수가 없을까. 행복한 상태로 영원히 정지해버린 저 그림 속의

소녀처럼……(54쪽)

억만이 유서 끝에 계숙의 '행복'을 기원하는 것처럼, 이 행복한 삶이 그녀에게 인생의 목표와 삶의 의미가 된다면, "낭만적인 꿈 대신 현실의 행복"을 택한, 억만의 첫사랑 현주도 비난하기 어려워진다. 그렇다면, 행복한 삶이란 어떤 것인가? 영광상가 사람들이 그러하듯이 어려운 시절엔 "그저 숨죽이고 사는 게 제일"이라는 것, 계숙의 어머니가 한 말처럼 "있는 거나 알뜰하게 챙겨서" 사는 것이다.

그러나 억만은 타락한 세계에 길들여지기를 거부하고 영혼의 비상을 소망하며, 이를 자신의 복잡한 성격 탓이라 말한다.

나의 머리는 언제나 모순으로 가득 차 있다. 한 여자를 사랑하기엔, 그리고 그것으로 행복하기엔, 나는 너무 복잡한 인간이 되어버렸다.(199~200쪽)

꿈과 희망을 가지고 사회로 나아가 시련과 좌절을 겪다가 마침내 한 여자를 만나 가정을 만들고 이웃한 다른 사람들처럼 행복하게 살아간다는 것, 이런 평범한 삶을 두고 헤겔은 속물적이라 불렀다. 그러니까 억만의 복잡한 성격과 모순된 사유는 억압적인 현실의 원리를 거부하고, 속물적인 삶의 행복보다 자유를 향하는 낭만적 열망에서 비롯된다고 할 수 있다.

방금, 시련을 이겨내는 계숙의 단순하고 낙천적인 성격이 행복을 추구한다면, 복합적 내면성을 지닌 억만은 자유를 지향한다고 말했다. 억만이 죽음으로써 역사적 시간의 잔인함을 초월하고자 한다면, 계숙은 낯설고 비일상적인 죽음을 피해 외부세계의 일체를 긍정한다고 볼 수 있다. 산문적 현실 앞에서 참담하게 좌절한 억만의 시적 내면을 병적이라고만 할 수 없듯이, 계숙의 태도는 무가치한 현실과 타협하거나 천박한 속물로 떨어질 위험을 지닌다. '영원히 정지'한 행복상태란 자유를 향한 모험의 포기인 까닭이다. 「김문갑전」에 주어진 풍자적 시선이 이를 입증한다. 다른 한편, 속물적 삶을 거부하고 억만의 환멸적 내면을 유보없이 승인한다면, 이는 계숙의 성격적 단순성이 지닌 건강한 힘을 부정하고, 자기 연민에 몰두하는 병적 징후라고 할 것이다.

이처럼, 계숙과 억만이 드러내는 삶의 태도는 서로를 용납하기 어렵다. 황 전도사, 계숙, 억만이 보여준 삶의 방식은 겉돌면서 서로를 부정하고 지워버린다. 이같은 부조화는 무엇보다 김영현의 소설에서 환멸의 심리가 작품 전체를 지배한 결과일 것이다. 물론 이번 소설에서 90년대의 변화된 상황이 폭풍처럼 할퀴고 지나간, 외롭고 황량한 영혼의 절규를 감지할 수 있다. 그러나 실제로 우리의 삶이 무가치하며 그래서 이를 가차없이 폭로한다 해도, 무절제한 환멸심리란 시간에 굴복한 소설가의 무기력을 가장 참담하게 드러냄이 아닐까. 꿈과 현실, 본질과 삶을 분리시키고 때로는 인간의 의지를 초월하는 시간, 이 역사적 시간에 맞선 싸움이 부질없는 것이되 그 싸움을 포기할 수 없다는 것, 여기에 소설가의 운명이 있지 않겠는가.

(『작가』 1999년 여름호)

일상과 일탈 사이

─공지영의 『존재는 눈물을 흘린다』

    흔히 공지영과 같은 작가를 두고 '386세대'라고 말한다. 그것은 60년 대에 태어나 80년대에 대학을 다니거나 청춘의 터널을 통과하고 이제 삼십대의 성인에 도달한 사람을 범칭한다. 원칙적으로 세대란 생물학적 연속성과 관련되는 말이지만, 386세대라는 규정이 세대의 생물학적 귀속을 의미하는 것은 아니다. 통념적인 것이지만, 생물학적 귀속성과 무관한 차원에서 한 세대가 성립되는 기반은 다른 세대와의 변별성이라고 할수 있다. 예를 들어, 역사에 대한 새로운 의식, 삶에 대한 상이한 태도, 문화적 경험의 차이 등이 각 세대를 변별짓는 자질이라고 할 수 있다. 그러니까 세대는 특정한 사회경제적 조건과 정신적 풍토에 속하는 것, 그런 조건과 풍토에 근거하여 자기 세대의 주인공을 선택하고 이로써 자신들의 역사적 특수성이나 운명의 독자성을 표나게 드러내는 문화적 요소라고 할 것이다.

    『존재는 눈물을 흘린다』(창작과비평사, 1999)에서 공지영이 지적하고 있는 자기 세대의 독자적인 운명을 「모스끄바에는 아무도 없다」를 통해 엿볼 수 있다. "그땐 그러다가 지금 요렇게 되었는지 영원히 이해받지 못할" "우리들은 영원히 외로운 세대"(287쪽)라는 것이다. '그때' 빛나는 청춘이었던 그들은 역사의 발전에 대한 믿음과 희망이 있었고, 그것으로 고문의 고통도 실연의 슬픔도 위안을 받았다. 그러나 '지금' 그들은 어디론가 사라졌거나 변화된 세계의 법칙에 삶을 저당잡힌 상태다. 삶을 점령당한 그들은 80년대의 싸움을 '한물' 간 것으로 여기거나 "옳더라도 낡은 것을 버리고 옳지 않더라도 새로운 것"을 따르라고 충고한다. 그러나 공지영은 돌아온 탕자처럼 급변한 세계를 향해 회개하거나 개종할 수 없다고 말한다. 왜 그런가? "결과가 마음에 들지 않는다고 그 동기조차 경멸"(289쪽)할 수 없기 때문이다. 아무리 낡아도 옳은 것은 옳은 것이며, 아무리 새롭더라도 옳지 않은 것은 옳지 않다는 것이다. 그래서 공지영의 작중인물들은 80년대를 통틀어 싸워온 아버지세대와 여전히 화해할 수 없고, 그들이 목숨처럼 소중히 여긴 것을 팝콘보다 가볍게 여기는 젊은 신세대를 믿을 수도 없다. 그러니 이들은 이해받을 수 없는 외로운 세대, 20세기의 '마지막 유랑아'가 아니겠는가.

그때와 지금 사이에 변화된 세계가 놓여 있다. 이 변화는 공간의 장벽을 넘어 그들이 러시아에 있다는 사실로 실감될 수 있다. 모스크바는 "살아서는 아마도 밟지 못할 거라고 상상했던 땅. 몰래 읽은 혁명사와 레닌 전기 속에서 살아 숨쉬던 곳"이었다. 그러나 인물은 도착한 지 이틀이 지나도록 호텔을 나서지 못하고 광장만 내려다본다. 노동자의 '함성'이 사라진 붉은광장은 '이상하리만치 고요'하다. 그 광장에는 억압받던 프롤레타리아가 한 목소리로 자신의 권리를 옹호하던 합창이 더이상 존재하지 않는다. 장소의 정체성을 역사적 주체의 사회적 실천에 의해 점진적으로 형성된 집합적 특성이라고 한다면, 모스크바는 자신의 고유한 공간 정체성을 잃어버린 것이다.

모스끄바에는 새가 없대, 모스끄바에는 산도 없고, 모스끄바에는 아파트 뿐, 단독주택이 단 한 채도 없지······ 택시도 없고, 영어를 알아듣는 종업원들도 없는 호텔, 창녀는 없지만 인터걸이 있고 산은 없지만 언덕이 하나 있고, 이제 여기 레닌이 있다······ 김이 나의 시선을 피해 고개를 떨구었다. 빅또르 박이 천천히 대열의 앞을 인솔하고 있었다. 살아 있는 우리들은 죽은 레닌을 거기 남겨둔 채 지하의 어두운 묘지를 빠져나왔다.(290~291쪽)

시간의 묘지 속에 묻혀버린 혁명처럼, 작중인물은 아무것도 없는 모스크바에서 아무도 만나지 못한다. 그에게 현실 모스크바는 혁명이념이 사라진 곳, 고요한 광장처럼 아무것도 아무도 없는 부재의 공간이 된다. 그러나 모스크바는 혁명 장소로서 부재하는 것일 뿐, 자본에 의해 새롭게 재구성되어 있다. 영화 로케이션이 의미하듯, 모스크바는 거짓 꿈을 만들어내고 혁명조차 상품화할 수 있는 장소이며, 광장의 목소리 대신 호텔의 '밀실'은 한국의 천민 자본이 인터걸과 섹스를 거래하는 곳으로 전락한다. '코크'라는 말만 알아듣는 호텔 종업원, 어둠 속에 빛나는 '맥도날드' 간판처럼, 모스크바는 교환가치의 체계 속에 편입되어버린 것이다.

그렇다면, 이제 무엇을 할 것인가? 작가로서 공지영은 "화해하고 따뜻하게 안아주는 다른 이야기"를 하고자 한다. 고문과 투옥으로 얼룩진 혁명과 저항은 아니지만, 화해에 이르는 소설의 길이 결코 패배나 항복일 수는 없다는 것이다.

삶이란, 젊은 내가 함부로 생각했듯이 변증법적으로만 전개되는 것은 아니며, 그러니까 삶은 뭐랄까 불가해한 것이니까. 작은 상처와 사소한 마음먹음 하나가 생을 뒤바꿔놓을 수 있다는 것을 나도 알고 있으니까.(255쪽)

모든 것을 설명할 수 있다는 거대한 이야기에 편입되지는 않지만, 삶의 갈피마다 작은 상처들이 숨겨져 있고, 이 숨겨진 상처들은 느닷없이

들이닥친 가파른 벼랑이 되어 원하지 않은 슬픔과 고통을 배당하며, 우리의 삶은 폭풍을 만난 배처럼 뒤집어질 수 있다. 어쩌면 사소하고 우발적인 사건이 생애 전체에 터무니없는 필연을 강제하는 불가사의야말로 삶의 진정한 핵심일 것이다. 이런 의미에서, 삶은 사소하고 작은 이야기들로 구성된다고도 할 수 있다. 예측 불가능한 삶의 미끄러짐은 수학적 공리로 정식화될 수 없기 때문이다.

삶은 이처럼 가볍고 불안정한 것이지만, 그렇다고 '이건 연습이니까 이제 다시 시작하자'고 말할 수 없다. 여기에 사소하고 가벼운 것 속에 가로놓인 철학, 준엄하다거나 엄정하다고 할 삶의 철학이 있다. 따라서 가슴을 따뜻하게 데워줄 작은 이야기들은 변혁이념을 포기한 노쇠의 결과가 아니다. 그 이야기들은 개인의 구체적이고 사소한 삶이 지닌 가치, 사랑과 눈물이라는 내적인 것의 가치를 깨달은 자의 소득일 것이며, 이를 지혜라고 불러도 좋을 것이다.

이런 지혜 위에서 공지영은 삶의 구체적 일상을 탐구한다. 그래서 "먹고살기가 얼마나 힘든지 말하지 않는다면" 어떤 영화도 소설도 철학도 믿을 수 없다고 말한다. 먹고사는 일에 결부된 슬픔과 고통을 외면한다면, 그것은 엄정한 삶에 대한 속임수라는 뜻이리라. 표제가 된 「존재는 눈물을 흘린다」에서 해고된 여성 디자이너는 "돈만 아는 그런 얼굴"로 냉혹한 현실을 견디어왔다. 세계의 비정성 앞에서 그녀는 젊은이다운 순진성과 열정이 오히려 무서웠고, 그녀의 강파른 삶에 감상과 연민이 스며들 여지를 남기지 않고자 했다. 그녀는 어린아이를 키우며 전셋값을 걱정해야 하는 이혼녀였던 까닭이다. 냉혹한 일상을 견뎌내기란 「고독」의 아내도 다를 바 없다. 아릿한 가슴으로 돌아볼 과거가 없어서가 아니라 한치 앞을 예측할 수 없는 미래 때문에 그녀의 삶도 힘겨웠던 것이다. 같은 음악이라도 통장의 잔고에 따라 다르게 들리는 것처럼, 일상적 삶에 충실할 때 낭만저 사람에 눈멀거니 감동할 수 없다.

물론 일상적 삶은 이념, 혁명과 저항의 영역 밖에 놓인 사소한 것일 수

있다. 그러나 공지영에게 사소함이 곧 단순함을 뜻하지는 않는다. 교환가
치가 사용가치를 지배하며, 상품이 일상을 포위하고 있는 오늘날의 상황
에서, 일상은 끝없는 욕망의 부추김에서 자유롭지 않다. 그 욕망의 끝을
보려는 사람에게 사랑이나 진실 따위를 돌아볼 틈이 없음은 당연하다. 그
래서 욕망에 장악된 일상을 극단적으로 추구할 때, 삶은 화석화를 면할
수 없다. "사랑하는 나 자신을 믿지 않는"(「조용한 나날」) 인물처럼, 순간
만이 전부고 사랑도 진실도 허망한 것이 된다. 화석화된 삶에서 우리는
삶의 비의, 색깔도 모양도 다양한 저마다의 슬픔과 상처를 만날 수 없다.

　그렇다면 끊임없는 욕망, 무한정한 소유를 어떻게 제어할 수 있는가?
지침없는 일상의 욕망을 어떻게 순화시킬 수 있는가? 공지영은 서로의
눈물을 닦아주며 실현하는 '작은 행복'으로 그 가능성을 암시한다.

　　모든 존재는 저마다 슬픈 거야. 그 부피만큼의 눈물을 쏟아내고 나서 비
　로소 이 세상을 다시 보는 거라구. 너만 슬픈 게 아니라…… 아무도 상대
　방의 눈에서 흐르는 눈물을 멈추게 하진 못하겠지만 적어도 우리는 서로
　마주 보며 그것을 닦아내줄 수는 있어. 우리 생에서 필요한 것은 다만 그
　눈물을 서로 닦아줄 사람일 뿐이니까.(「존재는 눈물을 흘린다」)

　삶은 끝을 쉽게 드러내지 않는 미완의 과정이며, "생은 우리에게 많은
것을 허락하지 않는"다. 따라서 사랑이나 진실의 불변성을 믿으면서 서
로 눈물을 닦아주며 살아가는 '작은 행복'이 욕망의 도가니로부터 우리
를 구원할 수 있지 않겠느냐는 것이다. 그리하여 삶의 도처에 잠복해 있
는 불행조차 고여 있지는 않으리라는 믿음 위에서 해고된 디자이너는 타
자를 향해 손을 내민다.

　그러나 서로 슬픔을 위로하고, 사랑을 확인하며 살아가는 것이 진정한
삶인가? 사랑하는 사람과 결혼해서 아이 낳아 기르고 가계부를 쓰며 알
뜰하게 저축하여 집 평수를 조금씩 늘려나가는 일상은 지상에서 우리가

얻을 수 있을 '작은 행복'이지만, 동시에 진부할 정도로 평범한 삶인 것도 사실이다. 그 평범한 행복을 모범적인 삶의 증거로 삼을 수도 있다. 그러나 특별할 것 없는 반복적 일상, '나은 내일'이 아니라 '오늘만큼 되는 내일'에 매몰될 때, 우리의 의식이 평탄화를 면할 수 없음을 공지영은 예리하게 지적한다. 범속한 의식은 작은 행복을 볼모로 자유로운 삶, 또 다른 삶의 꿈을 희생시키기 때문이다.

그 여자는 무언가에 들린 것처럼 긴 머리 풀어헤치고 맨발로 뛰쳐나가고 싶은 충동을 느끼곤 했다. 세상에 이렇게 이쁜 애들 놔두고 내가, 싶어서 그녀는 문득 자신이 두려웠지만, 두려움만큼이나 그녀를 압도하는 감정이 있었다. 그것은 뜻밖에도 짜릿한 전율이었다.(「고독」)

일상의 작은 행복 속에서 삼십대의 아내는 삶을 다 살아버린 듯한 권태와 피로에 시달린다. 일상의 권태에서 비롯된 일탈충동은 다른 삶의 가능성을 의미한다. 그 충동이 반드시 성적 일탈을 의미하는 것은 아니다. 그것은 "한 번도 꿈꾸어보지 않았던 어떤 세계" "등에 짊어진 것을 놓아버릴 수도 있는 가능성"에 대한 열망이다. 그러나 이 짜릿한 열망은 두려움을 환기한다. 그것은 비극적인 결과에 도달할 수도 있을, 삶의 전면적 '변신'을 의미할 뿐 아니라 먹고사는 일의 힘겨움을 가볍게 여기는 것이기 때문이다. 그래서 아내는 변함 없을 내일을 위해 잠 속으로 빠져든다. 꿈에서나마 그녀는 다른 세계에 이를 수 있을까.

『존재는 눈물을 흘린다』를 거칠게 정리하면, 공지영은 일상과 일탈 사이에서 새로운 방향을 모색한다고 할 수 있다. 80년대적인 가치, 저항과 혁명의 올바름을 부정하지 않지만, 그것으로 삶의 과정에 숨겨진 불가해성을 모두 담아낼 수는 없다고 믿는다. 동시에 공지영은 변화된 세계의 새로운 현실이 압도적으로 우월하다는 것을 인정하지 않는다. 이 세계의 천박성이 사랑과 눈물의 가치를 압살하기 때문이다. 공지영이 구체적인 일상에 드리워진 삶의 작은 이야기를 주목한 것은 이런 사정들에 기인할 터이다.

공지영의 소설이 도달할 새로운 영역을 기다리면서 몇 가지 아쉬움을 말하고 싶다. 낡은 세대와 신세대 사이에서 부랑하는 것은 모든 세대의 운명일 것이다. 자기 세대의 저주받은 외로움을 강조하는 것은 그것이 다른 세대의 것과 비교가 안 될 정도로 절실하다는 뜻일 테다. 하지만 어느 세댄들 자기 세대의 고통이 팝콘보다 가볍다고 생각하겠는가. 더구나 세대개념이 개개인의 구체적이고 특수한 삶을 희생시키는 전칭적 범주이기 쉽고 보면, 이제 자기 세대의 외로움을 계속 득의의 소설영역으로 삼을 수는 없지 않을까.

이번 소설집의 몇 작품이 먹고살기 어려움의 슬픔과 고통을 강조하고 있지만, 그것이 구체적인 사건으로 다루어지지 않았음을 지적할 수 있다. 묵은 김치와 끓는 된장국에서 흘러나오는 냄새가 없었으므로, 독자로서는 삶의 슬픔이 몸으로 느껴지지 않는다. 남녀간의 사랑과 그 파탄도 서술자의 일방적인 진술에 의존하고 있다. 「조용한 나날」「진지한 남자」의 경우, 풍자소설처럼 작품의 의도가 비교적 명시적으로 드러난 것도 작가의 주관적이고 우월한 시선이 소설세계를 장악한 결과일 것이다.

화해로 이루어지는 작은 행복도 기쁨을 나누면 두 배가 되고, 슬픔을 나누면 반으로 준다는 상식을 고식적으로 확인한 것은 아닐까? 서로 다른 세계에서 살아온 듯한 노부부의 화해를 그린 「길」의 경우에도, 남편의 세대의식이 공지영과 같은 세대의 것에 가까워 보인다는 것은 접어두더라도, 그들이 용서에 이르는 과정이나 화해의 정체가 모호함은 여전히 아쉬운 부분일 것이다.

(『작가』 1999년 가을호)

삶의 복잡성과 미시적 가치

—정도상의 『푸른 방』

　지난밤의 취기처럼, 새 천년을 맞이한다는 흥분이 아직 곳곳에 남아 있다. 각종 매체들이 앞다투어 제공한 지난 세기의 회고전이라든가, 첨단기술과 장비를 동원하여 세계 각국과 신년 인사를 나누는 장면에 이르면, 정말 먹고사는 일의 슬픔이 언제인가 싶고, 살아남아 새로운 천년을 맞는 기쁨에 젖는다. 과연 이제 전 인류가 하나로 되는 지구촌 시대가 도래했음을 실감하지 않을 수 없다. 이럴 때 새 시대가 전개된다는 설렘의 숙취에서 벗어나 지난 시절의 광기가 남긴 상처를 기억하고 우리 앞에 무겁게 드리워진 새로운 야만을 직시해야 한다고 말하는 이가 있다면, 그는 촌스러움을 면하기 어려울 것이다.

　그런데 저항과 이성의 유효성이 의심받고, 인류의 이상과 미래는 시대착오적인 관념으로 매도되는 상황에서, 여전히 이런 신념을 우직하게 밀고나가는 작가가 있으니 그가 정도상이다. 그이 최근 장편 『푸른 방』(한울, 2000)은 오히려 우리가 이중의 질곡에 처해 있음을 강조한다. 민족사적으로 분단상황이 온존한다는 것이 그 하나이며, 다른 하나는 전 지구적으로 파시즘화되어가는 신자유주의의 압박이다. 이런 맥락에서, 정도상은 야만과 광기로 얼룩진 20세기의 그 음산한 풍경을 그려내고, 파시즘의 폭력에 무참하게 희생되거나 상처입은 영혼들의 황량한 내면을 추적한다.

『푸른 방』은 정치적 망명으로 독일에 머물고 있는 김창윤, 임정순 부부의 해체되어가는 가정과 쓸쓸한 내면을 주축으로 하여 그들의 지난 삶을 회고하고 갈 자리를 모색하는 작품이다. 크게 보면, 80년대 이후 그들의 통일 민주화 운동과 북한 방문 및 유학생 간첩단 사건을 씨줄로 하고 이들 부부의 서늘한 관계와 막막한 현재 상황을 날줄로 한다. 이 씨줄과 날줄을 엮어내는 화두를 다음과 같이 정리해볼 수 있다.

첫째, 개인에게 선택의 여지가 없는 삶의 여정은 안개로 가려진 숱한 오솔길처럼 불확실하다는 것이다. 인생이란 마음대로 되는 것이 아니며 예기치 못한 순간과 계기로 인해 운명 전체가 뒤흔들리게 마련이다. 정신과 육체의 분리, 원하는 것과 얻어낸 것 사이의 반어적인 낙차라는 점에서, 정도상은 근대적 삶의 조건이며 결과에 정확하게 육박해 있다고 할 것이다.

둘째, 그러한 낙차와 거리가 좌절과 절망을 불러오지만, 그럼에도 불구하고 "어쨌든 삶은 계속된"다면, 우리로 하여금 삶을 견디게 하는 그 무엇을 발견해야 한다는 것이다.

> 삶의 목적은 '다만 살아 있는 것'이 아니다. 다만 살아 있는 것을 넘어서는 그 무엇이 있어야 하는데 그것이 보이지 않았다. 정순은 그것을 찾고 싶었다.(273쪽)

불혹에 접어든 정순이 삶의 목적을 모색하듯이, 50대에 접어든 창윤 또한 "너무 늦지만 않았다면 새로운 길을 찾아야"(279쪽) 한다고 생각한다. 삶의 투명한 목적이 결여된 삶이란 타락한 현상에 굴복하는 것, 루카치의 표현대로 비본질적인 무(無)로 전락하는 것과 같기 때문이다.

소망과 실제가 사뭇 어긋날 수밖에 없다면, 산다는 것 자체가 반어일 테다. 실패와 좌절이라는 반어적 낙차에도 불구하고, 계속되는 삶 속에서 삶의 목적을 추구하지 않을 수 없다면, 삶이란 바로 반어를 살아내는 일이다. 결국 삶의 반어와 반어의 삶이 우리 인생이지 않겠는가. 새로운 길을 찾으려는 창윤, 동물적 생존 이상의 목적을 추구하는 정순의 인생이 그러하며, 아버지의 뜻에 맞서 자신의 삶을 추구하려는 딸 정희 역시 그런 삶을 벗어나지 못할 것이다. 그렇기 때문에, 『푸른 방』은 각자의 길 찾기에 나선 이들의 도정에 성공을 보장할 어떤 지표도 암시하지 않는다. 이 작품이 이룬 소설적 객관성을 주목하는 이유가 여기에 있다.

각자 뼈아픈 개인사를 지닌 채 광부와 간호사로 독일에서 만나 일가를 이룬 임정순, 김창윤 부부는 새로운 세기를 목전에 둔 90년대 말에 꿈과 이상을 잃을 뿐 아니라 서로의 애정도 시들어 삶의 공허와 막막함, 고립감과 같은 정신적 혼란을 드러낸다.

동성애에 사로잡힌 정순에 대한 증오와 고립감 속에서 다만 고향을 그리워할 뿐인 창윤의 삶은 강요된 유랑으로 특징된다. 그의 가족사는 20세기의 인간 탐욕이 빚어낸 야만과 광기의 집약이라 할 수 있다. 나가사키에서 원폭에 노출된 결과로 어머니와 형을 잃고 뒤이어 할아버지는 자살하고 아버지는 6·25 와중에 희생된다. 창윤 자신도 유전된 원폭 낙진과 월남전의 고엽제 후유증으로 온몸이 문드러질 뿐 아니라 아들 지산까지 잃는 슬픔을 맛본다. 독일생활중 유학생 명효를 만나고, 1980년 광주의 소식을 접하면서 민주, 통일 운동에 적극 가담하게 된 그는 아내 정순의 친부를 만나기 위해 북한을 방문하지만, 이로 인해 남한으로 돌아갈 수 없어 정치적 망명객이라는 사회적 무숙자가 된다. 이제 그에게 남은 것은 가족뿐이지만, 마리아와 동성애에 빠진 아내가 결별을 요구하고 딸 정희마저 독립해 나감으로써 그는 막다른 길에 이른 자의 절망감을 맛본다.

이렇게 볼 때, 창윤은 가족과 고향을 모두 상실한 상태다. "태어나 지금까지 끝없이 떠돌며 살아온" "운명의 밖에서 결정된 유랑"(12쪽)이 끝나지 않은 것이다. 자신에게 닥친 가혹한 시련에 휘둘린 그는 그의 '고향'이며 '영혼'이라 말한 지리산에 관한 책을 읽으며 통일을 꿈꾼다. 창윤은 결코 '헛된 꿈'일 수 없는 통일을 실현하기 위해 남은 생애를 보내고자 결심하고, 통일이 되면 시베리아 대륙 곳곳에 버려진 '배달민족의 넋들'과 함께 고향 지리산으로 돌아가고자 한다.

통일 성취를 남은 삶의 목적으로 삼는 창윤을 특별히 경계할 이유는 없을 것이다. 그러나 작가 정도상은 독일인 한스를 통해 통일에 관한 환상을 경계한다. 한스의 비판에 따르면 독일 통일은 '준비 없는 통일'이다. "서독은 동독이라는 거대한 시장"이 필요했을 뿐이며, 따라서 "통일이라기보다 시장의 확장"이라는 것이다(115쪽). 따라서 동독 사람들의 환호가 환멸로 바뀐 것처럼, 사회주의에서 자본주의로 이행하는 과정의 비천함, 금융자본으로 전 세계를 장악하고 있는 새로운 형태의 전체주의 곧 신자유주의에 대항해야 한다는 것이다. 이런 신자유주의 파시즘에 대한 멕시코 치아파스 원주민의 '야 바스타' 저항운동은 각별한 의미를 갖는다. 그 운동의 순수함이 자본주의의 거대한 폭력 앞에서 계급해방보다 인간 존엄성을 추구한 점에 있다 함은 우리의 통일운동이 나아가야 할 한 방향을 암시한다고 할 것이다.

오랜 해외생활로 인해 고향을 그리워함은 인지상정이겠는데, 창윤이 고향을 떠난 배경을 염두에 두고 보면 다소 의아스러운 부분도 있다. 가족사적으로 참담한 고통을 겪은 창윤은 젊은 시절 "고향 쪽이라면 고개도 돌리고 싶지 않았"고 그래서 도망치듯 고향을 떠나온다. 그가 고향을 떠난 것은 공동체가 용납할 수 없는 잘못을 범해 도피하거나 추방당한 결과가 아니다. 오히려 그는 자신의 의지와 무관하게 떠돌게 된 것이다. 따라서 그가 자유의지로 선택한 것이 아닌 만큼, 그는 어디에 가서도 정착하기 어려울 것이며, 딸 정희의 말처럼 그의 내면 깊은 곳에 도사린

'이방인 의식' 때문에 그가 항상 귀향을 꿈꾸었으리라 추측할 수 있다. 그러나 그가 도달하려는 고향 지리산은 어떠한가?

비경이나 절경이 없어도 영혼을 끌어당기는 산. 할아버지처럼 추상(秋霜) 같고 아버지처럼 엄숙한 산, 할머니처럼 자애롭고 어머니처럼 온화한 산. 먼길을 떠나는 장부처럼 비장하고 초례청의 신부처럼 화사한 산. 도망자한테는 은신처를 제공해주고 추적자한테는 길을 열어주지 않는 산. 그리하여 치맛자락처럼 펼쳐진 골짜기마다 사람을 품어주는 산, 구절양장으로 펼쳐진 인생의 뒷이야기를 알아줄 것만 같은 산…… 지리산. 그 산에 가고 싶었다.(220쪽)

이방인 의식을 지닌 창윤에게 고향은 존재의 본원이요 영혼의 거처일 테다. 그런 점에서, 비유로 그려낸 지리산의 모습은 영혼의 내면을 할퀴고 지나간 폭풍이 얼마나 거칠고 사나웠던가를 반증한다고 할 수 있다. 그럼에도 불구하고, 시적 비유가 현존과 부재의 이중구조에 의존하는 것처럼, 창윤이 그려낸 고향은 존재하지 않는다. 말을 바꾸면, 그의 고향은 감상적인 심상일 뿐이지 구체적인 삶의 현장일 수 없다는 뜻이다.

구체성을 결여한다는 점에서, 창윤이 베트남 안칸 마을로 가서 학살에 대해 뼈를 깎는 참회와 사죄로 용서를 얻고자 한 것도 돌연한 느낌을 준다. 왜냐하면, 아내와 마리아에게 증오의 칼을 휘두르기 전, 그는 자신이 잘못 살지 않았다는 것, 잘못 살았다 해도 "그건 내 탓이 아"(101쪽)니라고 믿기 때문이다. 자신의 무책임을 강변하면서 동시에 창윤은 "욕망의 덫이 유혹하던 길들" 사이에서 자신의 삶이 더욱 무거워졌다고 말한다.

무엇을 그리도 많이 채웠던가? 배낭을 열어 욕망을 버렸어야 하는데, 욕망을 비워내고 가볍게 걸었어야 했는데. 깨달음은 혹독한 대가를 치르고서야 왔다.(279쪽)

그러나 창윤이 버리지 못했던 욕망의 정체가 무엇인지 알 수 없다. 때문에, 그가 치렀다는 혹독한 대가도 무엇인지 분명하지 않고 죄의식을 통한 창윤의 내면적 자기 혁신 또한 모호하지 않을 수 없다.

창윤에 비해 아내 정순의 고향에 대한 태도는 단호하다. 그녀는 목숨을 구하기 위해 월북한 친부의 나라, 자신에게 상처만 주었을 뿐인 남쪽 어머니의 나라 어디에도 고향이 없다 하고, "비상해본 적"이 없는 삶에서 벗어나 "한국이 아닌 다른 나라"로 가고자 했다. 그러니까 그녀에게 고향 떠남은 상향 이동이나 행운을 포착하는 기회였다고 할 수 있다.

그러나 고향 상실과 "아무런 동기도 없이 불쑥 찾아온 남편과의 막막한 이 거리감" 때문에 정순은 그의 생애가 "텅 빈 느낌"(82쪽)에 시달린다. 이런 상황에서 그녀는 수기쓰기와 동성애를 통해 삶의 새로운 목적을 모색하고자 한다.

수기쓰기는 정순이 과거 속에서 자신을 찾기 위한 시도라고 할 수 있다. 자신의 글에 대해 주저하는 그녀에게 마리아는 과거 속에 묻혀 있는 자신을 발견하는 것, 그것이 인간으로서의 아름다움과 존엄성을 확보하는 것이라고 말한다. 수기쓰기에서 그녀에게 중요한 것은 어떤 사실의 생생한 기록보다 실존, '자기 자신'에 대해 말할 수 있다는 점이다.

지난 20년 동안 남편과 정순은 자기 자신에 대한 이야기를 해본 적이 없었다. 아이들, 민주주의, 분단, 통일, 역사, 운동, 미래에 대해 이야기했었다. 서로 공유해야 할 미래를 교과서 속의 문장처럼 나열하곤 했었다. 그렇게 젊은 시절을 보내고 지금은 나이보다 훨씬 늙어버렸다.(152쪽)

마리아는 상처투성이의 삶이되 상처를 말하지 않는 것이 자존심, 곧 인간으로서의 존엄성을 지키는 일이라고 충고한다. 이런 수기를 기록한 컴퓨터가 부서짐으로써 "실패한 삶에 대한 기록"이 사라졌을 때, 정순은 더이상 글쓰기에 집착하지 않는다. 이는 그녀의 수기가 지난 상처를 과장함으로써 타인을 지배하려는 것이 아님을 은밀히 드러낸다. 따라서 그녀에게는 쓰는 행위 자체가 구원인 셈이다.

자신에 대해 이야기하기 시작한 정순은 마리아와의 관계를 통해 "생의 또다른 표면"(26쪽)을 발견한다. 그러니까 동성애는 미래로 열린 현재 속에서 정순이 자신을 발견하는 하나의 계기라고 할 수 있다. 마리아에 의하면 "사랑의 이름으로 행해지는 온갖 폭력은 결국 소유욕의 과격한 표현일 뿐"이며, "문제는 동성애가 아니라 존재로서의 사랑이냐 아니냐"(278쪽)는 데 있다. 그러나 정순에게 동성애에 대한 제도의 타성이 남아 있고, 남편을 배신한다는 죄의식이 전무한 것도 아니다. 다음과 같은 병렬 장면처럼, 정순은 적지 않은 심적 고통을 겪는다.

정순은 녹두처럼 작은 마리아의 젖꼭지를 엄지와 검지로 살짝 쥐었다. 남편은 거실 창가에 앉아 『지리산 365일』을 읽고 있었다. 너무 자주 읽어 표지가 너덜너덜해졌고 군데군데 찢어지기까지 했다. 마리아가 눈을 떴다. 두 팔을 벌려 정순을 안으며 짧게 입을 맞췄다.(30쪽)

이 장면이 작품 내에 거듭 반복되어 있는 것은 물론 작가의 어떤 노림수가 있기 때문일 것이다. 창윤이 고향 곧 존재의 집을 추구한다면, 정순은 격정의 '푸른 방'을 열망한다. 창윤의 추구가 통일이라는 거시적인 가치와 연관된다면, 나는 나를 위해 살 뿐이라는 마리아의 말처럼 정순의 열망은 미시적인 가치에 닿는다.

작품의 표제로까지 삼은 것처럼, '푸른 방'은 삶의 미시적인 한 평면을 암시한다. 이 평면을 작품의 중심에 끌어들임으로써 『푸른 방』은 삶의 복잡하고 다원적인 가치들과 그 충돌을 관용하는 미덕을 보인다고 할 수 있다.

물론 아빠를 이해하지 못하는 것은 아니에요. 하지만 아빠의 생각을 다른 사람한테도 강요하진 마세요. 설사 그것이 옳다고 해도 그래요. 옳으니까 무조건 수긍하고 따라와라? 이건 아니라구요. 정당성, 도덕률의 잣대로만 모든 문제를 평가한다면, 아빠는 불행해져요.(265쪽)

자신의 생각이나 가치를 타인에게 강요할 수 없다는 점에서, '푸른 방'은 다양한 입장들의 대화적인 관련을 암시한다. 그러나 "마리아의 푸른 방은 두 사람만의 공간"(26쪽)인 것처럼, 동성애가 정순의 존재를 확장시킨다거나 삶의 또다른 평면에 관한 이해를 증진시킨다고 보기 어렵다. 왜냐하면, 정순은 두 사람만의 공간에 "스스로를 고립"(109쪽)시키고 모든 것을 포기하기 때문이다. "모든 것을 포기하지 않고 또다른 사랑을 꿈꾸는 것은 위선"(231쪽)이라 하겠으나, 하나의 가치와 평면으로 다른 모든 가치와 평면을 대체하는 제유적 사고방식은 파시즘적으로 작용할 수 있다. 개인의 작은 이야기, 사소한 경험이 그 자체로 거대 서사보다 덜 억압적일 수 없음을 드러낸 것은 작가의 탁월함이라고 해도 좋을 것이다.

『푸른 방』은 80년대의 터널을 통과한 이들 부부를 통해 중심이 해체되고 정신적 공황에 빠진 우리의 삶을 돌아보게 한다. "인류의 이상과 민주주의를 고민"하던 열정적인 시절은 "이미 시간의 터널을 통과해 어딘가로 사라지고 없"고(60쪽), 이제 "누구도 민주주의, 분단, 통일, 역사, 운동, 미래에 대해 이야기하지 않"으며(152쪽), 광주에 대해 "이제는 누구도 그 이름을 올리지 않는"(144쪽) 것은 비단 이들 부부의 처지만은 아닐 것이다. 깃발을 내려야 한다는 천박한 청산주의가 휩쓸고 지나간 우리 현실은 환금 가능한 경제적 산물을 가치 척도로 삼는 신자유주의의 물결로 넘쳐나고 있다. 신자유주의 지원을 받은 기술제일주의는 역사에 대한 망각 혹은 기억상실증을 더욱 부채질한다. 새로운 세기를 주도한다는 첨단기술은 20세기를 과거의 지층에 매장하는 망각의 기술이다. 그것은

20세기를 휩쓴 야만과 광기의 문제를 근본적으로 해결한다기보다 우리의 현실로부터 문제를 절단한다. 이런 의미에서, 망각의 기술은 정치적 함의를 지닌다. 과학, 신지식, 세계화, 경쟁력으로 모든 문제를 해결할 수 있다는 환상이 그것이다.

이런 기억 상실의 시대에 상처의 유래를 더듬고 상처 속에서 삶의 길을 탐색한 『푸른 방』에서 90년대 소설을 지배했던 화려하고 감각적인 문체, 문화산물의 소비 체험, 소설의 새로운 영토로서의 문화정보를 찾기란 어렵다. 이런 점에서도 『푸른 방』은 촌스럽고, 독자의 특별한 주목을 받기 어려울 것이다. 그러나 그 우직함을 통해 정도상의 작품이 오히려 소설의 진면목을 보인 것은 아닐까 싶다. 그것은 근대적 삶이란 안내자 없는 낯선 길의 여로와 같다는 것, 그 길에서 겪는 좌절의 슬픔과 패배의 고통은 불가피하다는 것, 그럼에도 불구하고 삶의 목적을 추구함으로써 근대의 야만을 넘어 존재의 진정성에 도달하고자 한다는 것이다. 『푸른 방』 이전까지 정도상의 소설적 작업도 이같은 근대적 삶의 족쇄를 뛰어넘는 데 있었음을 부정할 수 없다. 그러나 그 미학적 이상이 너무 강성해서 현실의 간교함을 종종 지나쳤음도 부정하기 어렵다. 그것은 혁명을 향한 강렬한 투혼이 혁명과정의 비인간적 요소를 간과하는 것과 같은 것이었다. 그러나 이번 『푸른 방』에서는 이상과 현실의 환멸적 거리를 거듭 확인하고 있어, 그의 소설적 원숙을 느끼게 한다. 야만적인 파시즘의 폭력에 대한 고발 못지않게, 바로 이런 거리와 어긋남이 그의 작품을 소설의 반열에 올려놓는다고 생각한다.

(『작가』 2000년 봄호)

생명형식의 상호의존성

―김하기 이송여의 생태 인식

    대부분의 소설가에게 90년대는 자의식의 시대가 아닐까 싶다. 소설을 쓰는 행위 자체에 대해, 주인공이 나아갈 방향에 대해, 글쓰기의 인간학적 가치와 의의에 대해 어느 시대보다 고민하고 동요한 것이 90년대의 작가일 것이다. 글쓰기에 관한 이같은 자의식의 증대는 90년을 전후한 국내외 정세의 변화와 무관하지 않지만, 문화영역의 판도 변화, 예를 들어 문화 창조의 전 영역을 장악해가고 있는 영상매체의 지배력도 소설가들의 고뇌와 동요에 적지 않은 영향을 미쳤다고 할 수 있다.

    우리 시대가 자본주의의 전 지구적 팽창 혹은 마크 포스트의 말대로 생산양식에서 정보양식으로의 이행으로 특징지어지는 것처럼, 자본을 지탱하는 생산, 교환, 소비의 가속도는 하루가 다르게 변화하는 기술에 크게 의존하고 있다. 특히 90년대는 과학기술과 자본이 결합된 소비사회의 징후를 내보이며, 정보화시대, 멀티미디어 시대에 따른 문화 지형의 변동 혹은 문화권력의 이동과 재편성이 가시화되는 것처럼 보인다. 소설의 침체와 부진이 언급되는 그 이면에도 과학기술의 혁신적인 발전에 따른 다매체 환경이 놓여 있다. 물론 복합매체시대의 디지털 문화가 소설의 갱신을 위한 잠재력을 지닐 수도 있을 것이다. 그러나 다매체의 기법에 대한 물신숭배로 흐를 위험도 적지 않다. 기호, 모상(模像), 시니피앙이 범람하는 소비사회의 한 특징을 반영할 뿐이라면, 서사전략의 갱신은 미적 선택이라기보다 시장경쟁을 위한 투기라고 할 것이다. 그런 기법으로 소비사회의 가벼운 삶을 다룰 수는 있으되 그 가벼움의 철학을 드러내지는 못할 것이다.

소설쓰기에 관한 작가들의 내면적 성찰로부터 생산적인 결과를 기대하는 것은 아직 시기상조일지도 모르겠다. 피로한 우리 시대의 작가들이 우리의 황량한 내면과 빈곤한 삶을 인간의 모습을, 한 풍경으로 다채롭고 대화적인 시선으로 그려내기란 쉽지 않을 터이다. 그들의 피로하고 고갈된 상상력으로 볼 때, 90년대 사회란 인간에 관한 모든 사상이 질식해버린 거대한 빈터일 뿐이다. 그리하여 그들은 길을 찾을 수 없으니 소설의 주인공을 찾을 수 없다고 토로하거나, 이런 것도 소설이랄 수 있을까 하고 독자의 속셈을 곁눈질하며 연민 어린 시선으로 자신의 때묻은 속곳을 뒤집거나, 우리가 기억할 수 있는 시간의 최대 지평을 단숨에 뛰어넘어 고대의 초원을 달린 민족의 영웅을 찾아낸다. 이름하여 예술가소설이요 자전소설이며 동아시아적 전통을 계승한다는 환상소설이다. 이런 갈래 명칭에 현혹됨이 없이 읽으면, 이들 소설이 실은 소설문학의 무기력이요 문화적 피로의 한 단면임을 알 수 있을 것이다.

글 쓰는 행위에 대한 자의식이 아무리 증대한다 해도, 또 그런 자의식의 증대가 현대소설의 한 징후라 여겨도, 그리하여 글쓰기란 전적으로 작가의 주관적인 정조와 가치에 근거한다고 강변해도, 여전히 글쓰기는 공적인 담론 갈래의 하나이다. 말하자면, 소설 역시 사회를 구성하는 다양한 언술양식의 하나로 대상에 가치를 부여하고 지식을 생산 분배하는 과정에서 다른 담론과 충돌하고 경쟁한다. 이런 측면에서, 소설쓰기와 같은 문화적 실천도 삶의 양식을 결정하는 물질 생산의 한 형식으로 간주될 수 있다. 그러나 물질 생산으로서의 문화 생산이란 작가의 창조자로서의 자부심을 증거하는 것일 수 없다. 게으르고 무능한 작가일수록 내세우길 즐겨하는 창조자로서의 고뇌라는 것도 흔히 터무니없는 과시적 자부심이기 쉬운 것이어서 말할 필요도 없거니와, 여기서는 물질적 생산으로서의 소설 담론이 가치를 창조하고 소통시키는 데 사회 내의 복합적인 권력관계로부터 자유롭지 않다는 것을 강조하고 싶다.

이런 의미에서, 90년대의 소설가들이 우리 시대를 사상의 빈터라고 말할 이유는 없다. 사상(지식, 가치)과 권력의 밀착이나 연대가 이전보다 더욱 다층화되고 간접화되어 있을 뿐, 생활세계 전반에 그들이 미치는 영향은 조금도 줄어들지 않았다. 이런 영향을 돌파하거나 아니면 다른 담론 갈래와 균형적인 경쟁을 치르기 위해 소설은 새로운 담론영역을 확보할 필요가 있을 것이다. 나는 여성성과 생태환경이 90년대 소설이 추구할 만한 득의의 영역이라고 생각한다. 물론 소설의 활력을 회복하는 데 새로운 영역의 확보가 능사라는 것은 아니며, 또 페미니즘과 생태주의가 전적으로 새로운 것도 아니다. 생활세계가 다양한 담론들의 각축장이고 거기에 권력관계가 개입되는 만큼, 담론 간의 경쟁이 언제나 평등하거나 그들 간에 견주는 힘이 대등하다고 할 수 없다. 이런 의미에서, 페미니즘과 생태주의는 지배적인 담론에 의해 억압되어온 타자일 뿐이다. 우리 소설의 무기력과 피로를 넘어설 수 있다면, 이 타자의 목소리에 귀를 기울임직도 하다.

서로 간의 차이에도 불구하고, 여성성과 생태환경이라는 담론영역은 많은 부분을 공유할 수 있을 것이다. 나는 그것을 생명현상에 대한 애정 어린 관심과 책임이라고 생각한다. 이런 점에서, 김하기의 「용늪 가는 길」(『창작과비평』 1998년 가을호)과 이송여의 「피가 도는 미끄럼틀을 위하여」(『라쁠륨』 1998년 가을호)를 함께 읽는 즐거움은 각별하다.

짧지 않은 고초를 겪고 나온 김하기의 신작을 읽으면, 작가의 건재함과 새로운 방향을 모색하려는 열정이 함께 느껴진다. 환경잡지의 사진기자인 해준은 김 교수와 함께 비무장지대에 위치한 '용늪'의 생태계 취재여행을 가게 된다. 해준은 인물사진을 거부하고 자연환경 사진만을 고집하는데, 이런 그의 특이성 이면에는 한때 사진 채증요원이 되어 동지를 팔아넘겼다는 죄의식이 도사리고 있다. 동행한 김 교수 역시 6·25전쟁으로 인한 내면적 상처를 지닌 인물이며, 취재지에서 만난 신무홍도 월남전에서 얻은 죄의식에서 벗어나지 못한다. 비무장지대가 분단과 냉전의 참담한 비극을 증거하고 있는 것처럼, 이들 세 명은 모두 추악하고 잔인한 전쟁, 이성의 이름을 한 광기의 희생자들이다.

그렇다면, 이런 사이비 이성이 강요한 고통을 어떻게 뛰어넘을 것인가? 혹은 김 교수의 말처럼, 용늪에 가서 '용'을 볼 수 있을 것인가? 그러나 해준이 현장에 도착했을 때, 4500년 전에 만들어졌다는 용늪은 신비한 구석은커녕 원형을 잃고 죽어가는 초라한 웅덩이일 뿐이었다.

그렇다면 도대체 '용'은 어디에 있는가? 그것은 생태계의 보고인 비무장지대 자체이다. 남북을 자유롭게 이동하는 흙섬이 "분단시대의 혼령들이 쉬어야 할 이어도"인 것처럼, 이성의 광기가 잠정적으로 유보되어 있는 완충지대가 바로 용인 것이다.

돼지우리는 너무 높으면 산에 있는 멧돼지가 울타리를 못 넘어와 집돼지와 교접을 못 합니다. 반면에 너무 낮으면 집돼지가 모두 산으로 도망쳐 버리지요. 무릎 높이가 적당하죠. 어디 돼지 울타리뿐이겠습니까. 남북관계나 우리 인생살이도 그렇지 않습니까. 뭐든 극단으로 가면 꼭 문제가 발생하죠.

냉전적 사고의 경직된 극단성이 문제라고 지적하는 신무홍의 말은 자연적 사실과 문화적 경험이 긴밀하게 연관되어야 함을 강조한다. 집돼지가 인간에 의해 길들여진 가축, 곧 인위적 문화과정을 뜻한다면, 야생의 멧돼지는 비인공적인 자연과정을 의미한다. 이 양자를 가르는 울타리가 어느 극단으로 치우쳐서는 안 된다는 것, 즉 두 생명현상, 두 삶의 형식은 상호의존적으로 관계를 맺어야 한다는 것이 신무홍이 터득한 삶의 철학이 아닐 것인가.

이렇게 볼 때, 김하기의 이번 작품에 드러난 생태적 사고는 만만치 않다. 그는 죽어가는 용늪을 보임으로써 자연생태계를 초월적 신성으로 신비화하지 않는다. 기억할 수 없는 먼 과거의 신비를 불러내 터무니없이 과장하거나 근거없는 민족애를 부추기지 않는다는 것, 여기에 작가의 정직함이 있다. 또 생명의 본원으로서의 자연이란 애초에 존재하지 않으며, 그같은 자연이란 이데올로기의 분식을 거친 문화적 인공품에 불과하다고 그는 주장하지 않는다. 김하기는 작중인물 해준과 함께 용늪의 아름다운 풍경과 "포연을 이겨내고 자라난 무성한 들풀"을 카메라에 담는다. 그러니까 작가는 작중인물과 함께 개인의 주관적인 의식 밖에 객관적으로 존재하는 자연의 생명력과 창조력을 보고 있는 셈이다. 이런 생명현상을 '근접 촬영' 하는 행위도 의미심장하다. 마치 현미경이 있어 눈에 보이지 않는 생명형식을 알 수 있게 되는 것처럼, 카메라와 같은 인공품은 자연에 존재하는 미세한 생명현상을 우리의 눈앞에 현상시켜준다. 이것 또한 자연적 사실과 문화적 경험의 상호연관이라 할 것이다.

상이한 생명현상이나 생명형식의 상호의존을 관심 있게 지켜보면, 생물학적 과정의 연속성은 우리에게 삶에 관한 발견적 인식을 제공할 수도 있다. 이송여의 「피가 도는 미끄럼틀을 위하여」는 근친상간과 이로 인한 임신중절이라는 비극적 상처를 담고 있다. 사랑하기 위해 존재한다고 믿는 두 젊은 남녀가 있다. 그러나 그들이 같은 아버지에 어머니가 다를 뿐인 오누이임이 밝혀진다. 남자는 다른 여자와 결혼하고, 홀로 남은 여자는 그들의 행복을 빌면서 자궁 속의 여물지 못한 생명을 제거한다. 미처 알지 못했던 남매간의 사랑처럼, 비극적으로 어긋난 삶의 고통이란 그렇게 참신한 화두가 못 된다. 그러나 태어나지도 못한 생명에 대한 이송여의 연민은 태아의 목소리를 재현할 정도로 강렬하다.

 우리가 어차피 이분(二分)되어야 하는 줄을 알고 있었지만, 벌써……, 떨어져야 하나요? 뼈와 살이 떨어져나간 자리, 그 상처난 자리에 다시 사랑을 심을 용기가 있는가요.

작품에 반복적으로 나타나는 태아의 목소리는 비록 불완전한 육체지만 모체와 '한 몸'을 이루고 있는 하나의 '새 생명'임을 보여준다. 이는 바로 생명현상의 모성적 연속, 즉 유적인 인간 이미지를 드러낸 것이며, 이송여의 작품이 갖는 특별함도 여기에 있다고 하겠다.
 우리가 계통발생적으로 생명의 역사에 참여하고 있다면, 이송여의 이같은 모성적 연속의 이미지는 생명에 관한 우리의 책임을 도발적으로 추궁한다고 할 수 있다. 생물학적 과정과 연관된 모성본능이 동시에 인간의 윤리적 연대에 기초가 된다고 보면, 이송여의 추궁은 우리를 전율케 하고도 남음이 있다. 과연, 하나의 생명이 죽어간 비극적 상처 위에서 우리는 다시 사랑할 용기를 지닐 수 있는가? 용기가 없다면, 그러면서도 상처의 무게를 견딜 수 없다면, 우리는 생물학적 종(種)의 연속성을 거부하고 '그네'를 타듯 지상을 수직적으로 초월해야 한다. 그러나 육신을 가진 우리의 삶이란 "날아오른 만큼 떨어져버리는 것"이며 "줄곧 흔들리며 이어지는" 어떤 것이다. 그렇다면, 삶이란 끝없이 미끄러지는 어긋남의 연속이며 피할 수 없는 '흉터', 상처의 기록이 아니겠는가. 상처가 없다면 어찌 그것을 삶이며 사랑이라 할 수 있을 것인가. 그래서 이송여의 소설은 우리의 심정에 흉터를 남기는 상처가 새로운 삶, 새로운 생명의 탄생임을 예감하게 한다.

 미끄럼틀에 따뜻한 피가 도는 듯하다. 피가 도는 미끄럼틀을 위하여…… 순식간에 클로즈업되며 다가오는 저 새로운 것들과의 만남. 이제,

바람이 부는 것을 느낀다.

　물론 이와 같은 결미가 작품 전체를 낙관적인 색조로 물들이는 것은 아니다. 작중인물의 파편적이고 분열적인 의식 때문에, 오히려 이 결말은 암울하고 절망적인 울림을 지닐 수도 있다. 그럼에도 불구하고, 우리에게 생명현상에 관한 자기 심문을 요구하고 개별 생명이 지닌 가치, 그것에 대한 막중한 책임을 환기한 것은 인상깊은 문맥이라 여겨진다.

　우리 소설의 무기력을 돌파할 단서를 생태주의와 페미니즘에서 찾고, 김하기와 이송여의 작품에 드러난, 생명현상에 관한 애정과 책임을 그 구체적 사례로 들었다. 생명에 대한 사회적 책임, 다양한 삶의 형식에 대한 관심은 물론 낯선 과제가 아니다. 그런 만큼 그것을 새롭게 해석하고 미적 형식에 제대로 담아내기 위해 작가의 엄정한 자기 단련이 요구될 터이다. 이런 점에서, 두 작가의 작품에 불만이 없지 않다. 작은 예를 들자. 김하기 소설의 경우, 김 교수와 신무홍의 무용담을 들으면서 해준이 마음속으로 그들 못지않게 거리와 감옥에서 치열한 전쟁을 치렀다고 생각하는 것은 악몽과 죄의식에 시달림을 받아왔다는 해준을 형상화하는 데 석연치 않은 부분이다. 동료를 배신한 해준의 과거 행적을 빼버려도 작품 전체 구도에 이렇다 할 영향이 없다면, 해준의 죄의식이란 화려한 무공을 뽐내는 자의 기만적인 겸손에 불과하지 않겠는가. 그렇기 때문에, 이 작품에서 해준의 죄의식은 마치 여자 하나 때문에, 혹은 그까짓 사랑 때문에 운동을 배반했다는 투의 자괴감처럼 보인다.

　또 줄곧 흔들리며 이어지는 것이 삶이라는 이송여의 소설도 질료를 해석하는 데 있어 작가의 뛰어난 안목을 보였다고 말하기 어렵다. 다소 장황하다고 할 수밖에 없는 광녀 삽화라든가, 사태의 인과적 연관은 거두절미하고 낯선 문체로 인물의 의식을 막바로 들이미는 것은 서사적 배경을 장악하거나 거느리지 못한 결과가 아닐까 싶다. 혼란스러운 형식은 혼란스러운 내용과 무관하지 않다. 생소한 표현, 낯선 문장의 힘만으로 소설적 결함을 무마하고자 하지 않는다면, 작가가 독자의 눈치를 살필 이유가 어디 있을 것인가.

(『문학도시』 1998년 겨울호)

90년대 소설론, 그 치욕과 영광

1. 들머리

90년대 들면서 소설을 포함한 문학 전반에 걸쳐 위기론이 팽배한 바 있다. 그 논의는 문학의 정전, 소설의 사회적 기능뿐 아니라 문학의 인문학적 가치가 사회 전체의 가치와 어떤 관계에 놓였는가를 근본적으로 문제삼은 것이었다. 이들 논의는 근대성에 대한 해명문제로 이어졌고, 거기서 한국 근대의 일반성과 관련된 근대 기점문제, 보편적 근대의 재인식과 한국 근대의 특수성에 관한 기민한 인식이라는 근대의 내용 규정이 다루어졌다. 탈근대로의 이념적 지평으로 상정되었던 사유체계가 붕괴됨에 따라, 특히 근대 성찰은 복잡한 양상을 띠게 되었다.

이들 논의와 연관된 소설 침체론이 더욱 착잡함을 드러내게 되었다면, 그것은 소설 위기의 핵심적 근거로 매체환경의 변화라는 요인이 작용한 탓이다. 90년대 이전에 소설 장르의 정체성을 둘러싼 논의는 문학 내적인 문제였다고 할 수 있다. 그러나 이제 소설의 정체성 혹은 변화라는 문제는 근본주의가 아니라 대위법적으로, 즉 문학 외적 장르나 매체와의 관계 속에서 이해되어야 한다는 것이다.[1] 각 매체가 지닌 기술적 형식과 결정적 속성이 모종의 사회적 실천과 연관될 수 있다는 점에서, 다양한 복합매체와 소설의 경쟁이 단순한 미적 우열의 다툼에 있지 않다는 것, 여기에 90년대 소설 논의가 더욱 복잡할 수밖에 없었던 사연이 있다.

그러나 소설의 종언 혹은 소설의 침체라는 비평적 우려에도 불구하고, 90년대는 소설의 시대라고 말할 수 있을 정도로 많은 작품이 쏟아져나왔다. 민족문학의 갱신과 연관된 리얼리즘 소설, 글쓰기에 관한 환멸 혹은 근원적인 회의를 드러낸 내성적 신변소설, 인식과 존재의 다원성을 추구한 환상소설, 대중문화적 감각 체험과 기법을 수용한 문화 체험소설, 성적 불평등을 문제삼고 육체의 가능성을 탐구한 페미니즘 소설, 공간 마찰을 뛰어넘는 여행에서 존재의 심연을 들여다본 기행소설, 인위적인 문화과정과 비인공적인 자연과정의 상호의존성을 모색한 생태환경소설, 근대소설이 잃어버린 연행적 소통 상황을 복원하려 한 구연적 소설, 인터넷과 연동된 전자매체의 사이버 소설 등은 독자의 지대한 관심을 끌고, 평단에 뜨거운 쟁점을 제공한 바 있다.

그렇다면 소설의 위기란 보수적인 문학의식의 드러냄에 불과한가?[2]

---

1) 90년대 이후 여러 문학지들이 키보드에 의한 글쓰기가 문학하는 태도나 스타일에 미치는 영향이나 다매체환경이 문학 전반에 초래할 변화를 검토한 바 있다. 『동서문학』(1994년 봄호), 『소설과사상』(1994년 봄호), 『문학정신』(1994년 5월호), 『창작과비평』(1996년 봄호), 『오늘의 문예비평』(1997년 여름, 겨울호) 등의 특집을 참조할 것. 또 김성곤, 「멀티미디어 시대와 미래의 문학」(『문학사상』 1994년 11월호), 강내희, 「디지털 시대의 문학하기」(『문화과학』 1996년 봄호) 참조.

2) 한국현대소설학회는 현대 소설의 위기를 진단하는 연구발표대회를 개최한 바 있는데, 여기서 이남호는 문학의 위상 저하, 소설형식의 소진, 정보 전달양식의 변화, 소비사회의 대두 등과 관련시켜 고급소설의 퇴조라는 위기를 맞고 있다고 주장하였다. 함께 참여한 정정호는 소설 장르가 원체 유연하고 잡종색인 상르이며, 또 사회 변화에 따라 장르나 재현전략의 갱신이 필요하다 하고, 현대소설에 나타난 장르의 해체 혼합 확산을 위기로 이해하는

그렇지 않을 것이다. 고급 소설의 위기를 외치거나 장르의 대화적 관계를 근거로 위기를 기회로 해석하거나 그 어느 쪽을 강조하든, 그것은 소설을 둘러싼 수많은 물음, 예컨대 소설의 본질이나 형식, 유형과 기능 등에 관한 다양한 탐구의 하나일 뿐이다. 소설에 관한 다양한 이론과 비평이 있다는 것은 그 각각의 언술이 소설에 대해 서로 다른 가정과 시각, 입장을 내포하고 있음을 뜻한다. 따라서 소설을 인간학의 핵심적인 영역으로 볼 수 있다면, 인간을 둘러싼 모든 사유가 그렇듯이 그 어느 편의 이론으로도 소설형식에 관한 질문을 고갈시킬 수 없을 것이다. 원칙적으로 그 이론들은 변화하는 삶을 이해하고, 다양한 작품현상을 정당화하는 데 기여하지만, 그 이론들이 제시하는 해답은 언제나 잠정적이고 한시적인 것이라 할 수 있다. 이는 무엇보다 우리의 삶 자체가 끊임없이 생성 전화한다는 데서 그 이유를 찾을 수 있다. 따라서 우리 시대 소설에 관한 담론이 얼마나 구체적인 현실과 정합성을 갖느냐가 문제될 수 있고, 그렇지 못한 담론이 삶과 문학에 대해 행사하는 물질적 기능도 꼼꼼하게 따져볼 일이다. 본고는 이런 점을 염두에 두고, 몇몇 소설론의 표정을 살피고자 한다.

2. 서사 일반론의 확산과 세계의 서사성

90년대 소설론에서 가장 주목할 만한 사항은 '소설'이라는 용어 못지않게 '서사(narrative)'라는 용어가 폭넓게 사용된 점이다. 서사에 관한 이론을 서사론 혹은 서사학이라 하겠는데, 통상 서사학 또는 서술학으로 번역되는 'narratology'는 구조주의에서 발단된 이야기 이론으로 서사

것 자체가 문학의 위기를 불러오는 고식적 문학의식의 표출이라 지적한다. 이남호, 「'소설 위기설'의 뜻과 그 배경」, 정정호, 「현대소설의 장르 해체 / 혼합 / 확산 현상」(『현대소설연구』 3호, 이회문화사, 1995) 참조.

장르, 서술의 분류, 플롯의 구조, 이야기의 성질 형식 기능 능력 등을 연구한다. 서사 자체, 텍스트 단위의 과학적 분석을 강조할 경우, 서사학은 형식주의적 서사론에 속한다고 할 수 있다. 이때 서사의 동기, 수용, 역사, 이데올로기, 가치 등을 다루기 어렵다. 이들을 함께 취급하고자 한 이가 도정일이다. 그는 이를 서사론(narrative theory)이라 말하고 있다.

'서사' 개념의 사용이 확산되는 데는 여러 요인이 작용하고 있지만,[3] 가장 두드러진 요인으로 서사 혹은 이야기의 보편 편재성과 서사의 다양성에 대한 폭넓은 인식을 들 수 있다. 도정일의 논지에 의하면, 우리는 서사적 존재이다. 존재의 서사성을 보증하는 근거는 첫째, 인간은 이야기를 지어내는 존재라는 것, 둘째, 세계 자체가 이미 이야기로 짜여 있다는 것, 셋째, 인간 삶 자체가 "한 편의 이야기"라는 점, 즉 우리는 추구 서사의 주인공처럼 삶의 플롯을 짜고 그 속의 주인공이 되어 어떤 목표를 성취하기 위해 모험에 뛰어든다는 데 있다.[4] 사실 시대와 장소, 계층에 관계없이 이야기를 말하고 듣고자 하는 것은 인간에게 지극히 자연스럽고 보편적인 욕구이다. 또 시간을 소비하고 공간을 이동하며 살아가는 우리의 삶은 이야기의 주인공이 치러내는 삶과 다르지 않을 것이며, 이런 의미에서 인간은 서사적 존재라고 할 수 있다.

나아가 도정일은 서사가 문학작품만의 특성이 아니며, 언어나 그림, 몸짓 등을 매체로 하는 무수한 형식의 서사물이 있음을 강조한다. 말하자면, 서사는 모든 사회 모든 층위의 무수한 텍스트에 존재하는 광범위한 형식이라는 뜻이다.

서사론이 소설론/문학이론의 범위를 넘어서는 데는 또다른 중요한 이유가 있다. 문학 서사는, 다른 전통적 양식들도 그러하지만, 구비의 형태로

---

3) 최근 소설이론에서 두드러진 서사(narrative)개념의 확산에 대해 졸고, 「현 틴세 서사론이 요소의 시각」, 『한국서술시의 시학』(현대시학회 편, 태학사, 1998), 86~90쪽 참조.
4) 도정일, 「서사론 — 무엇 하자는 것인가」(『포에티카』 1997년 가을호), 256~260쪽.

건 문자의 형태로건 간에 언어를 매체로 하는 언어적 서사이다. 그러나 언어적 텍스트가 서사 텍스트를 대표하지는 않는다. 영화, 만화, 회화, 광고는 언어 외에도 시각 이미지를 사용하는 서사 텍스트들이며 조각, 건축, 공간 설계(테마 공원, 정원, 놀이터)도 비언어적 서사 텍스트에 포함될 수 있다.(같은 글, 255쪽)

이런 문맥으로 볼 때, 오늘날 '서사'는 문학으로서의 특권적 지위를 상실하고 언어적 / 비언어적 서사와 허구적 / 비허구적 서사를 포괄한다. 이렇게 되면, 인간의 삶이 바로 이야기이고, 도정일의 말처럼, 인간의 지구는 바로 이야기책이며, 서사를 모르면 세계를 알 수 없다고도 하겠다.

이상과 같이 확장된 서사개념 혹은 서사론은 불가피하게 서사 연구의 대상과 범위, 방법을 변화시킬 것으로 판단된다. 이는 우리 문학 연구의 병폐인 고전소설과 현대소설이라는 이분법을 극복할 수 있고, 전위적인 우리 시대의 서사를 평가하는 데 큰 도움을 줄 수 있을 것이다. 또 구비서사라고 하는 대중적 형식에 대한 계급적 편견이나 엘리트주의를 반박할 수도 있다.[5]

그러나 서사론의 확산과 이에 따른 연구대상 및 범위의 증폭에는 염려스러운 면도 적지 않다. 첫째, 소설과 영화의 상호 텍스트성을 지적하거나 이야기의 항구성, 보편성을 들어 문학(소설)의 위기를 일축하지만,[6] 비문학적 비언어적 서사까지 포함한 논의는 소설에 활력을 불어넣기보다 소설에 대한 저주이기 쉽다. 삶 자체가 서사(이야기)라면 소설쓰기와 읽기가 반드시 필요할 이유가 없고, 쓰고 읽는 기술이 무용무익한 것일

---

5) 김준오, 「서술시의 서사학」, 『한국문학양식론』, 한국현대문학회, 한양출판, 1997, 19~20쪽. 예를 들어, 서술시에 대한 경시는 대중적인 구비설화에 대한 폄하에서 기인한다는 것이다.
6) 도정일, 「90년대 소설의 영화적 관심과 형식문제」(『세계의 문학』 1993년 봄호), 「이야기의 바깥은 없다」(『세계의 문학』 1996년 겨울호) 참조.

때 소설이 존재할 수 없는 까닭이다. 어쩌면 최근의 확산된 서사론은 소설 장르의 최후를 확인하고 '서사'라는 범주로 이동함으로써 소설보다 이론가 자신을 살리기 위한 것일지도 모른다.[7]

둘째, 서사 연구에서 서사와 구체적인 삶의·관계를 검토하거나 비교하는 것이 아니라 다른 서사담론과의 관계를 더 고려할 수 있다. 사회 전체가 연구자에 의해 분석, 해석되어야 할 서사 텍스트인 까닭이다. 이럴 경우, 서사 연구는 삶의 구체성으로부터 분리되고, 인간 또한 서사의 기법이나 규칙 혹은 서사 문법에 따라 고안되는 서사적 이미지로 간주될 수밖에 없다. 서사 이미지로서의 삶이란 서사 텍스트로 객관세계를 대신 혹은 대체하는 것이며, 이는 서사 혹은 텍스트 밖에는 아무것도 없다는 새로운 전체론이 될 수 있다. 세계를 변화시키거나 비판하기보다 해석하는 행위가 강화될 때, 이 세계를 가장 잘 이해하는 자는 텍스트 비평가(연구가)일 수밖에 없다는 억설도 성립된다. 더구나 허구물과 비허구물을 구분하지 않을 때, 세계 없는 텍스트만 남을 뿐이며, 우리는 허구와 비허구 어느 쪽도 올바르게 평가하지 못할 수도 있다.

---

7) 문학 연구에서 문화 연구로의 이행을 강조하는 데서도 유사한 입장이 발견될 수 있다. 90년 이후 순문학 이외의 다양한 역사기록, 대중문화, 다양한 문학들에 대한 학제적 연구가 강조되었다. 다양한 담론을 대상으로 하는 문화 연구는 복수적인 문화'들'의 경험을 존중하면서 저급한 것으로 간주되어온 대상, 활동, 장르, 스타일을 연구에 포함시킨다. 김성기는 이런 문화론적 전환을 특징짓는 주요 주제와 범위로 리얼한 것의 소멸, 이론적 담론의 지구촌화, 미디어 문화의 중심성, 공동문화에 대한 재인식을 들고 있다. 특히 우리의 경우, 경제성장의 과실이 문화소비영역(음반, 프로스포츠, 영화 등)으로 이월한 결과로 90년대 문화 변동은 '문화의 대중소비화'로 특징된다는 것이다. 그러면서 김성기는 현상을 추수할 뿐 대안문화를 모색하지 못함으로써 문화비평 자체가 문화상품이 될 가능성을 경고하였다. 이런 경고 속에는 교양으로서의 문화가 자본에 의한 지배양식으로서의 문화로 변화하고 있음이 함축되어 있다. 즉 대중감각에 영합하는 상업적 대중문화의 급성장이 사실로 놓여 있는 것이다. 소설 쪽에서도 대중문화의 기법을 차용함으로써 서사성이 붕괴되거나 문학적 가치가 실종되는 경향도 있다. 그럼에도 불구하고, 이제 문학 연구는 동시대의 문화현상에 관한 연구로부터 면책될 수 없는 상황이다. 입장에 따라 문화개념이 상이하게 이해되는 만큼 문화 연구는 문학 연구자에게 큰 과제를 남긴다고 할 수 있다. 김성기, 「왜 문화비평으로 가는가」(『세계의 문학』 1995년 겨울호) 참조.

셋째, 확장된 서사개념에 따라 우리가 행하는 모든 것이 서사로 보여지고 설명될 수 있다고 한다면, 이 세계는 서사와 비서사로만 나누어진다는 뜻에서 인식양식의 편협화와 이해 내용의 단순화를 초래할 수 있다. 이와 달리 개개 서사형식의 역사적 독자성을 인정하는 입장에서 소설을 살핀다면, 근대 장르로서 소설의 출현은 인간 의식구조의 변화와 무관하지 않다. 폴 드만에 의하면, 근대 들어 인간은 모든 존재범주와의 관계에서 자신을 규정하는 방법을 수정하게 되고, 이런 변화를 근대소설이 반영한다는 것이다. 따라서 사회역사적으로 제약되는 독자적인 서사충동을 무화시킨다면, 그것은 일의적인 해석을 허용하지 않는 삶을 향해 우리로 하여금 어떤 인식론적 문제도 제기할 수 없게 만들 수 있다.

3. 동아시아 소설론과 역사적 구체성

90년대 평단에서 주목되는 것은 근대적인 서사 장르로서의 소설(novel)을 근거로 한 이론에 대한 반성과 비판이다. 이 비판은 서구의 이성중심주의와 오리엔탈리즘을 극복하려는 탈식민주의적 동아시아 문화론에 그 논리적 근거를 둔 것으로 보인다. 이른바 동아시아 소설론은 서양 근대소설의 영향과 이식으로 자생적 근대소설이 침해되었다는 논지를 전개한다. 소설을 서양의 근대사회의 산물로 본다면, "근대 이전에 소설은 없었고 근대 서양 이외의 지역에서 소설은 발생한 일이 없"다고 할 수 있다.[8] 이를 문학 장르 혹은 형식의 장소 구속성을 의미한 것으로 이해한다면, 소설이 서양의 근대와 함께 성장한 이야기양식이라는 주장은 역설적으로 소설 장르의 내재적 발전 가능성을 승인할 수 있다. 그래서 novel 개념의 편협성을 비판한 조동일은 'novel'의 번역어로서의 소설

---

8) 도정일, 「우화론」, 『문예중앙』 1997년 여름호, 23쪽.

을 거부하고 한국어인 '소설'을 소설론의 기본 용어로 삼아 서사 일반에 대한 통합적인 공통이론을 전개하고자 한다.

동아시아 문화권의 실체가 의심스럽고, 그것이 오히려 동아시아 각국의 역사적 구체성을 몰각하고 내부의 다양성과 차이를 희생시킬 수 있으며, 그 담론 자체가 자본주의의 보편성에 종속되어 있지 않느냐는 의혹에도 불구하고, 외래의 기준과 척도로 자신의 정체성을 규정할 수 없다는 근본 주장이 부당한 것은 아니다. 또 소설 장르의 내재적 발전론을 구축하고 그 입론 위에서 세계적 보편이론을 생산하려는 조동일의 노력과 열망은 학문적으로 경외심을 품을 만한 것이다. 그러나 중세에서 근대로의 이행기에 우리 소설이 비롯된다면, 이런 입론 또한 장르의 공간 구속성을 외면할 수 없을 것이다. 그렇다면 어떻게 보편적 서사이론이 가능할 것인지 의문스럽다.

더구나 조동일은 루카치와 바흐친의 소설론이 소설의 개념과 범위에 관한 두 가지 극단론에 불과하다고 비판하고 있으나, 여기에는 여러모로 재고할 여지가 있다.

소설은 근대소설 이후의 것으로 보거나 고대소설 이후의 것으로 보거나 그 나름대로의 타당성이 있다. 그러나 근대소설이라야 소설이라고 한다면 소설은 서양에서 생겨나 다른 곳으로 이식되었다는 데 대해 반론을 제기할 수 없다. 루카치의 소설론을 따르면 그렇게 되고 만다. 고대소설부터 소설이라고 한다면 소설이 서양에서 생겨나 이식되었다는 주장이 원천적으로 봉쇄되는 듯하지만 그렇지 않다. 고대소설 또는 중세소설이 근대소설의 자생적 성장을 입증해주기 어렵다. 바흐친을 따라도 근대소설은 서양에서 생겨나 이식되었다는 데 대해 반론을 제기할 길이 없다.[9]

---

9) 조동일, 「시사시의 전통과 근대소설」, 『제2판 한국문학과 세계문학』, 지식산업사, 1993, 167~168쪽. 이와 함께 같은 책의 「중국·한국·일본 '小說'의 개념」을 참조.

알려진 바로, 루카치의 소설론은 서사시와 소설의 전승관계를 논하고 있지 않으며, 바흐친의 이론 또한 양자의 공존보다 거리를 전제하고 장르적 본질상의 차이를 진술하고 있음이 지적된다.[10] 총체성이 주어진 원환의 서사시적 시대에 대한 루카치의 동경에도 불구하고, 그가 시대착오적으로 그런 시대로 돌아가자거나 갈 수 있다고 믿은 것은 아니다. 또 그에게 서사시가 소설의 기원으로 이해된 것도 아니다. 루카치의 관심은 오히려 양자를 생산한 시대의 역사적 특수성에 있다. 때문에, 루카치는 자기 입론의 출발점을 세계대전의 야수적인 상황에서 누가 인간을 서구의 문명으로부터 구원할 수 있느냐[11]에 둔 것이다. 따라서 루카치가 도달하려는 궁극점은 소설 이후의 시대에 놓인다고 보는 것이 정당할 것이다. 그러니까 그는 희랍시대를 동경한 것이 아니라 새로운 세계를 꿈꾼 것이며, 그의 이론은 근대 이후를 상정한 이론이라 할 수 있다.

한편, 루카치와 달리 바흐친은 소설 장르 자체의 가능성을 신뢰했다고 할 수 있다. 사회 내의 긴장 혹은 대화적 역동성의 드러냄을 서정시와 다른 소설의 고유한 가능성이라 한 것이 그 증거다. 텍스트의 생산과 수용의 사회역사적 맥락을 중시하고 텍스트 내의 다성음적 이질성을 드러내고자 한 그는 다성음, 카니발, 이타성, 잡종화, 대화성, 비종국성 등의 이론적 요소를 통해 대화적 상호작용력이 세계를 개방적인 곳으로 만든다고 믿었다.

이로 볼 때, 루카치의 소설론은 역사적 구체성에 기초해 있다 하겠고, 공식문화의 구심적 서열화에 대항하는 민중문화의 전복적 원심력에 대

---

10) 전홍철, 「동아시아적 소설론의 모색」, 『문학과사회』 1996년 겨울호, 1746쪽. 성민엽, 「같은 것과 다른 것 : 방법으로서의 동아시아」, 『상상』 1997년 여름호, 91쪽. 루카치와 바흐친의 이론적 입지점은 차이 못지않게 유사성을 지닌다고도 이해된다. 이에 대해 이강은, 「소설의 역사철학적 전망」, 『루카치의 현재성』(『문예미학』 4호, 문예미학회, 1998) 참조.
11) 게오르크 루카치, 『소설의 이론』(반성완 옮김, 심설당, 1985), 8쪽.

한 믿음이 지나치게 낙관적이긴 하나 바흐친의 이론 역시 같은 의미로 이해될 수 있다.[12] 따라서 이론 형성의 구체적인 역사성을 몰각한 채, 이들의 이론이 서구 소설개념의 보편화를 추구한 것이라 비난하는 것은 정당하지 않다. "어느 치기 어린 철학도가 소설을 부르주아의 서사시라고 명명했을 뿐"이니 동아시아 소설의 이야기로 되돌아가자고 했을 때, 김탁환은 어린 속물의 조급성을 드러내기보다 자신이 어떤 세계를 꿈꾸고 있는가를 물어야 했다.[13] 또 바흐친의 입론을 전적으로 부정하지 않는다면, 정재서는 자신이 탈신성화하고자 하는 것이 어떤 지배이념, 보편이념인가를 자문했어야 할 것이다.[14] 이같은 물음은 당대 현실에 최대한 밀착할 때 그 유효한 응답을 확보할 수 있을 것이다. 그러나 전통성을 내세워 비서구적 전통적 서사양식, 곧 이야기 전통으로 복귀하려는 동아시아 소설론에서는 그 현실을 볼 수 없다. 다만 리얼리즘론이나 근대소설론을 서구주의라는 혐의로 비판할 뿐이라면, 동아시아 소설론은 그 정체가 모호한 민족주의를 등에 업고 마녀사냥을 하는 것과 무엇이 다를 것인가. 혹은 지적 허영심을 충족하려는 정신적 과소비가 아니겠는가.

임화 유의 이식문화론뿐 아니라 내재적 발전론을 넘어설 때, 동아시아적 시각의 유효성이 확보된다는 최원식의 주장은 균형을 갖춘 입론이라 하겠다.[15] 그러나 '작은 이야기'를 통해 다른 '큰 세상'을 탐구하는 것이 소설이라는 것, 그리하여 '소설'과 '대설'의 긴장 속에서 양자의 회통을 꿈꾼다고 한 것은 루카치의 주장과 먼 거리에 있지 않다.

---

12) 18, 19세기 서양소설은 민족국가의 상징적 형식이었고, 사회적 다성음성을 자극하기보다 축소한 바 있다는 점에서 바흐친의 생각은 실상과 다르다. 따라서 그가 소설에 대해 믿었던 탈중심화의 힘이란 의심스러운 주장이고, 러시아 관념소설에 적용될 뿐인 다성음성은 소설 진화의 규칙이 아니라 예외라고 지적되기도 한다. F. Moretti, *Atlas of the European Novel*(Verso, 1998), pp. 29~45, 164~165 참조.
13) 김탁환, 「동아시아 소설의 힘」(『상상』 1994년 여름호) 참조.
14) 정재서, 「다시 써는 동아시아 문학」(『상상』 1994년 가을호) 참조.
15) 최원식, 「한국문학의 근대성을 다시 생각한다」(『창작과비평』 1994년 겨울호) 참조.

특히 근대 이후 뛰어난 소설은 이 양자가 두루뭉술한 화해가 아니라 천국과 지옥의 결합처럼 힘든 긴장을 견뎌내는 찰나에 생산되었다는 점에 유의해야 할 터인데, 긴장이 소멸하는 순간 소설은 쏜살같이 '소설'로 떨어지거나 '대설'로 날아가버리는 것이다. '대설'로 날아간 80년대 소설에 대한 반동 속에 '소설'로 떨어진 90년대 소설. 90년대 신세대소설은 80년대식 거대 서사의 붕괴를 새로운 서사를 탐구하는 모험의 발진점으로 삼는 대신 '작은 이야기'의 재미에 빠져듦으로써 스스로 '길은 시작되었는데 여행은 끝났다'는 진퇴유곡에 빠져들었던 것이다.[16]

'길은 시작되었는데 여행은 끝났다'는 명제는 진퇴유곡임에 틀림없다. 그러나 바로 그 진퇴유곡을 엄정하게 드러내는 데 예술형식으로서 소설 장르의 객관성이 있다. 진퇴유곡은 근대세계에 놓인 개인이 보편적인 차원을 획득할 수 없다는 좌절의 체험, 그럼에도 불구하고 그 차원을 열망한다는 성숙한 체험을 의미한다. 삶의 총체적 충만성은 주체가 겪게 되는 좌절과 열망의 변증법을 통해 드러나며, 이로써 소설은 객관적 삶의 진실을 보여주는 것이다. 근대소설은 작가의 윤리가 미학적인 문제가 되는 유일한 장르라는 골드만의 주장, 소설이야말로 최종적인 의미나 해석의 불가능성, 삶의 내재적인 다성음성을 정당하게 처리할 수 있는 위대한 문학형식이라는 바흐친의 주장도 이런 맥락에서 이해될 수 있다.

문학 장르를 사회역사적인 맥락에 두고 파악하는 것은 장르의 동적 변화를 전제로 하며, 따라서 장르의 고정성을 고집하는 것일 수 없다. 근대사회의 산물인 소설 장르 역시 시간의 우발성에 종속된 형식, 외적 맥락과 관련된 가변적 범주일 것이다. 이런 의미에서, 소설은 발생적으로 자의식적인 장르, 미완성 장르이다. 완성된 장르로서의 소설이란 지나간

---

16) 최원식, 「문학의 귀환」, 『창작과비평』 1999년 여름호, 15쪽.

시간을 의미하기 때문이다. 말을 바꾸면, 소설 장르의 완성은 새로운 세계의 완성을 전제로 한다. 루카치가 도스토예프스키를 두고 단 한 편의 소설도 쓰지 않았다고 말한 이유가 여기에 있다.[17] 끊임없이 새로운 세계, 곧 자기 부정을 꿈꾼다는 것, 이것이 소설의 운명이다.

4. 환상소설론과 현실 정합성

90년대 소설을 둘러싼 논의 가운데 또하나 주목할 만한 것은 환상, 환상적인 것에 대한 관심이 증대되고, 그것의 소설적 가능성을 전망한 데 있다. 환상성이 경직된 리얼리즘 소설의 무능한 관습성을 돌파하고, 소설을 위기에서 구해낼 새로운 대안이 아니겠느냐는 것이다. 황병하는 환상문학을 리얼리즘의 반영 이론을 뛰어넘는 "포괄적인 미학체계"라 했고, 김욱동은 한국소설의 뿌리가 리얼리즘보다 환상성에 있으므로 한국소설사를 다시 고쳐 써야 한다고 믿으며, 장석주는 고대소설의 중요한 서사전략임을 강조한다.[18] 환상소설에 대한 이런 의미부여에는 동아시아 소설론처럼 반이성, 반근대, 반서구의 기치가 함축되어 있다.

물론 우리 문학에도 몽유록 계열이나 우화소설과 같은 전통 고대소설에서 환상적 요소는 서사의 중요한 전략이었다. 그러나, 그 전통은 서구 근대문학의 사조를 받아들이면서 단절되었고, 환상의 반현실성은 마치 악성 바이러스처럼 외면당해왔다.[19]

---

17) 게오르크 루카치, 같은 책, 205~206쪽.
18) 황병하, 「환상문학과 한국문학」, 『세계의 문학』 1997년 여름호, 160쪽 . 김욱동, 「환상적 상상력과 소설」, 『빙상』 1996년 가을호, 32쪽.
19) 장석주, 「환상의 제국」, 『상상』 1996년 가을호, 67쪽.

근대적인 계몽 이성의 한계나 인식의 제한성을 드러내고, 지도에 표시되지 않은 새로운 존재영역으로 우리를 이끌 수 있다는 점에서 환상소설론에 경청할 부분이 적지 않다. 가시적인 현상세계 너머엔 아무것도 없다는 인식론적 태도는 타자를 부정하는 근대합리성의 전횡이다. 그 폭력적 전횡에 의해 환상은 사회문화적 범주 밖으로 추방되어왔다. 그렇다면 무의식을 꿈이 위치하는 '타자의 무대'라고 말하는 것처럼, 근대적 인식의 단순성을 의심하는 환상소설론은 타자의 담론을 현실로 복귀시키려는 시도, 양립할 수 없는 것들 사이에 대면적 대화를 재개하려는 노력이라고 할 수 있다.

환상소설이 타자의 담론이라면, 환상의 가치를 강조한 환상소설론은 사회적 경험적 심리적 문화적으로 불가능하고 불가해한 것을 포괄하는 사유, 이질성과 다름에 근거를 둔 사유, 곧 부정의 사유라 하겠다. 근대합리성의 단일한 인식체계를 의심한다는 점에서, 부정의 사유인 환상소설론은 앎의 한계나 인식의 다면화를 추구하고 이로써 자아와 세계에 대한 새로운 성찰을 환기한다고 할 수 있다. 다른 한편, 타자에 대한 인식은 필연적으로 존재의 문제와 직결된다. 타자를 인식한다는 것은 가시적인 세계 너머의 또다른 영역이나 지대를 인정할 수밖에 없기 때문이다. 가시적인 3차원적 세계를 유일한 존재영역으로 삼지 않는다는 의미에서, 환상소설론은 존재영역의 다차원성을 강조한다고 하겠다. 환상소설론이 고갈된 상상력을 충전하여 경험을 확장하고 현실의 풍요화를 꾀할 수 있는 근거가 여기에 있다.

경험적 현실의 인식론적 확실성과 존재론적 견고성을 뒤흔든다는 점에서, 타자를 억압, 배제하는 동일자의 논리를 거부한다는 점에서, 환상소설 및 그 이론은 사회정치적으로 전복적일 수 있다. 환상문학은 부르주아적 현실범주를 공격함으로써 현실과의 '부정적 상관성'을 지니며, 당대세계를 평가하는 창조적 의문형식이라고 말해지는 이유도 여기에 있다. 말을 바꾸면, 환상소설의 전복성은 지금 여기의 현실과 또다른 현실과의 관계, 혹은 주체와 타자의 관계를 통해서 획득된다. 따라서 환상에 관한 논의의 핵심인 무엇이 환상인가라는 문제는 곧 무엇이 현실을 형성하는가의 문제이기도 하다. 이를 고려할 때, 우리 시대 환상소설론의 이론적 근거는 의문스럽다. 이들 소설론과 일련의 환상소설이 경험세계와 정당한 관계 속에 있는가가 의심스럽기 때문이다. 예를 들어 90년대 환상론자들은 자기 주장의 논거로 중남미의 환상소설, 특히 마르케스의 작품을 제시하면서도, 중남미 사람들이 환상을 생생하고 공동체적인 현실로 경험하고 있음을 충분히 고려하지 않는다.

현실적 근거를 무시할 때, 환상소설론은 한때 전국을 달구었던 환생증후군처럼, 소설을 발작적인 문화 소모품으로 전락시킬 위험에서 자유롭지 않다. 이때 이익사회의 단물을 실컷 들이켠 독자는 소설 주인공의 운명을 통해 섭리의 세계로 무임승차하려는, 천박한 이기주의자가 될 수 있다. 이런 예를 보인 것이 양귀자의 『천년의 사랑』이 아니겠는가. 이 작품이 동양의 전통적 소설양식에 맞닿아 있다고 본 정재서는 다음과 같이 말한다.

그러나, 양귀자의 소설은 단순히 전통소설의 재현은 물론 아니다. 그녀의 소설은, 그녀가 소설에서 과감히 소설적 현실로 받아들인 — 시간과 공간을 넘나드는 또다른 현실은, 가시적 현실의 반영에 토대한 기존의 리얼리즘 소설에서 느끼는 한계, 즉 오늘날의 가상 현실, 의제현실적(擬制現實的) 상황을 보여주기 어렵다는 한계를 극복하는 중요한 소설적 대응일 수 있기 때문이다.[20]

양귀자의 소설이 리얼리즘의 '한계'를 극복한 것인가는 의문스럽다. 양귀자 소설의 '또다른 현실'이란 세계에 대한 작가의 기이한 인식과 의

---

20) 정재서, 「'간절한 사랑'을 새롭게 읽기」, 『천년의 사랑』 하권, 살림, 1996, 26쇄, 274쪽.

미부여를 독자에게 강요한 것과 다르지 않다. 이는 주관적 경험에 과대 망상적으로 몰두하는 것과 같은데, 그 대표적인 것이 누가 뭐래도 '나는 그렇게 믿는다'는 투의 발언이다. 「숨은 꽃」에서 세상의 위선과 타협할 수 없는 국외자라는 김종구와의 만남을 말하면서 양귀자는 "중요한 것은 그런 일이 있을 수 있는지 없는지를 말하는 것이 아니라, 그렇게 말해 버릴 수 있느냐 없느냐의 태도"라고 지적한다. 냄새로 진짜 인간과 가짜 인간을 구분할 수 있다는 김종구의 말을 경청하면서, 양귀자는 심지어 김종구가 풀이나 꽃이 하는 말도 알아들을 수 있다고 믿는다. 양귀자에게 중요한 것은 "무자비하고 냉정"하다는 과학적 진실이 아니라 그녀의 기이한 믿음 자체이다.

환상을 끌어들인 다양한 입론에도 불구하고, 환상성을 드러낸 90년대 소설이 우리의 삶에 대해 창조적으로 질문하고 현실을 풍요롭게 만들었다고 보기는 어렵다.[21] 그것은 첫째, 이들 소설이 현실의 물질적 조건을 지나칠 정도로 과소평가하기 때문이다. 구체적인 현실상황에 근거를 두지 않으면, 환상은 다만 문학적 관습으로 고착될 뿐이다. 반대로 현실을 깊이 탐구할수록 환상은 경험 현실에서 측량되지 않는 사물의 중요성, 삶과 죽음의 아우라를 드러낼 것이다. 김탁환의 『열두 마리 고래의 사랑 이야기』가 신화와 전설의 모티프를 과도하게 인용하거나 백과전서식 박식함을 과시하고, 양귀자의 소설이 기적과 신비를 지루하게 설명하는 것도 현실이 소설의 육체를 이루지 못함을 미봉하는 것에 불과하다. 엄연한 현실원리, 객관적인 장애물과 대면하지 못한 이들 소설의 작중인물들은 만화의 주인공과 다르지 않을 것이다. 혹은 김경욱의 소설처럼 문화 산물의 이미지가 작중인물들의 행동을 형성하고 욕망을 생산할 경우, 그들은 문화 모델에 자신의 삶을 일치시킬 뿐 직접적인 현실을 탐구할 수 없다.

---

21) 이 책의 두번째 글 「90년대 소설의 환상성, 그 상상력의 모험」을 참조할 것.

둘째, 환상문학론자들이 강조하는 것과 달리, 환상적인 소설이 근대 서구소설의 경직된 관습성을 극복하고 우리 이야기문학의 전통을 계승할 수 있을 것인지 확신하기 어렵다. 장르론에 입각하여 고대신화나 전설, 민담 등 이야기문학의 풍부한 전통에서 환상성의 근거를 찾으면서, 이를 하필이면 '동양' '동아시아'적 소설 전통의 계승이라고 말하는 것도 우스운 노릇이지만, 무비판적으로 옛 서사형식에 의탁하는 것은 장르의 사회역사적 근거를 얕보고, 소설쓰기를 투기로 만들기 십상이다. 말의 엄밀한 의미에서, '이야기하기'가 '소설쓰기'와 다른 것처럼, '소설'은 '신화' '전설' '민담'과는 다른 역사적 경험을 지닌 갈래이다. 각각의 서사 모델이 특유한 사회적 맥락에서 하나의 실천으로서 획득했던 의의를 무시하는 것은 중대한 시대착오, 질문과 새로움을 허용하지 않는 신화적 사유의 복원과 다르지 않을 것이다.[22]

5. 이야기의 전면화와 요소론

90년대에 전개된 다양한 소설 논의는 새로운 작품의 등장에 힘입은 바 크다. 사실 근대 들면서 초월적인 기준이나 모델이 사라져버린다는 맥락에서 보면, 문학 생산의 규범은 끊임없이 갱신될 수밖에 없다. 오늘날 텍스트의 생산성을 강조하는 포스트모더니즘의 미학과 더불어, 또 복합매체의 기술형식에서 영향을 받고 있는 환상소설이나 사이버 소설의 강세와 함께 소설 장르는 해체 확산되고 타 장르와의 경계 또한 무너지고 있

---

22) 구비사회에서는 변화, 차이, 혁신을 주목할 수단이 없다고 말해진다. 신화, 전설, 민담이 귀속된다고 할 수 있는 구비전승사회에서 과거와 미래는 근본적으로 현재와 다른 것으로 이해되지 않는다. 여기에 신화적 사유의 권위가 있다. 문자문화는 구성원에게 반성을 요구하며, 새것을 허용하고, 과거와 현재를 차이 속에서 전유희히도록 요구한다. I. M. Bernstein, *The Philosophy of the Novel*(Univ. of Minnesota Press, 1984), pp. 73~74 참조.

다. 특히 근대소설에서 배제되었던, 혹은 근대소설 이후 소멸되었던 전통, 즉 이야기를 전송하고 교환하는 구술적 형식과 가치를 복원하고자 시도한 작품과 논의는 특기할 만하다. 예를 들어 이야기성, 사전성(史傳性), 신비적 환상성, 비완결적 구조, 일대기적 구성, 가문의 운명 등은 서구소설의 한계를 반증하고 현대소설의 혁신과 창조적 활성화를 꾀할 수 있다는 것이다. 이런 현상과 주장은 소설쓰기와 읽기에 대해서도 새로운 이해를 초래하는데 이를 다음 몇 가지로 살펴보자.

1) 이야기꾼의 회귀

90년대 소설론에서 중요한 쟁점이 된 것은 작가의 전통적인 정체성 문제다. 롤랑 바르트에 따르면, 작가(author)라는 말에는 작가와 작품의 관계를 선/후, 아비/자식으로 서열화하는 의미가 담겨 있다. 작품에 선행하는 작가는 바로 작품의 기원이며 작품 의미의 근원이고 그 소유자라는 것이다. 작가는 독특한 개인 주체이며, 작품은 이런 작가의 세계관이나 인생관, 독특한 감수성을 표현한다는 것이다. 이를 비판한 바르트는 작가를 쓰는 순간에 존재할 뿐인 필사자(scriptor)로 지칭한다. 왜냐하면, 모든 텍스트는 다른 텍스트를 인용 참고한 것, 상호 텍스트적 기록물인 까닭이다.[23]

이렇게 되면, 전통적인 의미의 작가는 죽음에 이르며, 독창성 개념도 의혹의 시선을 받게 된다. 작가주의 강령 대신 장르주의를 내세운 이인화가 자신의 정체성을 이야기꾼이라 한 것도 이런 맥락에 놓인다.

말하자면 나는 오랫동안 전해지던 이야기를 새롭게 다시 전하는 이야기꾼이다. 소설가는 자신을 표현하고 자신의 고유성과 자기 내면의 남다른 진실을 보여주기 위해 소설을 쓴다. 그러나 이야기꾼은 자신을 표현하기보

---

23) 롤랑 바르트, 「저자의 죽음」, 『작가란 무엇인가』(박인기 옮김, 지식산업사, 1997) 참조.

다 전해오는 이야기를 최대한 생생하게 다시 구현하기 위해 붓을 빌려줄 뿐이다.(『영원한 제국』후기)

작가주의는 '소설가'를 무에서 유를 창조하는 신과 같은 존재, 즉 작품의 창조자로 간주합니다. 그런 환상을 버리고 누천년 동안 우리가 익히 듣고, 배우고 체험해왔던 전통적인 소설가의 자리로 돌아가자는 것입니다. 그것은 바로 이야기꾼으로서의 작가입니다. 소설은 이야기를 가장 감동적으로 구연하는 방식으로서 존재하는 것입니다. 소설다운 소설을 '만드는' 작가, 철저히 소설적인 장인. 그것이 역사가 우리에게 가르쳐온 우리의 자리입니다.(「UR시대의 문화논리」, 『상상』 1994년 봄호)

김탁환은 우리나라 중세의 소설가들이 작품에 대한 소유를 주장하는 창작자(author)가 아니었음을 들어 이인화의 주장을 뒷받침한다. 그 증거는 고전소설의 익명성에 있다. 고전소설은 필사자들에 의해 구조가 차용되거나 바뀌는 등 상호교섭이 이루어진다는 것이다. 이런 맥락에서 김탁환은 이인화의 『영원한 제국』이 전통소설의 창작방법에 기대고 있으며, 예술가라는 자의식이 과잉된 소설가라기보다 대중을 향한 희망과 교양의 전달을 글쓰기의 목표로 삼는 지식인으로서의 소설가라고 이해한다.(「동아시아 소설의 힘」 참조)

벤야민에 의하면,[24] 구비서사에서 이야기꾼의 능력은 "경험을 교환할 수 있는 능력"이다. 전통적 서사양식은 이야기하고 듣는 방법을 공유하는 공동체를 전제로 한다. 그런 사회에서 이야기는 이야기를 되풀이하는 기술이고, 귀를 기울여 청취하는 능력이며, 그 과정에서 실제 삶에 유익한 조언과 지혜를 교환한다는 것이다.

---

24) 발터 벤야민, 「얘기꾼과 소설가」, 『발터 벤야민의 문예이론』(반성완 옮김, 민음사, 1992) 참조.

전통적인 의미로 대면적 소통이 이루어지는 이야기에서 이야기꾼은 일상적 삶과 경험과 생생한 관련을 지닌다고 할 수 있다. 즉 그들은 일상적 대중적 풍경에서 배운 것, 경험을 청자와 나누는 것이다. 그러나 이야기꾼으로의 회귀를 고창한 논자들이 예거하고 있는 작가, 이문열, 이인화, 김탁환, 양귀자 등의 이야기가 독자와 경험을 공유하고 생생한 연관을 유지한다고 보기 어렵다. 이인화가 말하는 새로움과 생생함이란 일상적 삶과의 관련을 의미하는 것이 아니라 독자의 주목을 사로잡을 새로운 이야깃거리나 기발한 착상이다. 이는 이야기꾼으로서 이야기과정에서 무엇이든 만들어낼 수 있다는 것, 따라서 소설이 더이상 리얼리즘을 고집할 이유가 없다는 것으로 이해된다. 그러니 역사를 마음대로 요리할 수도 있다. 이인화의 표현처럼, 이들 작가에게 역사적 사건은 '퍼즐게임'에 불과하다. 말하자면, 역사적 사실은 그 주체나 기원이 사라져버린 신기한 정보의 창고이며, 소설의 대중성이나 상품성을 보장하는 자원인 셈이다.

다른 한편, 이인화의 비판과 달리, 소설의 언어가 바로 소설가를 반영한다고 말하기는 어렵다. 소설의 언어는 소설가라는 주체의 내적 진정성을 반영하는 것이 아니라 타자의 다양한 담론으로 이루어진다. 말을 바꾸면, 작가는 타자들의 담론을 빌려쓰고, 자신에 속하지 않는 낯선 것을 끊임없이 의식해야 하며, 심지어 작가 자신의 세계관에 대립되는 목소리도 용납해야 한다. 그래서 소설가는 재현되는 이야기와 작중인물에 대해 반성적일 수밖에 없다. 작가의 인물에 대한 반성적 거리라는 측면에서 보면, 인물의 실패가 곧 소설의 성공이라고 할 수 있다. 인물의 실패는 기대한 것과 성취한 것 사이의 현격한 낙차와 다르지 않다. 그 낙차를 아이러니라고도 하거니와, 아이러니는 소설의 객관성을 보증하며 신이 없는 역사시대의 교훈이기도 하다. 이런 의미에서, 이야기꾼으로의 회귀는 소설의 객관성을 견지할 수 없는 작가의 무능함을 의미하며, 서영채가 상품미학에 굴복한 장르적인 발상이라 비판한 것처럼 역사의 가르침보다 자본과 공모하기를 선택한 것이다. 이야기꾼의 회귀가 성공적이면 성공적일수록 소설로는 실패할 수밖에 없다.

2) 구술성과 청중의 복권

근대소설이 잃어버린 대면적 소통상황에 대한 비평적 관심은 다양한 작품에 근거하고 있다. 4·4조 판소리 사설체, 대화체를 보인 서정인의 『붕어』뿐 아니라 이문열의 「하늘길」, 심상대의 「양풍전」, 성석제의 『궁전의 새』 등은 옛날이야기의 구연상황을 재현하는 것처럼 보인다. 이런 구술성의 복원에는 김탁환, 이인화, 장정일뿐 아니라 이인성까지 포함된다. 이들 작품을 구연(口演)적 소설이라고 한 김경수는 이야기성의 회복으로 현대소설의 장르적 확충을 가능하게 하고, 지배담론에 오염되기 전의 언어로 지배 이데올로기를 공격한다고 평가한다.[25] 혹은 대화적 이야기상황의 복원은 "근대소설의 타자"로 취급된 "억압된 것의 복귀"라거나 "듣는 이와의 대화적 관계"를 확보한다고 평가된다.[26]

전화, 라디오, TV 등이 이차적 구술성[27]을 지닌 것처럼, 이야기의 구연 방식은 하이퍼미디어의 비인과성, 비선조성, 양 방향성과 흡사한 부분을 지니고 있다. 이야기하는 과정에 무엇이라도 지어낼 수 있는 이야기의 속성이 바로 하이퍼성이라고 할 것이다. 그럼에도 불구하고, 오늘날 이야기의 구술방식이란 서사의 연속과 인과를 전복하는 소설적 기법이며 구연성에 대한 박약한 비유, 인쇄로 상품화되기 이전의 대면적 원시문화에 대한 향수에 불과하다. 그것은 여전히 쓰기와 인쇄에 기초하고 있으며, 읽는다 해도 예를 들어 구두점과 같은 비음소적인 단위를 소리낼 수

---

25) 김경수, 「구연적 소설, 소설적 구연」, 『현대소설의 유형』(솔, 1997) 참조.

26) 우찬제, 「21세기 저자와 열린 텍스트」, 김기택 외, 『21세기 문학이란 무엇인가』(민음사, 1999), 66쪽 ; 성민엽, 「21세기 작가란 무엇인가」, 같은 책, 37쪽.

27) 의도적 의식적으로 구성된 것이지만, 상호참여, 현재 순간이 증시 등을 들어 구술성을 인정하고 있나. 월터 J. 옹, 『구술문화와 문자문화』(이기우·임명진 역, 문예출판사, 1995), 22, 205쪽.

없는 것이다. 전통적 구연방식을 차용했다는 주장에도 불구하고, 인쇄된 이들 작품은 여전히 외롭고 고립된 독자를 향해 발언한다. '대중'을 향한 이야기라는 김탁환의 주장은 다만 타산성, 곧 작품의 전송 혹은 분배의 규모를 의미할 수 있다.

소설이 창조물이 아니라 상호 텍스트적 기록물이라면, 하이퍼미디어처럼 소설도 다양한 정보를 합성, 편집할 수 있다. 모든 책이 다른 책에 대한 책인 것처럼, 모든 소설은 다른 소설의 복사일 것이다. 이처럼 텍스트 밖에는 아무것도 없다는 투로 말할 때, 소설은 객관세계를 반영하는 거울이 아니라 스스로를 반영하는 거울이 된다. 이는 소설에 선행하는 현실의 존재를 부정하거나 언어의 현실모방적 기능을 부정하는 것이다. 즉 이 세계를 구체적인 경험의 무대로 받아들이지 않는다고 할 수 있다. 이런 유의 소설을 세계 상실의 소설이라 부를 수 있다. 세계 상실을 백민석 소설의 작중인물의 말로 표현하면 "나의 유일한 현실은 비현실이다"는 명제로 정식화된다. 아니면 양귀자처럼, 누가 뭐래도 "나는 그렇게 믿는다"로 정리된다.

'소설'보다 '이야기'를 강조하는 이면에는 재현보다 소통을 중시하는 태도, 독자의 능동적인 참여를 강조하는 측면이 있다. 김탁환은 근대문학의 비평가가 독자를 침묵시키고 있지만, 중세는 독자가 "텍스트를 향해 자유롭게 발언"한 '독자의 왕국'이라고 주장한다. 중세에 소설을 창작 유통시킨 사람은 "적극적인 독자인 필사자"이기 때문이다.

중세에는 작가, 작품, 독자의 거리가 한없이 가깝고 투명했다. 독자는 얼마든지 텍스트의 변화를 만들 수 있었고, 작가의 의도나 비평가의 충고에 귀 기울일 필요가 없었다. 그러나 독자에게 부여된 이토록 행복한 책읽기는 서서히 끝나가고 있었다.[28]

김탁환이 필사자와 저잣거리에서 이야기를 팔던 강담사를 구분해서 논하지 않은 것은 제외하더라도, 인쇄기술에 근거한 오늘날의 상황에서 그가 동경하는 독자의 왕국이 어떻게 발견될 수 있을지 의문스럽다. 더구나 대면적 구연 상황이란 동질적인 공동적 삶에 기초한 것이며, 이야기꾼과 청중의 상호작용은 기이하고 개별적인 반응을 제거하고 규범적 전일적 이해를 추구하는 데 목적이 있다. 그러나 인쇄기술에 근거한, 상호작용이 불가능한 소통에서 독자는 불확정적이고 모호한 진실에 대해 다양한 해석을 끊임없이 수행할 수밖에 없다.[29] 따라서 현재와 같은 문학생산의 조건 위에서 이야기의 대면적 소통을 강조한 것은 독자 각자가 자신의 삶이나 진실에 대해 독자적으로 제기하는 인식상의 문제를 부정할 위험이 있다. 전통성에 근거한 이야기성의 강조가 통속화의 혐의를 받는 이유도 여기에 있을 것이다.

다른 한편, 독자, 청자에 관한 관심이 증대하면서 특히 어떻게 읽을 것이냐의 문제로 소설론을 재구하려는 시도가 있다. 루카치의 소설론이 주객동일성에 근거하고 있어 주체의 분열과 동요를 천착하지 못하며 독자의 입장을 고려할 수 없고 타자를 배척한다는 이유에서 김외곤은 새로운 소설론을 모색하고자 한다. 그것은 작가 우위를 비판하는 해체론적 사고를 유효한 근거로 삼는다.

이 과정에서 중요한 것은 이성에 의해 억압받던 비이성＝광기를 고양시켜 우리가 진리나 도덕이라는 이름으로 당연시하고 있는 것들의 실체를 벗겨내는 푸코의 계보학을 원용할 것인가, 아니면 텍스트를 균열시키고 조각조각내어 텍스트 속에 담겨 있는 다양한 의미들을 산포하는 데리다의 해체론을 원용할 것인가 등의 선택의 문제가 아니다. 오히려 텍스트의 의미를 한쪽으로 수렴하려는 움직임에 철저하게 반대하는, 의식적으로 체계화되기를 거부하는 해체주의 일반의 근본적인 문제의식이 더 중요하다. 이와

28) 김탁환, 「독자의 왕국」, 『상상』 1994년 겨울호, 72쪽.
29) A. Kernan, *The Death of Literature*(Yale Univ. Press, 1990), pp. 130~134 참조.

같은 문제의식을 받아들일 때 우리는 기왕에 행해왔던 소설읽기를 반성하고 새롭게 소설을 읽을 수 있을 것이다.[30]

작가보다 독자를 우위에 두고 독자가 텍스트를 능동적으로 구성한다는 독서이론은 전송과정의 다원성, 텍스트성의 이론, 바흐친의 대화이론, 바르트의 쓸 수 있는 텍스트 개념, 데리다의 탈중심적 해체론 등을 통합하고 있다. 예를 들어 해체주의자에 따르면, 모든 독자는 같은 텍스트에서 이질적인 독서를 하게 되며, 따라서 모든 독서는 오독이라는 것이다. 다시 읽을 때마다 우리는 더 많은 의미를 발견하고 이야기에 대한 우리의 이해를 수정한다. 이런 의미에서, 스토리는 결코 고갈되지 않는다고 할 수 있다.

그러나 이런 주장이 특별히 새로울 수는 없다. 새롭게 읽고 꼼꼼히 따져 읽기는 인쇄문화의 기본이다. 더구나 능동적 생산자로서의 독자라는 관념은 매우 제한적으로 이해되어야 한다. 첫째, 이들 이론에서 독자는 대체로 내포 독자로 설정된다. 말하자면, 그 독자는 실질적인 조언과 지혜, 곧 유용성의 입장에서 이야기에 귀를 기울이는 청자도 아니며, 리얼리티의 환영을 통해 삶에 대한 이해를 얻는다는, 재현적 가정을 지닌 평범한 독자도 아니다. 둘째, 독서의 생산성은 독자의 지적 능력에 달려 있게 된다. 해체론적 사유는 서술행위와 해석의 전 과정을 문제시하고 전복적인 서술구조를 높이 평가하며 이런 반서술이 인간상황을 개선할 수 있다고 믿는다.[31] 그러나 그런 텍스트의 전복적인 잠재력을 누가 파악할 수 있겠는가를 고려하면, 해체론적 사유는 독서행위에 새로운 지적 서열을 강제할 수 있다. 더구나 복잡하고 다층적인 독서를 올바르거나 성숙

---

30) 김외곤, 「새로운 소설론의 모색을 위하여」, 『한국문학의 양식론』, 한양출판, 1997, 186쪽.

31) 로버트 스콜즈, 「언어, 서술과 반서술」, 『현대서술이론의 흐름』, 주네트 외 저, 석경징 외 옮김, 솔, 1997, 114쪽.

한 독서, 가치롭고 수준 높은 이해라고 말할 어떤 근거도 없다는 데 문제가 있다. 셋째, 해체론적 사유로 말하면, 오독 혹은 나쁜 독서가 곧 좋은 독서로 평가된다. 그래서 읽을 수 있는 텍스트보다 쓸 수 있는 텍스트, 즉 읽을 때마다 새로운 의미를 환기하는 비완결적 개방적 텍스트를 우위에 두게 된다. 이런 독법은 독자의 개인성, 자유로운 창조성을 고무할 수 있으나, 다른 한편으로 작품은 독자에 의해 읽혀야 할 책이 아니라 해석되어야 할 사물로 전락한다. 그러므로 평범한 독자에게 독서는 재미도 없을 뿐 아니라 필요한 기술도 아닌 것이 되며, 결과적으로 쓰고읽기 능력이 저하될 수 있다. 이런 의미에서 해체론적 방법은 문맹의 시학[32]에 이를 수 있다.

3) 비선조적 구성

90년대 소설의 새로움을 주목한 논의에서 특별히 강조된 것의 하나가 비선조적 구성이다. 비숍이 중국소설에서 서사구조의 통일성, 정합성의 결여를 지적한 것은 "이성주의에 기초한 서구 소설미학의 동아시아 전통소설에 대한 편견이며 부당한 간섭"[33]이라고 반박한 정재서는 「이강에서」「홍길동을 찾아서」 등 이문열의 최근작이 환상성, 비완결적 구조를 통해 현행 소설문법을 돌파한 실험작에 든다 하고, 목적론적 직선적인 진행방식을 취하지 않는 전통소설의 서사 특징을 수용한 결과라고 평가한다.

이러한 사건과 비사건의 교합적 서술구조는 목적론적, 직선적인 진행방식을 취하지 않는 전통소설의 서사 특징이다. 이중 비사건은 나름대로 이야기 진행속도를 조절하는 역할을 하기도 하는데 궁극적으로 그것은 이 세

---

32) A. Kernan, 같은 책, pp.144~145 참조.
33) 정재서, 같은 글, 118쪽.

계가 주요 사건들의 인과적 관계에 의해서만 움직여지는 것이 아니라는 또 다른 이치를 함축한다.[34]

그런데 같은 특집란에 기고한 이인화는 이문열의 「황장군전」 「하늘 길」 등이 전래의 서사구조를 채용하여 한계에 부딪힌 현대소설의 혁신과 창조적 활성화를 꾀한다는 점에서 정재서와 대동소이한 평가를 하면서도, 전통적 이야기의 형식 혹은 구조에 관한 이해에 있어 아주 다른 견해를 보인다.

이야기의 힘은 형식의 완결성으로부터 나온다. 삶이 아무리 괴롭고 불확정적일지라도 이야기는 그것을 완결된 서사구조 속에 집어넣는다. 이때 혼돈의 사태는 인간이 납득할 수 있는 어느 정도의 인과관계를 산출하며 이를 통해 인간은 자신이 감당하는 불가항력의 운명들과 화해하게 되는 것이다. 소설은 이같은 이야기의 미덕을 계승하고 그 위에 개인의 특수한 체험에서 우러난 새로운 문제제기의 역할까지를 더함으로써 근대문학의 가장 의미심장한 장르로 떠올랐다.[35]

그러니까 정재서가 전통적 서사구조의 비완결성, 반목적성에 착안하고 있다면, 이인화는 완결성과 목적성을 강조하고 있는 셈이다. 이런 상반된 시각은 기이하지만 이해 못 할 것은 아니다. 우선 이인화가 지적한 형식적 완결성의 성취는 이야기를 지배하는 일종의 개념적 틀로 가능한 것이라 여겨진다. 예를 들어 옛이야기에서 쉽게 발견되는 사필귀정, 권선징악 등과 같은 관념은 불확정적인 혼돈의 삶에 일정한 질서를 부여함으로써 이야기의 완결성을 보장할 수 있다. 말을 바꾸어, 개념적 틀에 근

---

34) 정재서, 「이문열 『황제를 위하여』에 대한 전통소설론적 접근」, 『상상』 1998년 봄호, 227쪽.
35) 이인화, 「이야기문학의 힘과 갈등구조의 탐구」, 『상상』 1998년 봄호, 54쪽.

거한 전통적인 서사전략은 이야기의 주인공이 온갖 고난에도 불구하고 목적지에 도달할 것임을 보장하며, 따라서 이야기의 재미는 그 목적지에 도달하기까지 인물이 겪게 되는 다양한 시련과 모험의 과정에 있는 셈이다. 이런 서사전략을 두고 이인화가 이야기의 종국성을 주목한다면, 정재서는 이야기의 과정을 강조한 것이다. 형식주의자의 용어를 빌려 말하면, 전자는 이야기의 파불라적인 측면을, 후자는 파불라를 왜곡시키는 슈제의 비정상적 일탈부분을 각기 자신의 논거로 삼은 셈이다. 결국 이들은 이야기의 구조, 형식을 순전히 기교적인 차원에서 이해한다 하겠고,[36] 다음과 같은 신수정의 주장도 같은 차원에 있다.

> 도대체, 이야기란 무엇인가? (……) 근대적 합리성의 산물인 소설과 달리, 이야기는 온갖 모순과 비합리, 우연과 과장에 등을 돌리지 않는다. 소설적 이성의 빛이 스며들지 않는 서사의 주름은 이야기의 세계에서 환하게 빛난다. 소설을 넘어서는 소설, 소설에 반란하는 소설을 쓰고자 하는 작가들에게 이야기가 돋보이는 것은 바로 그 점 때문이다. 소설의 모태였으되 소설이 '소설'을 주장하자마자 서사의 전통에서 소외되기 시작한 이야기는 오늘날 소설의 타자로서 새롭게 소설과 만난다. 이야기적 맥락을 강조하는 현대소설의 개방적 형식은 그 한 예다.[37]

개방형식에 대한 강조는 근대소설의 특성이라는 선조성에 대한 비판을 함축한다. 그러나 선조성을 사건 조작의 기법 차원에서만 파악하는 것은 정당하지 않다.

---

36) 최명희의 『혼불』을 두고, 전통적인 이야기방식을 취함으로써 우리 소설의 편협성을 벗어나 소설의 새로운 지평, 새로운 서사문법을 펼쳤다고 평가한 것도 같은 경우에 속한다. 이 책의 열네번째 글 「『혼불』론을 위한 각서」를 참조할 것

37) 신수정, 「틸구의 변증법」, 황종연 외, 『90년대 문학 어떻게 볼 것인가』(민음사, 1999), 111쪽.

근대소설의 중요한 인식적 요소의 하나가 자신의 본질이나 정체에 관한 물음이라면, 이 물음은 나는 무엇이 될 수 있는가라는 자기 형성의 과제와 연관된다. 이 과제는 작중인물이 미리 규정되지 않는 존재라는 것, 따라서 객관세계와 교섭하는 모험을 통해 되어가야 하는 존재임을 의미한다. 작중인물의 인식 욕망이 소설적 구성을 선조적으로 밀고나가는 추동력이 된다고 하는 근거가 여기에 있다. 자신의 정체를 확립하려는 욕망, 다른 무엇이 되고자 하는 충동이 서사의 운동을 선적인 것으로 만든다. 그러니까 소설의 선형성은 시간 경과가 가져오는 질적인 차이, 현실의 자기 변형성, 세계의 역사성을 재현한다고 할 수 있다. 그러나 욕망하는 작중인물이 어떤 결과에 도달할 것인가를 누구도 미리 장담할 수 없기 때문에, 또 자신을 발견하려는 과정에서 적대적이고 낯선 것들을 만나야 하기 때문에, 인물의 목적 지향적 욕망은 지체되고 따라서 구성의 일탈과 지연을 피하기 어렵다.

이런 현상은 바로 우리의 일상적인 삶의 과정과 다를 바 없다. 즉 소설의 형식문제는 우리의 선조적인 욕망과 그 좌절, 전진과 후퇴를 거듭하는 구체적 삶의 진실과 연관되어 있는 것이다. 소설의 짜임이 선형성을 근본으로 하되 그것이 일원적 단선적일 수 없음은 이런 삶의 과정을 반영하는 작가의 엄정한 태도와 무관하지 않다.[38] 그러나 우리 시대 이야기꾼의 이야기에서 빚어지는 지체와 일탈은 작중인물이 객관적 삶에서 직면하는 우발성의 결과가 아니다. 오히려 그것은 구체적인 삶의 현장을

---

38) 이렇게 보면, 소설의 선조성이란 시간의 경과에 따른 질적 차이를 반영하는 것, 그 차이가 빚어내는 낯선 타자를 수용하는 것으로 이해될 수 있다. 그렇다면 리얼리즘의 '동일성의 원리'에 지배되는 '선형 서사'가 침체와 소멸을 겪기 때문에 모더니즘의 '비선형 서사'가 존재할 이유가 있다는 강상희의 주장은 다소 모호하다고 할 수 있다. 강상희, 「90년대 그리고 새로운 세기의 소설에 관한 불길한 상상」, 황종연 외, 같은 책, 195~197쪽. 이런 식의 선형/비선형의 구분은 사실 슈제 차원의 서술기법과 연관된 것으로 보인다. 모더니즘 소설을 높이 평가하는 논자들이 선조적으로 읽으면서 작품에 표상된 비선형성을 격찬하는 경우도 적지 않다. 이는 기법에 대한 물신숭배와 다르지 않을 것이다.

이탈하고, 이로써 인간 경험의 전면적 진실, 인간 삶의 전체를 포괄하지 못한 결과이다.

6. 이론의 치욕과 영광

오늘날 글쓰기는 더이상 지배적인 저장기술이 아니다. 그러나 새로운 기술과 매체로 인해 문학 혹은 소설이 역사적 폐물이 되었다고 단정할 수는 없다. 그렇기 때문에, 다양한 매체기술이 만들어내는 가상 현실 혹은 문화 이미지에 직면하여 작가들이 드러내는 태도와 입장은 매우 다양하다. 본고에서 충분히 다룰 수 없었지만, 언어를 매체로 삼는 그들에게 가상 현실과 다양한 매체기술은 글쓰기의 장애물일 수도 있고 소설의 가능성을 확장시킬 도구도 될 수 있을 터이다. 모든 예술은 미래의 기술에 의해서만 성취될 수 있는 새로운 형식을 열망한다는 발터 벤야민의 지적처럼, 적극적으로 보아 소설은 새로운 기술과 매체로 자신의 예술적 가능성을 혁신할 수 있을 것이다. 그럼에도 불구하고, 다매체환경에 직면한 문자예술 중에서 특히 소설의 위기가 문학의 운명과 직결되어 문제되고 있음은 매우 흥미롭다. 그것은 소설이야말로 인간학의 핵심인 때문은 아니겠는가.

90년대 평단에서는 소설의 원리, 범주, 기준뿐 아니라 개별 작품에 대한 구체적인 비평을 포함한 여러 소설론이 이론적 우위를 점하기 위해 치열한 각축을 전개했다고 할 수 있다. 충돌, 경쟁하는 과정에서 각 소설론은 논자들의 독자적인 입장을 확립하고 그 이론에 포괄되는 대상을 생산하거나 가치를 부여하였다. 그러나 미시적 국지적 문제에 대한 관심을 환기하고 이데올로기의 주박에서 벗어나 문학성을 배려한 건강성에도 불구하고, 때로는 입장을 달리하는 논자들이 서로 되받아치면서 상대방을 소설 위기의 원흉으로 취급하거나 상대방의 침체와 부진을 자기 영역의 기회로 삼는 담론전략을 보인다.

그러다보니 한 극단에 근대 이전의 서사방식을 비호하는 논리가 놓이고, 다른 한 극단에 근대 이후의 징후를 추구하는 시각이 펼쳐진다. 이들은 근대 사유와의 차이, 근대소설과의 다름을 강조함으로써 근대사회를 비판하고 새로운 서사 모델을 모색한다는 논법을 펼친다. 그러나 뜻밖의 결과에 도달하기도 하는데, 예를 들어 작가의 죽음을 선언하고 이야기꾼의 회귀를 천명함에도 불구하고 그런 작품 및 입론 자체가 그들에게 각별한 정체성을 부여한다는 역설이 그것이다. 말하자면 근대소설가로서의 주체성을 부정함으로써 그들은 남다른 주체성을 크게 과시한 셈이다.

따지고 보면 근대는 이미 근대 이전과 근대 이후라는 양극단을 품고 있는 것이 아닐까? 그것은 마치 소설이 전대(前代) 소설과 내적 연관 속에 있으면서도 의연히 역사적 독자성을 지니고, 그 역사적 독자성 때문에 미래로 열린 자기 부정의 운명을 피할 수 없는 것과 같은 것은 아닐까? 문제는 소설이나 이론의 새로움이 아니라 세계의 새로움이다.

인간의 삶이 진행형이고 그 의미가 잠정적인 한에서, 인간학의 핵심영역을 다루는 소설론 역시 한시성을 면하기 어렵다. 이런 의미에서, 소설을 둘러싼 모든 이론적 비평적 논의도 특정한 역사적 맥락에 놓일 수밖에 없다. 달리 말해, 역사화하지 않으면 어떤 이론도 충분히 이해될 수 없다. 물론 본고는 일부 소설론을 검토했을 뿐이고, 더구나 그 논의의 역사적 맥락을 폭넓게 살피지 못했다. 이는 필자의 지속적인 과제일 것이지만, 90년대의 일부 소설론을 통해 역설적으로 인식의 잠정성을 확인한 것은 큰 소득이라 할 것이다.

인식의 잠정성에 인간학으로서의 소설론이 지닌 치욕과 명예가 있다. 입론이 놓인 사회역사적 맥락에서 자유로울 수 없다는 사실이 인문학적 가치를 추구하는 소설론의 불명예라면, 구체적인 현실에 육박함으로써 다른 세계를 꿈꿀 수 있게 된다는 점에 소설론의 영광이 있다. 바슐라르가 데카르트를 패러디한 명제, 즉 '나는 생각한다, 고로 진화한다'는 명제는 소설론의 이런 양면성을 여실히 드러내지 않겠는가. 진화라는 말에 구토를 느낀다면 변화라는 말로 바꾸어도 상관없을 것이다. 나는 이 명제를 해체론적 사유방식으로가 아니라 역사적 사유방식으로 이해한다. 소설에 관한 우리 시대의 다양한 담론이 기존의 소설론을 이해함에 있어 결락된 부분이 있다면 바로 이 역사적 사유일 것이다.

(『오늘의 문예비평』 1999년 가을호)

이야기성과 필연성

1. 서사적 전회, 이야기성의 회복

지난 10여 년간 비난과 기대를 한꺼번에 받은 개념이 있다면 그것은 서사 혹은 이야기일 것이다. 거대 '서사'에 대한 불신이 서사 자체에 대한 회의로 이어지는가 하면, 작은 '이야기'가 큰 이야기의 진정한 대안인 양 무비판적으로 격상되기도 하였다. 또 근대적 의미의 '소설' 혹은 서구적 규범으로서의 소설을 비판하면서 전통적인 서사구조나 이야기방식의 회복이 강조되기도 하고, 심지어 언어적 서사와 비언어적 서사의 경계 자체도 무시되었다. 그래서일까, 오래 전 벤야민이 전통적인 이야기(꾼)의 몰락을 예견한 것과 달리, 우리 시대에는 어느 때보다 풍성한 이야기가 있고 다양한 이야기꾼들이 활약하고 있다. 마침내 비평과 소설의 구분마저 흐려져서, 비평가조차 개인적인 일화(逸話)를 소개하는 글로 비평을 시작하거나 대화 혹은 경어체와 같은 스토리텔링의 도구를 사용하고 있는 실정이다. 비평도 이제 이야기임을 천명한 것과 다를 바 없으므로, 우리 시대야말로 서사적 전회가 이루어진 시대라고 할 것이다.

서사 혹은 이야기가 범람하는 현상의 이면에는 물론 간과할 수 없는 사회적 문화적 근거가 있을 것이다. 대화주의에 근거한 것이든 사라진 것에 대한 애틋한 향수에서 비롯된 것이든, 이야기의 충일현상은 우리가 살고 있는 세계와 그 세계를 표상하거나 이론화하는 방식과 관련될 수 있다. 그러므로 이 현상은 주의깊게 관찰되고 엄정하게 평가될 필요가 있지만, 본격적인 작업은 아무래도 후일을 기약해야 할 듯하다. 다만 이문열, 마르시아스 심, 김영하의 작품과 함께 이야기성 혹은 서사성의 회복을 요구한 몇 논지를 검토하고자 한다. 동아시아 소설의 전통이 새로운 창작방법과 새로운 비평방법이 될 수 있는가에 필자 개인적으로는 큰 기대를 갖고 있을 뿐 아니라, 우리 역사와 문화를 주체적으로 인식하고 현대소설 창작에 새로운 활력을 불어넣자는 데 이의가 있을 수 없기 때문이다.

이인화는 전통적 서사양식을 차용한 이문열의 시도를 높이 평가한다. 그 이유는 이야기성을 전면화함으로써 현대소설의 혁신과 창조적 활성화를 꾀할 수 있다는 데 있다.[1] 한 대담에서 이인화는 오늘날 한국소설이 빈사상태에 이른 것은 '작가주의'의 불가피한 결과라고 지적한 바 있다. "내 혼을 증명하기 위해 나는 떠난다"는 루카치 식 발상뿐 아니라, 중층적 서술, 언어에 대한 반성 및 자아 해체와 같은 실험적 서사전략도 작가를 창조신으로 격상시키는 작가주의 정신에 닿아 있다. 이 작가주의의 강령은 소설을 이야기성과 결별하게 만들고 "자의식의 똥통"에서 헤어날 수 없게 만든다는 것이다.[2]

이인화는 리얼리즘과 모더니즘을 모두 비판한다고 하겠는데, 이런 입

1) 이인화, 「이야기문학의 힘과 갈등구조의 탐구」, 『상상』 1998년 봄호, 53쪽.
2) 장정일·이인화 대담, 「UR시대의 문화논리」, 『상상』 1994년 봄호, 58쪽.

장에서 그는 소설이 살아남기 위해서는 '이야기성'을 전면화하지 않을 수 없다고 주장한다. 그가 말하는 이야기성 혹은 이야기의 미덕은 불확실하고 혼돈스러운 상황에 질서를 부여하는 구조적 완결성에 있다.

> 이야기의 힘은 형식의 완결성으로부터 나온다. 삶이 아무리 괴롭고 불확정적일지라도 이야기는 그것을 완결된 서사구조 속에 집어넣는다. 이때 혼돈의 사태는 인간이 납득할 수 있는 어느 정도의 인과관계를 산출하며 이를 통해 인간은 자신이 감당하는 불가항력의 운명들과 화해를 하게 되는 것이다.[3]

그래서 전래의 이계 여행담에서 서사구조를 차용한 「하늘길」은 주인공이 기지의 세계에서 '분리'되어 고난을 '통과'한 다음 성숙한 인간으로 '회귀'하는 삼각형의 구성을 갖는다고 분석된다. 그러니까 함께 대담한 장정일의 말처럼, 이인화는 '유기적 구조'와 그 구조가 만들어내는 '강한 이야기성'의 회복을 강조한 셈이다.[4] 장애, 극복 시도, 해결이라는 서사구조를 지닌 존 그리섬의 『펠리칸 브리프』를 이인화가 크게 칭찬한 이유도 여기에 있다. "소극적 방어는 죽음과 마찬가지"라고 한 김탁환의 말처럼,[5] 강한 이야기성은 UR시대에 대응하는 소설의 방향이라는 것이다.

구조 분석의 맥락에서, 이야기성의 회복 근거가 하필이면 전통적인 서사양식이나 동아시아적 소설에 있다고 말하기는 어려울 것이다. 그렇기 때문에, 이인화는 「하늘길」의 내적 변형을 분석한다. 동아시아의 유사한 이계 여행담과 달리, 이문열의 「하늘길」은 '장애물/원조자' '원조자/

---

3) 이인화, 같은 글, 54쪽.
4) 장정일 · 이인화 대담, 같은 글, 59~60쪽. 양자는 강력한 서사성의 회복에 동의하나, 유기적 구조를 해체하는 포르노적 강렬성을 강조하는 장정일과 달리, 이인화는 전통적 이야기의 형식적 완결성에 큰 기대를 건다.
5) 김탁환, 「동아시아 소설의 힘」, 『상상』 1994년 여름호, 164쪽.

수혜자'라는 이항대립보다 '장애물-원조자' '원조자-수혜자'라는 양면성을 드러낸다. 이런 양면성은 갈등구조의 혼란이라 하겠고, 이같은 혼란은 자아와 세계의 갈등을 약화시킨다. 그 결과, 주인공은 특별한 인간이 아니라 우리와 같이 대화와 타협으로 자기 길을 가는 '평범한 사람'으로 변한다는 것이다.

「하늘길」을 전자책으로 출간하면서 가진 한 인터뷰에서, 이문열은 갈등을 중시하는 현대소설과 달리 '갈등 없는 소설'을 써보고 싶었다고 말한다.[6] 우리 옛날이야기처럼 다음에 무엇이 일어날 것인가에만 흥미를 갖고 편안하게 읽을 수 있도록 "의도적으로 갈등을 최대한 약화"시켜놓았다는 것이다. 그런데 이러한 설명을 뒤집어 읽으면 구체적 현실은 끝없는 갈등의 세계라는 것, 현대소설의 이야기는 바로 이런 갈등과 경쟁의 메커니즘에서 비롯함을 암시받을 수 있다. 그럼에도 불구하고, 이문열이 '의도적으로' 갈등을 최소화한 이유가 무엇인지 궁금하지 않을 수 없다. 한편으로 그 이유는 이야기의 구체적 현실성에 구애받지 않겠다는데 있다고 이해된다. 다른 한편, 갈등의 의도적 약화에는 현대소설의 갈등에 대한 헤겔적 냉소가 숨겨져 있는 것인지 모른다. 헤겔에 따르면, 시적 심정과 산문적 환경 사이의 갈등을 묘사하는 것이 소설이지만, 그 갈등의 불가피한 결과는 주인공이 이웃한 다른 사람들처럼 속물이 된다는 것이다.

그렇다면, 「하늘길」처럼 갈등을 약화시키는 방식으로 사경을 헤맨다는 현대소설에 활기를 불어넣기는 어려울 것이다. 왜냐하면, 이문열이 암묵적으로 드러낸 것이지만, 이야기를 생산하는 것은 주인공이 아니라 복잡다양하고 치열한 경쟁과 투쟁이 펼쳐지는 갈등의 세계인 까닭이다. 다윈이 지적하였거니와, 상이한 종(種) 간이 아니라 동종 개체 간의 투

---

6) 이문열은 동명의 소설을 2000년 에버북닷컴에서 전자책으로 출판하였다. 그림까지 삽입된 전자책에서 다소의 침식이 가해신 것으로 보이나 확인하지는 못했다. http : //www. everbook. com/interview/lmy20001012. asp 참조.

쟁이 가장 치열하다. 상호경쟁과 긴장된 관계 속에서 우리는 불가피하게 자기 분열을 경험하지 않을 수 없다. 드러낸 자아와 숨겨진 자아로 분열된 우리는 겉과 속이 다른 삶을 살 수밖에 없다. 이런 삶은 속물적인 존재방식이라 할 수 있으며, 이인화가 지적한 '평범한 사람'이란 바로 이런 속물일 것이다.

자신의 내부에 대립물을 은폐하고 있다는 의미에서, 속물은 위선적인 이중생활자이고 가치를 배반하는 기회주의자이다. 대부분의 사람들은 진실을 높이 여기고 선을 옹호하지만, 살아남기 위해 악에 접근하고 허위를 필요로 한다. 옛날이야기의 경우 괴물을 퇴치하는 과정에서 주인공 자신이 적대자 못지않은 괴물성을 드러내듯이,[7] 악마와 싸우는 자는 그 자신이 악마가 되지 않을 수 없다. 우리는 주변의 악당, 이웃한 속물을 방어하기 위해 우리 내부에 악과 위선을 지닐 수밖에 없다.

이야기꾼의 원형인 어린이가 존재의 위기를 견디기 위해 가족 로망스와 같은 거짓을 꾸며내듯, 우리는 거짓말로 자신을 위장하고 보호할 수밖에 없다. 이 거짓말이 바로 속물들의 언어지만, 그것을 윤리적으로 비난하는 것만으로는 충분하지 않다. 왜냐하면 속물들의 이중생활은 다른 삶에 대한 꿈, 사회 변동을 함축하기 때문이다. 서로 상이한 꿈에 따라 작동하는 무수한 가능성, 예측 불가능성과 변칙성 때문에 우리의 삶은 항상 운동상태에 있다고 하겠다.

이상과 같은 의미에서, 구체적 삶의 모든 모멘트는 소설적 사건이 될 수 있다. 다음에 무엇이 일어날 것인가라는 긴장도 인물의 운명에 관한 불안 때문이고, 이 불안은 예견할 수 없고 통제 불가능한 타자, 곧 다른 속물들, '평범한 사람'들 때문이다. 변칙적이고 예견 불가능한 속물들의 삶이 사건을 만들고 이야기성을 강화한다. 이인화가 예로 삼은 『펠리칸 브리프』가 시사하듯, 친구의 배신, 은인의 얼굴을 한 적이야말로 서사성

---

7) M. Roemer, *Telling Stories*, Rowman & Littlefield Pub., 1995, p. 54.

을 증대시키지 않겠는가. 그래서 위대한 리얼리스트는 선악의 동화적 양극화, 적과 동지의 날카로운 대조를 거부한다. 리얼리틱하다는 것은 고정되고 명확하게 대립된 패러다임을 부정하는 것이기 때문이다.[8] 따라서 강렬한 이야기성의 회복은 대결과 변화, 갈등과 운동이 전개되는 구체적인 현실에 얼마나 밀착하느냐에 있다고 할 수 있다.

2. 이야기의 모럴과 소설적 반전

「하늘길」을 검토하는 과정에서, 이인화는 이야기문학의 미덕을 계승한 소설은 모럴 형성력이 있다 하고, 독자는 이런 소설로부터 "평범한 사람들의 평범하지 않은 지혜"를 배운다고 지적한다. 완결된 서사구조에서 비롯되는 이야기의 모럴은 "인생을 어떻게 살아가는 것이 좋으냐를 가르쳐주는" 데 있다. 동아시아의 전통적 서사양식은 "악(惡)과 고통(苦痛)의 문제를 처리하는" 방식, 곧 현실을 위로하고 현실에 교훈을 던지는 방식이다.[9] 그래서 '진정한 소설'은 동시대 독자 전체를 지향하면서 '인생의 모델'을 제시하고 그들의 '삶을 변화'시키는 소설이며,[10] 이에 이문열은 선명한 이야기성의 회귀로 답한다는 것이다.

앞서 언급한 인터뷰에서, 이문열은 「하늘길」이 성인동화이긴 하나 "어른과 아이가 함께 읽는 동화"가 되도록 유념했다고 말한다. 그런데 어른이든 어린이든 이 작품의 독자가 이인화처럼 구조적으로 독서할 것 같지는 않다. 또 이항대립적 갈등이 약화되어 있다면, 독자는 「하늘길」을 도덕적 교훈과 관계없이 이해할 수 있다. 작품의 원본이 '복을 따온 청년'의 이야기인 것처럼, 독자는 자신에게 결여된 것을 얻는 방법, 즉 성공에

---

8) F. Moretti, *The Way of The World*(Verso, 1987), pp.153~157.

9) 이인화, 같은 글, 55, 59, 61쪽.

10) 장정일 · 이인화 대담, 같은 글, 59쪽.

관한 이야기로 받아들일 수 있다. 성공을 위해서는 이무기에 맞서는 용기, 요귀를 물리칠 수 있는 속임수, 홀로 남은 여인을 두고 떠나는 냉정함이 필요하다고 생각할 수 있을 것이다. 그러니까 도덕적 선악의 문제가 아니라 자신의 능력에 대한 믿음이 중요하다고 해석할 수 있다. 주인공의 말처럼, "자기가 믿고 자랑하던 것을 잃으면 약해지는 법"이라는 해석 말이다.

다른 한편, 주인공이 여행중에 만난 인물들이 하늘에 이르지 못한 이유는 '욕심'에 있으므로, 이 작품이 제공하는 지혜란 욕심없이 살라는 통념적인 것이라고 할 수 있다. 구만 리 들을 지나고 오만 길 산을 넘는 주인공은 평범한 인물일 수 없으므로, 「하늘길」이 드러낸 가르침은 비범한 인물의 비범하지 않은 지혜일 것이다. 고식적이고 상식적인 이 교훈으로써 운명을 둘러싼 의혹이 해소되고 존재에 관한 의문이 해결된다면 더이상 소설이 있을 수 없다. 문제 없는 세상에서 우리가 소설 따위를 쓰거나 읽을 이유가 없기 때문이다. 따라서 한 문제의 해결은 언제나 잠정적일 뿐 아니라 다른 문제의 시작일 수 있다. 그렇기 때문에, 전래의 서사구조를 차용한 이문열은 작품의 결말을 뒤집을 수밖에 없었을 것이다.

그런데 — 이 동화가 동화답지 못한 것은 실로 알 수 없는 그 결말 때문입니다. 그 뒤 젊은이는 큰 부자가 되어 아들딸 많이 낳고 행복하게 잘살았다면 그런 대로 무난한 옛이야기 한바탕이 되겠지만, 그게 그렇지 못합니다. 그가 모자랄 것 없는 살림에 은근히 마음에 두고 있던 아가씨와 결혼해 아들딸 낳고 행복하게 산 건 비슷하지만 그 다음이 전혀 뜻밖이기 때문입니다.

젊은이가 그렇게 산 지 5년 만이라던가요. 어느 날 밤 아내와 아이들 몰래 그가 갑자기 빈손으로 집을 나가버린 것입니다. 그리고 다시는 돌아오지 않았다는 것인데 그같은 결말의 의도가 통 짐작이 안 됩니다.[11]

구성적 완결성에 대한 최종 반전을 두고 이인화는 "이야기적인 것과 소설적인 것 사이의 긴장"이 드러난다고 이해한다. 뒤집힌 결말로 볼 때, 전통적 서사구조의 완결성이나 거기서 비롯되는 이야기의 힘과 모럴은 그 정당성이 전복된다고 할 수 있다. 작가 자신의 말처럼, 「하늘길」은 전래동화의 '패러디'이다. 전래이야기에 가해진 이같은 폭력적 비틀기는 전통적 서사구조로는 표현할 수 없는 현대의 불확정성 혹은 개방성과 무관하지 않을 것이다. 이런 세계에서 우리는 삶의 최종 국면을 예단할 수 없다. 삶은 흔히 기대와 모순된 결과에 이른다. 기대와 결과의 이같은 어긋남, 사건의 모순된 결과, 이상과 현실의 대립은 속물들의 생존경쟁이 빚어내는 불가피한 현상이다. 물론 우리는 개인적으로 선의를 지닐 수 있다. 그러나 경험적 시간적 존재인 한, 개인의 의도는 그가 관계 맺지 않을 수 없는 타자에 의해 방해되며, 그래서 때로는 누구도 바라지 않은 결과가 출현한다. 이를 두고 흔히 역사의 교활함이라 이르거니와, 이런 어긋남이 바로 역사이며 리얼리티이다. 그러므로 리얼리티는 창조되는 것이 아니라 발견되는 것이다.[12]

그러나 기대와 결과의 반어적 어긋남이 우리를 불가피한 운명으로 이끌지만, 동시에 그 반어는 역사의 '불가피한' 발전에 관한 예언을 정당화할 수 있다. 그것은 시간 속에 발흥한 것은 시간 속에서 몰락한다는 사실이다. 따라서 공간을 이동하고 시간을 소비하는 우리의 삶은 불가피성의 특질을 지닌 반어의 공식으로 표현될 수 있다. 즉 A로 전진한 것은 비(非) A로 귀결한다는 '급변'의 아이러니가 그것이다.[13]

진정한 의미의 소설적 반전은 이같은 반어적 구조의 통시적 드러냄이다. 이런 의미에서 기대와 결과, 이상과 현실의 모순을 재현하는 소설적 구성은 프랑코 모레티가 지적하는 것처럼 세계법칙의 일탈이 아니라 그

11) 이문열, 「하늘길」, 『상상』 1998년 봄호, 35~36쪽.
12) M. Roemer, 같은 책, p.83.
13) K. Burke, *A Grammar of Motives*, Univ. of California Press, 1969, pp.516~517.

완벽한 실현이다. 사건의 모순된 결과라는 상황의 반어는 통시적 반어이며, 따라서 그 반어의 교훈을 이해하기 위해 독자에게도 서사성이 요구된다고 할 수 있다.

이문열의 소설에서 문제되는 것은 독자의 기대와 어긋난 반어적 결말이 이야기 자체에서 불가피하게 유래되는 결과가 아니라는 점이다. 「하늘길」이 "세계의 불완전성을 향해 열려 있는 소설의 정신"을 보이며, 이는 인생의 완성을 누구도 호언할 수 없다는 뜻이고 "시간의 의미를 직시"한 결과라고 할 때, 이인화는 정당하다. 그러나 "실로 알 수 없는 그 결말"은 시간의 불가피한 경과를 통해 추론된 것이 아니라 서술자에 의한 '직시', 즉 시간과 삶의 의미에 대한 서술자의 직관적 통찰을 통해 주어진다. 그 직관이 이상과 현실 사이의 복잡한 연관에 대한 통찰이 된다 하더라도, 그것은 사건 자체에서 비롯되고 이야기의 내용에 의해 결정될 사항이다. 서사의 객관적 전개와 무관한 결말에 작가의 의도가 집중되어 있다면, 이는 부분을 전체와 대등하게 여기는 제유적 사유방식이라 할 수 있다. 또 이런 직관적 통찰이 '의도'된 것이라면, 서술자와 독자 사이에는 반어적 거리가 잠재되어 있다고 할 수 있다. 왜냐하면 복잡하고 이질적인 세계의 교활성으로부터 삶의 의미를 깨달은 것은 독자가 아닌 까닭이다. 독자는 그 결말의 의도를 '알 수 없'다. 그것을 아는 것은 서술자와 집을 떠나는 주인공뿐이다. 인물과 서술자가 독자보다 더 많은 앎을 지니고 있을 때, 독자는 아이러니의 희생자가 될 위험에서 자유롭지 않다. 독자는 시간의 의미에 대해 자신보다 더 많은 앎을 지닌 서술자에게 지적으로 지배되기 때문이다.

시간의 의미에 관한 지혜, 곧 삶에 관한 독자의 자각과 판단을 형성할 관점이 전지적인 언술 층위에서 주어지고 독자에게 그 수용을 강제한다면, 그 서사형식은 가학적인 형식으로 변화할 위험에 노출된다. 이같은 위험은 전래 서사양식을 차용한 이문열이 리얼리티에 주눅들지 않으면서 소설의 육체를 만들어내고자 한다는 사실에 이미 잠복된 가능성이다.

왜냐하면 서책 혹은 상호 텍스트성이 현실을 대체할 수 있기 때문이다.

김탁환에 의하면, 독자이며 필사자인 중세소설가의 창작방법은 '도서관에서의 글쓰기'이다.

중세소설가들의 글쓰기란 '글 읽고 쓰기', 즉 '도서관에서의 글쓰기'였다. 즉, 소설가가 읽은 수많은 문학(文學), 사학(史學), 철학(哲學) 관계 서적들의 내용들이 그대로 '소설' 속으로 미끄러져 들어가서 하나의 '소설'을 새롭게 완성시켰던 것이다.[14]

따라서 소설은 소설가가 습득한 여러 가지 기술과 '수많은 지식'들이 그 위에 첨부되어야 완성될 수 있으며, 이문열과 이인화는 이같은 중세소설가의 창작방법을 충실히 따름으로써 자의식에 사로잡히지 않고 대중에게 희망과 교양을 전달할 수 있다는 것이다.

이문열 스스로 자신의 소설쓰기가 서적과 관념에 크게 의존함을 밝힌 것처럼, 정재서가 이문열 소설의 전통성을 해명하는 과정에서 "영남 남인 학통의 후예"로서 지녔을 "농후한 사족적 소양"을 크게 염두에 둔 것은 당연한 일이다.[15] 그러나 도서관에서의 소설쓰기가 하나의 창작방법이 될 때, 서책에서 얻은 중세적 지식은 그들의 글쓰기를 규정하는 것 이상으로 환금 가능한 자본이 될 수 있다. 이인화가 "'서책의 부재상태'에 대한 공포"[16]를 드러낸 것도 이런 맥락과 무관하지 않을 것이다. 작가는 예술가가 아니라 보편적 지식을 추구하는 문인이자 지식인이라는 의미에서, 이인화의 두려움이 이해되지 않는 바 아니다. 그러나 대중을 향한 이들의 발언이 거대담론이 될 수 있을 뿐 아니라 독자에겐 서책의 존재

---

14) 김탁환, 「소설가의 자리」, 『상상』 1994년 겨울호, 33쪽.
15) 정재서, 「이문열 『황제를 위하여』에 대한 전통소설론적 접근」, 『상상』 1998년 봄호, 213쪽.
16) 류철균(이인화), 「한국으로 가는 우리의 먼길」, 『상상』 1994년 여름호, 180쪽.

상태가 또한 공포스럽지 않겠는가.[17]

3. 세계 상실과 회귀한 형식주의

이야기성의 회복을 추구하면서 이인화는 "'소설가'를 무에서 유를 창조하는 신과 같은 존재, 즉 작품의 창조자"로 취급하는 '환상'을 버리고 "전통적인 소설가의 자리", 곧 이야기꾼으로 회귀하자고 강조한다. 『영원한 제국』후기에서 스스로 표명한 것처럼, 이야기꾼은 "오랫동안 전해지던 이야기를 새롭게 다시 전하는" 존재이다. 기존 이야기를 새롭게 다시 전한다는 점에서, 중세의 필사자 또한 전통적인 이야기꾼과 다르지 않다. 김탁환에 따르면, 중세는 필사의 시대로 하나의 텍스트에 작가 작품 독자가 공존한다. 적극적 독자인 필사자는 소설을 유통시킬 뿐 아니라 새로운 소설을 창작한다. 말하자면 필사과정 자체가 또하나의 창작이라는 것이다.[18]

그러나 중세의 필사자가 "얼마든지 텍스트의 변화를 만"들었는지 의문스럽다. 수많은 이본이 있는 것은 사실이지만, 그들이 공통의 줄거리를 지닌 작품군으로 분류됨은 잘 알려진 사실이다. 또 전통적인 이야기의 연행이 아무리 창의적일지라도, 이야기꾼은 원래 이야기를 충실하게 전달한다고 지적된다.[19] 김탁환은 수백 년 동안 필사자 손을 따라 떠돌

---

17) 예술가가 아니라 보편적 지식을 추구하는 지식인을 지향한다는 점에서, 김탁환은 동양의 공자와 서양의 헤겔이 다르지 않다고 지적한다. 그러나 세계를 총체적으로 인식하고 보편적인 발언을 한다는 것은 모든 지식의 사변의 통일이라는 신화, 즉 총체성의 거대담론이 된다는 점에서 우려할 만하다. 이문열 소설의 전통 소설적 기법이 서구 근대의 거대 서사에 대한 반항이자 초극이라고 하면서도, 정재서가 중세적 가치에 권위와 정당성을 부여하는 서사지식을 옹호한 것은 김탁환과 같은 맥락에 있다고 할 것이다. 이들은 하나의 거대 서사를 다른 거대 서사로 대체하지 않겠는가.

18) 김탁환, 「독자의 왕국」, 『상상』 1994년 겨울호, 71∼72쪽.

며 "동일 제목이지만 소설의 구조가 완전히 달라진" 이본을 낳는다고 하나, 이런 특별한 예외가 있을지 모르나 그 또한 일반적인 사례라 하기 어려울 것이다. 예를 들어, 「춘향전」에 근본적인 구조 변화가 있다면, 그것은 '수백년' 간 구전된 결과, 즉 이야기꾼들이 살았던 엄청난 시간적 간격에서 비롯된다고 이해하는 것이 보다 타당할 것이다. 말을 바꾸면, 선행구조를 뒤집은 새로운 판본은 외적 세계 및 인간 자신의 변화에 부응할 필요에서 결과했을 터이다.[20]

세계의 변화를 고려하지 않고 다만 필사와 이야기하기의 자유로운 변형과 새로움을 강조하는 것은 기법에 관한 형식주의자의 관심을 드러낸다고 할 수 있다. 옛날의 이야기꾼은 "대단히 자유롭게" "전설을 이렇게도 혹은 저렇게도 변형시킬 수 있었을" 것이라는 김영하의 관심도 이와 다르지 않다. 김영하의 최근 장편 『아랑은 왜』에 따르면, 모든 이야기에는 불확정적인 '틈' 이 있다. 그 틈은 청중의 신분이나 이야기꾼의 계층에 따라 "자신의 방식으로 새롭게 재구성"되어 "각기 다른 판본으로 분화"되어갔을 것이다.

그러나 따지고 보면 이야기꾼이라는 작자들이 과거나 지금이나 밥 먹고 하는 일이 그거 아닌가. 다 아는 이야기를 다르게 말하기.[21]

---

19) J. F. 리오타르, 『포스트모던의 조건』, 유정완 외 옮김, 민음사, 1992, 75쪽.
20) 널리 알려진 것처럼, 구술문화에서 문자문화로 이행하는 데 기계적 수단에 의한 대량 복제가 중대한 역할을 하는데, 그런 이행의 결과로 정보의 생산, 저장, 분배뿐 아니라 인간의 사고과정에 근본적인 변화가 초래된다고 말해진다. 또 구술적인 방식과 달리, 문서의 불변성에 근거함으로써 문자문화는 장르에도 영향을 미친다. 예를 들어, 구술적 제작방식에 근거한 서사는 기억에 용이하도록 표준화된 정형구, 테마, 판에 박은 수사와 기념비적인 인물을 다룬다. 그러나 지식 저장의 새로운 길을 연 쓰기와 인쇄는 인간의 정신을 고정형식화된 것으로부터 해방시켜 보다 독창적 추상적 비판적 사고를 가능케 했다는 것이다. 앨버틴 가우어, 『문자의 역사』, 강동일 옮김, 새날, 1995, 27~28쪽 : 월터 J. 옹, 『구술문화와 문자문화』, 이기우 외 옮김, 문예출판사, 1995, 40~49, 110~111쪽.

'도서관에서의 소설쓰기'가 그러하듯, 유(有)에서 유(有)를 만들 뿐이라는 이야기에서 그 유는 현실이 아니라 선행 텍스트이다. 그러니까 이야기 밖의 어떤 현실도 침투할 수 없는 이야기는 상호연결된 거울의 연쇄이다. 이야기는 실제 경험을 천명하는 것이 아니라 전면적인 텍스트 상호성을 드러낼 뿐이다. 이를 세계의 상실이라 하겠는데, 이들은 세계보다 이야기가 선행하며, 심지어 이야기가 현실을 만들어낸다고 주장한다. 『아랑은 왜』 이전에 김영하는 「아랑은 왜 나비가 되었나」(『동서문학』 1998년 여름호)라는 중편을 발표한 바 있다. 거기서 한 인물은 귀신보다 더 무서운 것이 귀신 이야기라고 말한다. "이야기가 없으면 귀신도 없"기 때문이다. 이런 맥락에서, 아랑의 실존 여부도 문제가 되지 않는다.

"허나 세월이 흐르면, 역사는 결국 이 사건을 밝혀낼 겝니다."
"김 부위께서는 역사를 믿으시오? 나는 믿지 않소이다. 역사가 이런 변방 고을의 살인사건까지 관심을 기울여줄 것 같소이까? 그러니 역사는 없소이다. 이야기가 있을 뿐."

역사는 없고 텍스트(글쓰기)가 있을 뿐이라는 해체주의적 울림은 역사와 허구, 현실과 환상의 경계를 파괴할 뿐 아니라 더 나아가 주관적 욕망의 이미지로 세계를 구성한다. 김영하의 말처럼, 소설쓰기는 "처음으로 돌아가 모든 걸 고쳐" 쓸 수 있기 때문이다. 『비명을 찾아서』에서 복거일 식으로 말하면, "신도 과거는 바꾸지 못한다"고 하지만, "역사는 씌어지는 것이 아니다. 역사는 고쳐 씌어지는 것"이다. 물론 승리자에 의해 기록되었을 뿐인 공적 역사를 전복시키려는 의도가 과소평가될 이유는 없을 것이다. 그러나 역사가 다만 텍스트에 불과할 때, 우리는 실체를 전제하지 않고 스스로 실체인 이미지를 만들어내는 시뮬레이션의 세계에 놓

---

21) 김영하, 『아랑은 왜』, 문학과지성사, 2001, 23쪽.

이게 된다.

이런 입장에는 현실의 본질에 기초한다거나 현실의 전개를 재현한다는 주장에 대한 불신, 즉 이야기와 현실의 관련에 대한 의혹이 포함되어 있다. 그 의혹에 따르면, 이야기는 세계와 관계하거나 현실을 재현하는 것이 아니라 텍스트에서 텍스트를 만들어내는 언어 게임이 된다.

언어 게임이라고 여겨질 때, 이야기는 현실로부터 무한퇴행하게 된다. 김영하의 해체적 재구성이건 이인화 이문열의 유기적 재구성이건, 그들의 이야기가 현실로부터 추상된다는 점에서 예술을 위한 예술의 기제가 작동한다고 할 수 있다. 이를 잘 보여주는 것이 이른바 근본 서사(파불라)와 그것의 재배열(슈제)이라는 형식주의적 구분이다.

전해 들은 것을 다시 말하는 것이 이야기이고, 그 이야기의 힘은 완결적 서사구조에 있다는 이인화의 주장을 앞서 살폈다. 이를 김영하는 다음과 같이 제시한다.

1) 어떤 사람이 낯선 곳에 가서 2) 괴이한 일과 마주하여 3) 기지와 담력으로 그것들을 물리친다, 는 플롯은 우리나라뿐 아니라 서양의 민담과 설화에서도 자주 발견되는 것이다.

물려받는다는 점에서, 이런 '플롯' '서사구조'는 개인의 창의적 수공품이 아니라 발견된 것이라고 함이 타당할 것이다. 그러니까 전통적 이야기꾼은 자신보다 선행하는 근본 구조, 즉 파불라로서의 플롯에 종속된다고 할 수 있다. 전통적 플롯이나 신화적 종교적 모델에 복종하는 전통적 예술가에게 그 구조는 경험을 서술할 수 있게 주어진 형식이지 예술 형식일 수 없다. 말을 바꾸면, 사회윤리나 시대정신, 구체적 삶과 연관된 요소로서 전통적 이야기는 사회적 맥락으로부터 독립된 자율적 양상으로 존재하지 않는다고 할 수 있다. 그래서 리오타르는 서사형식에 의존한 전통적 지식의 경우, 특정한 서사 주체에게 권위를 부여하는 특수한 절차가 필요하지 않다고 지적한다. 왜냐하면 서사자가 곧 피서사자이고, 무엇을 말할 것인가를 결정할 권위는 해당 문화의 일부인 서사 자체에 있기 때문이다.[22)]

그러나 이질적이고 복잡한 근대적 상황에서 그같은 모델이 사라지기 때문에, 이야기형식은 주어지는 것이 아니라 생산되어야 하고, 이 생산의 책임이 작가의 창조적 주관에 위임된다. 그러나 주관적 형식은 상상적인 것이며 따라서 경험을 표상하는 보편적 모델로서 공인될 수 없다. 여기서 미메시스와 형식 부여 사이의 불가피한 긴장이 발생한다. 현대소설이 파불라와 슈제의 분리를 드러내는 것도 이런 이유에서 비롯된다. 그러니까 낯설게 하기는 작가 자신의 경험에 더욱 밀착하려는 욕구로부터 유래할 수 있다. 즉 배열(슈제)은 새로운 경험, 새로운 삶의 상황을 반영하기 위한 것으로 이해될 수 있다.

그러나 배열을 전적으로 기법적인 차원에서 이해하는 형식주의자에게 슈제로서의 플롯은 근본 서사와 달리 개인 작가의 창안물로 간주된다. 그래서 사건(파불라)은 배열보다 중요하지 않으며, 심지어 배열은 사건과 무관할 수도 있다. 왜냐하면, 친숙한 것을 낯선 방식으로 표현하는 것이 예술의 핵심이며 따라서 예술은 삶의 표현이 아니라 경쟁적인 이본과의 싸움, 선행하는 서사관습에 대한 유희이기 때문이다.

현실이 아니라 서사관습을 낯설게 하는 것이 중요한 까닭에, 이야기꾼은 상호 텍스트적인 경쟁관계 속에 놓이게 된다. 그 경쟁에서 살아남기 위해 '강한 이야기'가 요구되고, 후배 이야기꾼은 선배 이야기꾼보다 '강한' 후배여야 하며, 그래서 선행 텍스트를 오독하더라도 수정 비율을 높이지 않을 수 없다. 이런 점에서, 이야기꾼은 이인화의 주장처럼 확실히 무에서 유를 창조하는 신이 아니다. 신화적 모티프를 우스꽝스럽게 전용한 김탁환의 『열두 마리 고래의 사랑 이야기』가 보여주듯, 이야기꾼

---

22) J. F. 리오타르, 같은 책, 78~79쪽.

은 유한한 것으로부터 무한한 변용을 만들어내는 신이다.

주어진 세계, 복종해야 할 현실은 없고 다만 텍스트와 텍스트의 유희가 있을 뿐일 때, 작가는 플롯을 마음대로 조작하고 지배하는 자유를 누린다. 김영하의 경우 심지어 선행하는 근본 사건 자체를 회의하고 다시쓸 수 있다는 것도 작가의 서사권력을 함축한다고 하겠다. 전통적 이야기방식의 복원이 독자에 대한 가학적 서사권력이 될 수 있음에도 불구하고, 많은 논자들은 "근대소설의 타자"로 취급된 "억압된 것의 복귀"로 이해하며, 이야기적 맥락을 강조한다는 이유로 현대소설의 개방형식, 우연성의 강조, 이야기꾼의 존재 드러내기 등을 우호적으로 평가한다. 대면적인 이야기 상황을 재현하고 있는 마르시아스 심의 「양풍전」 서두는 다음과 같다.

옛날에 어떤 집에, 옛날에 양풍이 집에, 아버지가 작은집 하나 뒀는데,
이 여자가 하도 지독스러워가지고 ―

엄마는 살았어 죽었어?

죽었어.

그럼 작은집이 아니네. 계모지.

있을 때 있을 때. 작은집 둔 건 양풍이 엄마 있을 때야. 양풍이 엄마는 내
중에 죽었지.

으응.

그래 살았는데, 이 여자가 하도 본어머이를 못살게 하고 이래서, 양풍이
어머이가 양풍이를 업고 양녀를 앞세우고 문 앞을 나설 때 산천도 울고 초
목도 울었대.

그런데 그 이야기책 어디서 난 건데, 어머니.

몰라, 옛날에 느이 외할아버지가 내 어려서 읽으라 해서 읽었어.[23]

이문열의 「하늘길」도 경어체를 사용하고 있어 이야기의 청자를 가정

한다고 할 수 있다. 「양풍전」은 한 걸음 더 나아가 이야기 상황에서 이야
기꾼과 청자가 양방향으로 작용함을 보여준다. 물론 다수의 청중을 대상
으로 한 경우라면, 청중의 이런 사적 반응이 허용될 여지는 적을 것이다.
대면적 이야기의 일반적 상황은 조용한 독서에 비해 훨씬 금욕적이고 통
제적인 까닭이다. 그럼에도 불구하고, 위 인용은 이야기 상황의 원형에
가깝다고 할 수 있다. 이야기꾼과 청자가 함께 이야기에 참여하고, 사건
의 전후를 정리하며, 이야기의 원천을 확인하기도 하는데, 이를 현대적
인 서사 이론으로 말하면 낯설게 하기 혹은 서사의 자기 반영성이라 할
수 있다. 그러나 현대 서사의 자기 반영성이 스스로의 인공적 지위를 드
러내고 독자에게 충격을 가하는 것과 달리, 옛날이야기에서의 자기 반영
성은 이야기의 핍진성이나 신빙성을 강화하는 쪽으로 기능한다. 위 인용
에서 청자의 반응은 이야기와 반어적 거리를 유지하는 것이 아니라 잃어
버릴 수 있는 이야기의 맥락을 확인하고 보강하는 것이라 할 수 있다. 그
러니까 옛날이야기의 상황에서 청자와 이야기꾼은 이야기로부터의 소원
화가 아니라 이야기 현실로의 친숙화를 도모한다고 하겠다. 양자는 이야
기되는 작중 현실에 봉사하는 셈이다.

　마르시아스 심의 「양풍전」이 옛이야기 상황에 대한 그리움일 수는 있
으나, 그런 상황을 액면대로 연출할 수는 없다. 이야기 외적 문맥을 도입
한 것, 청자와 이야기꾼이 상호작용하는 것은 '양풍' 이의 이야기에 대해
일종의 존재 층위의 일탈이며, 이는 이야기되는 현실의 핍진성이나 개연
성을 파괴하게 된다. 이런 맥락에서, 현대 리얼리즘 소설의 문제가 이야
기꾼과 청중의 극단적 괴리로 인한 서사성의 위기에 있다는 정재서의 진
단[24]은 재고될 여지가 많다. 작가와 독자의 단절이라는 근거에서 그는
독자에게 말을 거는 밀란 쿤데라를 긍정적으로 평가하는데, 그러나 이는
새로움을 삶의 차원이 아니라 기법적인 차원에서 이해한 것일 뿐이다.

---

　23) 마르시아스 심, 「양풍전」, 『묵호를 아는가』, 문학동네, 2001, 271쪽.
　24) 정재서, 같은 글, 219쪽.

그러니까 구연적 이야기 맥락의 도입은 억압된 타자, '이야기'의 회귀가 아니라 억압되었던 형식주의의 회귀라고 할 것이다.

다른 한편, 이문열이나 마르시아스 심의 작품에서 보여진 청각적 맥락 또한 구술성에 대한 비유이지 액면대로 이해될 수 없다. 구두점을 소리낼 수 없을 뿐 아니라, 띄어쓰기는 가시성(可視性)을 통해 가독성(可讀性)을 높이려는 인쇄문화의 전형적인 증거이다. 말하자면, 「양풍전」과 「하늘길」은 소리내어 구연되는 것이 아니라 눈으로 조용하게 읽히는 소설인 것이다.

이야기꾼의 존재 드러냄을 적극적으로 해석하면, 그는 작중인물 이외의 존재, 즉 청자(독자)를 전제한다 할 수 있고, 청자의 전제는 작품에 대한 그의 해석, 평가, 이해가 완결되기 이전엔 작품 또한 존재할 수 없음을 가정한다. 그러니까 독자의 해석활동이 중요한 만큼 이야기꾼의 지위는 극히 우발적이라 할 수 있다. 이럴 경우, 이야기성의 회복을 통해 인생의 모델과 가르침을 제시하려는 이인화의 의도는 실현될 수 없다. 그렇기 때문에, 이인화는 독자에 의한 텍스트의 조립 재구성이라는 해체적 서사전략조차 작가주의의 말류로 평가절하한 것이다.[25] 이야기꾼은 독자 위에 군림할 뿐이다!

---

25) 구조적 완결성을 주목하는 이인화가 구조주의적 입장을 취한다면, 전통소설의 비완결적 비선형적 구조를 강조한 정재서나 김탁환, 김영하는 형식주의자에 가깝다. 그들이 취급한 대상이 다른 것이라 하더라도, 모두 동아시아 소설의 전통을 강조하면서도 이같은 차이를 드러냄은 아무래도 기이하다. 특히 정재서의 경우, 서구소설의 완결성과 대비된 동아시아 소설의 비완결성, 즉 미제(未濟)에 상응하는 결말구조가 내용의 차원에서 이해된 것인지 아니면 형식의 측면에서 파악된 것인지 새롭게 음미해야 할 부분이라고 하겠다. 심층구조를 주목한 이인화의 출세작이 『영원한 제국』인 것도 흥미롭다. 왜냐하면 이 작품에 추리기법이 차용되어 있거니와, 추리 스릴러물은 사건 전개과정에서 있는 그대로의 객관적 서사(파불라)로부터 가능한 한 멀리 일탈되는 주관적 시점(슈제)으로써 독자의 정서를 장악하고, 최종적으로는 초개인적인 파불라의 필연에 복종하기 때문이다. 『영원한 제국』의 결말이 논박 불가능한 사실에 진직으로 복종하는 것은 아니지만, 이 작품이 플롯 소설에 가까운 것도 사실일 것이다.

4. 담론의 주관성과 서사의 필연성

전통적 이야기의 형식주의적 부활을 극단으로 밀고나가면, 마침내 슈제만으로 된 소설이 되거나 주네트의 예언처럼 객관적 서사는 종말을 맞게 될 것이다. 주네트에 따르면, 담론(진술, 서사담론, 텍스트, 기표)은 특정 시공간에서 말하는 화자(나)를 환기하기 때문에 주관적이며 순수하지 않다. 서사(스토리, 서사 내용, 줄거리, 기의)의 객관성은 서술자에 대한 어떤 언급도 없다는 사실에 있다. 서사는 연대기적으로 기록된 사건이며, 특정한 화자가 말하는 것이 아니라 사건 자체가 말한다. 따라서 서사는 서술자의 개인적 표현과 정반대인 순수한 상태에 있다고 하겠고, 담론이 서사에 침입하면 서사의 순수성, 객관성은 왜곡될 수밖에 없다. 그러나 객관적 서사는 주관적 담론을 필요로 한다. 왜냐하면 담론을 거부할 때, 서사는 "메마름과 결핍의 상태", 불모스러운 기록이 되기 때문이다. 따라서 담론을 수용하여 순수성이 왜곡되고, 마침내 순수성이 죽음에 이르러 '과거의 것'이 되어버린다는 것, 이것이 서사의 운명이라는 것이다.[26]

주네트의 논리대로라면, 소설의 미래는 서사의 객관성에 대한 담론의 주관성의 승리, 객관적 파불라에 대한 주관적 슈제의 지배로 예정된다. 소설의 운명에 대해서는 별도의 논의가 필요할 것이다. 여기서 주목할 만한 것은 현대소설에서 전통적인 이야기방식으로의 회귀란 개인 주체로의 복귀와 다르지 않다는 점이다. 파불라에 대해 슈제가 인위적인 것이고, 서사에 대해 담론이 불순한 주관이라는 의미에서 그러하고, 양자의 분리가 강화되면 될수록 독자 또한 사건을 조작하고 구성을 지배하는 작가를 의식할 수밖에 없기 때문에 그러하다. 이문열이 「홍길동을 찾아

---

26) 제라르 주네트, 「서술의 경계선」, 『현대서술이론의 흐름』, 석경징 외 옮김, 솔, 1997, 13~37쪽.

서」를 끝맺은 방식도 같은 의미를 지닌다.

　그런데 — 이쯤되면 왜 이런 얘기를, 그것도 소설이 차지하기로 된 공간을 빌려 쓰고 있는가를 묻는 이들이 생길 때도 되었다. 거기 대해 홍길동을 찾아서, 라고 대답한다면 너무 엉뚱할까? 『홍길동전』의, 『심청전』의, 『장화홍련전』의 전통이 우리 현대소설에도 이어질 수 있는가를 살펴보고 싶었다면 말이다.[27]

「하늘길」에서도 같은 사례를 보았거니와, 이 결말 부분 역시 선행한 사건 자체에서 유래되지 않음은 자명하다. 이같은 결말은 객관적 서사에서 분리된 주관적 언술이다. 작가는 서사세계를 자신의 변덕에 복종시키고 이를 통해 자신의 자유를 가시화한다.[28] 자신의 활동 흔적을 의도적으로 부각하고, 소설의 장치를 드러내어 인공물로서의 지위를 강조할 때, 소설은 자연의 거울이 아니라 주관의 확성기가 되며, 그 주관조차 언어 게임 속에 있으므로 허구임을 면할 수 없다.

　그렇다면, 전통적 서사구조의 현대적 차용으로 "불가항력의 운명들과 화해"하게 만든다거나 악과 고통의 문제를 처리할 수 있게 한다는 이인화의 진술은 다소 과장된 것이라 하겠다. 김영하 소설의 다음과 같은 진술은 권선징악 혹은 시적 정의에 대해 시사하는 바 크다.

---

27) 이문열, 「홍길동을 찾아서」, 『아우와의 만남』, 둥지, 1994, 119～120쪽.

28) 근대 이전의 전통적인 서사에서 이야기꾼은 '나는 말한다'는 투로 자신의 정체성을 표나게 드러내지 않는다. 그것은 이야기꾼과 청자가 가청 범위 내에 삶의 근거를 두고 있어 남다른 비밀이나 속내를 지니지 않을 뿐 아니라, 그 이야기 자체가 전해진 이야기, 누구에게서 들었던 것이기 때문이다. 벤야민의 지적처럼, 이야기꾼은 이야기를 다시 전하는 기술자에 가깝다. 이런 재서술은 독창적인 가치, 주체적인 신념이 미처 자각되지 않은 사회, 혹은 그런 가치와 신념을 관용하지 않는 구비문화권의 이야기방식이다. 말하자면 전통적인 이야기는 사회적 통합이나 집단 연속성을 보장하는 공동체적 가치가 생생하게 살아 있는 사회의 산물인 것이다. 그래서 구비문화권의 청자는 이야기가 너무 독창적이거나 복잡한 것을 원하지 않는다고도 말해진다. L. J. Davis, *Resisting Novel*, Methuen, 1987, p. 205.

우리의 김억균 앞에도 몇 갈래의 길이 놓여 있다. 장르적 관습에 따라 장애물을 헤치고 진실을 밝혀내는 '정의의 인물'이 되는 길과 리얼리즘에 입각, 별다른 서사적 고려 없이 그럭저럭 수사하다가 큰 장애물과 맞닥뜨리면 수사를 포기하고 타협해버리는 길, 또는 아무 장애물 없이 수사를 통해 손쉽고도 간단하게 진실을 밝혀내는 무미건조한 길. 이 세 가지 중에서 어떤 것이 가장 적절할 것인가?

세번째의 경우는 인과적 연속에 따른 있는 그대로의 사건, 주네트 식으로 말해 객관적 서사로 이해할 수 있다. 이는 '무미건조'하다. 그렇다면 첫째처럼 탐정소설의 장르적 관습에 따라 장애를 극복하고 진실을 밝혀내는 방법이 있다. 그러나 21세기 "현실에서 이뤄지지 않는" "권선징악의 스토리를 쓰는 것은 온당한가" 하는 문제가 생긴다. 장르적 관습은 이야기와 현실 간의 거리를 입증할 뿐이다. 그렇다면 마지막으로 현실에 밀착하는 방안이 있다. 그러나 리얼리즘은 장애에 굴복하는 것, 다시 말해 현실과 타협하는 길이라는 데 문제가 있다는 것이다.

확실히 리얼리즘은 사회적 필연의 승리를 보인다. 이상과 현실, 경험적 자아와 내면적 자아가 분리되는 세계는 진정한 가치를 실현하려는 사람조차 거부하고 조롱하게 마련이다. 이런 의미에서, 리얼리즘 소설은 행복한 결말을 관용할 수 없다. 사건과 가치가 분열된 세계에 정의가 있을 수 없기 때문이다.

그러나 현실을 반영한다는 것은 현실의 다양하고 이질적이며 모순적 특질에 근거한다는 뜻이며, 작가의 주관적 담론으로 통제되거나 지배될 수 없는 의도와 결과의 괴리를 드러내는 것이다. 이런 까닭에 문학에서만이라도 권선징악을 강제적으로 요구하는 독자에게 봉사할 수 없지만, 동시에 리얼리즘은 어떤 권력에게도 봉사하지 않는다. 리얼리즘 소설에서의 정의는 소망 성취에 있는 것이 아니라 사물의 불가피한 운명, 기대와 결과의 필연적인 어긋남에 있다. 경험적 외양의 이면에 있는 가혹한 진실을 가차없이 드러내는 것, 이것이 리얼리즘 소설의 시적 정의이다.[29]

특정한 행동을 고무하기보다 제약할 가능성이 많다는 점에서, 리얼리즘 소설은 반목적론적 성격을 지닌다.[30] 그러나 현실 자체의 본질에 근거를 둔 사태의 불가피한 전개를 통해 경험적 다양성과 불연속성에 통일을 제공한다는 의미에서 소설은 목적론적이다. 플롯은 창안되는 것이 아니라 현실에서 찾고 발견되는 것이며, 작가의 주관을 넘어 어떤 목표를 지향하는 삶의 운동을 표시한다고 했을 때, 루카치가 의미한 것도 이러할 터이다.[31]

그러나 서사가 이야기꾼의 주관에 종속될 때, 즉 인간 의지가 형식주의적 의미로 플롯의 주인이 될 때, 우연은 필연의 대립물이라고만 이해된다.

인간은 이야기를 좋아하는 동물이다. 이야기가 합리적일 필요는 없다. 하나의 이야기에서 다른 이야기로 넘어가는 데 있어서도 필연성이 첨부될 이유는 없다. 마치 대중들이 추리소설, 연애소설, 우화소설, 역사소설 등을 가리지 않고 읽는 것처럼, 이야기는 언제나 비합리적이며 우연한 방식으로 흘러넘치고 있다. 그 모든 우연과 비합리성을 받아들여 소화시키는 것이 바로 대중의 몫이다.[32]

벤야민이 지적한 것처럼, 옛날이야기는 어떤 설명도 붙이지 않고 예외적 기적적인 것, 운명의 불가사의를 이야기한다. 설명이 붙지 않는 것은 이야기가 집단적 주체의 집단적 이야기 곧 우리의 이야기이며, 세계에

---

29) J. M. Bernstein, *The Philosophy of the Novel*, Univ. of Minnesota Press, 1984, p. 192.

30) F. Moretti, 같은 책, pp. 120~121.

31) G. Lukács, *The Historical Novel*, Merlin Press, 1976, pp. 132~133.

32) 김탁환, 같은 글, 176쪽.

질서를 부여하는 초월적인 힘을 믿기 때문이다. 이해할 수 없는 사태가 느닷없이 들이닥칠 때 흔히 이를 운명이라 하거니와, 전근대인에게 이 우발적 사건은 초월적인 힘, 신성의 표명과 다르지 않다. 신성의 의도가 불가사의하다는 점에서 우연이지만, 그 의도의 결과를 인간이 바꾸거나 통제할 수 없다는 점에서 불가피하다. 그러므로 우연은 곧 필연이다.

현대를 살아가는 우리에게도 우연은 동시에 필연을 관철하지 않겠는가. 주체에게 타자는 우발적인 존재지만, 타자와의 관계로 인해 주체는 돌이킬 수 없는 사태를 맞게 되는 것과 같은 이치이다.

따라서 참된 문제는 필연과 우연의 대립 혹은 우연을 통해 얼마나 필연을 무시할 수 있는가에 있는 것이 아니라 '우연 – 필연'에 맞서 얼마나 자유롭게 행동할 수 있는가에 있다. 그러니까 우연 혹은 필연은 인간의 자유와 관련된 문제인 셈이다. 예를 들어, 우리가 역사와 장소로부터 전적으로 자유롭다면, 우리는 우발적이거나 필연적인 운명에서 해방될 수 있다. 시간이 없는 공간에서는 원인과 결과도 무의미한 까닭이다. 그러나 스스로 만들지 않은 상황 속에 태어나는 것처럼, 우리는 시공간의 운명적인 연쇄, 인과의 사회적 맥락에서 자유롭지 않다.

합의보다 이의와 반대로부터 새로운 것이 발명된다는 의미에서, 리오타르는 '발명가'의 배리(paralogy)를 강조한다.[33] 그러나 발명가의 배리란 우리의 타자 의존성을 부정하는 것, 타자성을 개인 주체의 자율에 대한 위협으로 간주하는 태도일 뿐이다. 그 태도는 언어 게임이 아니라면 어떤 객관적 세계도 부정한다. 그러나 필연은 발명되는 것이 아니라 발견되는 것이다. 우리는 작용과 반작용 속에서 타인과 함께 살아가며, 그래서 삶의 결과를 통제하거나 바꿀 수 없다.

그러나 아이러니컬하게, 결과를 알 수 없기 때문에 우리는 행동한다. 우리 모두 죽음이라는 필연을 피할 수 없는 존재지만, 그러나 그 때와 장

---

33) J. F. 리오타르, 같은 책, 35~36쪽.

소를 모르기 때문에 살아가는 것이 아니겠는가. 이인화가 말하듯 불가항력적인 운명과의 화해 때문이 아니라, 그 운명에 대해 무지한 까닭에 우리는 삶의 희망을 품고 자유롭다는 환영을 지닌다. 이 점에서 어른과 아이, 꿋꿋한 선비와 양풍 든 건달, 사족적 소양을 지닌 문인과 때묻은 속물이 다를 수 없다. 자유의 환영이 깨어지고 운명의 쓰라린 결과에 삶이 가차없이 파괴된다 하더라도, 그 책임 추궁이야말로 우리의 자유를 반증하지 않을 것인가.

바로 이런 이유에서, 나는 누구이며 무엇이 될 수 있는가를 우리는 끊임없이 되묻는다. 물론 그 해답은 타자와의 관계 속에서 점진적으로 형성될 수 있을 뿐이다. 우리는 역사적 경험적 존재인 까닭이다. 그러나 내가 누구인지 말할 수 없다고 할 때, 그 주체는 시공을 초월한 존재일 수밖에 없다. 그러니 말할 수 없고 말할 필요도 없을 것이다.

내가 누구인지 말할 수 없다는 주장 이면에는 다양성을 곡해한 상대주의가 작동하는 듯하다. 고급문화와 대중문화의 공존을 강조하든, 소설이론의 다양성을 강조하든, 하나의 입장을 편들거나 그 입장에서 전체를 보는 상대주의는 경박함을 피할 수 없다. 그같은 상대주의는 주관주의이며 동시에 절대주의이다. 내가 누구인지 누가 감히 말할 수 있느냐 말이다.

타자가 개입되기 때문에, 내가 누구이며 무엇이 될 수 있는가에 관한 해답은 다만 지연될 뿐이다. 그 해답이 지연되는 한에서 소설은 계속 씌어질 것이다. 소설이 끝장난다면, 그것은 기법의 새로움이 아니라 삶의 새로움에서 유래될 것이다. 그러니 전통적 이야기방식을 차용하든 동아시아 서사구조를 변용하든, 그것이 참된 소설이라면 우리와 적이 근본적으로 유사하다고 말하지 않겠는가. 우리는 적에게 빚지고 타자를 필요로 하지 않는가. 감히 한 시인의 표현을 빌려 말하면, 너는 나다.

(『오늘의 문예비평』 2001년 여름호)

문학동네 평론집

삶의 진실과 소설의 방법

ⓒ 황국명 2001

| 초판인쇄 | 2001년 12월 17일 |
| 초판발행 | 2001년 12월 21일 |

지 은 이	황국명
책임편집	김현정 조연주 장한맘 손미선
펴 낸 이	강병선
펴 낸 곳	(주)문학동네
출판등록	1993년 10월 22일 제22-188호

주 소	136-034 서울시 성북구 동소문동 4가 260번지 동소문빌딩 6층
전자우편	editor@munhak.com
	하이텔 : podo1
	천리안 : greenpen
전화번호	927-6790~5, 927-6751~2
팩 스	927-6753

ISBN 89-8281-446-9 03810

www.munhak.com